광해의 연인

3

광해의 연인 3

1판 1쇄 발행 | 2015년 05월 10일
1판 10쇄 발행 | 2022년 03월 04일

지은이 | 유오디아
펴낸이 | 김경배
펴낸곳 | 시간여행
편　집 | 이진의 · 정지은
홍　보 | 강민정
표지 일러스트 | 하이진
본문 디자인 | 서진원

등　록 | 제313-210-125호 (2010년 4월 28일)
주　소 | 경기도 고양시 덕양구 지도로 84, 5층 506호(토당동, 영빌딩)
전　화 | 070-4350-2269
이메일 | sigan_pub@naver.com

종　이 | 화인페이퍼
인　쇄 | 한영문화사

ISBN 979-11-85346-15-1 (04810)
979-11-85346-12-0 (세트)

이 도서의 국립중앙도서관 출판예정 도서목록(CIP)은 서지정보유통지원시스템 홈페이지(http://seoji.nl.go.kr)와 국가자료 공동목록시스템(http://www.nl.go.kr/kolisnet)에서 이용하실 수 있습니다. (CIP 제어번호 : CIP2015012186)

* 이 도서는 국제친환경 인증을 받은 천연펄프지(Norbrite 95#)로 제작되었습니다.

광해의 연인

3

유오디아

장편소설

차례

선조의 가계도

- 선조
  - 의인왕후
  - 인목왕후
    - 영창대군
    - 정명공주
  - 공빈 김 씨
    - 임해군
    - 광해군
      - 폐세자 이질*
  - 인빈 김 씨
    - 의안군
    - 신성군
    - 정원군(원종)
      - 능양군 이종(인조)
      - 능원군
      - 능창군
    - 의창군
    - 정신옹주
    - 정혜옹주
    - 정숙옹주
    - 정안옹주
    - 정휘옹주
  - 순빈 김 씨
    - 순화군
  - 정빈 민 씨
    - 인성군
    - 인흥군
    - 정인옹주
    - 정선옹주
    - 정근옹주
  - 정빈 홍 씨
    - 경창군
    - 정정옹주
  - 온빈 한 씨
    - 흥안군
    - 경평군
    - 영성군
    - 정화옹주

*광해군의 장남 이질(李侄)은 초명이 수(脩)였다가 세자로 책봉된 1609년 지(祗)로 개명하였으며 휘는 질(侄)이나, 혼동을 피하기 위해 작중에서는 이지(李祗)로 표기를 통일하였음을 알려드립니다.

3권 인물소개

김경민

이야기의 주인공. 죽은 아버지를 다시 만나기 위해 시간을 여행하여 조선시대에 왔다. 궐에서 궁녀로 살면서 세자인 광해군 이혼과 사랑하는 사이가 되었으며, 혼이 왕이 되자 노 씨 성과 새 신분을 얻어 혼과 혼인한다.

광해군 이혼

조선의 15대 왕. 수많은 역경을 이기고 보위에 올랐다. 18세 때 처음 경민을 만난 이후 한결같이 경민을 사랑해왔다. 세자 시절 줄곧 냉대를 받았음에도 아버지 선조에 대해 애정과 신뢰를 품고 있다.

김영찬

경민의 아버지. 가문 대대로 전해지는 시간여행 능력을 이용하여 역사학을 연구하고 있다. 시간여행 중에 임진왜란에 휘말려 목숨을 잃는 운명이나, 거듭된 시간여행 도중 조선에 머무르던 경민과 재회한다.

정원군 이부

선조와 인빈 사이의 아들. 이종의 아버지. 오랫동안 경민을 마음에 품어왔으며 거절당한 이후에도 묵묵히 경민을 지켜본다.

이종

정원군의 장남. 어릴 적 보모상궁이었던 경민을 누나라 부르며 무척 따랐으나, 자라서는 경민을 알아보지 못한다. 훗날의 인조.

능풍도정 이명

혼과 경민 사이에서 태어난 남자아이. 정원군과 구 씨의 아들 신분으로 자라났다. 아기 때 병을 앓아 말을 하지 못한다.

연주군부인 구 씨

정원군의 부인이자 이종의 어머니. 명이가 정원군과 경민 사이의 아이라 생각하고 키워왔다.

대비 김 씨

인목왕후. 죽은 선조의 정비. 어릴 때의 은혜를 갚으려 혼과 경민을 여러모로 돕는다. 슬하에 어린 아들 영창대군을 두고 있다.

중전 유 씨

혼의 정비. 매사에 사람의 마음보다는 정치적 이익만을 우선시한다. 혼과의 사이에 세자 이지를 두고 있다.

김개시

대전 나인. 중전 유 씨의 수족이 되어 갖은 음모에 관여한다. 훗날 광해군의 측근으로 악행을 벌인 기록이 역사에도 남아있는 인물.

운영

나인 시절 경민을 시중들던 무수리. 경민이 빈이 되어도 계속 경민을 모신다. 사화로 멸문당한 집안 출신임을 숨기고 있다.

최 내관

혼을 모시는 동궁전 내관. 배려가 깊고 신뢰할 수 있는 인물이다.

숙원 신 씨

정원군의 사촌 여동생이자 혼의 후궁. 궁에서의 입지는 작다.

김제남

대비 김 씨의 아버지. 선조 생전 영창대군을 왕으로 옹립하려 했다.

유희분

중전 유 씨의 오라비. 유 씨와 왕래하며 그녀의 뜻에 따라 권력을 휘두른다.

이이첨

광해군을 지지하는 대북파 신료. 많은 옥사를 주도하며 당파싸움을 일으킨다.

가례

다음 해 봄, 대상제를 끝으로 국상이 모두 끝났다. 그 뒤로는 국상 기간에 치를 수 없었던 국가 행사들이 줄줄이 이어졌다. 나의 가례도 그 중 하나였다.

광해군 2년, 입궐례만 마친 채 미뤄졌던 나의 가례식이 행궁 서청에서 열렸다.

"진사 노수눌의 일녀 노 씨는……."

가례도감(嘉禮都監, 가례와 관련된 일을 맡는 임시관청)의 일을 맡은 예조의 관원이 교명문(敎命文)을 소리 내어 낭독하는 동안, 혼과 나는 붉은 발을 사이에 두고 마주 서 있었다.

때는 초여름. 덥다고 하기에는 아직 봄기운이 남아있는 시기였다. 그런데도 겹겹이 입은 비단옷과 그 위에 입은 무거운 홍장삼(紅長衫, 궁중 여인의 예복)은 한여름으로 느껴질 만큼 덥고 버거웠다. 거기에 머리에 얹은 크고 무거운 가체가 덤으로 따라왔다.

이 가체도 일반 가체가 아니었다. 가례 때는 기존의 가체에 떠구지를 얹었다. 떠구지는 머리칼처럼 보이도록 만든 흑칠한 오동나무를 가리킨다. 원래의 머리 위에 가체를 얹고 그 위에 흑칠한 오동나무까지 올린 것이다. 어림짐작해도 내 머리의 무게는 5kg 이상 나갈 것 같다.

아침만 해도 멀쩡했던 목에 슬슬 통증이 오기 시작한 것도 이때쯤. 가체를 착용한 뒤 계속 머리를 45도 각도로 숙이고 있었던 것이 이유 같았다. 그렇다고 목을 자유롭게 움직일 수도 없었다. 지밀상궁이자 훈육상궁이기도 한 홍 상궁은 예식이 치러지기 며칠 전부터 내게 수도 없이 주의를 주었다. 예식이 모두 끝날 때까지는 절대 목을 움직여서도, 시선을 땅에서 떼어서도 안 된다고 말이다.

끝이 보이지 않는 길고 긴 가례 교명문을 들으며 나는 문득 아빠를 떠올렸다. 2년 전 '시간의 뒤틀림'으로 짧은 시간 동안 만났던 12년 전의 아빠. 그 뒤 아빠를 만나진 못했다. 아마 내 가례가 치러지는 이날, 아빠가 나와 가까운 곳에 계신다고 하더라도 나를 알아보지는 못하실 것이다. 아니, 상상조차 하지 못하실 것이다. 혼의 후궁이 되는 원빈이 나라고는 짐작조차 못하실 테니까.

나는 더 이상 김경민이 아니었다. 원빈 노 씨. 그것은 10년이라는 세월을 이 조선에서 보낸 내게 주어진 새로운 신분이었다. 2년 전 아빠가 내게 말해줬던 것처럼, 조선에 온 지 10년이 되자 거짓말처럼 나에게 새로운 신분이 생겼다. 그것이 '시간'이 내게 준 것이든, 아니면 누군가에 의해서 그렇게 되었든 난 노 씨 성을 얻어 입궐한 것이다.

이제 아빠를 만나는 길은 두 가지뿐이었다. 2년 전처럼 시간의 뒤틀림이 일어나는 우연을 기대하든지, 아니면 원래 내가 이 조선에 올 때 목적한 대로 대비 김 씨가 서궁에 유폐되는 날 나타날 아빠를 기다리는 것이다.

그러나 나는 확신하고 있었다. 내가 만났던 12년 전의 아빠는 지금도 시간 속에서 나를 찾고 계실 것이다. 어린 시절 시간여행으로 사라져버린 나를 찾아 5년이나 헤매셨던 것처럼 말이다. 그렇다면 난 내 예상보다 더 일찍 아빠와 재회하게 될지도 모른다.

"……후궁의 작호를 원(元)으로 정하고 합당한 빈의 예로써 맞아들이고자 한다."

교명문 낭독이 끝나고 멀찍이 떨어져 있던 두 명의 상궁이 내게로 다가와 양팔을 부축한다.

"사배 하시옵소서."

상궁이 내 귓가에 작은 목소리로 말했다. 나는 그녀들의 부축을 받으며 붉은 발 뒤에 선 혼을 향해 네 번 절을 올렸다. 나의 절이 끝나자, 혼이 발 뒤에서 두 번 읍배했다. 다음에는 상궁들이 혼과 나 사이를 분주히 오가며 금잔에 담긴 합환주를 날랐다.

합환주를 나눠 마시는 의식을 끝으로 모든 가례 절차가 끝나자, 이제 상궁들은 붉은 발을 말아 위로 올렸다. 예식 내내 혼과 나의 사이를 가르던 붉은 발이 거둬지자 구장복(九章服, 왕의 대례복) 차림의 혼이 내 앞에 모습을 드러냈다. 하지만 나는 자유롭게 시선을 들어 그의 얼굴을 볼 수 없었다. 홍 상궁의 주의가 떠올라 포기한 것이다.

결국 예식이 끝나고 서청을 나올 때까지도 혼의 얼굴을 단 한 번도 마주 보지 못했다.

"잘 참으시었습니다."

홍 상궁도 뿌듯한지 서청을 나오자마자 내게 칭찬의 말부터 건넨다. 그녀도 내가 입은 옷과 가체의 부담을 잘 알고 있는 게 분명하다.

"다음은 어디로 가야 하나요?"

"양화당으로 가셔서 의복을 갈아입으신 후 중궁전으로 가시옵소서. 중전마마께 납폐례(納幣禮)를 올리셔야 하옵니다."

"중궁전으로 갈 때도 이 머리를 하고 가야 하는 건가요?"

목이 부러질 듯 무거운 가체만큼은 더 이상 하고 있을 자신이 없었던 나는 애처로운 눈동자를 홍 상궁 쪽으로 향했다. 그때 홍 상궁이 내 뒤로 누군가를 발견하고는 급히 고개를 숙였다.

"정원군마마."

홍 상궁의 말에 정원군이 내 뒤에 나타났다는 사실을 알게 된 나는 고개를 돌리려 했다. 그러다가 그만 머리에 한 가체가 흔들렸다. 당황한 나는 가체를 고정하려 서둘러 한 손을 들어올렸다. 그 손 위로 누군가의 손이 닿았다. 정원군이었다.

그의 등장에 주변에 선 상궁과 나인들이 모두 고개를 숙여서인지, 우리의 손이 닿은 것을 본 사람은 아무도 없는 것 같았다. 이 사실에 안도하는 나와는 달리, 정원군은 태연스럽게 내 가체를 잡아주고서 손을 거뒀다.

"실례하였사옵니다. 원빈마마."

차가운 목소리로 정원군이 내게 정중히 사과를 올린다. 정원군은 오늘 종친 자격으로 가례에 참석했는지, 붉은색의 조복(朝服, 종친의 예복)에 금량관(金梁冠, 조복에 쓰는 금관)을 쓰고 있었다. 나는 더 이상 보모상궁도 양화당의 나인도 아니었다. 정1품, 빈의 자리에 오른 나는 종친인 그에게 인사를 받을 수 있는 위치에 올랐다. 그는 그것이 싫은 걸까? 아니면 어색한 걸까? 그가 나와 시선을 맞추지 않으려 한다는 인상을 받았다.

그는 사과를 끝으로 내게서 돌아섰다. 난 등을 보이며 걸어가는 정원군의 뒷모습이 왠지 모르게 쓸쓸하게 느껴졌다. 나는 그 이유가 그에겐 붉은색의 조복이 어울리지 않기 때문이라고 생각했다.

"어서 가시지요. 중전마마께서 기다리고 계시옵니다."

홍 상궁의 말에 나는 가체가 다시 흔들리지 않도록 조심하며 걸음을 옮겼다.

해질 무렵이 되어서야 난 납폐례를 마치고 중궁전에서 양화당으로 돌아왔다. 그런데 양화당에서 나를 맞이하는 나인들 중 익숙한 얼굴을 발견했다. 그녀는 상궁의 당의를 입고 있었는데, 나는 단번에 그녀를 알아보았다.

"운영?"

반가워하며 운영의 이름을 부르는 나와 달리 운영은 당황한 눈치다. 나는 주변에 있는 양화당 나인들의 시선을 의식하며 그녀를 데리고 방 안으로 들어왔다.

"어떻게 여기에 있는 거야? 그 당의 차림은 뭐고?"

단둘만 있게 되었는데도 운영은 주변을 살피며 조심스러운 기색이었다. 하지만 운영도 나를 다시 만난 것이 매우 반가운지 활짝 웃는 얼굴이었다.

"정원군마마께서 도와주셨어요."

"어떻게?"

"저를 항아님의 사가에서 데려온 본방나인이라 하시며, 상궁이 되어 곁에서 뫼실 수 있도록 해달라고 대비마마께 청을 올리셨어요."

"정원군마마가?"

나는 오늘 내 가체를 잡아주고 홀연히 사라진 정원군의 뒷모습을 떠올렸다. 정식으로 혼의 후궁이 된 내게 차가운 예를 표하는 그를 보면서 그와의 인연은 완전히 끝난 것이 아닐까 생각했다. 그러나 그는 여전히 내가 볼 수 없고 알 수 없는 곳에서 나를 신경 써주고 있었다.

제주에서 함께한 5년. 그는 나를 친구로 여기지 않는다고 하더라도, 나에게 그는 오래전부터 친구와도 같은 사람이 되어 있었다. 내가 그에게 바라는 건 단 한 가지. 그 역시 나와 같은 마음이 되어 있었으면 하는 것이었다. 어쩌면 운영을 내게 보내준 그의 배려는 그러한 마음의 시작일지도 모른다.

"예, 항아님. 아니지, 이제 원빈마마이신데."

"아니야. 우리 둘만 있을 때는 나를 예전처럼 불러도 돼."

나는 활짝 웃으며 운영에게 말했다. 그러나 운영은 기겁하며 손사래를 쳤다.

“그건 절대 안 됩니다! 안 그래도 정원군마마께서 신신당부하셨어요. 혹시라도 나인이셨던 마마님을 기억하는 이들에게서 말이 나올지도 모르니 조심하라고요.”

“무슨 말?”

“원빈마마와 나인 김 씨가 닮았다는 말이요.”

“아무리 그래도 내 얼굴을 가리고 살 수도 없잖아? 혹시 그런 말이 나오더라도 먼 친척이라고 둘러대면 되지.”

“마마님, 그래도 조심하셔야 해요.”

천진난만하게 상황을 넘기려는 나와는 달리 운영은 계속 진지한 태도였다. 나는 그것이 못내 아쉬웠다. 나에게 운영은 무수리이기 전에 언니와도 같은 사람이었다. 비록 조선시대의 신분제에 묶여 편하게 말을 놓지는 못하더라도 말이다. 운영도 이런 내 마음을 알아차렸는지 뒤늦게 슬쩍 웃으며 말을 덧붙였다.

“혹여 닮았다는 소문이 나더라도 방법이 아예 없는 건 아니지요.”

“어떻게?”

“아주 참하고 얌전하신 마마님이 되시는 거예요. 그 누구도 천방지축 같으시던 김 나인과 같은 사람이라는 걸 눈치채지 못하도록요.”

“뭐? 천방지축? 운영, 너!”

예전처럼 놀리는 운영에게 간지럼으로 되갚아 주려던 나는 멈칫했다. 이 자리에서 우리와 함께 웃고 장난쳐야 했을 한 사람을 떠올렸기 때문이었다. 운영도 내 얼굴에 슬픔이 어리자 조심스럽게 말을 꺼냈다.

"미영 항아님도 함께 계셨으면 더 좋았을 텐데요."

나는 내 마음을 무겁게 짓누르던 속생각을 운영에게 털어놓았다.

"미영이는 내가 전하의 후궁이 된 걸 알았어도 기뻐해줬을까?"

"마마님."

미영이는 훈을 좋아했다. 훈이 세자였던 시절 추위도 잊은 채 그를 지켜보던 아이였다. 멀리서 바라보기만 해도 그것으로 만족하고 행복해하던 아이였다. 난 그런 미영이의 마음을 알기에 훈을 사랑하게 된 사실을 이야기하지 못했다. 언젠가는 사실을 말해주겠다고 결심했지만, 난 제주로 유배를 떠나고 말았다. 다시 돌아와서는 미영이를 지켜주지 못했다. 그녀는 그렇게 훈을 좋아하는 마음을 품은 채 하늘나라로 떠나버렸다.

만약 미영이가 죽지 않고 오늘 이 자리에 함께했더라면? 훈의 후궁이 된 나를 보고 진심으로 기뻐해주었을까? 이런 걱정을 담은 내 얼굴을 물끄러미 바라보던 운영이 입가에 옅은 미소를 지으며 말했다.

"당연하지요. 미영 항아님이 얼마나 좋으신 분인데요. 마음도 마마님보다 훨씬 넓으시고요. 그러니 진심으로 기뻐하셨을 거예요."

"그래주었을까?"

운영이 내 두 손을 힘껏 잡았다.

"물론이지요. 그러니 마마님, 미영 항아님 몫까지 행복하셔야 해요. 주상전하와 꼭 백년해로하시고요. 아시겠지요?"

"응. 그럴게."

나는 눈가에 맺힌 눈물을 흘리지 않으려 더욱 활짝 웃으며 고개를 끄덕였다.

“운영아, 우리 오늘 밤새도록 수다 떨자. 이제 너는 내 지밀상궁이니까 밤새 나와 놀아도 되잖아?”

내 말에 운영이 놀란 눈을 크게 뜨며 말했다.

“오늘은 안 돼요.”

“왜? 일 있니?”

“마마님, 오늘이 무슨 날인지 잊으셨어요?”

“무슨 날이긴……. 내 가례 날이잖아.”

설마 오늘이 무슨 날인지 잊었을까, 활짝 웃으며 자랑스럽게 말하는 나를 보고 운영이 당황한 얼굴로 대답한다.

“전하께서 오늘 밤 양화당에 납시잖아요.”

“아……. 맞다.”

나에게 익숙한 현대식 결혼식이 아니다 보니 나는 가례를 늘 멀리서만 보던 궁중행사의 하나쯤으로 여겼던 것 같다. 그렇다. 내 가례식은 다시 말해 내 결혼식이다. 그렇게 보자면 오늘은 나의 첫날밤이고. 신랑인 혼이 내가 있는 양화당으로 오는 것은 당연한 것이다.

“마마님께서 중궁전에서 돌아오시기 전에 대전 내관이 다녀갔어요. 전하께서는 이미 준비를 마치셨대요.”

중궁전에서 까다로운 납폐례를 치르는 동안 난 혼을 잊고 있었다. 그는 서청에서의 예식이 끝난 후 그곳에서 열린 연회에 참석하면서 내가 납폐례를 마치고 양화당으로 돌아오기만 기다렸을 것이다.

“어서요. 어서 준비하셔야죠.”

운영이 알 듯 모를 듯 묘한 미소를 지으며 내게 말했다.

오늘만큼은 특별히 붉은 공단 금침이 양화당 온돌에 깔렸다. 머리맡에는 홍촉(紅燭, 붉은 초)이 촛대 위에서 불을 밝히고 있었다. 붉은 금침에 반사된 홍촉의 빛이 양화당 안을 붉게 만들고 있었다. 이 좋은 분위기에서 주안상을 끼고 앉은 나는 울먹이며 운영을 불렀다.

"운영아, 나 더 이상 못 버티겠어."

"조금만 더 참으세요."

하지만 사람에겐 한계라는 게 있다. 오늘 서청에서 식을 치를 때와 중궁전에서 납폐례를 할 때까지는 떠구지를 사용했었다. 어느 정도 움직임이 필요한 예식이었기에 그럴 수 있었던 것이다. 단 움직일 필요가 없는 마지막 의례, 왕을 기다리는 이 순간만큼은 떠구지를 사용할 이유가 없었다. 그러므로 떠구지는 내 머리를 떠나고, 배 이상 무게가 나가는 진짜 가체가 그 자리를 대신했다.

나는 목이 부러지기 직전까지 왔다. 궐의 법도가 무엇이고 가례가 무엇인지는 이제 아무런 상관이 없었다. 혼이 도착하기도 전에 내 머리에 얹은 가체를 벗어 바닥으로 내던지고 싶은 생각뿐이었으니.

"원빈마마. 주상전하께서 납시셨사옵니다."

구세주의 등장을 알리는 소리에 운영이 가체를 받치던 손을 거뒀다. 나는 휘청이는 머리를 버티기 위해 두 손을 들어 가체를 붙잡았다.

"원빈마마. 소인은 이만 물러가겠사옵니다."

운영이 정중히 인사를 올리며 밖으로 나갔다. 운영의 손이 떠난 가체는 내 두 손으로 받치기엔 턱없이 무거웠다. 더군다나 내가 입고 있는 장삼의 무게로 들어 올린 양팔이 욱신거리기까지 했다. 한계에 다다른 내가 당장 눈물을 쏟으려는 찰나, 혼이 안으로 들어왔다. 가체를 두 손으로 간신히 떠받든 채 눈물이 그렁그렁한 눈을 하고 있는 나와 마주하자, 그는 놀란 얼굴로 우뚝 멈춰 섰다.

"혼아!"

그의 놀란 얼굴은 내게 전혀 보이지 않았다. 난 애절한 목소리로 그의 이름을 부를 뿐이었다. 그런데 그가 내게서 고개를 돌린다. 그러더니 큭큭거리며 웃는 게 아닌가? 곧 그의 웃음은 박장대소가 되어 양화당을 울렸다. 내가 목이 부러질 것 같은 통증을 참는 모습이 그에게는 웃음거리였던 것이다. 그 사실을 깨달은 나는 터져 나올 것 같은 화를 참으며 그에게 씩씩거렸다.

"계속 구경만 할 거야?!"

혼이 웃음을 그치고 내 앞으로 다가와 앉는다.

"미안하구나. 허나 그리 월자(月子, 가체)를 붙든 여인은 내 난생 처음으로 보았느니라."

"빨리, 빨리 풀어줘."

"알았느니."

조급한 내 마음과는 다르게 그는 여유로운 미소를 지었다. 그가 내 머리에서 비녀 몇 개를 뽑아주고, 첫 번째 가체가 내 머리에서 떨어져 나갔다. 두 번째 가체는 내가 두 손으로 직접 떼어냈다. 그 뒤에야 나는 안도의 한숨을 내쉬며 목을 좌우로 한 번씩 돌렸다. 우두둑 뼈 소리까지 났다.

"너무 힘들었어. 이제 이걸 또 하게 될 일은 없겠지?"

그에게 위로를 받고자 꺼낸 말이었다. 그런데 내 질문을 들은 훈이 곰곰이 생각하더니 이리저리 눈동자를 굴리기 시작한다. 답을 피하는 기색이 역력한 그의 얼굴을 보며 난 겁부터 집어먹었다.

"설마…… 또 있어?"

"오늘은 더 이상 없을 것이다만."

여전히 그의 눈동자는 양화당의 곳곳을 돌아다니고 있다.

"오늘 말고!"

내 목소리가 커지자 훈이 마지막까지 대답을 피할 요량인지 입을 한 번 모았다가 풀며 말했다.

"경민아, 넌 이제 과인의 원빈이 아니냐? 과인은 빈을 한 명만 두기로 마음을 정하였다. 앞으로 빈의 품계를 가진 내명부의 후궁은 오직 너 하나일 것이니, 빈으로서 치러야 할 궁중행사들이 많아질 것이다. 그러니 그때마다 맞는 차림을 갖춰야 할 것이고……."

"그런 건 중전마마가 하시는 거잖아?"

"그렇다면 경민아. 네가 인빈을 모시던 때를 기억하느냐?"

훈이 차분한 목소리로 나에게 물었다.

나는 훈의 말을 듣고는 인빈의 나인으로서 양화당에서 지내던 시절을 떠올렸다. 그때 인빈의 권세는 대단했었다. 인목왕후가 계비로 궐에 들어오기 전까지 그는 사실상 중전이나 다름없는 지위를 누렸다. 물론 그 지위에 합당한 역할로서 중전의 대리로 많은 일들을 했다. 몇 년 뒤 인목왕후가 들어오고 그녀가 해야 할 일은 크게 줄었지만, 그럼에도 아침 일찍 일어나 단장하고 화려하고 무거운 가체를 하루 종일 착용한 채 양화당에서 머물렀다. 꾀병을 부릴 때도, 정말 몸이 아팠을 때도 그녀가 가체를 벗는 일은 거의 없었다.

"설마…… 나도?"

난 조금씩 떨려오는 손가락으로 나 자신을 가리켰다. 혼이 그런 나를 보며 헛기침을 하더니 또다시 시선을 피한다.

가체가 여인에게 상당한 부담을 주는 것은 물론 비용도 만만치 않다는 걸 깨닫고 법으로 금지하기 시작한 것은 영조 때. 의례를 제외하고는 평소에 사용하지 않게 된 것은 순조 때에 이르러서다. 지금으로부터 200년 뒤의 일.

"나 원빈 안 해! 숙용, 숙원, 숙의…… 아니, 이 머리를 안 하는 후궁은 없는 거야?"

투정부리는 나를 혼은 두 팔로 끌어안았다. 난 그의 팔에 등을 기댄 채 연거푸 한숨만 내쉬었다. 혼은 그런 내가 어린아이처럼 보이기라도 하는 것인지 내 한쪽 뺨을 집게손으로 집어 위아래로 흔든다. 마치 그만 한숨 쉬고 이젠 자신을 돌아보라고 신호를 보내는 것 같다. 하지만 나는 고개를 들어 그의 얼굴을 볼 힘조차 남아있지 않았다. 벌써부터 머리에 가체를 다시 올린 기분만 한가득이다. 난 상상 속의 가체의 무게를 느끼며 고개를 푹 숙였다.

그때였다. 달콤한 향이 내 코를 자극하기 시작했다. 나는 고개를 들었다. 내 눈 앞에 붉은 명주실에 매달린 자그마한 옥이 흔들리고 있었다.

"이건……."

"우전쌍옥(于闐雙玉)이다."

혼이 웃으며 그 옥패를 내 손에 놓았다.

우전(于闐)은 타클라마칸 사막에 있는 오아시스 도시 호탄의 옛 지명이다. 그곳은 오래전부터 옥의 산지로 유명한 곳이었다. 조선은 옥이 나지 않아 중국으로부터 옥을 수입해 왔다. 아마 혼이 말하는 이 우전쌍옥 역시 그런 경로를 통해서 들어온 것 같았다.

"네게 주는 것이다."

선물이라는 혼의 말에 나는 그의 품 안에서 빠져나와 호기심 어린 눈으로 옥을 살폈다. 그러던 나는 옥의 뒤에 새겨진 글자를 발견했다.

원빈 김 씨(元嬪 金氏)

"원빈 김 씨?"

내가 새겨진 글을 중얼거리듯 읽자 혼이 헛기침을 했다. 나는 잠시 옥에서 시선을 떼고 혼을 보며 물었다.

"이 원빈이…… 혹시 나야?"

"그렇다. 허나, 네 말대로 더 이상 원빈을 하지 않겠다면……."

혼이 내 손에 있던 옥에 묶인 붉은 명주실을 잡아당긴다. 도로 가져가려는 모양새다.

"아, 아니야! 원빈 할 거야!"

옥에서 풍기는 향기에 취한 듯 내가 두 손으로 옥을 움켜쥐자 혼이 소리 내어 웃는다. 옥을 되찾은 나는 혼을 보며 물었다.

"하지만 난…… 이제 노 씨잖아."

노 진사의 양녀로 원빈이 되었기 때문에 김 씨가 될 수 없다. 내 얼굴에서 속마음을 읽은 듯 혼이 말한다.

"부득이하게 노 진사의 양녀로 입궐하였다 하나, 너는 원래 김가가 아니더냐."

"그랬지."

"너는 입궐하여 내 곁으로 오기 위해 태생을 잊어야 했고, 가문을 버려야 했다. 너는 그것이 아무렇지 않은 듯 행동하였지. 그러나 내 항상 마음이 쓰였다. 더욱이 너의 부친께서 살아계셨더라면 노수눌의 양녀가 된 것을 매우 아쉬워하였을 것 같더구나. 비록 궐의 모든 이들은 나인 김경민을 죽었다 여기고 다 잊는다 하더라도 나는 잊지 않을 것이다. 네가 김가였던 사실도, 나인 김경민으로서 나를 위해 제주로 유배를 가야만 했던 것도 잊지 않을 것이다. 그런 의미로 이곳에 네 본성(本姓)을 새겨 넣었느니라."

내 아버지까지도 배려한 혼의 말에 나는 이 옥이 너무나도 소중하게만 느껴졌다.

"고마워, 혼아."

나는 그 옥을 두 손으로 소중히 쥐었다. 그러자 옥에서 나는 향이 더욱 진해졌다. 나는 그 향을 더 자세히 맡기 위해 코끝으로 가져갔다. 그런 나를 보며 혼이 물었다.

"향이 어떠하냐?"

"좋아. 마치 초콜릿 향 같은 게……."

아무 생각 없이 있는 그대로를 말했던 나는 잠시 멈칫했다. 어디선가 이 향과 똑같은 향을 맡은 것 같다는 느낌이 들었기 때문이다.

"조고레?"

"아, 아니. 조청 향이 난다구."

초콜릿이 무엇인지 모르는 혼은 자신이 조청이란 말을 잘못 들었다고 생각했는지 대수롭지 않은 듯 넘기는 것 같다.

"그것은 향옥(香玉)이다. 이 조선에 단 두 개만 있는 것이다."

"두 개? 맞다. 쌍옥이면 원래 두 개인 거지? 다른 하나는 어디 있어?"

"이 우전쌍옥은 원래 아바마마의 것이었다. 아바마마께서 내 어머님이신 공빈마마의 빈 책례(冊禮, 책봉식) 때 그중 하나를 하사하셨다. 후에 어머님께서 그 옥에 내 군호와 이름을 새겨 나에게 주시었지."

혼의 말을 듣자니 이 옥은 혼이 어머니에게 받았다는 그 옥은 아닌 게 분명하다. 그 옥에는 '원빈 김 씨'라는 글자가 아닌 그의 군호와 이름이 새겨져 있었을 테니까.

"그럼 이 옥은 선대왕마마께서 지니시던 거야?"

"그렇다. 아바마마께서 승하하시고 물려받은 것이다."

혼의 말을 듣자, 나는 더욱더 그의 어머님이 물려주셨다는 또 하나의 옥을 보고 싶었다. 거기에 혼의 군호가 적혀 있고 내게는 빈호가 적힌 옥이 있으니, 그 두 옥을 함께 본다면 더 특별할 것만 같아서였다.

난 혼에게 물었다.

"공빈마마께서 주신 옥은 어디에 있어?"

혼의 입가에 씁쓸한 미소가 지어진다. 나는 영문을 모르는 얼굴로 그를 바라보았다.

"늘 몸에 지녔었다만 왜란 중 반쪽을 잃었었다. 허나 전혀 짐작하지 못한 곳에서 그 옥의 반쪽을 되찾았었지."

그가 옥의 반쪽을 잃었다는 말에 나는 혼을 처음 만났던 날을 떠올렸다. 식탁에 앉아 깨어진 옥을 소중히 바라보던 그의 눈동자는 매우 슬퍼 보였었다. 난 지금 혼이 말하는 어머님의 옥이 바로 그때 보았던 옥패라고 확신했다.

"왜란 중 잃어버렸던 옥을 찾았다고? 어디서?"

"대비께서 찾아주셨다."

혼은 이 자리에 없는 대비에게 진심으로 고마워하는 얼굴로 내게 말했다. 그러나 순간 나는 이 옥의 향을 예전에 어디서 맡았는지 기억해냈다. 바로 대비전에서였다. 미영이의 구명을 위해 입궐했던 그날, 퇴궐 길에 들렀던 대비전에서 영창대군이 떨어뜨린 쪼개진 옥을 보았다. 그때 그 옥에서 나던 향기가 바로 지금 혼이 내게 준 옥에서 나는 향기와 똑같았다.

당시 쪼개진 옥이라 글자까지 보지는 못했지만, 나는 대비전에서 본 그 쪼개진 옥이 혼이 말하는 어머니의 옥이 틀림없다고 확신했다.

"대비께서 왕후가 되시기 전에 간택으로 입궐하셨을 때 내게 돌려주셨다. 후에 국혼 날 대비를 처음 뵈옵고 얼마나 놀랐었는지……. 대비께서 내게 돌려주시기 전까지 수년을 소중히 보관하고 계셨다고 하셨다. 옛말에 부모자식 간의 인연은 하늘이 정한다더니, 내 어머님의 옥의 반쪽을 대비께서 지니고 계셨다는 것이 참으로 신기하지 않느냐?"

대비가 옥을 지니고 있었다는 사실을 혼은 하늘이 정한 부모자식 간의 연으로 풀이했다. 그 정도로 혼은 대비를 신뢰하고 있는 걸까?

"헌데…… 다시 잃고 말았다.

"다시 잃었다니?"

"중전이 둘로 나뉜 옥을 명으로 보내 고쳐보겠다며 가져가더니 얼마 뒤 잃었다 하더구나. 안타까운 일이다만, 이미 잃어버린 것을 어찌하겠느냐."

대비도 아니고 중전이 지녔다가 잃었다는 말에 나는 의문이 들었다.

"그게 언제였어? 중전마마께서 잃어버리신 게?"

"아바마마께서 승하하시기 닷새 전의 일이다."

나는 혼의 말을 듣고 놀라지 않을 수 없었다. 내가 대비전에서 그 옥을 본 것은 혼이 즉위한 지 얼마 지나지 않아, 임해군의 옥사가 한창이던 시기였다. 그 옥이 혼의 것이라면 시기가 맞지 않았다. 혼이 옥을 이미 잃어버린 후에 나는 그 옥을 대비전에서 보았기 때문이었다.

혼이 내게 거짓말을 할 리가 없다. 그렇다면 중전이 잃어버렸다는 그 옥을 대비가 훔친 것이 된다. 하지만 이해하기 어렵다. 혼은 왜란 중에 잃어버린 옥의 반쪽을 되찾아준 사람이 대비라고 말했다. 대비가 자신이 되찾아준 반쪽뿐만 아니라 그 나머지 반쪽까지 다시 훔칠 이유가 없었던 것이다.

난 공빈마마의 옥이 대비전까지 흘러들어간 경위에 대해 골똘히 생각해보았다. 그러나 혼이 준 정보만으로는 추론하기에 부족했다. 끊임없이 머릿속으로 옥의 행방을 좇으며 심각한 표정을 짓는 나를 혼이 유심히 바라본다. 나는 여전히 정리되지 않는 머릿속에 내 모든 생각을 집어넣느라 혼을 신경 쓰지 못하고 있었다.

어느 순간 혼이 왼손으로 내 허리를 끌어안았다. 갑작스런 그의 행동에 나는 눈을 크게 뜨고는 그의 얼굴을 바라보았다. 그는 무표정한 얼굴로 입을 이그러뜨리더니 그때까지도 사태 파악을 하지 못한 나를 지그시 내려다본다. 조금 뒤 그의 입에서 짧은 한숨이 터져 나왔다.

"혼아?"

내가 그의 이름을 불렀을 때였다. 그가 오른손으로 내가 입은 장삼의 옷고름을 풀기 시작했다.

"호, 혼아……?"

"오늘이 무슨 날인지 잊은 것이냐?"

혼의 입에서 불평이 섞인 목소리가 나왔다. 나는 혼의 무표정에 숨겨진 불만을 읽었다. 난 혼의 존재도 잊은 채 옥의 행방만 생각하고 있었다. 혼은 가례 날이라는 사실도 잊은 채 옥에만 정신이 팔린 내가 불만이었던 것이다.

혼의 마음을 알게 된 이상 나는 변명할 여지를 잃고 말았다. 그저 주인 품에 안긴 순한 강아지마냥 숨을 죽였다. 불은 아직 꺼지지 않았다. 내 옷고름을 잡아당기는 혼의 미세한 움직임에 촛불이 흔들거리고 있었다. 이를 의식한 내 시선이 자연스럽게 촛불 쪽으로 향했을 때였다. 달궈진 듯 뜨거운 혼의 입술이 내 입술에 살포시 닿았다.

한 번, 깊이를 알 수 없는 그의 눈이 촛불을 등지고 매끄러운 흑요석

같이 빛난다.

두 번, 그의 입가에 미소가 피어난다.

세 번, 그 미소를 담은 입술이 또 한 번 내 입술로 사뿐히 내려앉는다.

짧지만 반복적인 입맞춤에 내 두 눈이 스르르 감겼다. 그의 입술이 내 눈앞에서 사라진 그때, 갑자기 혼이 움직임을 멈췄다. 나는 감았던 눈을 떴다. 그는 무언가에 시선을 모은 채 미간을 찌푸리고 있었다. 그의 시선이 닿은 곳은 내 한쪽 어깨였다. 그곳엔 지난날 호랑이로부터 종이를 구하다가 남은 흉터가 자리하고 있었다.

혼은 촛불 아래 드러난 어깨의 흉터를 조심스럽게 쓸며 물었다.

"이제야 이것이 흉터였음을 알겠구나. 어찌하다 다친 것이냐?"

그는 이 흉터에 대해서 알고 있었음에도 눈으로 직접 확인한 것은 이번이 처음이라는 투였다. 나는 가빠오는 숨을 간신히 진정시키며 지난날에 대한 이야기를 하려다가 주저하고 말았다.

혼은 내가 수라간 나인이었다는 과거를 알고 있었다. 아마도 그가 아는 건 내명부에 적힌 그대로 인빈의 사가에서 들인 사람이라는 것. 그것뿐일 것이다. 물론 그가 마음먹고 알아본다면 내가 종이의 보모상궁으로 정원군의 처소에 머물렀던 과거가 밝혀질 수도 있었다. 그리고 정원군과 나의 사이에 대해서도…….

혼은 아직 나와 정원군에 얽힌 사연을 모른다. 그에게 정원군은 아끼는 아우이자, 그를 지키기 위해 내 뱃속의 아이가 자신의 아이라고 주장하며 유배를 자처한 고마운 아우였다. 어쩌면 혼이 즉위한 후에도 인빈이 살아남을 수 있었던 것은 그런 정원군 덕택인지도 모른다.

'하지만 정원군이 선택한 희생이 그가 아닌 나를 위한 것임을 알게 된다면…….'

갑자기 두려움이 밀려왔다. 오래전 혼과 나의 사이가 친구와도 같다고 정원군에게 당당히 말한 적이 있었다. 그러나 나와 혼은 친구 사이를 뛰어넘어 하나가 되었고, 난 이제 그의 후궁이 되었다. 그때는 내 생각이 짧았다고 하더라도, 과연 지금 혼에게 정원군과 나의 사이가 오랜 친구와 같다고 말할 수 있을까? 게다가 정원군이 그렇게 생각하지 않는다고 해도 내가 그렇게 여기고 있다는 이유로 말이다.

난 무서웠다. 혼이 그 말을 믿지 않을까 두려웠고, 혹시라도 내 말로 인해 오해가 생겨 혼과 정원군의 사이가 틀어질까 무서웠다.

'난 말할 수 없어. 단지 종이의 보모상궁이었다는 사실조차도…….'

정원군이 지금처럼 계속 혼이 아끼는 아우로 남기를 바랐다.

"경민아?"

혼이 내게 다시 한 번 묻고 있었다. 나는 그런 혼을 올려다보며 상처에 대해 아무것도 아니라는 듯 활짝 웃었다.

"오래전에, 어렸을 때 다쳤던 거야."

"이 정도로 흉터가 남을 일이었다면 크게 다쳤던 것이냐?"

"그땐 그랬지. 그런데 지금은 아무렇지도 않아. 왜? 보기 흉해?"

흉하다고 묻는 내 말이 끝나기가 무섭게 혼이 내 흉터에 자신의 입술을 갖다 대었다. 그의 입술은 아주 오랫동안 그 위에 머물며 상처 자국을 어루만졌다. 그 시간이 길어지면서, 오랫동안 잊고 있었던 그날의 아픔이 되살아난 듯 찌릿한 전율이 흉터에서 시작되어 내 몸 전체로 퍼져나갔다.

"으응……. 혼아."

혼이 흉터에서 입술을 떼고는 내 얼굴을 보았다. 나를 바라보는 그의 얼굴에 슬픔이 묻어나왔다. 다쳤던 것도 나고, 흉터를 지닌 것도 난데, 그는 내 상처를 어루만지며 그날 느꼈던 아픔까지도 모두 가져가 머금은 것만 같다.

"다시는, 너의 몸에 작은 상흔 하나조차도 남게 하지 않을 것이다. 약조하마."

나는 눈웃음을 지으며 그에게 고개를 끄덕여 답하려다가, 사뭇 진지하게 보이는 그의 얼굴에 웃음을 지웠다. 나 대신 그의 얼굴에 웃음을 주고 싶었다. 난 두 손으로 그의 얼굴을 감싸고는 베개에 닿아 있던 머리를 들었다. 그리고 내 입술을 그의 입술에 포갤 듯 가까이 가져다 댔다.

혼은 점점 가까워지는 내 입술에 시선을 고정하고 있었다. 그러나 내 입술은 그의 입술에 완전히 도달하지 않았다. 그의 숨결이 내 얼굴에 바로 닿는 곳에서 나는 움직임을 멈췄다. 그리곤 내 코를 그의 코에 가져가 부드럽게 빗질을 하듯이 두 번 반복해서 마주 비볐다. 혼은 전혀 예상하지 못했던 내 행동에 놀란 얼굴이었다. 나는 그런 혼의 등을 두 팔로 감싸 껴안으며 애교 있게 싱긋 웃었다.

"무엇이냐? 무엇을 한 것이냐?"

여전히 어리둥절해하는 혼의 반응은 내가 예상했던 것과는 조금 거리가 있었다. 난 혼을 향해 높임말을 쓰며 태연스럽게 굴었다.

"잊으셨사옵니까? 다시는 신첩의 몸에 그 어떤 상흔도 남지 않게 하시겠다 약조하지 않으셨습니까? 그러니 전하께 신첩의 입술을 쉽게 내어드렸다가 신첩에게 상처라도 생긴다면, 전하께서 신첩을 탓하시지 상흔을 내신 전하를 탓하시겠사옵니까? 그러니 오늘 밤 신첩의 입술을 내어드리지 않겠사옵니다."

그러자 혼이 씩 웃더니 내게 말한다.

"밤은 길다. 네가 과인에게 입술을 내어주지 않고 과연 얼마나 버틸 수 있을지 내기나 하자꾸나."

그는 두 팔로 나를 부둥켜안더니 고개를 들어 내 머리맡의 홍촉을 훅 불어 껐다. 그제야 양화당에 완연한 어둠이 내려앉았다.

조현례(朝見禮, 새로 간택된 빈이 가례 다음 날 시부모를 뵙는 예식)를 올리기 위해 이른 아침부터 대비전을 찾은 나는 제일 먼저 대비에게 큰절을 올렸다. 그사이 양화당 상궁이 된 운영이 우리 주변을 가득 에워싼 대비전 나인들의 도움을 받아 대비에게 폐백을 바쳤다.

"지난밤 좋은 꿈을 꾸었느냐?"

나는 귀 따갑게 들은 홍 상궁의 가르침을 떠올리며 시선을 땅에 두고 형식적인 답을 꺼냈다.

"예, 대비마마."

내 입에서 대답이 나오자마자 대비가 큰 웃음을 터트렸다.

"변 상궁, 보았는가. 이제 보니 원빈이 재치가 있군."

나는 고개를 들어 가까운 곳에 서 있는 변 상궁을 쳐다보았다. 그녀는 대비가 웃기 때문인지 살짝 입꼬리를 들어 잠깐 웃었을 뿐, 곧바로 무표정한 얼굴로 돌아갔다. 그에 반해 나를 처음 보는 대비전의 다른 나인들은 킥킥거리며 웃음을 참고 있었다. 아마도 대비가 환히 웃고 있어서 그런 모양이었다. 그러나 대비전 문 상궁은 아니었다. 그녀는 변 상궁의 옆에 서서 웃음을 참는 궁녀들에게 매서운 눈초리를 보내고 있었다.

나는 그때까지도 내가 무슨 실수를 했는지 알지 못했다. 이제 답을 알고 있는 것은 운영이였다. 난 내 옆에 앉은 운영에게 눈짓을 보냈다. 그러나 운영은 대비를 의식해서인지 내 눈짓에도 답을 주지 않았다. 눈짓으로 운영을 닦달하는 나를 보며 대비가 먼저 답을 내놓았다.

"원빈이 좋은 꿈을 꾸었다 하니 곧 좋은 소식이 있겠구나."

뒤늦게 대비가 말한 좋은 꿈이 태몽이었다는 것을 깨달은 내 얼굴이 붉어졌다. 대비는 또 한 번 소리 내어 웃더니, 손을 들어 주변을 물렸다. 폐백을 위해 대비전을 가득 메우고 있던 나인들이 문 상궁과 함께 밖으로 나가고 이제 변 상궁과 운영만이 나와 대비 곁을 지키고 앉아 있었다.

"자네는 양화당 상궁인가?"

여유가 생긴 대비가 운영을 향해 물었다. 운영은 대비 쪽으로 머리를 조아렸다.

"예, 대비마마. 운 상궁이라 하옵니다."

"운 상궁이라……. 정원군이 천거한 이가 바로 자네였군."

"예, 대비마마."

"그래, 앞으로 충심을 다해 원빈을 보필하게. 알겠는가?"

대비와 운영의 대화를 가만히 지켜보며 나는 어젯밤 혼이 내게 주었던 우전쌍옥을 떠올렸다. 난 오래전 우연히 대비전에서 보았던 쪼개진 옥을 확인하고 싶었다. 대비가 그것을 어떻게 손에 넣었는지는 몰라도, 그것이 정말로 중전이 잃어버렸다는 공빈의 옥패라면 혼에게 돌아가야 한다고 생각했다.

운영과 대비의 대화가 끝나기를 기다리던 내가 조심스럽게 말문을 열었다.

"대비마마."

"왜 그러지, 원빈?"

"드릴 말씀이 있습니다."

"어디 해보거라."

"잠시 주변을 물려주시겠어요?"

대비는 의외라는 기색이다. 아마도 내가 주변을 물리고 할 대화라고는 나인이던 시절의 이야기라고 생각해서인지도 모른다. 그렇다면 운영은 나가도 변 상궁은 나갈 필요가 없다고 생각할 것이다. 변 상궁은 이 대비전에서 유일하게 원빈인 내가 과거 나인 김경민이었다는 사실을 알고 있는 사람이니까.

"부탁드릴게요."

내 말에 대비가 고개를 끄덕이더니 변 상궁에게 나가라고 명했다. 변 상궁은 나와 대비를 단둘만 남겨두는 것이 신경 쓰이는지 계속 뒤를 돌아보며 밖으로 나갔다. 운영도 변 상궁을 뒤따라 나가고, 이제 대비전에는 대비와 나만 남게 되었다.

"조현례부터 시어미에게 당돌한 요구를 하는 며느리는 아마 조선에 너 하나일 것이다."

다행히 대비는 기분이 좋아 보인다. 어려운 이야기가 될 수도 있겠지만, 말을 꺼낼 상황으로서는 그리 썩 나빠 보이지는 않았다.

"대비마마."

"응. 그래, 말해보거라. 경민아."

"예전에…… 제가 대비전에서 본 향옥 말입니다."

향옥이라는 말에 고개를 갸웃하던 대비가 무언가 떠올랐는지 눈에 힘을 준다. 나는 대비가 내가 말하는 향옥이 무엇인지 알아차렸다고 생각하고 말을 이었다.

"대군마마께서 떨어뜨리셔서 제가 주워들었던 그 쪼개진 옥이요."

"네가 무슨 말을 하는지 모르겠다."

대비의 말은 내가 예상했던 반응 중 하나였지만, 막상 모른다고 딱 잡아떼는 대비 앞에서 나는 잠시 할 말을 잃었다.

"알아들을 수 없는 이야기나 하자고 나를 찾아온 것이라면 조현례를 끝으로 다시는 대비전에 발도 들이지 말거라."

대비는 자세까지 틀어앉으며 내게 강한 거부감을 드러냈다. 나는 당황하며 말을 이었다.

"대비마마. 그 옥패는 분명 전하의 옥패가 아닙니까. 어째서 대비마마께서 가지고 계셨는지……."

"네가…… 그것이 주상의 옥패라는 사실을 알고 있었느냐?"

대비가 놀란 얼굴로 다시 나를 돌아본다. 나는 고개를 끄덕였다.

"예. 또한 그것이 공빈마마께서 전하께 내려주신 옥패이기에, 전하께서 소중히 여기신다는 것도 알고 있습니다."

"공빈의 옥패……."

대비는 그 옥패의 원래 주인이 공빈이었음은 몰랐던 듯했다.

"그걸 어디서 구하셨사옵니까?"

그러자 대비가 말했다.

"네가 말하지 않았느냐. 주상의 옥패라고."

"예?"

"주상께 받았다. 헌데 네가 왜 그것을 꼬치꼬치 캐묻는 것이냐?"

대비의 말을 듣고 보니 의문만 깊어졌다. 혼은 분명 그것을 잃어버렸다고 말했다. 정확히는 그 옥패를 잃어버린 건 고쳐보겠다며 가져갔던 중전이었지만 말이다.

"그 옥패의 반쪽을 아주 오랫동안 지니고 계셨다고 들었습니다."

"주상께 들은 것이냐?"

"예."

"맞다. 왜란이 일어났던 해에 함경도 회령에서였지. 당시 세자이시던 주상께서, 아비와 헤어져 길을 잃었던 나를 구해주신 일이 있었다."

"전하께서요?"

그것은 나도 처음 듣는 이야기였다.

"그래. 왜적이 어린 나에게 달려드는 것을 검을 들고 나서시어 구하셨지. 그때 주상의 허리춤에 매달린 옥이 깨어지는 것을 내 두 눈으로 똑똑히 보았었다. 정신을 차리고 보니, 주상은 이미 그 자리를 떠나시고 쪼개진 옥패의 반쪽만 남아있더구나. 그래서 그것을 소중히 지녀오다 돌려드린 일이 있었지."

여기까지 대비의 설명을 듣던 나는 오래전 혼에게서 들었던 말이 떠올랐다.

'……어떤 계집아이의 울음소리가 들렸는데……. 그래, 계집아이가 하나 길거리에 앉아 울고 있었다. 그런데 말을 탄 왜놈 하나가 그 계집아이를 발견하고는 칼을 빼어들고 달려왔지. 나는 그것을 그냥 지나칠 수가 없었다. 그래서 검을 뽑아들고 왜적 앞으로 나섰지.'

혼이 2013년으로 건너오기 직전, 아빠와 함께하던 바로 그 순간에 있었다던 그 계집아이. 나도 1592년에 가서 그 아이를 보았다. 아빠가 목숨을 걸고 구했던 아이. 어린 시절 잃어버렸던 내가 떠올라, 그냥 지나칠 수 없었다는 그 여자아이의 이름은…….

'인아야!'

"외람되지만 혹시 대비마마의 함자가…… '인아'세요?"

그러자 대비가 날 보며 반문했다.

"네가 그걸 어찌 아느냐?"

나는 놀라 입을 다물지 못했다. 그러고 보니 국혼 날 딱 한 번뿐이었지만 대비의 부친 김제남을 본 일이 있었다. 1592년에 김제남은 그저 평범한 양반의 옷차림이었지만, 그날의 김제남은 왕후의 자리에 오른 딸을 둔 아버지로서 붉은 조복을 차려입고 들뜬 얼굴을 하고 있었다. 그날 보았던 김제남의 얼굴과 왜란 당시 딸을 찾아 헤매던 김제남의 얼굴이 겹쳐지는 순간이었다.

"대비마마가…… 제 아버지가 구했던 그……."

"아버지라니? 넌 조실부모하였다 들었다만."

나는 충격으로 터져 나오려는 울음을 간신히 참아내면서 대비에게 말했다.

"그 옥패가 깨어지던 날을 기억하세요?"

"물론이다. 똑똑히 기억한다."

"그날, 전하 외에도 대비마마를 구하기 위해 나섰던 한 사람이 더 있지 않았나요? 왜인을 닮았지만 왜인이 아니었던……."

나의 목소리가 떨리기 시작했다.

"네가 그것까지 어찌 아는 것이냐?"

놀란 대비의 얼굴을 보며 나는 어깨의 힘이 쫙 빠지는 느낌이었다. 서 있는 상태였다면 그 자리에 털썩 주저앉았을지도 모를 충격이 내 몸을 스치고 지나갔다.

"그분이 제 아버지세요. 대비마마."

"세상에……."

나에게서 사실을 들은 대비도 입을 다물지 못했다. 나는 그런 대비의 얼굴을 보면서 확신했다. 분명 그날 아빠가 구한 여자아이는 대비가 분명했다. 내 눈에서 소리 없이 눈물이 흐르기 시작했다. 이를 본 대비가 천천히 말을 이었다.

"그랬었구나. 나를 구하다 죽은 이에 대해서는 기억하고 있었다만, 네가 그 이의 여식이라는 사실은 전혀 몰랐다. 알았더라면 내 진작…… 아니다. 이제라도 알았으니 네게 고마움을 표해야 하겠구나. 그날로 넌 아비를 잃지 않았느냐."

아버지만 잃은 것이 아니었다. 그날로 나의 인생이 바뀌었다. 아빠의 죽음으로 내가 선택한 건, 바로 이 조선으로 오는 것이었으니까.

그날, 아빠는 절체절명의 순간 두 사람을 모두 구하고 자신이 희생되는 길을 선택하셨다. 혼을 미래로 보내고, 어린 대비도 구한 것이다. 만약 그때 어린 대비가 그 자리에 없었더라면? 아빠는 혼만 구하지 않았을까? 아니, 혼이 어린 소녀를 구하기 위해 앞으로 나서는 일조차도 생기지 않았겠지.

"지난날의 일로 나만 운명이 바뀌었던 것은 아니었나 보구나."

대비는 지금 내가 흘리는 눈물을 다른 의미로 해석하고 있었다. 그녀는 앉은 자리에서 손이 닿는 곳에 놓인 작은 자개함을 가져다 내 앞에 놓았다. 그러고는 함을 열어 그 안에서 비단 주머니를 꺼냈다. 나는 본능적으로 그 안에 쪼개진 옥이 들어 있다고 생각했다. 그리고 내 생각은 맞았다.

대비는 비단 주머니 안에서 쪼개진 두 개의 옥을 꺼내 내게 건넸다. 나는 그것을 받아들어 하나로 맞추었다. 그곳에는 혼이 말한 대로 '광해군 혼(光海君 琿)'이라는 그의 군호와 이름이 적혀 있었다. 분명 이것은 공빈의 옥패였다.

대비는 내 손에 들린 옥패를 보며 중얼대듯 말했다.

"그날 이후, 나는 그 쪼개진 옥패의 반쪽을 가슴에 품고 마음에 품었다. 죽은 네 부친에 대해서는 아는 것이 없어 그리 잊었다 하더라도 주상께는 아니었다. 주상께는…… 헛된 욕심으로 반드시 보은을 하겠다고 마음을 먹었었지. 그 마음이 보은의 마음이었는지 아니었는지는 이제 중요치 않은 것이 되었다만, 난 주상께서 보위에 오르신 것만으로도 내 보은을 다했다고 생각한다. 그리고 이 옥은 내게 있어…… 보은을 이루었다는 걸 확인시켜 주는 것이다. 그만큼 내게 있어 매우 소중한 것이다. 그리고 경민아."

대비가 고개를 들어 나를 보았다.

"너와 나의 인연은 처음부터 우연이 아니었던 것 같구나. 네가 나의 외가의 성을 달고 주상의 후궁이 된 것 역시 우연이라고만 볼 수는 없겠지. 이미 잃은 부친에 대한 슬픔을 갚아주기에는 부족할 것이라 생각된다만, 나와 가족의 연을 맺은 것으로, 그로 인해 주상께 다시 돌아올 수 있는 길이 열린 것으로 보은한 것이라 여겨주지 않겠느냐?"

나는 눈물을 닦았다. 분명 그날 아빠는 돌아가신 것이 맞지만 아니기도 했다. 바로 그 아니라는 가능성이 날 조선으로 오게 했고, 날 지금의 자리에 있게 했다. 그리고 난 아빠와 다시 만날 것이다. 그러니 아빠는 죽은 것이 아니다. 나는 그렇게 생각하기로 했다.

"보은이라니오. 망극하옵니다. 대비마마."

"나를 원망치 않는 것이냐?"

"전혀요. 마마께서는 위험한 상황에 놓인 어린아이셨고, 전하와 저희 아버지께서는 그런 마마를 구하신 거예요. 그건 당연한 거예요."

"네가 그리 말해주니 내 마음이 한결 편안해지는구나. 고맙다, 경민아. 고마워."

"망극하옵니다. 하온데 대비마마, 그 옥패를 전하께서 주신 것이 맞사옵니까?"

"그렇다. 전하께서 주셨다."

"제가 듣기로는 전하께서 그 옥패의 반쪽을 잃으셨던 날부터 쭉 대비마마께서 지니시다가 돌려주셨다고 하였는데요."

"그랬다. 돌려드렸었지. 헌데 전하께서 다시 내게 주신 것이다."

대비의 말에서 의문을 느낀 나는 물었다.

"실례가 아니라면 전하께서 언제 주셨는지 알 수 있을까요?"

대비가 잠시 망설였다. 서로 모든 것을 털어놓은 상황에서 옥을 언제 받았는지 알려주는 것쯤은 아무것도 아닐 수 있었다. 그런데도 대비는 굳이 대답을 망설이고 있었다. 무엇이 대비를 이처럼 망설이고 고민하게 만드는 것일까?

한참만에야 대비가 내게 답을 주었다.

"선대왕전하께서 승하하시던 날 밤이다."

"선대왕전하께서요?"

"그렇다. 그날 밤 개시를 통해 옥패를 대비전으로 보내셨다."

개시라면 개똥이다. 나는 믿을 수가 없었다. 대비의 말대로라면 혼과 대비, 둘 중 한 사람은 내게 거짓말을 하고 있었다. 그러나 둘 다 거짓말을 한다는 생각은 들지 않았다.

무엇보다 혼은 절대 그럴 사람이 아니었다. 더욱이 어머니인 공빈이 직접 그의 군호와 이름을 새겨 내린 소중한 옥패였다. 다시는 찾지 못할 것이라 여기던 것을 돌려받았는데, 반쪽도 아니고 두 쪽 모두를 대비에게 주다니?

그럼 대비가 내게 거짓말을 한 것일까? 대비에게 이 옥은 보은을 상징한다. 자신을 구해주었던 혼에게 은혜를 갚기 위해 지녀왔던 옥이었다. 그 보은을 했는지는 몰라도, 옥의 반쪽을 혼에게 돌려준 그 순간부터 그녀가 이 옥을 지녀왔던 책임은 다한 것이었다. 그러니 굳이 혼이 주었다고 거짓말을 할 이유가 없다. 만약 거짓말이라면 내가 이 사실을 혼에게 말하면 혼이 잃어버린 옥을 찾으러 올 테니 말이다.

'혼과 대비가 거짓말을 하는 것이 아니라면…… 다른 누군가가 있다는 걸까?'

이들이 오해하도록 상황을 만든 제3자를 떠올리는 건 어려운 일이 아니었다. 지난밤 혼이, 중전이 옥패를 지니고 있다가 잃어버렸다고 말한 것이 떠올랐기 때문이었다. 나는 혼과 대비가 다르게 알고 있는 사실의 이면에는 중전이 있다고 확신했다.

그날 밤, 중전은 개시를 통해 혼이 보냈다며 대비에게 옥패를 보냈을 것이다. 하지만 왜? 그리고 왜 하필 옥패를 받은 사람이 대비였으며, 선조가 승하하던 날 밤이었을까?

선조가 승하하던 날은 역사적으로 많은 의문점을 남기고 있다. 후대에는 그날 밤에 대한 많은 야사들이 전해진다. 아빠는 그중 한 야사에 주목하고 계셨다. 그것은 바로 선조가 죽기 전 인목왕후에게 유지를 남겼다는 것이다. 그 유지는 세자인 혼을 폐위시키고 영창대군에게 보위를 물려주라는 내용이었다고 한다. 그렇게 되면 영창대군이 장성할 때까지 인목왕후가 대비로서 수렴청정을 하게 되고, 자연히 외척인 김제남 일가와 영창대군을 지지하는 소북파가 정권을 잡게 된다. 그러나 그 유지는 세상에 나오지 않았다.

선조가 마지막 숨을 힘겹게 내쉬며 인목왕후에게 내렸다는 그 유지, 그 유지는 정말로 존재했던 것일까?

'설마!'

그 유지가 존재했다면 마땅히 영창대군이 보위에 올라야 했지만 그런 일은 일어나지 않았다. 또 인목왕후는 선조가 승하하자마자 그 다음날로 광해군을 즉위시켰다. 그것은 이례적인 일이었다.

조금 전 대비가 했던 말이 또렷이 떠올랐다.

'난 주상께서 보위에 오르신 것만으로도 내 보은을 다했다고 생각한다.'

선조의 유지가 존재했다면, 그리고 그 내용을 혼이 알게 되었다면…… 혼은 왕위에 오르려 하지 않았을 것이다. 내가 아는 그는 분명 영창대군에게 보위를 내놓고 스스로 물러났을 것이다. 그러나 중전은 다르다. 가문의 부귀영화를 위해 혼이 보위에 오르길 바라는 중전에게는 절대 그 유지는 세상에 나와서는 안 되는 것이었다.

보은의 의미를 담은 공빈의 옥패. 중전이 옥패를 대비에게 보내 그 유지가 알려지는 것을 막았던 것이라면?

선조가 승하한 다음날 즉시 혼을 즉위시킨 인목대비의 행보는 역사적으로 많은 의문을 낳았다. 그 이면에 이 옥패가 존재했던 것이라면?

나는 상상 속의 선조의 유지를 떠올리며 대비와 눈을 맞췄다. 그때, 대비의 날카로운 시선이 내 두 눈에 꽂혔다. 대비는 인상을 찡그린 채 시선으로 내게 묻고 있었다. 옥패에 대해 캐묻는 진짜 이유를 말이다. 그리고 그녀는 내가 어디까지 알고 있는지 궁금해하는 것이 틀림없었다. 그러나 나는 존재 여부조차 불확실한 유지에 대해 대비에게 물을 마음은 없었다. 나 스스로도 확실한 이유는 알 수 없지만, 물어서는 안 된다는 생각이 강하게 들었다. 묻는다고 해서 대비가 쉽사리 알려줄 것 같지도 않을 뿐더러, 그 진위 여부를 내가 알아서는 안 될 것 같았기 때문이었다. 나는 대비의 시선을 피해 고개를 숙였다.

선조의 유지가 존재하는지의 여부를 떠나, 대비는 영창대군에게 왕위가 돌아가도록 충분히 노력할 수 있었음에도 그러지 않았다. 그녀는 오히려 영창대군을 지지하는 신하들의 움직임이 일어나기도 전에 혼을 즉위시켰다. 그러한 대비의 행동에 공빈의 옥패가 영향을 끼쳤다면…… 그것을 보낸 중전의 의도는 명확하다.

'혼의 즉위를 도울 것.'

나는 무거운 침을 삼켰다. 지금으로써는 내가 추측할 수 있는 것은 여기까지다. 대비는 더 이상 그날의 일에 대해 나에게 말하려 하지 않을 것이다. 무언가 더 알아내려면, 대비보다는 그 옥패를 대비전으로 가져온 개시에게 묻는 것이 더 빠를지도 모른다는 생각도 들었다.

대비전을 나온 나는 복잡한 생각에 종지부를 찍기 위해 하늘로 고개를 들었다. 눈부신 아침 햇살이 곧바로 나를 맞았다. 나는 잠시 휘청거렸다. 곁에 서 있던 운영이 재빨리 내 곁으로 다가와 나를 부축했다.

"괜찮으세요?"

나는 운영의 부축을 거절하며 괜찮다고 고개를 끄덕였다. 그리고 눈살을 찌푸린 채 눈부신 하늘로 다시 눈을 들었다.

공빈의 옥패가 대비에게 있다는 사실을 혼에게 말해줘야 할까? 그 사실을 듣게 된다면 혼은 옥패를 찾으러 대비를 찾아올까? 그럼 대비는 혼에게 그날 밤의 일을 털어놓게 될까? 그렇다면 중전이 벌인 일이었든 아니든 무언가 밝혀지게 될지도 모르는데……!

혼은 왕이 되었다. 그것은 내가 알던 역사 그대로였다. 그가 왕이 되기까지 역사에도 기록되지 않은 일들이 숨어있다고 하더라도 모든 건 정해진 그대로 이루어진 것이다. 괜히 내가 이 일을 파고들었다가 행여나 역사가 바뀌는 일이라도 생길까 하는 두려움이 밀려왔다.

이제 결론은 하나였다. 나만 입을 다문다면 달라지는 것은 아무것도 없을 것이다.

연등놀이

이듬해 창덕궁의 공사가 끝났다.

혼은 초가을 새롭게 지어진 창덕궁으로 이어(移御, 왕이 거처하는 곳을 옮김)했다. 나는 혼을 따라 창덕궁으로 옮겨온 뒤 후원의 교화당에 자리를 틀었다. 그 뒤 줄곧 행궁으로만 불리던 기존의 궐은 경운궁(慶運宮, 현 덕수궁)이라는 정식 이름을 받았다.

왕이 새 궐로 자리를 옮기면서 많은 것이 바뀌었다. 그간 공식적으로 열리지 않았던 종학이 창덕궁의 새 전각에서 주기적으로 열리게 된 것도 그중 하나였다. 종친들이 종학을 열심히 나오는 것은 아니었지만, 학구열을 불태우는 이들도 몇몇 있었다. 그중에 능양군으로 진봉(進封)된 종이가 있다는 소문이 들렸다. 종이와 사이좋은 친형제로 자란 명이도 종이를 따라 종종 종학에 나왔다. 나는 명이와 종이가 종학에 나오는 날마다 그들을 교화당으로 초대했다.

"맛있니?"

명이가 온다는 소식에 이른 아침부터 운영과 함께 내가 만든 음식은 간장떡볶이였다. 아이라면 좋아할 것 같아서 열심히 만들었는데, 막상 기쁘게 먹어주길 바란 명이의 표정이 영 시큰둥하다. 떡볶이를 싫어하는 걸까? 아니면 음식 솜씨가 뛰어난 이들이 만든 음식만 먹다가 내가 만든 음식을 먹어서 입에 맞지 않는 걸까?

말을 하지 못하는 명이를 대신해 종이가 입을 열었다.

"맛있사옵니다."

정좌하고 앉은 종이의 모습이 꼭 처음 조선에 와서 만났던 정원군을 떠올리게 만든다. 능양군이 된 이후 의젓함이 몸에 밴 종이는 내가 알던 예전의 어린 종이가 아니었다. 어느새 17살이 된 종이는 작년 혼례까지 치렀다. 이제 종이는 조선에서는 어엿한 성인이었다. 내 마음 같아서야 어린 시절 보모상궁으로 함께했던 시절을 들려주고 싶지만, 종이는 더 이상 그 시절의 나를 기억하지 못했다. 아마 종이는 그때의 나와 지금의 원빈이 된 내가 같은 사람이라고는 상상도 못 할 것이다.

"명아, 명이도 맛있었니?"

난 명이와 시선을 맞추며 조심스레 물었다. 나와 눈이 마주친 명이는 약하지만 고개를 두 번 끄덕이며 답한다. 그제야 난 안도의 미소를 지을 수 있었다. 종이가 그런 명이를 돌아보고, 명이 역시 종이와 눈을 마주치며 두 형제는 서로를 향해 미소 짓는다.

종이와 명이는 너무나도 의좋은 형제였다. 특히 종이는 다른 두 동생에 비해서 막내인 명이를 유독 챙겼다. 궐내에 소문이 자자할 정도였다. 나는 이들을 보면서 남모를 걱정이 생겨났다. 훗날 서로가 친형제 사이가 아니라는 것을 알게 되었을 때의 일을 떠올렸기 때문이었다.

물론 종이는 변함없이 명이를 챙겨줄 것이라 믿어 의심치 않는다. 그러나 내 걱정은 다른 곳에도 있었다. 명이는 이제 8살이 되었다. 몇 해 전 처음 명이를 만난 날, 구 씨는 어린 명이에게 내가 친어머니라고 말한 적이 있었다. 그 뒤로 정원군이 구 씨에게 입단속을 시켜서인지 구 씨는 다시는 그런 말을 하지 않았고, 명이는 줄곧 정원군과 구 씨의 막내아들로 자라왔다. 그런 명이에게 부모로 알고 있던 이들이 부모가 아니라고 말해야 한다는 것은 나에게 또 다른 걱정거리였다.

혼은 명이가 자신의 아들이라는 것을 안다면 놀라겠지만 동시에 기뻐할 것이다. 하지만 어린 명이에게는 그 사실이 큰 상처가 될 것 같았다. 나는 명이가 상처 받는 것을 두려워하고 있었다.

며칠 뒤면 세자의 친영례가 있는 날이었다.

혼의 유일한 적손으로서 정식 세자로 책봉된 이지는 세자로서의 지위를 확고부동하게 지켜나가고 있었다. 이런 상황에서 명이가 자신의 아들이라는 사실을 혼이 알게 되더라도 정원군과 내가 염려하던 일은 조금도 일어나지 않을 것이라고 믿었다. 그렇다면 남은 건 명이가 알고 받아들이는 것뿐이었다. 그렇기에 나는 명이가 조금 더 자랄 때까지 밝히는 것을 미루는 것이 좋겠다고 생각했다.

"원빈마마. 오늘 능풍도정이 종학에서 스승님께 크게 칭찬을 받았사옵니다."

"칭찬이요?"

"예. 필체가 수려하다 하여 칭찬을 받았사옵니다."

명이는 아직도 말을 하지 못한다. 그 점을 제외하고는 일상생활에서는 거의 불편함을 느끼지 못하는 편이다. 명이는 말을 하지 못한다는 이유로 주로 자신의 마음을 글로 표현해왔다. 그러다보니 남들보다 더 많이 붓질을 해야 했고, 자연히 필체가 늘었다.

"나도 볼 수 있을까?"

다정하게 건넨 물음에 명이가 힘차게 고개를 끄덕였다.

교화당에 문방사우가 갖춰지고 명이가 붓을 들었다. 잠시 명이의 눈빛이 어른마냥 반짝이더니 슥슥 붓을 놀린다. 순식간에 '교화당'이라는 글자가 종이 위에 새겨졌다. 처음 보는 명이의 글씨에 나도 모르게 절로 박수가 나왔다. 8살밖에 안 된 아이의 필체치고는 선이 제법 굵고 한눈에 보더라도 반듯한 것이 스승의 칭찬이 괜히 나온 건 아닌 듯싶다.

명이는 글자가 적힌 종이를 두 손으로 내 앞에 자랑스레 내밀었다. 나는 그것을 받아들며 환하게 웃었다.

"정말 잘 쓰는구나!"

내 칭찬에 명이의 뺨이 불그스레해졌다. 명이는 종이 쪽을 한번 쳐다보며 눈짓으로 무언가 신호를 보냈다. 종이는 그런 명이의 속마음을 바로 읽어냈는지 나를 돌아보며 말했다.

"능풍도정이 그 글을 원빈마마께 드리고 싶다 하옵니다."

"정말요? 고마워, 명아."

명이가 입을 헤벌쭉 벌리며 천진난만한 미소를 지었다. 나는 그의 미소를 보면서 명이에게 무언가 해주고 싶은 마음이 마구 솟았다. 명이가 이처럼 기뻐할 수 있는 것이라면 무엇이든 상관없었다. 아직까지 명이와 같이 궐에서 살지 못하고, 친어머니라고 나설 수도 없는 나였다. 명이와 정식 모자간으로 재회할 그날까지 이 아이가 원하는 것이라면 뭐든지 해주고픈 마음이었다.

"능양군, 능풍도정이 좋아하는 게 있나요? 보답으로 좋아하는 걸 선물해주고 싶은데."

내 물음에 종이가 잠시 고민하더니 대답했다.

"능풍도정은 유등(流燈, 물 위에 띄우는 등)을 좋아하옵니다."

"유등이요?"

"예. 어린 시절 종종 유등을 강에 띄워 놀곤 했었습니다. 허나 유등이 불가의 의례 중 하나로 쓰인다 하여 근래에는 아버님이 하지 못하게 하시옵니다."

조선은 유교 국가다. 정원군이라면 종친의 신분으로 유등놀이를 즐기는 것을 용납할 리가 없었다. 난 종이의 말을 이해하고는 명이에게 물었다.

"명아, 유등을 좋아하니?"

내 물음이 끝나기가 무섭게 명이의 입에 다시 미소가 퍼진다. 그 미소가 충분히 답이 되어주었음에도 명이는 세차게 고개까지 끄덕이며 확인 도장을 찍어준다. 이런 명이의 모습에 나는 유등을 직접 만들어 선물하기로 마음먹었다.

혼의 명으로 세자의 혼례를 정원군이 주관하게 되었다. 임해군 사후 정원군이 종친의 최고 어른이 되었기 때문만은 아니었다. 혼은 정원군을 절대적으로 신뢰하고 있었다. 심지어 종종 그를 궐로 불러 정사를 논의했다.

이런 혼의 행동은 파격적인 것이었다. 과거 인빈과 혼의 관계를 돌아본다면, 혼이 즉위한 이상 정원군은 그와 거리를 두고 지내는 것이 마땅했다. 그럼에도 정원군을 향한 혼의 신뢰는 굳건했고, 이는 영창대군 세력을 견제하려는 대북의 주시를 받게 되었다.

나 역시 혼과 정원군의 관계를 걱정스러운 시선으로 바라보았다. 그러나 내가 보는 시선은 대북과는 판이하게 다른 것이었다. 대북은 정원군을 영창대군과는 또 다른, 혼의 왕권을 위협할 수 있는 잠재적 존재로서 주시했지만, 난 내가 알고 있는 역사 속의 정원군을 지금의 정원군에 대입해 바라본 것이다. 정원군은 훗날 인조가 되는 종이의 부친이었다. 광해군 시대, 그는 옥사로 셋째 아들 능창군을 잃게 된다. 그 슬픔이 화병이 되어 그를 죽게 만들었다고 역사는 기록하고 있었다. 그러나 내가 살고 있는 역사 속에서는 그런 미래가 올 것이라고는 상상조차 하기 힘들다.

몇 년 사이에 혼은 역사가 말한 대로 변하게 되는 걸까? 아니면 내가 알고 있던 역사가 바뀌고 있는 것일까? 만약 역사가 바뀌고 있는 것이라면 좋은 쪽으로 바뀌고 있는 것일까? 무엇보다 그들의 역사를 알고 있는 나는 현재로선 아무것도 하지 않고 있다. 그럼에도 역사가 좋은 쪽으로 바뀌는 것이 가능한 것일까?

"다리(가체)가 불편하다 하실 땐 언제시고 벌써 번듯한 빈마마가 되셨네요."

교화당에서 풍등(風登, 하늘로 띄우는 등)과 씨름하는 내게 식혜를 들이던 운영이 웃으며 말했다. 어느새 가체는 내 머리에 익숙하게 자리 잡았다. 한창 다른 일에 집중할 때는 그 무게가 느껴지지 않을 정도다. 나는 운영의 말에 가체에 한 손을 슬쩍 올리며 물었다.

"비뚤어졌어?"

"아뇨."

나는 운영이 건네는 식혜를 시원스레 들이켜고는 말했다.

"오늘 안으로는 끝내야 해."

운영은 내 말에 교화당을 가득 채운 각각 종류가 다른 등들을 둘러보며 한숨지었다.

"그렇다고 무리하진 마세요."

"안 돼. 기회는 오늘뿐인걸."

오늘 세자의 친영이 끝나고 연회가 밤늦게까지 열린다. 그 연회에 명이가 참석한다. 물론 어린 종친들은 해가 지기 전에 여인들과 함께 퇴궐한다지만, 나는 정원군에게 부탁해서 명이를 교화당으로 부를 생각이었다.

"능양군께선 어린 시절 마마와 인연이 있으시지만, 능풍도정은 아니시잖아요? 왜 그리 능풍도정께 애정을 쏟으셔요?"

"그건……."

운영에게라면 내가 제주에서 낳은 아이가 명이라는 사실을 밝혀도 될 것 같았다. 하지만 나는 길게 눈초리를 늘이며 웃는 운영을 보며 하려던 말을 그만두었다. 명이가 혼과 나의 아이라는 사실은 아직 정원군과 나만 알고 있었다. 그다음으로 이 사실을 알게 될 사람은 혼이길 바랐다. 다른 사람에게 먼저 알려주고 싶진 않았다.

"아픈 아이니까."

나는 중얼거리며 마무리하던 풍등으로 시선을 돌렸다.

"아프시긴요? 말을 못 하시는 것만 빼면 활달하시고 건강하시던데요. 제 생각에는 그 연유 때문이 아닌 듯한데요?"

나는 다시 고개를 들어 운영을 보았다.

"마마께서 이제 어머님이 되셔야 할 차례이신 거죠. 남의 아이만 예뻐하실 수 있나요? 마마께서 전하의 아기씨를 생산하시면 자연히 그 아기씨에게 애정을 쏟으시느라 능풍도정과도 멀어지시겠지요."

나는 운영의 추측을 한숨으로 마무리했다. 그리고 그 한숨을 운영이 궁금해할까, 서둘러 마무리한 풍등 하나를 그녀의 앞에 내밀었다.

"어때?"

"잘 날아가기만 하면 될 것 같은데요?"

"그렇지? 게다가 이 교화당에서 날리면 연회장에서는 잘 보이지 않을 거야. 보여도 별이라고 생각할걸?"

"성공하시길 바라요."

운영이 웃음을 날리며 성공을 기원했다.

"정원군께서는 어디 계시니?"

"희정당(熙政堂, 창덕궁 편전)에서 열리는 연회에 참석 중이세요."

"내가 말한 대로 가서 전해."

"예. 해가 지면 능풍도정 아기씨를 잠시 교화당으로 보내달라 청해 드리면 되는 거죠?"

운영이 내 명을 재차 확인했을 때였다. 나는 고개를 저으며 자리에서 일어섰다.

"내가 갈게. 가서 정원군을 뵙고 직접 부탁할래."

"하지만 마마님. 희정당에 전하께서도 계시는데, 전하께서 이 일을 아시면……."

"그건 걱정 마. 전하께선 내가 명이를 아끼는 걸 아시니까."

난 걱정하는 운영을 안심시키며 말했다.

창덕궁에 진노랑빛 석양이 잔뜩 내려앉았다.

종친 연회가 열리고 있는 편전 희정당과 담을 하나 사이에 두고 위치한 성정각(誠正閣). 이곳은 평상시 세자가 학문을 익히는 곳으로, 친영이 있는 오늘은 비워져 쓸쓸하게 석양을 맞이하고 있었다.

"원빈마마."

성정각의 앞뜰에서 만난 정원군이 내게 공손히 인사를 올리자, 그를 여기까지 안내한 운영이 조심스럽게 뒤로 사라졌다. 정원군과 단둘이 마주 선 나는 그를 향해 입을 열었다.

"부탁드릴 것이 있어서 이리 모시게 되었습니다."

"말씀하시지요."

"해가 진 뒤에 능풍…… 아니, 명이를 잠시 교화당으로 보내주실 수 있나요?"

정원군은 잠시 고민하더니 내게 무뚝뚝한 어투로 답을 준다.

"내자(內子, 아내)에게 나인을 보내 그리하라 이르겠습니다."

나는 그의 이러한 태도에 자그마한 섭섭함이 일었다. 그는 이제 나와 한자리에 함께 있는 것조차도 부담스러워진 것일까? 다르게 생각한다면 나는 왕의 후궁이 되었다. 그를 이렇게 불러서 만나는 것은 분명 궐의 법도와는 맞지 않는 일일 것이다. 그러나 내 마음속에서 그는 가까운 친구와도 같은 존재였다. 힘들었던 제주 유배 생활을 동고동락한 사람이었다.

"저……. 군부인께서는……."

"중궁전에 있을 겁니다."

형식적인 안부 인사라도 꺼내어 그를 붙잡으려던 나의 의도는 그가 내 말을 끊어버리며 금세 깨져버렸다. 그의 시선은 내 어깨 너머에서 마지막 빛을 내는 석양에 꽂혀 있었다.

"……잘 지내시나요?"

그제야 자신이 내놓은 답이 틀렸다는 것을 알게 된 정원군이 나와 시선을 맞췄다.

"예."

이 역시 짧은 대답이었다. 나는 풀이 죽은 얼굴로 시선을 내리깔았다. 나와 대화를 지속하고 싶어 하지 않는 듯한 그의 태도에 자연히 할 말을 잃은 것이다. 나는 그가 이대로 나를 두고 희정당으로 돌아갈 것이라고 생각했다.

그러나 그는 그러지 않았다. 내 눈앞에 보이는 그의 발은 여전히 움직임이 없었다. 나는 천천히 고개를 들어 다시 그의 얼굴을 바라보았다. 그의 얼굴은 미안함이 가득 담긴 표정으로 바뀌어 있었다. 그가 입을 열었다.

"세자저하의 가례가 모두 끝나면, 전하께 능풍도정에 대해 말씀을 올리고자 합니다."

그는 그런 사람이었다. 내가 무언가 말하기도 전에 내 마음부터 읽어내는 사람이었다. 내가 무언가 부탁하기도 전에 나를 도와주려고 하는 사람이었다. 그런 그가 내게 차가운 태도를 보였다면, 그것은 오로지 나를 배려한 마음에서 나온 행동일 것이다. 무엇보다 내가 아는 그는 뿌리부터 차가운 사람이 아니었으니까.

"아니요. 그러지 마세요."

"무슨…… 뜻입니까?"

내가 당연히 그러자고 답할 줄 알았는지, 정원군의 얼굴에 당황한 기색이 스친다.

"명이의 존재를 하루라도 빨리 전하께 알리고 싶었던 것은 사실이에요. 하지만 지금은 생각이 조금 달라졌어요. 명이가 더 클 때까지 기다리고 싶어요. 그 전에 전하와 명이가 가까워졌으면 싶고요. 자연스럽게요. 그사이에 명이가 다시 말을 하게 된다면 더 좋겠죠."

"마음이 변하신 겁니까?"

"변했다기보다는…… 사실 저도 제 마음을 잘 모르겠어요. 그렇게 조급하게 밝히고 싶던 일인데, 이젠 명이가 진실을 알고 난 뒤에 받을 상처가 걱정돼요. 명이는 아직 어리잖아요? 전하께서는 명이가 친아들이라는 사실을 아시면 놀라시겠지만 동시에 기뻐하시겠지요. 하지만 명이는…… 가족으로 알던 사람들이 가족이 아니란 걸 알게 되고 또 헤어져야 할 테니까요. 아직 어린 명이가 받을 상처가 겁이 나요."

나는 내 가슴속에 홀로 묵혀온 심정을 정원군에게 털어놓았다. 정원군은 가만히 서서 그런 내 말들을 다 들어주었다. 그 뒤 그는 내게 짤막한 한마디를 건넸다.

"그것은 어머니의 마음일 겁니다."

그는 내 심경의 변화에 대한 답도 알고 있었다.

"그럼 명이의 일은 원빈마마의 뜻대로 하겠습니다."

그는 이 말을 끝으로 돌아서려고 했다. 나는 그를 붙잡았다.

"군부인께 고맙다고 전해주세요. 오늘날까지 명이를 키워주셔서요."

내 말에 정원군은 숨을 깊이 들이쉬더니 말했다.

"내자는 그 인사를 받으려 하지 않을 겁니다."

"네?"

"그녀는 지금껏 명이가 저와 마마의 소생이라 믿었기에 오늘날까지 그 아이를 키워온 것입니다. 그러니 그 인사를 받으려 하지 않을 것입니다."

정원군의 말대로라면 구 씨는 아직도 정원군과 나의 관계를 오해하고 있을 것이 불 보듯 뻔했다. 정원군도 굳이 그 오해를 풀려고 하지 않았다면 그들 부부의 사이는 여전히 냉랭할 것이다. 나는 구 씨에게 미안한 마음이 들었다. 세월이 흐르고 나서야 정원군을 향한 구 씨의 앙칼진 태도가 모두 애증에서 비롯된 것임을 깨달았기 때문이었다.

"군부인께 따뜻한 말 한마디라도 건네주세요. 겉으로 보기엔 매정하신 분이시지만, 오늘날까지 명이를 키워주신 것을 보면 다 정원군마마를 위하는 마음에서……."

"원빈마마."

정원군이 또 한 번 내 말을 끊었다.

"저 역시 내자가 그리 매정한 여인이 아니라는 것을 잘 알고 있습니다. 그녀는 썩 훌륭하진 못해도 좋은 품성을 지닌 여인입니다. 과거에도, 그리고 지금도."

정원군이 잠시 숨을 고르더니 내 눈을 향해 한 치의 흔들림 없는 시선을 보낸다.

"허나 마마와 제가 처음부터 인연이 아니었듯, 내자와 저 역시 인연이 아니었던 것입니다."

그가 나와 자신의 인연이 있어서는 안 되었던 것이라고 말한다. 그는 어느새 자신의 마음에서 나를 그릇된 인연이라 생각하고 몰아낸 것일까? 친구의 인연조차도 남겨두지 않은 채, 그렇게 나를 밀어낸 것일까?

그의 말에 섭섭함이 그대로 드러난 내 두 눈과 마주하며, 정원군은 자신이 내뱉은 말을 후회하는 것이 틀림없었다. 그는 자신의 아랫입술을 잠시 깨물더니 시선을 먼 곳으로 두며 말했다.

"저의 내자는 제 친형님이신 신성군께서 마음에 품었던 여인이었습니다. 저 역시 이 사실을 알고 있었습니다. 허나 아바마마의 뜻으로 그녀는 저와 부부의 연을 맺게 되었지요. 그때까지도 저는 부부의 연이란 하늘이 맺어주는 것이라 굳게 믿었습니다. 그러나 그것이 아니란 걸 깨닫는 데는 그리 오랜 시일이 걸리지 않았습니다."

정원군이 다시 나를 바라보았다.

"왜란이 일어나고 의주로 가는 피난길에 형님께선 중병을 앓아 사경을 헤매셨지요. 그리고 형님께서는 숨을 거두시기 직전 내자의 이름을 부르셨습니다. 그때 저는 알게 되었지요. 형님께선 그녀가 저와 부부의 연을 맺었다 하여 잊으신 것이 아니라, 그 누구도 모르게 가슴 깊숙이 자신의 마음을 숨겨 오셨다는 것을 말입니다. 그때 저는 그런 형님을 이해하지 못했습니다. 그러나 이제는 돌아가신 형님의 심정을 이해할 수 있게 되었습니다."

나는 신성군과 구 씨에 얽힌 이야기 속에서 정원군의 마음을 보았다. 그는 내가 혼과 맺어진 것을 보면서 과거 그의 친형 신성군이 자신과 구 씨를 바라보던 시선을 느낀 것이다. 그러기에 스스로 나와 그가 인연이 아니라고 말한다. 하지만 그렇게 말하면서도 그는 자신의 마음 속에서 나를 놓지 못하고 있었다.

그를 처음 만나고 12년에 가까운 세월이 흘렀다. 그렇게 긴 시간이 흘렀음에도 나를 향한 그의 마음에는 그 어떤 변화도 없었다. 나는 지금 그렇게 굳건하게 나를 바라보는 그의 마음과 마주한 것이다.

'우린 결코 친구가 될 수 없을 거야. 친구가 되고 싶다는 건 내 욕심일 뿐이니까.'

석양을 머금고 야릇하면서도 미묘하게 변한 그의 눈빛이 나를 응시하고 있었다. 그 눈빛에 내 시선이 얽매였다. 꼼짝도 할 수가 없었다.

눈빛에 실려 여지없이 드러난 그의 마음으로부터 나는 고개를 돌릴 수가 없었다.

미안함 때문일까? 그를 외면할 수 없는 것이 단순히 미안함 때문이길 바랐다. 그건 그의 마음을 받아들일 수 없는 죄책감이 쌓여 나타난 감정일 테니까. 그 죄책감을 조금이라도 덜면서 잠시나마 그의 마음을 받아들여줄 수 있다면 나는…….

"대전 김 상궁이 아닌가?"

갑자기 들려온 여인의 목소리에 난 소리가 나는 쪽으로 고개를 돌렸다. 그곳에는 기둥에 몸을 숨긴 채 얼굴만 빼끔 내밀어 나와 정원군을 바라보던 상궁 김개시가 있었다. 그런 개시를 발견하고 부른 것은 멀지 않은 곳에 서 있던 신 숙원이었다.

"수, 숙원마마!"

놀란 개시가 서둘러 숙원의 앞으로 다가가 고개를 숙였다. 숙원은 개시의 인사를 받으며 그녀 뒤로 선 정원군과 나를 한 번 흘깃 쳐다보았다. 그리고 부드러운 미소를 띤 채 개시에게 물었다.

"이곳에서 무얼 하고 있었는가?"

"소, 소인은…… 전하의 명으로 정원군마마를 찾아 뫼시러……."

평소 같으면 숙원을 대놓고 무시하고도 남았을 개시였다. 궐내에서 숙원의 위치가 중궁전 지밀나인보다 못하다는 걸 대전 상궁인 그녀가 모를 리가 없었으니까. 그러나 갑작스럽게 등장한 숙원만이 아니라 나와 정원군도 있는 자리였다.

"그랬는가? 그럼 전하께 전해드리게. 내가 정원군을 뵙고자 이곳으로 모셔왔다고 말일세."

"예에……. 숙원마마."

개시는 연신 고개를 숙이더니 성정각을 떠나려고 했다. 숙원이 그런 개시를 붙잡더니 자신의 손목에 차고 있던 옥팔찌를 빼어 개시에게 내밀었다.

"그간 전하를 뫼시느라 수고가 많았네. 그런 자네에게 내 성의를 보이고 싶으나 기회가 없어 그러질 못하였네. 받아두게."

개시는 숙원이 내민 옥팔찌에 눈이 휘둥그레지더니 사양 한 번 없이 그것을 냉큼 받아들고는 쏜살같이 그곳을 떠났다. 그제야 숙원이 얼굴에서 웃음을 거두고는 우리 쪽으로 다가왔다. 그녀는 내게 짧게 인사를 올리고는 곧바로 정원군을 향해 다급히 말했다.

"오라버니, 어서 희정당으로 돌아가시지요. 더 이상 궐내 다른 이들의 눈에 띈다면 오해를 살 것이옵니다."

정원군도 그녀의 말뜻을 알아차린 듯 고개를 끄덕였다.

"알았다. 헌데 그 패물은 이모님의 유품이 아니었느냐? 네가 중히 여기던 것인데 어찌 김 상궁에게 주었느냐?"

신 숙원이 개시에게 내어준 옥팔찌가 어머님의 유품이었던 모양이다. 정원군과 내가 단둘이 있는 장면을 목격한 개시를 입막음하려는 의도가 분명해 보였다.

걱정스럽게 묻는 정원군을 향해 숙원은 맥없이 웃었다.

"궐에서 자신보다 중히 여기는 것이 있다면 그것은 곧 자신을 위협하는 흉기가 되어 돌아오는 법입니다."

숙원은 웃으며 말하고 있었지만, 이런 그녀의 모습은 평소 풀 죽은 듯이 지내던 모습과는 상반되는 것이었다. 나는 마음속으로 놀라지 않을 수 없었다.

정원군은 숙원을 향해 무언가 말하려다가 더 이상 지체하기가 어려웠는지 서둘러 성정각을 빠져나갔다. 멀어지는 정원군의 뒷모습을 걱정스런 얼굴로 응시하던 숙원이 그의 모습이 완전히 사라지자 다시 나를 향해 고개를 숙였다. 나는 그녀가 정원군과 사촌지간이라는 사실을 기억해냈다.

"어머님의 유품이라던데……. 그것을 김 상궁에 내어줄 것까지는 없지 않았소?"

"괘념치 마시옵소서."

"어찌 되었든 도와주어서 고맙소. 허나 오해는 마시오. 정원군과 나는……."

"미천한 소인에게 해명하지 않으셔도 되옵니다."

숙원이 고개를 들었다.

"소인은 오라버니가 어떠한 분인지 잘 알고 있사옵니다. 분명 까닭이 있어 이곳에서 원빈마마를 뵙고 계셨던 것이겠지요. 허나 궐내의 사특한 무리들은 언제라도 쓸데없는 말을 지어낼 수 있사옵니다. 그러하기에 김 상궁에게 패물을 주어 입을 봉하려 한 것이옵니다. 김 상궁은 재물을 밝히는 자이오니 무사히 넘어가기를 바랄 뿐이옵니다."

그대로 자리를 떠나려던 숙원이 다시 나를 돌아보며 말했다.

"원빈마마. 아뢰옵기 황송하오나 김 상궁을 조심하옵소서."

어쩌면 개시에 대한 충고는 그녀가 아닌 내 입에서 나오는 것이 더 옳았을 것이다. 미래에서 온 나야말로 개시가 어떤 인물인지 잘 알고 있었으니까. 그렇기 때문에 김 상궁에 대해 주의를 주는 숙원이 궁금해졌다. 내가 아는 그녀는 오로지 중전을 배알하려 할 때 외에는 두문불출하는 여인이기 때문이었다.

"김 상궁을 조심하라니? 어찌 내게 그런 말을 하는 것이오?"

"김 상궁은 대전 상궁이오나 중전마마께서 수족처럼 부리는 인물이기도 하옵니다. 재물을 탐하여 중전께서도 김 상궁을 재물로 부리고 있사오나, 더 많은 재물을 주는 이가 있다면 언제든지 변절할 자이니 믿을 만한 자가 못 되옵니다."

신 숙원의 판단은 정확했다. 개시가 재물을 밝힌다는 것은 역사에도 기록되어 있기 때문이다. 나는 역사 속의 개시에 대해 배워서 알고 있지만 그녀는 나와 다르다. 그렇기에 김개시의 진면목을 꿰뚫고 있는 그녀에 대해 더욱 호기심이 일었다. 그러나 신 숙원은 내게 마지막까지 정중히 예를 올린 후, 바로 성정각을 떠났다.

그날 어둑해진 저녁 무렵이었다. 교화당에서 내려다보이는 작은 연못 안에는 며칠에 걸쳐 내가 직접 만든 유등 수십 개가 훤히 불을 밝히고 있었다.

아무것도 모른 채 운영을 따라 교화당까지 온 명이는 제일 먼저 이 작은 연못을 채운 유등에 시선을 빼앗겼다. 그사이 나는 교화당 나인들과 함께 명이를 놀래어줄 또 다른 준비를 모두 마친 상태였다.

"명아."

유등에 시선을 집중하고 있던 명이의 이름을 불렀다. 명이가 나를 돌아본 순간이었다. 나는 교화당의 나인들과 동시에 불붙인 풍등을 하늘로 띄워 보냈다. 가을바람을 타고 서서히 하늘로 올라가는 풍등은 유등과는 또 다른 장관이었다. 이제 명이는 놀라 입이 쩍 벌어지며 하늘로 올라가는 풍등을 향해 큰 눈을 떴다.

풍등이 높이 올라갈수록 어둠이 내려앉는 하늘에는 때 이른 작은 은하수가 만들어졌다. 별처럼 반짝이는 풍등을 올려다보는 명이의 얼굴은 등불의 빛보다도 더 밝아지고 있었다. 그런 명이를 보며, 들을 수는 없어도 그 아이가 마음속에서부터 내지르는 기쁨의 탄성을 느낄 수 있었다. 나는 가슴 깊이 행복감을 느꼈다.

난 명이가 소리 없는 함박웃음을 짓는 것을 보며 물었다.

"좋아?"

내 물음에 명이가 나를 돌아보며 힘차게 고개를 주억거렸다. 나 역시 명이를 바라보며 흡족한 미소를 지었다. 운영이 아직 하늘로 띄워 보내지 않은 풍등을 내게 가져왔다. 그 풍등의 심지에 불을 붙인 나는 그것을 명이에게 내밀었다.

"날려볼래?"

명이는 자기 몸의 반만한 풍등을 안아 들고는 하늘로 띄워 보내려 애를 썼다. 그러나 풍등은 쉽사리 명이의 품을 떠나려 하지 않았다. 나는 그런 명이의 몸짓도 너무 귀여워 웃음이 터지려는 것을 간신히 참아냈다.

운영이 내 뒤로 다가오더니 작은 목소리로 말했다.

"전하께서 오셨어요."

운영의 말에 나는 그녀의 시선이 향하는 곳으로 눈길을 돌렸다. 어수당을 중심으로 자리 잡은 큰 연못과 작은 연못. 유등이 불을 밝히고 있는 작은 연못 주변과는 다르게 큰 연못 주변에는 짙은 어둠만 자리하고 있었다. 그곳에 선 한 사람의 인영이 내 눈에 들어왔다. 혼이었다. 아기자기한 불빛이 가득한 작은 연못과는 달리 음산할 정도로 빛을 잃은 큰 연못가에 있는 그의 형체는 주의 깊게 보지 않는 이상 발견하기가 힘든 것이었다.

"어찌하올까요, 마마."

운영은 혼이 온 것을 나인들에게 알리고 인사를 올리게 해야 할지를 묻고 있었다. 나는 잠시 고민했다. 혼은 혼자였다. 자신의 등장을 부산스럽게 알릴 나인들을 멀찍이 떨어뜨려놓고 온 것이었다. 아마도 조용히 나를 만나러 왔다가 교화당 나인들을 모두 대동한 이 요란한 연등놀이에 놀라 걸음을 멈춘 것 같았다.

'능풍도정은 나를 좋아하지 않는다.'

나는 입궐 전 혼이 내게 했던 말을 기억해냈다. 내겐 아직도 풀리지 않는 미스터리이지만 혼은 명이와 가까운 사이가 아니었다. 지난날 노진사의 사가에서 마주한 혼과 명이는 왕과 아이 그 이상의 관계로 보이지 않았다. 혼 역시 이를 인정했다.

난 이들 부자가 진실을 알게 되는 그날이 오기 전까지 자연스레 가까워지기를 바랐다. 그렇다면 이것은 좋은 기회였다. 나는 혼을 우리가 벌인 작은 연등놀이에 초대하기로 마음먹었다. 그러나 혼은 참여하려 하지 않을 것 같았다. 어쩌면 그는 명이를 발견하고는 작은 연못이 있는 쪽으로 다가오는 것을 주저하고 있는지도 몰랐다.

나는 운영에게 조용히 주변을 모두 물리게 하고는 명이에게 다가갔다. 아직까지도 풍등을 하늘로 날리려 애를 쓰는 명이에게 속삭였다.

"큰 연못 쪽에 바람이 더 부니까 잘 날지도 몰라. 우리 그리로 가자."

명이는 순순히 내 말에 따라 어둠이 내려앉은 큰 연못 쪽으로 돌아섰다. 나는 명이보다 한발 앞서서 큰 연못으로 다가갔다. 그리고 뒤따르는 명이를 향해 손짓하며 위태롭게 연못가를 걷기 시작했다.

"이쪽으로 와. 어서."

난 과장된 몸짓으로 비틀거리며 걷는 시늉을 하다가 어느 순간 넘어질 듯 소리쳤다.

"어머!"

그때였다. 멀지 않은 곳에 있던 혼이 재빨리 내게로 다가와 나를 품 안으로 끌어안았다. 당장이라도 연못 안으로 풍덩 떨어질 듯했던 나의 몸짓 연기가 제대로 먹혀든 것이다. 나는 혼의 품 안에서 콩닥콩닥 뛰는 가슴 소리를 들으며 의기양양한 표정으로 그를 보며 웃었다.

"전하."

품 안에서 반갑게 그를 부르자 그제야 혼은 내 연기에 자신이 속았음을 깨닫고는 긴 한숨을 내쉬며 나를 놓아주었다.

"대체 무슨 짓을 벌인 것이냐?"

그는 화를 내고 있었다. 그러나 나는 그 이유가 내게 속아서가 아니라는 걸 알았다. 그는 정말로 내가 연못에 빠지기라도 할까 걱정했던 것이다.

"치, 전하께서 그냥 가시려 하지 않으셨사옵니까?"

"아무리 그렇다 하더라도 과인이 얼마나 놀랐는지 아느냐? 다시는 이런 장난을 해서는 아니 된다. 알겠느냐?"

혼의 꾸짖는 말이 이어진다. 그가 많이 놀란 모양이다. 그제야 늦은 후회감이 조금 찾아왔지만, 이대로 풀죽은 모습으로 장난을 뉘우칠 생각은 조금도 없었다. 무엇보다 우리 곁에는 명이가 서 있었다.

나는 명이를 돌아보았다. 명이는 날리지 못한 풍등을 품에 안은 채 잔뜩 겁에 질린 얼굴로 혼에게 꾸지람을 듣는 나를 바라보고 있었다. 이것은 내가 바란 상황이 전혀 아니었다. 나는 일단 겁에 질린 명이의 마음부터 풀어줘야겠다고 생각했다. 난 명이를 향해 웃으며 말했다.

"명아, 어서 전하께 인사를 올려야지?"

구슬만한 명이의 눈동자가 내 웃는 얼굴과 굳어 있는 혼의 얼굴을 빠르게 반복해서 오간다. 눈치를 살피고 있는 것이다. 난 명이의 뒤로 다가가 어깨를 살짝 잡고는 앞으로 밀었다. 그러나 명이는 꿈쩍도 하려고 하지 않았다. 내가 잡은 명이의 어깨가 움츠러든 것을 느꼈다. 난 혼을 향해 도움의 눈길을 보냈다.

"전하."

혼이 헛기침을 하더니 굳어진 표정을 풀며 명이에게 말을 건넸다.

"능풍도정."

"명이예요, 이명."

군신관계가 명확하게 드러나는 호칭에 내가 반기를 들었다. 혼이 내 눈치를 살피더니 코로 길게 숨을 내쉰다. 그러더니 한쪽 무릎을 굽히고 몸을 낮춰 명이와 시선을 맞췄다. 놀란 명이가 한 걸음 뒤로 물러서려고 했지만, 바로 뒤에 서 있던 나로 인해 그러지 못했다.

명이와 시선을 마주한 혼은 입꼬리를 당겨 웃었다.

"명아."

그제야 명이가 고개를 숙이며 어색한 인사를 혼에게 건넸다. 혼은 그런 명이의 머리를 한번 쓰다듬어주고는 굽혔던 몸을 일으켜 세웠다.

"과인은 이만 돌아가겠다."

여전히 혼은 명이가 자신을 불편해한다고 생각하는 것 같다. 난 우리를 남겨둔 채 돌아가려는 혼을 붙잡기 위해 명이에게 말했다.

"전하께 등을 날려달라고 부탁드려봐. 어서."

일부러 들으라고 크게 말했기 때문인지 그가 내 말에 우리를 돌아보았다. 명이는 돌아선 혼과 다시 눈을 마주치자 약간 당황해했다. 하지만 방금 전 인사를 나누었기 때문인지 처음보다 크게 동요하는 것 같지는 않았다. 그것을 안 나는 고개를 숙여 명이와 눈을 맞추며 밝게 웃었다.

내 웃음을 물끄러미 보던 명이가 풍등을 안고 천천히 혼에게로 다가갔다. 명이는 자신의 손에 들린 풍등을 조심스럽게 혼을 향해 내밀었다. 혼은 별 주저 없이 명이가 내민 풍등을 받아들었다. 이제 명이의 시선이 혼의 손에 들린 풍등을 향했다.

혼은 큰 연못 쪽으로 방향을 잡더니 연등을 가슴 높이로 들어 살며시 놓았다. 그러나 무엇 때문인지 이번에도 등은 순순히 날아가려 하지 않았다. 혼은 그 이유를 단번에 알아챘다. 그는 풍등 안으로 손을 집어넣더니, 내부의 골격으로 쓰인 말린 대나무 막대의 위치를 살짝 바꾸어 놓았다. 그러자 풍등은 기다렸다는 듯, 어둠이 내려앉은 큰 연못 위에 빛을 뿌리며 훨훨 날아오르기 시작했다.

명이의 표정이 밝아졌다. 혼도 마찬가지였다. 그는 자신이 고쳐 띄운 풍등을 바라보며 만족스러운 미소를 짓더니 기뻐하는 나와 명이를 돌아보았다. 이제 명이도 그런 혼과 눈을 맞추며 아이다운 미소를 짓고 있었다. 난 그런 두 사람의 모습을 바라보며 가슴 깊은 곳이 뜨거워지는 느낌을 받았다. 비록 아직은 서로가 부자 사이라는 것을 모르지만 처음으로 가족이 모여 시간을 보내는 자리였다. 나는 이 특별한 시간을 한순간이라도 헛되게 보내고 싶지 않았다.

"명아, 어서 소원을 빌어."

명이는 영문을 모르겠다는 표정으로 나를 올려다본다. 나는 명이에게 설명해주었다.

"등이 날아갈 때 소원을 비는 거야. 그러면 하늘에 있는 천제님이 소원을 들어주셔."

나는 두 손을 모으는 시늉을 했고, 명이는 얼떨결에 내 행동을 따라 했다. 나는 이제 혼에게 말했다.

"전하두요. 어서요."

"무슨 소원을 빌라는 것이냐?"

"뭐든지요. 천제님은 다 들어주실 거예요. 어서요."

유교 국가의 왕인 그에게 날아오르는 등을 보면서 소원을 빌라고 말하는 것이 얼마나 얼토당토않은 일인지. 나는 알면서도 짐짓 모르는 체하며 두 눈을 감았다. 그가 내 부탁을 들어주지 않더라도 이해할 수 있었으니까.

잠시 연못 주변에는 침묵이 흘렀다. 나는 몰래 슬그머니 눈을 떴다. 내 눈앞에는 놀라운 광경이 펼쳐져 있었다. 그 누구보다도 똑 닮은 두 사람이 나란히 서서 손을 모으고 있는 모습이었다. 나는 가슴이 벅차오르는 느낌을 받으며 다시 두 눈을 감았다. 그리고 마음 깊이 간절한 소원을 빌었다.

'멀지 않은 훗날에, 서로가 부자 사이라는 걸 알게 된 후에 이곳에서 다시 풍등을 띄우는 날이 오기를…….'

소원을 빈 나는 다시 눈을 떴다.

혼이 띄워 보낸 풍등은 앞서 하늘로 올라간 풍등들과 줄을 맞추어 새로운 은하수 속으로 들어서 있었다. 이제 앞서 띄운 풍등과 혼이 띄운 풍등을 구별할 수 없었다. 그러나 그것은 내게 중요하지 않았다. 나는 별처럼 반짝이는 풍등들을 올려다보며 얼굴 가득 미소를 채웠다.

나는 우리가 진짜 가족으로서 함께하게 될 날은 그리 멀지 않았다고 생각했다. 그러나 그것이 나의 큰 오산이라는 걸 깨닫는 데는 오래 걸리지 않았다.

이듬해, 광해군 4년인 1612년. 겨울이 채 끝나기도 전인 2월, 한 장계(狀啓, 지방의 신하가 왕에게 올리는 문서)가 한성에 도착했다. 황해도 봉산 군수 신율이 파발마로 급히 보낸 이 장계로 인해 광해군 초의 조선은 또 한 번 시끄럽게 요동쳤다.

이것이 바로 김직재의 옥사였다.

눈비 내리던 날에

왜란 후 정국은 북인(北人, 조선시대 붕당의 한 정파)이 주도해왔다. 이들은 선조 후반, 광해군을 지지하는 대북과 영창대군을 지지하는 소북으로 나뉘었다.

광해군의 즉위로 대북이 정권을 잡게 되지만, 강경파인 대북의 정치적 기반은 약한 편이었다. 이들 대북은 광해군의 즉위를 도운 공신으로서의 지위를 업고, 조정에 남아있는 소북 신하들을 숙청하기 위해 역모죄를 꾸며냈다. 대북은 봉산 군수가 보낸 장계의 내용을 크게 확대시켜, 선조 시절의 문신이었던 김직재가 난을 일으켜 광해군을 폐위시키려 했다고 몰아붙였다. 또한 자백을 얻어내기 위해 관련 혐의자들 모두에게 잔인하고 혹독한 고문을 가했다.

이 혹독한 고문 끝에 실토된 범인들은 대부분 소북 신하들이었다. 하루가 멀다 하고 소북 신하들이 줄줄이 국청으로 끌려나왔다. 이제 대북이 만든 시나리오의 마지막 장이 넘어가려 하고 있었다. 그 끝에는 바로 선조의 서자인 순화군의 양자 진릉군이 있었다.

진릉군은 이번 역모에 왕으로 추대된 인물로 지목받아 의금부에 구금되었다. 대북 신하들은 진릉군을 친국(親鞫, 임금이 중죄인을 몸소 신문하던 일)으로 다스릴 것을 끊임없이 주장하였으나, 오로지 정원군만이 이를 반대하며 진릉군의 무고를 주장했다. 왕이 가장 총애하는 아우 정원군의 발언으로 친국은 차일피일 미뤄지고, 대북파 신하들은 정원군을 향해 불만의 목소리를 내기 시작했다.

아직 한낮인데도 태양은 구름에 가려 모습을 보이려 하지 않았다. 마치 일식이 일어난 것처럼 짙은 회색빛의 그림자만이 창덕궁을 덮은 가운데, 얼음처럼 차가운 바람만이 열려 있던 창문을 통해 교화당 안으로 밀려들어오고 있었다.

"춥지 않으세요?"

교화당으로 들어온 운영이 내게 묻는다.

나는 고개를 저으며 한숨을 내쉬었고, 운영은 열려 있던 창문을 조심스럽게 닫았다.

"아직 날이 추워요. 창문을 열기에는 이르죠."

"명이는?"

나는 창문에서 시선을 떼자마자 명이의 소식부터 물었다.

그것도 그럴 것이 보름이 넘도록 명이를 만나지 못한 것이다. 그동안은 명이가 종학에 올 때마다 만났었는데, 진릉군이 역모에 연루된 이후 종학은 열리지 않았다. 그 때문에 한동안 명이를 보지 못하다가 며칠 전 종이가 입궐했다는 소식에 불러 물었더니 명이가 아프다는 것이다.

"전해 듣기로는 단순 고뿔이래요."

"고뿔인데 왜 이리 오래 아파? 능양군 말로는 아픈 지 열흘이 넘었다던데. 많이 아프대?"

"마마."

운영이 위로하듯 나를 불렀다. 하지만 나의 불안감은 더욱 커져만 갔다.

"직접 출궁해서 명이를 봐야겠어."

"중전마마께서 허락지 않으셨잖아요."

운영의 말대로 중전은 나의 출궁을 허락하지 않았다. 어제 출궁을 허락받기 위해 중궁전으로 갔다가 오히려 정원군은 물론이고 그의 식솔들에게 발길을 끊으라는 엄한 꾸지람만 들었다.

최근 정원군은 진릉군과 관련하여 대북의 주시를 받고 있었다. 중전은 그 사실까지도 언급하며 후궁으로서의 내 위치를 상기시키는 말들만 늘어놓았다.

나 역시 그런 중전의 말이 틀리지 않음을 잘 알고 있다. 하지만 명이는 나의 소중한 아들이었다. 그 아이가 오래도록 아프다는데 궐에 가만히 앉아 나았다는 소식만 기다려야 하는 나는 애간장이 탔다. 더욱이 창덕궁에서 하루도 아닌, 한 시간도 걸리지 않는 거리에 명이가 살고 있는데도 가서 만날 수 없다는 건 심장을 옥죄는 고통이었다.

"중전마마께서 허락지 않으신다면 전하께 청을 드려야겠어."

명이에 대한 걱정으로만 가득 찬 마음을 안고 나는 혼이 있는 편전으로 향했다.

"전하, 원빈마마께서 드셨사옵니다."

"원빈이? 들라 하여라."

혼의 허락이 떨어지자마자 닫혀 있던 편전의 문이 열렸다. 나는 조심스러운 걸음으로 편전으로 들어서다 멈칫하고 말았다. 혼은 앉은 자리에서 움직이는 것이 불편해 보일 정도로 수많은 상소들에 둘러싸여 있었다. 그는 나를 바라보며 상소를 내려놓고 미소를 지었다.

"원빈이 어쩐 일로 편전까지 온 것이냐?"

나는 내 뒤로 선 나인들의 시선을 의식하며 혼에게 형식적인 예를 올렸다. 그사이 최 내관이 우리 두 사람만 남긴 채 편전의 모든 나인들을 물렸다.

"상소가 많네?"

모두 물러가고 우리 둘만 남게 되자 난 상소들을 둘러보며 첫 말을 뗐다. 혼은 답을 피하려는지 미소만 지을 뿐 아무 말도 하지 않는다.

나는 혼이 대답을 주지 않은 이유를 알고 있다.

평소 그는 내 앞에서 단 한 번도 조정의 일에 대해서 언급한 적이 없었다. 하지만 나는 그의 즉위 초 일어난 몇몇 사건들을 모두 알고 있었다. 혼이 즉위한 후 명나라는 책봉교서를 내려주지 않으며 조선의 내

정에 간섭하려 들었다. 또 그 시기 임해군의 옥사가 일어났다. 작년에는 문묘(文廟, 공자를 모신 사당)에 이황과 이언적을 배향(配享, 학덕이 있는 사람의 신주를 문묘나 사당, 서원 등에 모시는 일)하는 일로 몇 달간 조정이 소란스러웠고, 급기야 성균관 유생들이 집단 반발하며 성균관을 나가는 일까지 있었다.

이처럼 양분된 조정은 매일같이 시끄러웠다. 단 한 사람뿐인 임금을 사이에 두고 대신들은 저마다의 주장을 내세우며 목소리를 높였다. 더불어 대신들은 혼이 어느 쪽 편을 들 것인지를 주시하며 매서운 시선으로 그를 옥죄고 있었다. 혼이 가벼운 한마디조차도 쉽사리 꺼낼 수 없을 만큼 살얼음판 같았던 시기였다.

그때도 혼은 내 앞에서 한결같은 모습만 보였다. 나와 함께하는 시간에 그는 평소처럼 나의 소소한 이야기에 공감하며 웃어줄 뿐, 얼마나 많은 일들이 그의 어깨를 무겁게 하고 있는지에 대해서는 한 번도 언급하지 않았다. 무수리조차도 조정이 시끄럽다는 걸 아는데, 내가 모를 리 없었다. 하지만 혼은 내게 작은 걱정거리 하나조차도 주려 하지 않는다. 그런 그의 마음을 아는 이상, 다그쳐 물을 수도 없었다. 또 알게 된다 한들 후궁에서만 지내는 내가 무엇을 할 수 있을까? 비록 조정에서 일어나는 모든 일의 결과를 아는 유일한 사람이 바로 나라고 해도 말이다. 내가 할 수 있는 건 그저 그의 미소에 미소로 화답하는 것뿐이었다.

어느 날 나를 바라보며 그 누구보다도 평온한 미소를 짓고 있는 그를 보면서 나는 문득 이런 생각을 했다.

'난 그가 만들어준 교화당이라는 보호막 안에서 살고 있는 걸까? 만약 그렇다면, 그것이 과연 옳은 걸까?'

그러나 이 고민에 대한 답을 찾기에 앞서, 난 그가 바라는 답을 내 답으로 삼기로 마음먹었다.

세상에는 침묵하되, 그의 앞에서는 그 누구보다도 행복한 여인이 되기로.

"경민아."

혼이 나를 부른다.

난 그를 둘러싼 많은 상소에서 눈을 떼고 그를 쳐다보았다. 혼은 상소가 쌓인 상을 한쪽으로 밀어 치우더니 자신의 옆에 자리를 만들었다. 그가 그 자리 위를 한 손으로 툭툭 쳤다. 그 의미가 무엇인지 깨달은 나는 그곳에 가서 냉큼 앉았다. 그런 나를 보며 혼이 소리 내어 웃더니 두 손으로 내 손을 부드럽게 움켜잡는다.

"나도 마침 네가 보고 싶던 참이었다. 헌데 안색이 좋아 보이지 않는구나. 어디 아프기라도 한 것이야?"

당장이라도 어의를 편전으로 부를 기세에 나는 고개부터 저었다.

"아프긴. 난 괜찮아."

"무슨 일로 편전까지 온 것이냐? 상궁을 보내지 않고. 혹여 급한 일이더냐?"

"청이 하나 있어서."

"청?"

"출궁하고 싶어."

"출궁이라니?"

대뜸 출궁하고 싶다는 내 말에 그의 표정이 살짝 어두워진다. 아마도 출궁이란 말의 의미를 잘못 알아들은 듯싶다. 난 그의 오해가 깊어지기 전에 서둘러 말을 덧붙였다.

"능풍도정이 아프대. 많이 아픈 것 같지는 않지만 너무 오랫동안 아프대서. 잠깐 출궁해서 얼굴만 보고 돌아오면 안 될까?"

굳었던 그의 얼굴이 서서히 풀렸다. 그러나 곧 그는 짧은 한숨과 함께 나를 설득했다.

"나 역시 능풍도정이 고뿔로 아프다는 말을 들었다. 안 그래도 그 일로 네가 근심할 듯싶어 내의원에 일러두었다. 고뿔에 좋은 약재를 정원군 사가로 보내라고 말이다. 그러니 너무 걱정 말거라."

명이가 아프다는 소식에 내가 걱정할 것을 미리 안 혼이 이미 조치를 취한 것이다. 하지만 그건 내가 원한 답은 아니었다. 난 직접 명이의 상태를 두 눈으로 확인하고 싶었다. 여전히 출궁하고 싶은 마음을 피력하는 내 두 눈을 응시하며 혼이 난처한 듯 웃는다.

"정 그렇다면 며칠만 참거라."

"며칠만? 어째서?"

이유를 묻는 내게 혼이 대답 대신 자신을 둘러싼 상소들에 눈길을 준다. 나 역시 그의 시선을 따라 상소들로 시선을 돌렸다.

"이 상소는 모두 같은 내용이다. 정원군에게 죄를 물으라는 것이지."

혼이 처음으로 내 앞에서 조정의 일을 꺼냈다. 그런데 그 조정의 일이라는 게 정원군과 관련된 것이었다. 난 내가 당장 출궁할 수 없는 이유가 지금 이 상소들에 담겨 있다는 걸 알아차렸다.

혼이 다시 나와 눈을 맞추며 말했다.

"정원군이 진릉군의 무고를 주장하고 나선 일로 조정에 정원군 역시 역심을 품고 있다 말하는 이들이 생겨났다."

이번 일로 정원군을 향한 불만의 목소리가 나온다는 건 소문으로 들어 알고 있었다. 그렇다고 정원군이 역모의 죄까지 추궁받게 되었다는 건 처음 듣는 일이었다.

"말도 안 돼! 정원군이 어떤 사람인지는 혼이 네가 더 잘 알잖아."

나는 분통을 터트리며 혼에게 항변했다. 그러자 혼이 씁쓸한 미소를 지으며 말했다.

"알고 있다. 정원군의 성품은 지나치게 강직한 데다가 한번 마음먹은 것은 어떠한 경우에도 예외를 두지 않지. 아마 진릉군이 무고하다고 판단한 이상, 끝까지 진릉군이 죄가 없음을 주장할 것이다. 허나 이번 일은 정원군이 지나쳤다."

"지나치다니?"

"정원군이 종부시 도제조이나 엄연히 종친은 조정의 일에 나설 수가 없다. 이는 국법으로 정해진 일이기 때문이다."

혼의 말을 들으며 난 진릉군에 대한 그의 생각을 묻고 싶었지만 그러진 않았다. 이 옥사에 대해 이미 알고 있어서였다. 소북 인사들을 숙청하기 위해 대북이 꾸민 조작극. 이것이 미래의 평가였다. 이 옥사의 최대 수혜자인 대북을 통해 혼의 왕권은 한층 강해진다. 그러나 이 옥사가 혼에게 좋은 결과만 안겨주진 않았다. 이 일로 조정 내에서 입김이 강해진 대북의 영수 이이첨이 훗날 더 큰 파란을 조정에 몰고 오면서 사실상 이 옥사도 인조반정의 계기 중 하나가 된다.

"정원군의 성품이 어떤 결과를 낳았는지는 너 역시도 잘 알고 있겠지. 지난날 나를 위해 너와 제주로 유배를 가지 않았느냐? 그 뒤로 정원군에겐 죄인이라는 표식이 따라다니니……. 이번 진릉군의 일에 무슨 동병상련이라도 느껴 그리 나서는지도 모를 일이다."

혼은 제주에서 돌아온 정원군을 종부시 도제조의 자리에 앉혔다. 또한 조정에서 더 이상 정원군이 유배를 갔던 일에 대해 논하는 것을 금했다. 그럼에도 불구하고 그의 잃어버린 명예는 되돌아오지 못했다. 제주에서 돌아온 정원군은 여전히 선왕의 여인을 탐한 패륜아였다. 민가에서는 그가 저지른 적도 없는 나쁜 행실들이 마치 진짜 있었던 일처럼 파다하게 퍼져나갔다.

혼이 말한 것처럼 그 누구보다도 강직하고 곧은 성품을 지닌 정원군이었다. 그가 진릉군의 무고를 주장하고 나서는 건, 어찌 보면 당연한 일인지도 모른다.

"정원군에게 역심의 죄를 물으려는 건 아니지?"

"물론이다. 허나 이번 일만큼은 그가 물러서줬으면 좋겠구나."

혼의 솔직한 심정을 들으며 나는 내가 명이를 보러 갈 수 없는 이유를 깨달았다. 조정에서 정원군이 역심을 품었다는 말까지 나오는 상황이었다. 혼은 분명 그런 대신들의 말이 억측이라며 정원군을 비호하고 있을 것이다. 이런 때에 후궁인 내가 정원군의 사가를 방문한다면, 정원군을 비호하는 혼의 태도는 형평성을 잃어버린 군주의 일방적인 감싸기로만 비춰질 가능성이 높았다.

"그래서 내가 정원군의 사가에 갈 수 없는 거구나."

혼이 미안함이 담긴 눈빛으로 답을 대신한다.

나는 짧은 한숨을 내쉬었다.

"알았어. 내의원의 좋은 약을 쓴다면 명이의 고뿔도 금방 낫겠지."

상황을 이해하고 체념하는 나를 혼이 물끄러미 바라보더니 두 팔로 날 끌어안았다. 나는 힘없이 그의 팔에 끌려가 안겼다. 그리곤 보란 듯이 그의 품에 안겨 더욱 깊은 한숨을 내쉬었다. 그러자 혼이 내 머리 위에 자신의 턱을 살짝 얹더니 힘주어 지그시 누르며 장난을 친다.

"땅이 꺼질라."

미안함이 섞인 그의 장난에 난 피식거리며 웃음을 터트렸다. 웃음소리를 들은 혼이 두 손으로 내 얼굴을 감싸 쥐었다. 그리고는 사랑스러운 눈길로 나와 눈을 맞춘다. 나는 눈웃음을 지으며 그의 입에서 나올 다음 말을 기다렸다.

그의 입이 열렸다.

"언제까지 능풍도정만 어여삐 여길 것이냐."

"어?"

전혀 생각지 못한 그의 말에 난 놀란 눈을 힘주어 떴다. 혼은 내가 왜 놀랐는지 그 이유를 알아차리지 못한 채 미소를 머금고 말했다.

"언제쯤 내게 능풍도정보다 더 어여쁜 아들을 낳아줄 것인지를 묻는 것이다."

내 얼굴에서 웃음이 사라졌다.

혼도 그런 내 모습에 조금 놀란 것 같았다. 그는 내 얼굴을 감쌌던 손으로 내 두 손을 잡으며 물었다.

"제주에서 죽은 그 아이를 아직 잊지 못한 것이냐?"

나는 아무런 대답도 그에게 줄 수 없었다.

그는 아직 명이가 자신의 아들이라는 사실을 모르고 있었다. 궐에 들리는 소문에는 혼이 명이를 좋아하지 않는다는 말도 있었다. 나는 소문을 믿지 않았다. 그러나 명이가 혼을 보면 슬금슬금 피하는 건 사실이었고, 자신을 싫어하는 아이를 좋아할 어른은 없었다.

혼도 인정하지 않았던가? 명이가 자신을 싫어한다고 말이다. 그가 명이 앞에서 친절하려고 노력한다면, 그건 오직 내가 명이를 예뻐하기 때문일 것이다.

'지금이라면…….'

명이가 그의 아이라는 사실을 밝힌다면, 혼은 지금 바로 나와 명이를 만나러 가줄지도 모른다.

"사실은……."

당장이라도 아픈 명이를 보고 싶은 마음이 진실을 실토하도록 부채질하던 순간이었다.

"주상전하. 대사헌께서 알현을 청하며 월대에서 기다리고 계시옵니다. 어찌 하올까요?"

바깥에서 들려오는 최 내관의 목소리에 순식간에 내 입은 바싹 타들어가며 소리를 잃어버렸다. 난 혼이 잡은 내 손을 슬그머니 뒤로 빼며 자리에서 일어섰다.

"신첩은 이만 물러가옵니다."

최 내관은 밖에 있고 누가 우리 곁에 있는 것도 아닌데 내 입에선 높임말이 나왔다. 정중하게 예를 올리며 돌아서는 내 뒤로 혼의 한숨 소리가 들린다.

'혼은 내가 제주에서 죽은 아이를 잊지 못해 명이에게 잘해준다 생각하겠지.'

언제부터인가 내 마음 속에서는 혼만큼이나 명이의 존재가 커져버렸다. 혼을 사랑하는 마음과 명이를 사랑하는 마음은 별반 다르지 않은 것 같은데, 명이만은 내 몸의 일부로 생각될 때가 있다. 그래서 나는 명이가 받을 상처가 가장 두려운지도 모른다. 그 아이가 상처를 받는다면 나 역시 받게 될 테니까.

편전에서 나오던 길에 난 월대에 선 대사헌을 발견했다. 대사헌이라면 이이첨이었다. 난 그의 얼굴을 처음 보았지만, 누구인지는 알고 있었다. 이번 진릉군이 연루된 김직재의 옥사를 비롯하여 여러 사건들을 거치며 대북의 영수(領袖, 우두머리)로 자리매김할 인물이었다.

그는 내가 편전에 들었다는 소식을 전해 들었는지 편전에서 나오는 나를 보고도 놀라는 기색이 없었다. 단지 나와 눈이 마주치자 고개를 살짝 숙였을 뿐이었다.

후궁과 신하는 서로 말을 주고받아서도, 인사를 나누어서도 안 되는 것이 궐의 법도였다. 이이첨은 내가 운영의 부축을 받으며 월대로 걸어 내려오자 조용히 옆으로 물러섰다.

"대사헌 영감 아니오?"

누군가 월대 위로 올라오며 반가운 목소리로 이이첨을 불렀다. 난 고개를 들어 그 사람을 쳐다보았다. 그는 중전의 오빠인 유희분이었다.

"우참찬 대감."

이이첨이 정중히 그에게 인사를 했다.

"전하를 알현하러 가는 길이오?"

"그렇소. 대감께서는?"

"중궁전으로 가는 길에 대사헌께서 입궐하셨다는 말을 듣고 혹시나 싶어 편전으로 온 것이오."

대화를 잇는 그들은 사이가 퍽이나 좋아 보였다. 나는 조용히 그들을 지나쳐 월대 아래로 내려가려고 했다. 그런데 유희분과 말을 주고받던 이이첨의 시선이 나를 지나 내 뒤를 따르는 운영을 향했다.

"잠깐, 거기 상궁."

이이첨이 운영을 불러 세운 것이다. 운영이 움찔하며 멈춰 섰고, 나 역시 걸음을 멈추고 운영을 돌아보았다. 평소와 다르게 운영은 고개를 들지 못하고 있었다. 또 자신을 부른 이이첨을 돌아보지도 않은 채 우두커니 서 있을 뿐이었다. 난 그런 운영의 태도가 이상하다 여기고 유심히 보았다. 그녀의 어깨가 미세하지만 떨리고 있는 걸 발견했다.

"어디서 본 듯한데……. 고개를 들어 보시겠소?"

이어지는 이이첨의 말에 운영의 떨림이 주변에 선 모든 이들이 확연히 알아볼 수 있을 정도로 심해졌다. 유희분이 의아한 눈초리로 운영을 향해 시선을 고정했을 때였다. 멀리서 이 상황을 지켜보던 최 내관이 우리에게로 급히 다가왔다.

"대사헌 영감, 운 상궁을 아시옵니까?"

"운 상궁?"

"여기 운 상궁은 교화당 원빈마마를 모시는 지밀상궁이옵니다."

최 내관의 설명에 운영은 고개를 더욱 숙이며 인사를 올리는 둥 마는 둥 이이첨에게 예를 표하고는 내 뒤로 숨듯이 섰다. 그런 운영을 이이첨이 집요한 시선으로 좇고 있었다. 최 내관은 이이첨의 행동이 궐의 예법과 맞지 않는다고 여긴 것인지, 재빨리 내 앞으로 서서 운영을 향한 이이첨의 시선을 끊어내고는 억지웃음을 크게 지어 보였다.

"대사헌 영감. 전하께서 기다리고 계시옵니다."

최 내관의 부드러운 재촉에 결국 이이첨은 편전 쪽으로 몸을 돌렸다.

"영감, 운 상궁을 아시오?"

이이첨의 뒤를 따르는 유희분이 운영에 대해 묻는 말이 내 귀에 똑똑히 들려왔다.

교화당으로 돌아온 후 나는 운영만 남겨둔 채 주변을 물렸다. 나와 단둘만 남게 되자 운영은 눈물부터 쏟았다. 나는 평소와 다른 그녀의 모습이 이이첨과 마주친 일 때문이라고 여기고는 물었다.

"대사헌을 아니?"

운영은 울며 고개를 두어 번 끄덕였다.

"그분은 제 정인이셨던 분의 오랜 지기셨어요."

"정인이라면 네가 낳은 두 아이의 아버지를 얘기하는 거야?"

"예. 하지만 이제 와서 지기였다고 말하기도 우습게 되었지요. 선대왕마마 시절, 서로 당파가 달라지자 가는 길이 다르다며 지기의 연을 끊으셨어요. 그 뒤 얼마 지나지 않아 조정에서 제 정인을 모함하여 귀양을 떠나게 만드셨어요. 결국 그분은 귀양지에서 병을 얻어 세상을 떠나셨고요."

"그런 일이 있었어? 그럼 대사헌은 너에 대해 잘 알고 있니? 네 집안이 역모와 관련이 되었다는 것도?"

"예. 전부요. 예전에 대사헌 영감께서는 제가 역모와 얽힌 집안의 여식이라는 이유로 저를 제 정인에게서 떼어놓으려 하셨으니까요."

편전 앞에서 운영을 바라보던 이이첨의 눈빛이 떠오른다. 최 내관이 일찍 나서준 덕분에 이이첨은 운영의 얼굴을 자세히 보지는 못했다. 그렇다고 해서 운영을 알아보지 못했다고도 장담할 수 없는 상황이었다. 만약 이이첨이 알아보았다면, 그녀는 위험해지는 것일까?

"이만 물러가 있어. 당분간은 교화당을 떠나지 말고."

"예, 원빈마마."

운영이 자신의 눈가를 훔치며 자리에서 일어섰을 때였다.

"중전마마 납시옵니다."

운영과 나는 서둘러 자리에서 일어섰다. 닫혀 있던 교화당의 문이 열리며 당의 차림의 중전이 모습을 드러냈다. 운영은 나와 함께 서서 중전을 향해 고개를 숙이며 인사를 올렸다. 다시 고개를 들어 올렸을 때, 난 중전의 시선이 운영을 향해 있는 것을 보았다.

"필요하신 것이라도 있으시옵니까?"

내 물음에 중전이 운영에게서 눈길을 거두고 나를 돌아보았다.

"아니네."

"어인 일로 교화당에 납시셨사옵니까? 미처 소인이 준비도 하지 못하였는데……."

나는 운영에게 물러가라고 눈길을 주며 중전에게 자리를 안내했다.

중전은 보료 위에 자리를 틀고 앉았다. 그녀와 마주 앉은 나는 조용히 뒷걸음쳐 나가는 운영을 향한 중전의 집요한 시선을 느꼈다. 운영이 완전히 나가고 문이 닫히고 나서야 중전은 다시 나를 돌아보았다.

"원빈."

낮고 무거워진 목소리로 나를 부르는 중전에게 의아함을 느낀 순간이었다.

"오늘 본궁의 오라버니로부터 당혹스런 이야기를 들었네."

"어떤…… 이야기이옵니까?"

그러나 나는 중전의 입에서 답이 나오기도 전에 그 답이 무엇인지를 어느 정도 예상할 수 있었다. 조금 전 만났던 이이첨과 유희분이 떠올랐기 때문이었다. 유희분은 이이첨과 운영의 묘한 분위기를 분명 알아챘다. 그 때문에 편전으로 들어서는 이이첨을 뒤따르며 운영에 대해 물은 것이었을 테니까. 그리고 이런 나의 예상은 틀리지 않았다.

"대사헌이 말하길, 운 상궁이 역모와 관련 있는 집안의 여식으로 의심된다더군."

'대사헌이 눈치를 챈 건가.'

나는 할 말을 잃은 채 중전을 쳐다보았다. 내가 우려한 일이 이렇게 빨리 일어나게 될 줄은 전혀 예상하지 못해서였다.

"본궁이 알아본 바로는 운 상궁을 자네의 곁으로 보내신 이가 다름 아닌 대비이시라지. 허나 정작 운 상궁을 직접 천거한 이가 바로 정원군이더군. 이 사실을 본궁은 오래전부터 알고 있었네만, 크게 마음에 두지는 않았네. 헌데 대사헌의 말대로 운 상궁이 역모와 관련된 집안의 여식이라면, 그 역모에 대비께서는 물론이거니와 정원군까지 연루되는 일이 일어나지 않겠는가?"

걱정을 담은 중전의 말에 나는 고개부터 저었다.

"그럴 리가 없사옵니다. 대사헌께서 잘못 보신 것이겠지요."

"원빈."

부정하는 나를 중전이 타이르는 목소리로 부른다.

"본궁 역시 그러길 바라네. 허나 전혀 근거 없다 여길 수는 없는 말이었네."

"예?"

"내명부를 주관하는 중전으로서 정원군이 천거한 운 상궁의 뒤를 알아보지 않을 수가 없었네. 알아보니, 운 상궁은 오래전부터 한성부 관기로 있던 이더군. 관기이기 이전에는 역모와 얽힌 집안의 노비였고. 대사헌은 운 상궁이 그 집안의 여식인데, 노비의 신분으로 위장하여 살아남은 것 같다 말하였네. 그런 의심을 받는 이를 기적에서 빼내어 궐 무수리로 들이다니."

중전은 운영의 이력을 언급하며 매우 특이하다는 듯 말한다. 그러나 난 이미 모든 사실을 들어 알고 있었기에 놀라진 않았다.

"왕자들이 궐에 세작들을 심어두는 것은 종종 있어온 일이니 그리

놀랄 일은 아니네. 허나 운 상궁이 역모와 얽혀 있다면…… 이대로 궐에 놔둘 수는 없는 일이지."

"운 상궁을 궐 밖으로 내보내시겠다는 것이옵니까?"

"내보낸다? 그랬다가 궐 밖으로 나간 운 상궁이 일을 더 크게 만들 수도 있지 않겠는가."

중전이 무언가를 내 앞으로 내밀었다. 작은 주머니였다. 나는 안에 있는 것을 확인하기 위에 손을 뻗었다. 그런데 그 주머니에 내 손이 닿기도 전에 중전이 나를 향해 말했다.

"비상(砒霜)이네."

나는 주머니에 닿으려던 손을 멈춘 채 놀란 눈으로 중전을 바라보았다. 비상이 조선시대에 흔히 쓰이던 독이라서가 아니었다. 중전이 이런 물건을 내게 내밀었다는 사실에 놀란 것이다.

"비상을 어찌?"

"운 상궁을 살려두어선 안 되기 때문이네."

"중전마마!"

나는 절대 그럴 수 없다는 마음으로 소리쳤지만, 돌아오는 중전의 표정은 무덤덤한 것에 가까웠다. 그런 얼굴로 중전은 독을 내밀며 운영을 살려두어서는 안 된다고 말하고 있었다. 언제부터 그녀는 이처럼 무서운 사람이었던 것일까?

"자네의 사람이기에 자네에게 맡기려 하였네. 허나 자네는 하지 못할 것 같군."

중전이 다시 비상이 든 주머니를 챙겨 들었다. 나는 그런 중전을 향해 말했다.

"중전마마. 운 상궁이 혹여 역모와 연관된 집안의 여식이라 하여도 과거의 일이고, 본인이 역모를 저지른 것도 아니온데 어찌 살려두지 않으려 하시옵니까?"

"역모에 크고 작음이 어디에 있겠는가마는, 대사헌의 말에 따르면 운 상궁이 얽힌 역모의 중함이 매우 크더군. 설사 운 상궁이 대사헌의 추측과는 달리 역도의 여식이 아니라 하여도, 본궁이 알아본 바에 따르면 역도 집안의 노비 출신인 것만은 분명하네. 그러니 대사헌이 운 상궁의 일을 조정에 거론한다면 그 여파가 자네에게 운 상궁을 보내신 대비마마는 물론이거니와 천거한 정원군, 그리고 자네에게까지도 미칠 것이네. 자네는 정녕 조정에 분란이 오길 바라는가? 더욱이 전하께서 총애하시는 아우인 정원군과 자네가 엮인다면 전하의 고충이 얼마나 크시겠는가?"

나는 대사헌이 말했다던 운영이 얽힌 역모가 궁금해졌다. 만약 대사헌이 운영의 일을 조정에 거론해 옥사라도 일어난다면 내가 알고 있는 역사적 사실 중 하나일 것이라고 생각했기 때문이었다.

"운 상궁이 얽힌 역모라는 것이 어떤 역모이옵니까?"

내 물음에 중전은 우리 둘밖에 없는 교화당을 한번 조심스럽게 둘러보더니, 목소리를 낮추며 중얼거리듯 입을 열었다.

"정여립과 관련된 역모라더군."

'정여립?'

나는 정여립이 누구인지를 기억해냈다.

기축옥사(己丑獄事). 지금으로부터 23년 전 조선에서 있었던 이 옥사는 '정여립 옥사'라고도 불렸다. 바로 이 옥사의 주모자로 낙인찍힌 정여립. 그가 누구인지 떠올리는 건 그리 오래 걸리지 않았다.

조선왕조 역사상 반란을 일으키고 모반을 꾸민 자들은 수도 없이 많았다. 그러나 정여립은 다른 역도들과는 분명 다른 점이 있었다. 역모 혐의를 받고 붙잡히기 전에 스스로 목숨을 끊어 역사 속으로 사라진 사람. 그가 자결하자 조선왕조는 그에 대한 모든 기록을 없애버렸다. 이 때문에 정여립에 대해 알 수 있는 자료는 후대에 거의 남아있지 않았다.

몇 가지 남은 자료에 따르면, 그는 강직하고 직설적인 성격으로 자신의 주장을 임금 앞에서 숨김없이 말하길 주저하지 않았다. 그는 자신을 관직에 등용시킨 스승 율곡 이이와 당파적 성향이 맞지 않는다는 이유로 서인에서 동인으로 전향했다. 이 일로 선조를 포함한 많은 이들에게 배신자라고 손가락질 받았음에도 그는 늘 당당하게 처신했다. 당연하게도 이런 그의 태도는 선조의 눈 밖에 날 수밖에 없었다.

정여립은 왕이 자신을 좋아하지 않다는 것을 알고도 보란 듯이 스스로 관직을 내던지고 낙향했다. 이후 자신을 따르는 사람들을 모아 대동계를 조직하여 무예를 연마하고 왜구 토벌에 앞장섰다.

이런 그의 행적은 역모를 꾸미고 있다는 모함을 받게 되었고, 마침 그를 싫어하던 선조는 그 역모 혐의를 사실로 받아들였다. 순식간에 역모자가 된 정여립에게 수배가 내려지고, 그의 가족과 친척들은 붙잡혀 모진 고문 끝에 처형당했다.

살아남아 진안 죽도로 도망친 정여립은 그곳에서 자살로 생을 마감했지만, 그의 죽음으로도 모든 건 끝나지 못했다. 옥사로까지 번진 이 사건으로 천여 명이 넘는 동인들이 억울한 죽음을 맞았다. 또 이 옥사로 인해 서인과 동인은 완전히 갈라서게 되었다.

"대사헌께서 정여립의 옥사와 운 상궁이 연관되었다 하셨사옵니까?"

"단지 연관만 있는 것이 아니네. 대사헌은 운 상궁이 정여립의 여식, 정운영일 것이라고 말했다더군."

'운영이 정여립의 딸이었다고?'

난 고개를 들어 중전을 똑바로 바라보았다. 기축옥사는 23년 전의 일이지만, 정여립이라는 이름 세 글자는 여전히 조선에서는 거론하는 것조차 위험하다는 걸 잘 알고 있어서였다. 난 오래전 운영이 들려주었던 이야기의 내용과 정여립의 옥사를 연관시켜 떠올렸다.

'소인은 사실 전주 고을의 한 반가의 고명딸로 태어났어요. 덕분에 부모님과 오라버니들의 많은 애정을 받았지요. 그런데 집안이 역모에 휘말려 멸문지화를 당하게 되었는데, 다행히 유모의 딸로 위장하여 살아남아 사노비가 되었지요.'

정여립의 고향은 전주였다. 그렇다면 정말로 운영이 정여립의 딸인 것일까?

'천하에는 정해진 주인이 따로 없다'고 주장한 정여립. '그 누구라도 어진 이를 임금으로 섬길 수 있다'고 주장한 그의 이론이 시대를 앞서

간 탓에 조선왕조가 멸망할 때까지 그 이름을 거론하는 것조차 역모로 치부되었다. 이런 정여립을 역도로 만든 건 다름 아닌 혼의 부친인 선조였다.

내가 왔던 미래에서도 정여립은 남은 자료가 거의 없어 제대로 된 평가를 받지 못하고 있었다. 정말 정여립이 역모를 꾸몄든 아니든 간에 혼은 자신의 아버지가 내린 판결을 뒤집어엎을 수는 없을 것이다. 후대의 역사가들도 아직 하지 못한 그 일을 말이다.

'운영이 정여립의 딸이라면, 절대 살아남을 수 없을 거야.'

하지만 내가 알고 있는 역사에서 광해군 시대에 정여립의 딸이 나타났다는 기록은 없었다. 정여립의 딸이 살아있었다면, 옥사까지 이어지지는 않았더라도 분명 실록에 남을 정도로 유명한 사건이 되었을 가능성이 컸다. 운영이 나타났더라도 여자이기에 큰일이 되지 않고 조용히 마무리된 것일까?

"원빈."

중전이 다시 나를 불렀다.

"운 상궁이 정여립의 여식 정운영이든 아니든 중요하지 않네. 단지 그녀의 존재가 궐에 파란을 몰고 올 수 있다는 점이 중요한 것일세. 그리고 그 일에 자네는 물론이고 억울하게 엮이게 될 이들이 많아질 것 또한 문제인 것이네."

절개를 지키려는 운영을 순수한 마음으로 도왔던 정원군에게 화살이 돌아올 수 있는 상황이 찾아왔다. 이미 진릉군을 감싼 일로 역모의 혐의를 받고 있는 정원군이다. 여기에 과거에 많은 이들의 목숨을 빼앗았던 정여립의 옥사까지 더해진다면? 또 대비까지 연관된다. 몇 년 뒤 일어날 계축옥사가 혹시 운영과 관련된 것일까? 그런 내용은 내가 아는 역사에는 전혀 없었다.

나는 혼란스러웠다.

"어찌하겠는가? 자네가 이 일을 처리하기는 벅찰 듯하니, 본궁에게 운 상궁을 보내어도 되네. 본궁이 처리하지."

지금 중전이 말하는 '처리'는 분명 운영을 쥐도 새도 모르게 죽이겠다는 것이다. 난 절대 운영이 목숨을 잃게 만들 수는 없었다.

"그럴 수는 없사옵니다! 절대 운 상궁을 죽게 할 순 없사옵니다. 운 상궁은 소인의 사람이옵니다. 그러니 소인이 책임지겠사옵니다. 운 상궁을…… 살려주시옵소서. 중전마마."

"어째서인가, 원빈?"

중전이 이해할 수 없다는 얼굴로 나를 본다.

"운 상궁이 대비께서 자네에게 보낸 상궁이라 하나, 사실은 정원군이 자네에게 보낸 이네. 그런 이를 어찌 이토록 감싸려는 것인가? 본궁이 알아본 바에 의하면 운 상궁은 분명 정원군의 사람이네."

"중전마마의 말씀대로 운 상궁은 정원군이 보낸 사람이 맞사옵니다. 허나 운 상궁은 소인이 나인이던 시절부터 고락(苦樂)을 함께했던 사람이옵니다. 소인은 소인을 향한 그녀의 충심을 믿사옵니다. 중전마마."

내 말을 모두 들은 중전이 어이없다는 듯 짧은 웃음을 터트린다. 나는 그녀의 짧은 웃음에서 오래전 인빈의 앙칼진 웃음소리를 떠올렸다. 서로 전혀 다른 분위기의 웃음임에도 말이다. 그것은 이상한 일이었다.

"자네가 나인이던 시절부터라……. 반가의 양녀가 되어 빈의 자리에 올랐음에도 과거 나인이던 시절을 그리워하기라도 하는 겐가? 그렇게 일일이 나인 시절 동무들을 챙겼다가는 제주에서 죽은 것으로 알려진 자네가 살아 돌아왔다는 사실을 궐에 모르는 이가 없겠군."

중전이 나를 답답하다는 듯 쳐다보며 자리에서 일어선다.

나는 교화당을 떠나려는 중전에게 예를 표하러 일어서야 한다는 것도 잊고 고개를 숙인 채 깊은 생각에 빠졌다.

운영과 미영이.

그녀들은 이 낯선 조선에서 십 년이 넘는 시간을 살아온 나에게 매우 소중한 사람들이었다. 혼이 내가 사랑하는 사람이라면, 그녀들은 내 가족이고 친한 친구와도 다름없었다. 그러나 미영이를 지키지 못했다. 미영이를 잃은 것도 고통스러운데, 운영마저 죽음으로 내몰아야 한다니. 난 절대 그렇게 할 수 없었다.

나는 빗속에서 보았던 미영이의 시신을 떠올리며 눈물을 삼켰다. 하지만 미영이에 이어 운영까지 위험에 처했다는 현실은 결국 내 눈에서 눈물을 떨구게 만들었다.

중전은 이런 나를 자리를 떠나지 않은 채 지켜보고 있었던 것 같다. 내 눈물이 땅에 떨어지자 갑자기 이런 말을 중얼거린 것이다.

"진즉 운 상궁의 그러한 출신을 알았더라면 지난날 임해군의 나인을 처리할 때 함께 처리했을 텐데."

중전의 말에 난 순간적으로 내가 울고 있다는 사실도 잊을 만큼 큰 충격을 받았다.

‘임해군의 나인?’

난 직감적으로 중전이 말한 ‘임해군의 나인’이 미영이라는 걸 깨달았다.

임해군의 옥사 때 자결한 미영이를 ‘처리’했다고 말하는 중전. 난 그런 중전의 말을 이해하기가 어렵다. 내가 알고 있는 그대로의 뜻으로 해석하면, 마치 미영이는 자결한 것이 아니라 중전이 죽였다는 것처럼 들리기 때문이다.

조금 전 비상을 건네며 운영을 자결하게 만들려던 중전의 행동이 방금 한 그녀의 말과 이어져 하나의 연결고리가 완성되는 순간이었다.

‘설마…….’

난 고개를 들어 중전을 바라보았다. 믿기 힘든 사실을 접한 내 얼굴이 딱딱하게 굳기 시작했다. 이를 본 중전도 무언가 실수했다고 느낀 얼굴로 자리를 떠나려고 했다. 난 뒤따라 일어서며 그녀와 마주 섰다.

“임해군의 나인이라니요? 중전마마께서 말씀하시는 이가 미영이는 아니지요?”

내가 깨달은 사실이 무엇인지 중전은 인지한 것이 분명하다. 내 시선을 피하려던 중전이 마음을 고쳐먹었는지 돌연 나를 똑바로 응시한 것이다. 나는 그런 그녀의 시선에서 내 물음에 대한 답을 읽었다.

“설마 중전마마께서 미영이에게 독으로 자결을……?”

중전이 무거운 침묵을 깨고 낮은 어조로 말한다.

“본궁이 오라버니를 보내 그 나인에게 비상을 주었네. 허나 오해는 말게. 스스로 목숨을 끊기로 결심한 것은 바로 그 나인이네.”

내 입술이 파르르 떨리기 시작한다.

믿을 수가 없었다. 미영이를 살려달라고 중전을 찾아갔던 것은 다름 아닌 나였다. 중전은 그런 나를 돕겠다고 했지, 미영이를 죽게 하겠다고 하진 않았다.

“미영이를 자결하게 만드셨다고요? 어째서? 어째서요?”

“안타깝지만 어찌할 수 없는 일이었네. 자네도 알다시피 당시 임해군이 죄를 자백하지 않아 옥사가 길어지고 있었지. 심지어 명에서는 선대왕의 장자인 임해군을 놔두고 전하께서 등극하신 것을 핑계 삼아 책봉교서를 내려주지 않았네. 그러니 옥사가 길어지는 것은 전하께 득이 되지 못하였지. 하루빨리 옥사를 마무리 지어야만 했네. 그러기 위해서는 임해군의 측근 중 누군가의 자백이 절실했지. 이상하게도 임해군의 측근들은 그 누구도 그의 죄를 고하는 이가 없었네.”

임해군은 타고난 성품이 포악하고 방탕했을 뿐, 역모를 꾸민 적은 없었다. 그러니 주변인들을 아무리 문초해도 애초에 없던 일을 만들어내는 것은 쉽지 않았을 것이다.

나는 분노에 찬 목소리를 숨기지 않고 중전에게 물었다.

“그 일에 미영이를 이용하신 것이옵니까?”

“처음부터 그 나인의 존재를 알고 있었던 건 아니네. 허나 자네가 본궁을 찾아와 그 나인이 전하를 흠모해왔다 말했었지. 그래서 본궁이 오라버니를 보내 그 나인에게 전하를 위해 목숨을 바칠 수 있는지를 물었네. 그리하겠다더군. 결국 그 나인이 거짓으로 임해군의 죄를 고하였고, 옥사가 마무리될 수 있었지. 이 모든 일이 그 나인이 전하를 흠모해왔다는 사실을 자네가 알려주었기에 가능한 일이었네."

"소인이 한 말 때문이라고요? 미영이를, 아무 죄도 없는 미영이를!"

그날 미영이를 구해달라고 중궁전을 찾아와 내가 했던 말을 들으며 중전은 끝이 보이지 않던 임해군의 옥사를 끝낼 묘책을 찾아낸 것이다. 내 앞에서는 미영이를 구하는 데 힘쓰겠다고 약조하고서는 속으로 다른 생각을 했던 것이다.

그 묘책을 만들어내는 데 일조한 것은 바로 나였다. 내가 미영이의 마음을 중전에게 말했기 때문이었다.

'내가 한 말로 인해서 미영이가 죽은 거야?'

난 이 엄청난 사실을 받아들이는 것도 이해하는 것도 어려웠다.

미영이를 구명하기 위해 위험을 무릅썼을 때 나는 아무런 통증을 느끼지 못했다. 그때는 내가 조선에 온 지 9년째 되던 해였다. 그것은 무슨 의미일까?

내가 미영이를 살리기 위해 나서서 중전을 만나고, 그로 인해 미영이 죽는다. 다시 말해서…….

'나로 인해 미영이가 죽게 된 것이 정해진 역사였다는 말이잖아.'

정해진 역사를 거스르지 않는 한 나는 통증을 느낄 일이 없다. 다시 말해 미영이가 나로 인해 죽는 건 정해진 역사였다는 것이다. 나와의 인연이 미영이를 죽음으로 내몬 것이다.

그럼 내가 조선으로 오지 않았다면, 그래서 미영이가 나를 알지 못했다면, 미영이는 죽지 않았다는 말일까?

"전하를 향한 미영이의 마음을 이용하여 죽음으로 내모시다니요? 중전마마께서 어찌 그리 잔인한 일을 벌이실 수 있으시단 말이옵니까?"

"잔인? 본궁이 잔인하다? 본궁이 벌인 일은 모두 전하를 위한 일이었네. 허나 자네는? 운 상궁이 자네의 사람이라 죽게 할 수 없다 하였지. 그 운 상궁으로 인해 조정에 분란이 온다면 그것은 결코 전하를 위한 것이 아닐 걸세. 본궁의 말이 틀렸는가?"

중전의 주장은 틀리지 않았다. 그러나 그녀가 취한 방법은 결코 옳지 않다는 것이 내 판단이었다. 그녀는 모두 혼을 위해 한 일이라고 한다. 그러나 정작 당사자인 혼은 모를 것이다. 그리고 그가 모르게 벌어진 이 잔인한 일들은 혼이 한 일로 역사에 남게 될 것이다.

혼 역시 세자 시절 자신의 장인인 유희분이 중궁전에 벌인 사악한 짓들을 자신이 한 것이라고 말했다. 자신이 모르는 상태에서 벌어진 일이라고 하더라도, 자신이 막지 못했더라도, 자신의 사람이 한 일은 바로 자신이 한 것이나 다름없다고 내게 말했었다.

혼이 즉위하자마자 그의 유일한 동복형제인 임해군이 역모죄로 붙잡혔다. 그의 죄가 드러나자 혼은 임해군을 유배 보낼 수밖에 없는 자신을 탓하며 얼마나 마음 아파했을까? 그런데 임해군이 뒤집어쓴 역모죄가 다름 아닌 중전 유 씨가 꾸민 일이었다니!

한 나라의 세자라는 자리, 왕이라는 자리는, 어쩌면 내가 지금 미영이에 대한 죄책감으로 느끼는 이 아픔보다도 더욱 무겁고 큰 아픔을 짊어지고 가야만 하는 자리인지도 모른다.

미영이의 죽음에 얽힌 진실이 내게 준 충격은 엄청났다. 게다가 혼이 알게 되면 받을 충격까지도 대신 받은 내게는 쓰러질 듯한 현기증이 밀려왔다. 난 현기증을 떨쳐버리려 잠시 두 눈을 감았다가 떴다. 내 앞에는 여전히 흐트러짐이라고는 찾아볼 수 없는 중전이 나를 응시하고 있다.

"중전마마의 말씀대로 조정에 분란이 오고, 그로 인해 억울한 이들이 피해를 입는 일은 없어야 할 것이옵니다. 허나 그렇다고 해서 아무런 죄도 없는 이들에게 희생을 강요하시다니요? 소인은 그런 희생을 운 상궁에게 강요하지 않을 것이옵니다. 반드시 운 상궁을 지킬 것이옵니다."

나의 확고한 답을 들은 중전이 입술을 굳게 다문 채 나를 빤히 바라본다. 나는 그녀가 내 대답을 마음에 들어 하지 않았다는 걸 알았다.

얼마간의 침묵이 우리 두 사람 사이에 놓였다. 그사이 난 중전이 속으로 무슨 생각을 하고 있는지 알지 못했다. 중전은 대답을 끌면서 다른 한편으로 시선을 이리저리 굴려대고 있었다. 난 늦어지는 중전의 답을 기다리면서 그녀가 운영을 죽음으로 내모는 대신 살리는 다른 방법을 찾아주기를 속으로 고대했다. 유일하게 그녀의 속마음을 들여다볼 수 있는 눈빛만을 응시하면서 말이다.

"흠!"

문밖에서 짧은 기침 소리가 들려왔다. 교화당 지밀상궁인 홍 상궁이었다. 기침 소리가 들려오자 중전이 시선을 나에게 맞췄다.

"어찌 그리 운 상궁을 감싸려 드는 겐가? 본궁은 자네의 의도가 의심스럽네."

"운 상궁이 소인의 사람이기에 그리한다 말씀드리지 않았사옵니까?"

"아니, 자네의 말대로 운 상궁이 정원군이 보낸 사람임을 알면서도 그러하니 말이네. 운 상궁이 정원군이 보낸 사람인데도 끝까지 그녀의 충심을 믿는다는 겐가? 그것이 아니라면…… 운 상궁을 자네에게 보낸 정원군 때문인가?"

"무슨 말씀이시옵니까?"

"임인년(壬寅年)의 일이었지."

중전의 입에서 임인년이라는 말이 나오는 순간, 내 머릿속에는 지금 대비인 김 씨가 선조와 국혼을 치르던 해가 떠올랐다. 그해는 내게 잊을 수 없는 해였다.

혼과 내가 서로의 마음을 확인했던 그해.

하얀 메밀꽃이 가득 피어 있던 압구정. 첫눈이 내리던 날 후원에서 맺은 혼과의 약속.

"그해 첫눈이 참으로 매서웠지. 그날 전하께서 이른 저녁에 동궁전을 나서신 후 밤이 깊도록 돌아오지 않으시어 매우 걱정을 하였었네. 최 내관이 전하께서 후원에 계신다는 말을 전해주었지. 나중에야 자네를 기다리고 계셨음을 알게 되었네."

혼과 내가 후원에서 만나려고 했다는 이야기가 중전의 입에서 흘러나오자 난 두 눈에 힘을 주었다. 중전이 그 일을 알고 있다는 사실을 처음 알게 되어서였다.

"헌데…… 전하께서 자네를 후원에서 기다리시던 그 시각, 자네는 정원군의 처소에 들었었지."

중전의 말을 들으며 나는 그날 정원군이 술에 취했었던 것을 기억해냈다. 그가 취했던 것은 혼과 나 때문이었다. 혼이 나를 만나러 후원으로 간다는 사실을 알게 된 정원군은 나를 붙잡았다. 혼에게 가지 못하게 하기 위해서. 난 그런 정원군의 곁에 함께 있다가 깜빡 잠이 들었었다. 그리고 불이 꺼진 깊은 밤이 되어서야 깨어났었다.

"자네를 처음 본 건 국혼 날 후원에서였지. 양화당 나인이라던 자네가 전하의 곁에 있는 것에 난 전하의 안위를 걱정하였네. 그래서 그 뒤, 자네가 누구인지 알아보았지. 그랬더니 한 가지 사실을 알게 되었네. 인빈이 자네를 미워하여 퇴선간으로 내쫓은 연유를 말일세. 그것은 자네가 정원군의 첩실이 되는 것을 거절하였기 때문이라지?"

엄밀히 따져보자면 그것은 대비도 알고 있는 사실이다. 누군가 작정하고 알아만 본다면, 이름까지는 아니더라도 정원군의 첩실이 되기를 거절한 나인의 이야기에 대해서 모를 리는 없을 것이다. 그만큼 임시 궁궐로 쓰이던 행궁은 좁았다. 하루에도 몇 가지씩 진위를 알기 어려운 소문들이 퍼져나가던 곳이었다.

"그런 자네가 어찌 저하와 함께 있었던 것인지 의심하지 않을 수가 없었네. 허나 의외로 답이 쉬울지도 모른다는 생각이 들더군. 자네도 사람이니 종친의 첩실보다야 저하의 후궁 자리가 더 탐이 나지 않았겠는가? 아니 그런가?"

나는 강하게 고개를 저었다.

"그것은 중전마마께서 잘못 알고 계신 것이옵니다!"

"잘못 알고 있다? 그럼 어찌 그날 후원에서 밤늦도록 자네를 기다리시던 전하를 뵈러 가는 대신, 정원군의 처소에서 그와 함께 있었던 것인가?"

"그건……."

나는 무슨 말로 그날 있었던 일에 대해 설명을 해야 할지 몰랐다. 오래전 이야기였지만, 내게는 생생했던 그날의 이야기. 첫눈이 내리고 난 혼을 만나러 후원으로 가려고 했었다. 그런 나를 붙잡았던 건 운영의 간청이었다. 중전의 회임으로 궐의 분위기는 어수선했다. 선조와 인빈의 사이에 거리가 생긴 것도 바로 그즈음의 일. 이런 가운데 정원군의 흐트러진 행동이 중전의 회임에 대한 반감으로 비춰질 수 있는 좋지 않은 상황이었다.

"그날 밤 정원군의 처소에 들었던 자네는 불이 꺼진 뒤, 밤이 깊어지도록 나오지 않았지. 본궁이 알고 있는 이 일이 모두 사실인가?"

중전이 그날 밤의 일을 어떻게 알게 되었는지는 몰라도 모든 정황은 내게 불리했다. 난 일단 인정한 후 중전을 설득하기로 마음먹고 입을 열었다.

"중전마마의 말씀대로 그날 밤 소인이 정원군의 처소에 들었던 것은 사실이옵니다. 그날 정원군께서 술을 많이 드셨기에……."

내 말이 끝나기도 전에 중전이 나의 말을 갈랐다.

"원빈은 그날 밤 정원군과 함께 있었던 사실조차 부정하지 않는군. 정녕 정원군과의 옛정을 잊지 못하여 정원군이 보낸 운 상궁을 이리도 감싸는……."

탁!

중전의 말이 채 끝나기도 전이었다. 닫혀 있던 교화당의 문이 큰 소리를 내며 열렸다. 이에 제일 먼저 반응한 것은 중전이었다. 문 쪽을 바라보며 앉아있던 중전이 무언가를 발견하고 놀란 듯 눈을 크게 뜨더니 서둘러 자리에서 일어섰다.

"전하."

'전하?'

중전의 입에서 나온 말에 난 일어나는 것도 잊은 채 고개를 돌려 문 쪽을 바라보았다. 그곳에는 혼이 서 있었다. 닫혀 있던 교화당의 문을 직접 열고 들어선 사람은 다름 아닌 혼이었던 것이다.

"전하, 어인 일로 기별도 없이 교화당에 납시셨사옵니까?"

정작 교화당의 주인인 나를 대신하여 중전이 일어서 혼을 맞이한다. 그러나 혼은 중전의 존재는 전혀 느껴지지 않는 듯, 변함없이 나를 향해 시선을 두고 있다.

혼의 눈빛은 세상의 모든 충격을 담고 있다. 나는 온몸이 경직된 듯 꼼짝도 할 수 없었다. 그의 눈빛은 나를 향해 무언가를 묻고 있었다. 그 물음이 무엇인지 정확하게 알 수는 없어도, 조금 전 중전이 말한, 나와 정원군 사이에 있었던 일에 대한 것임은 분명했다.

나는 입술을 깨문 채 무거운 침을 삼켰다.

지금 우리 사이에 있는 중전의 존재가 아니라면, 난 당장 혼에게 달려가 지금까지 그에게 말하지 못했던 정원군과의 일들을 늦게나마 솔직하게 털어놓게 될까?

'아니.'

난 그럴 수 없을 것이다.

지금껏 정원군과 나 사이의 일을 감춰 왔던 건, 혼이 그 누구보다 아끼는 아우가 정원군이기 때문만은 아니었다. 십 년이 넘는 동안 내가 위기에 빠지는 순간마다 나를 도왔던 정원군이었다. 그의 마음을 받아들일 수 없다 해서 내가 그의 마음을 가볍게 입에서 꺼낼 수는 없었다. 그러기에 나는 지금까지 정원군의 마음이 내게서 떠나기만을 기다려 왔다. 그때가 찾아오면 혼에게 말할 수 있다고 생각해왔으니까.

그러나 내가 미처 알지 못한 것이 하나 있었다. 내 입으로 말하기 전에 이 사실을 알게 될 혼의 마음을.

"전하……."

뒤늦게 일어선 나는 그를 향해 고개를 숙이며 인사를 올렸다.

다시 고개를 들어 그를 바라본 나는 놀란 눈을 떴다. 실망과 분노. 배신감이 뒤섞인 눈빛으로 나를 바라보는 혼의 눈빛과 마주한 것이다.

"앉으시지요."

중전이 혼을 향해 말했다. 그제야 혼은 중전을 돌아보며 냉기 서린 목소리로 대답했다.

"과인이 있을 자리가 아닌 것 같소."

이 말을 끝으로 혼은 돌아서서 교화당을 떠났다. 당황한 중전도 그런 혼의 뒤를 따라 교화당을 나가자 난 홀로 남겨졌다.

"원빈마마?"

중전이 나간 후 열려 있던 문으로 운영이 들어왔다.

나는 운영을 보며 무언가 입을 열어 말하려다가 힘없이 주저앉고 말았다. 그런 나를 운영이 서둘러 부축했다. 그러나 내겐 일어설 힘조차 남아있지 않았다.

"알았어. 알아버린 거야……."

난 중얼거리며 운영의 어깨에 이마를 기댔다. 졸리지도 않은데 눈꺼풀이 무거워졌다. 나는 두 눈을 질끈 감으며 계속 혼자 중얼댔다.

"이제 어떻게 해야 하지……."

날이 어두워지고 밤이 찾아왔다.

차가운 바람은 어느새 사나워져 때때로 교화당의 창문을 무섭게 흔들어댔다. 난 이따금씩 거친 바람에 고개를 들었을 뿐, 여전히 불도 켜지 않은 어둠 속에 혼자 앉아있었다.

이런 나를 걱정하는 운영에게는 무엇을 말해야 할지 알 수 없었다. 난 그저 일찍 잠들고 싶다는 말로 그녀를 물리고는 지밀나인들이 마련한 이부자리 옆에서 많은 생각에 잠겨 있었다.

시간.

처음에 난 마음속으로 시간을 재고 있었던 것 같다.

혼은 교화당에 오지 못하게 되거나, 늦게 오는 경우 언제나 최 내관을 미리 보내 알려왔다. 그러나 오늘은 아니었다. 혼은 자신의 소식을 내게 알려오지 않았다. 늘 있었던 일이 일어나지 않은 것이다.

평소와는 다른 그의 행동에 두려움과 초조함이 밀려온다. 평상시처럼 데워진 온돌의 열기는 나를 더욱 숨 막히게 만들었다.

오래도록 고민 속에 파묻혀 있던 나는 자리를 박차고 일어섰다.

"마, 마마!"

문 앞에서 불침번을 서며 꾸벅꾸벅 졸던 지밀나인 보향이 놀라며 눈을 떴다. 난 그런 보향을 보며 말했다.

"운 상궁은 어디에 있느냐? 처소에 있느냐?"

"예. 그러한 줄 아옵니다."

보향의 대답이 끝나기도 전에 홍 상궁이 다가왔다.

"마마, 침수 드시지 않으셨사옵니까?"

그녀는 여전히 옷을 갈아입지 않은 나를 보며 약간은 놀란 기색이다. 난 그녀에게 어쭙잖은 변명을 둘러대려 입을 열다가 말을 바꾸었다.

"편전으로 가야겠네."

"예? 이 시각에 말이옵니까? 전하께서도 침수 드셨을 터인데……."

홍 상궁이 마뜩잖은 목소리로 대꾸한다. 아마도 늦은 시각에 후궁이 편전으로 가는 것이 궐 법도에 맞지 않는다는 것을 돌려 말하는 것 같다. 난 아랑곳없이 입을 열었다.

"침수 드시지 않으셨을 거네."

홍 상궁이 무언가 알고 있다는 얼굴로 조용히 옆으로 물러선다. 난 그녀가 낮에 있었던 일을 떠올렸다고 확신했다. 흔이 교화당에 찾아오자마자 바로 떠났던 일을 지밀상궁인 그녀가 모를 리 없을 테니까.

깊은 밤이 찾아온 창덕궁은 지나다니는 사람이 하나도 없는 데다가, 때마침 찾아온 초겨울의 쌀쌀한 바람까지 불어 을씨년스럽기도 했다. 제등을 들고 앞장서던 보향은 그런 날씨에 겁이 나는 모양이었다. 불이 꺼질 듯 강한 바람이 불어올 때는 종종 걸음을 멈추기도 했다. 그때마다 홍 상궁은 보향을 향해 말 없는 눈짓을 보냈고, 보향은 어깨를 움츠린 채 억지로 발을 내디뎠다.

"이상하옵니다."

편전인 희정당 앞에 멈춰선 보향이 주위를 둘러보며 말한다. 나는 그런 보향의 말뜻을 알아차렸다. 희정당에 사람이 없었던 것이다. 혼이 희정당에 있다면 편전 주위에는 당직 나인들이 있어야 한다. 그러나 불이 켜진 전각 주위에는 단 한 명의 나인도 보이지 않는다. 홍 상궁도 이를 이상하게 여긴 듯 계속해서 주변을 살핀다.

"어찌된 영문인지……."

혼은 오늘 다른 전각에서 머무는 것일까? 하지만 희정당에는 불이 환하게 켜져 있다. 혼이 없다면 희정당에는 불이 켜져 있지 않아야 옳았다. 난 교화당으로 돌아가야 할지 고민하며 잠시 머뭇거렸다. 그때 불 켜진 희정당 동온돌(東溫突, 대궐 안 침전의 동쪽에 있던 방)에 사람의 그림자가 아른거리는 것이 보였다. 분명 그곳에 혼이 아니더라도 누군가 있다고 여긴 나는 홍 상궁을 돌아보며 말했다.

"여기서 기다리게."

홍 상궁은 별다른 대꾸 없이 고개를 숙였다.

홍 상궁과 보향을 놔둔 채 홀로 희정당으로 들어선 나는 닫혀 있는 문밖에 홀로 선 최 내관을 보았다. 그는 발만 동동 구르며 닫힌 문 안을 응시하고 있었다. 그는 보이지도 않는 문 안쪽을 살피느라 내 등장도 모르는 것 같았다. 난 그에게 내가 왔다는 것을 알리기 위해 소리를 내려고 했다. 바로 그때였다.

"말하라!"

동온돌 안에서 들려온 혼의 외침에 난 목에서 내려던 소리를 잃고 말았다.

"과인을 얼마나 속여왔는지를 묻고 있지 않느냐, 정원군!"

'정원군?'

두 번째 혼의 외침을 듣고 나서야, 난 동온돌에 혼과 정원군이 있다는 사실을 알게 되었다. 이 늦은 시각 혼은 정원군을 왜 궐로 불러들인 것일까?

"원빈마마?"

뒤늦게 나를 발견한 최 내관이 몸을 숙였다. 난 나도 모르게 안에서 내 목소리가 들리지 않도록 소리를 낮추며 말했다.

"안에 전하와 정원군만 계시는가?"

최 내관이 작아진 내 목소리보다도 더욱 목소리를 낮추며 대답한다.

"예. 그러하옵니다."

최 내관의 대답이 끝나기가 무섭게 안에서 정원군의 목소리가 들려왔다.

"처음부터 전하를 속이려 한 것은 아니었사옵니다."

"처음부터 속이려던 것은 아니었다?"

혼의 비웃음 섞인 말이 문 너머에서 들려온 순간, 내 두 손이 떨려오기 시작했다. 정원군을 향해서 혼이 이렇게 차가운 말투로 말을 내뱉는 걸 난 지금껏 본 적이 없었다. 이번에 일어난 옥사에 정원군이 연루된 일로 말을 나누고 있는 것일까? 아니, 난 분명 그와는 상관이 없다는 것을 알았다. 혼은 낮에 중전의 이야기를 엿들었다. 그렇다면 지금 혼이 정원군에게 묻는 것은 단 한 가지뿐이었다.

“과거 과인은 네가 나인을 첩으로 들이려 한다는 말을 풍문으로 들었었다. 허나 의인왕후의 상중이었고 내 너를 누구보다도 잘 안다 여기었기에 궐에 흔히 떠도는 헛소문이라 여기었다. 헌데 그 나인이…… 원빈이었느냐?”

‘……!’

나는 두 손으로 내 입을 틀어막았다.

내 예상은 분명하게 맞아떨어졌다. 혼은 중전의 말을 들었고, 정원군에게 사실을 묻고 있었던 것이다. 내가 오래전부터 가장 우려하고 걱정하던 일이 드디어 터진 것이다.

정원군의 대답은 쉽게 나오지 않았다.

얼굴을 볼 수 없는 상황에서 목소리만을 듣고 있는 나는 그가 어떤 생각을 하는지 알 수 없었다. 그러나 혼이 이처럼 단도직입으로 묻는다면, 정원군도 언제까지 대답을 피할 수는 없을 것이다.

“송구하오나 원빈마마. 오늘 전하를 뵙는 것은 불가할 듯하옵니다.”

무슨 눈치라도 챈 것인지 최 내관이 난처한 기색으로 내게 돌아갈 것을 권한다. 그러나 내 신경은 온통 닫힌 동온돌을 향해 있었기에 아무런 대답도 줄 수 없었다.

정원군의 침묵이 길어지자 혼이 헛웃음을 내뱉으며 다시 입을 열었다.

“과인이 십 년 만에 원빈을 다시 궐에서 만났을 때, 원빈은 양화당의 나인이었다. 그 당시 원빈은 입궐한 지 이 년여가 흘렀다고 말하였지. 이 년여의 세월 동안 과인의 앞에 나서지 못함이, 과인이 세자이고 원빈은 한낱 나인이기에 그럴 수밖에 없었다고 말하였다. 너는 그동안 원빈이 과인이 그토록 찾던 여인임을 알고 있었느냐?"

여전히 정원군은 편전 안에 존재하지 않는 사람인 듯 말이 없다.

"과인이 묻고 있지 않느냐? 대답하라!"

몰아붙이는 혼과 아무런 대답도 하지 못하고 있는 정원군 사이에 또다시 긴 침묵이 찾아왔다. 최 내관은 내 곁으로 한 발짝 더 가까이 다가서며 속삭이듯 말한다.

"교화당으로 돌아가시지요. 원빈마마께서 납신 일은 전하께 아뢰지 않겠나이다."

간절한 최 내관의 청에 나는 고개를 힘겹게 끄덕였다. 나 역시 내가 편전에 있다는 사실을 두 사람이 알기를 원치 않았다.

조용히 발걸음을 돌리려는 날 정원군의 목소리가 붙잡아 세웠다.

"전부…… 알고 있었사옵니다."

정원군이 오랜 침묵을 깬 것이다.

"십삼 년 전 겨울의 일이옵니다. 전하께서 세자이시던 시절, 소신과 함께 사냥을 나가신 일이 있으셨지요. 헌데 그날 의인왕후께서 아프시다는 기별에 전하께서 급히 궐로 돌아가셨고, 홀로 남은 소신은 자리를 정리하고 전하의 뒤를 따르려 하였사옵니다. 그 찰나 기이한 일을 겪었습니다."

내가 모르던, 그리고 내 기억 속에는 없는 이야기.

아빠를 만나겠다며 무작정 조선으로 왔던 18세의 내가 깨어난 곳은 행궁에 있는 종이의 처소였다. 그리고 당시 내 앞에 나타난 정원군은 내가 누구인지를 알고 있었다. 혼이 들려준 이야기를 통해서, 아주 오래전부터 그는 나에 대해 알고 있었다. 그는 나를 단번에 알아본 것이다. 내가 그 이야기 속 여인이라는 사실을.

"눈이 그친 하늘에서 갑자기 천둥번개가 치고 바람이 불었습니다. 그 바람 사이에서 홀연히 원빈께서 나타나셨사옵니다. 두 눈으로 보고도 믿기 힘든 그 광경에서, 그분이 전하께서 늘 소신에게 들려주셨던 이야기 속의 여인이라는 것을 알아차리기는 어렵지 않았사옵니다."

모든 것을 내려놓은 듯 차분하게 말하는 정원군과 달리 혼의 목소리는 점점 격앙되어 가고 있었다.

"정원군. 그럼에도 원빈의 존재를 어찌 과인에게 알리지 않았던 것이냐?"

"처음에는 시기를 보아 전하께 알려드리려 하였으나, 그 적절한 시기가 언제 찾아올지 몰라 그때까지 능양군의 보모상궁으로 궐에 두었던 것이옵니다."

"허나 넌 과인이 원빈을 찾아내기 전까지 단 한 번도 원빈에 대해 말한 적이 없었다. 심지어 과인이 원빈을 찾아보려 하자 넌 십 년 가까이 원빈에 대한 이야기를 들으면서도 하지 않았던 말들을 하기 시작했지. 과인이 원빈을 찾지 못할 것이라 말하고, 왜란 중 헛것을 본 것일 수도 있다 말하였다. 이런 말을 과인에게 한 까닭이 무엇이냐?"

혼은 분노하고 있었다.

비록 닫힌 문밖에 서 있었음에도 나는 지금 그가 느끼는 분노를 느낄 수 있다. 그리고 그 분노는 정원군을 향해 하나의 답을 원하고 있었다. 혼의 안위를 위해서 나를 숨겨둔 것이라고. 모든 건 혼을 위해서 그랬던 것이라고. 그렇다면 혼은 화를 누그러뜨릴 것이다. 그리고 중전이 내게 한 말도, 오래전 혼이 들었다는 풍문도 정말 말 그대로 헛소문이 될 것이다.

혼과 독대하는 정원군도 이런 그의 마음을 모를 리가 없다. 이제 그는 혼이 원하는 대답만 하면 될 것이다. 그런데 그는 무슨 생각으로 바로 대답하지 않은 채 침묵을 지키고 있는 것일까? 지금 혼이 느끼는 마음은 알아도, 그의 마음은 통 알 수가 없다.

"어찌 그리한 것이냐? 어찌 원빈의 존재에 대해 과인에게 말하지 않고 숨기려 든 것이냐? 말하라, 정원군."

혼이 독촉하자 정원군의 입이 열렸다.

"전하께 원빈의 존재를 알리려던 소신은 어느 순간 그러지 못하게 되었사옵니다. 소신의 마음이…… 바뀌었기 때문이옵니다."

"바뀌었다?"

"전하의 아우이기 이전에, 이 나라의 종친이기 이전에, 한 사내로서 지금껏 단 한 번도 가져보지 못한 마음을 원빈께서 갖게 해주셨기 때문이옵니다."

'마음.'

나는 힘없이 눈을 감았다. 13년 전 있었던 일들이 주마등처럼 스쳐 지나가기 시작했다. 정원군 그리고 종이와 함께했던 2년여의 시간. 내가 그에게 주었던 건 웃음만이 아니라는 건 오래전부터 알고 있었다. 그는 나와 혼이 재회하기 이전, 내게 마음을 달라고 말한 적이 있었다. 그가 나로 인해 갖게 되었다는 마음은 바로 그것임이 분명했다.

다시 내가 눈을 떴을 때, 내 눈가는 촉촉이 젖어 있었다.

"그 마음이 언제부터였느냐?"

"지난날 원빈께서 창덕궁 후원에서 범을 만난 능양군을 구하시다 어깨를 크게 다치신 일이 있사옵니다. 당시 피를 많이 흘리시어 목숨을 잃을 뻔하셨지요. 그때 신은 일평생 그분의 존재를 전하께 알릴 수 없는 마음을 깨달았사옵니다."

"어깨? 혹 그 범에게 다친 곳이 왼쪽인 것이냐?"

"예. 당시 원빈을 치료하였던 허 의관의 말로는 흉터가 남을 것이라 하였사옵니다."

"허……. 원빈의 어깨의 흉터가 능양군을 구하다 생긴 것이라……."

혼의 짧은 웃음소리가 문밖으로 흘러나온다.

나는 그 웃음에서 그가 가례 날 밤의 일을 떠올렸다고 생각했다. 그날 나는 그 상처가 어린 시절 다친 것이라고 말했기 때문이었다. 원치 않게 그를 속였던 일들의 진실이 하나씩 드러나고 있었다.

"지난날 너는 원빈과 뱃속의 아이를 구하기 위해 목숨을 걸고 아바마마 앞에 나섰었지. 그 일로 넌 원빈과 제주로 유배를 떠났었다. 과인은 네가 우애를 위해 그리 나섰다 여기었다. 헌데…… 원빈을 향한 사심 때문이었느냐? 원빈을 향한 사심으로 그리 나선 것이냐?"

정원군이 다시 입을 굳게 다물고 침묵을 지켰다. 그러나 이번에 혼은 그의 침묵을 기다리지 않았다.

혼이 자리를 박차고 일어서는 소리가 들렸다.

"말해보라!"

"이 아우에게 사심이 있다 한들, 원빈은 전하의 여인이 아니옵니까?"

"과인이 듣고자 하는 말은 그것이 아니다! 제주에서 원빈과 유배형을 받는 동안, 그 사심이 다른 곳에 가 있었을 턱은 없을 터! 말하라, 아바마마 앞에 나섰던 것이 우애로 인함이냐, 원빈을 향한 네 사심으로 인함이냐?"

난 정원군이 거짓을 말해주기를 간절히 바랐다. 그것이 진실이 아니더라도, 혼은 그 거짓이라도 받아들일 것이라고 믿었다. 그가 진실을 받아들이기에는 상황이 좋지 않았다.

난 나를 향한 정원군의 마음을 알면서도 혼을 속여왔다. 정원군 역시 자신의 마음을 혼에게 말하지 않은 채 나를 지켜왔다. 13년 동안이나! 그 진실을 듣는다면 혼이 느끼게 될 배신감은 엄청날 것이다. 오래도록 혼에게 밝히지 못했던 진실을 모두 털어놓은 정원군의 마음은 조금이라도 가벼워질지 몰라도.

마침내 정원군의 입이 열렸다.

"원빈께서 전하를 위하여 목숨을 내놓으실 각오를 하셨으니, 소신은 그런 원빈을 위해 죽기를 각오하고 나섰던 것이옵니다."

정원군의 말이 끝나자 혼이 털썩 주저앉는 소리가 들렸다.

혼이 허탈하게 웃으며 말한다.

"두 사람이 과인으로 인해 그 먼 제주까지 유배를 떠나있는 동안,

궐에 남은 과인의 마음이 어떠하였는지 아느냐? 과인을 위해 두 사람이 희생하였다 여기고 얼마나 고통스러웠는지 아느냐? 헌데 넌 원빈을 향한 마음을 품고, 그 마음을 과인에게 속이고, 원빈과 함께 오 년여의 세월을 제주에서 보냈다. 그 마음을 품고!"

"전하. 원빈께서는 단 한 번도 전하를 잊으신 적이 없사옵니다. 과거에도 지금도 그분의 마음 안에는 오직 전하 한 분뿐이시옵니다. 그렇기에 소신은!"

정원군이 간절하게 말했지만 이미 혼은 그의 말이 들리지 않는 게 분명하다. 혼은 정원군의 말을 끊어버리며 묻는다.

"원빈이 제주에서 과인을 잊고 네게 마음을 열었다면, 과인을 대신하여 그 자리를 차지하였을 것이냐?"

혼의 물음에 정원군은 다시 말문을 닫았다. 혼이 그런 정원군을 향해 말했다.

"물러가라. 과인은 더 이상 너를 보고 싶지 않다."

그날 밤부터 창덕궁에 비가 내리기 시작했다.

쌀쌀한 날씨는 비를 진눈깨비로 바꿔버리고, 진눈깨비는 창덕궁을 차가운 얼음궁전으로 바꾸었다.

슬픔과 아픔

"원빈마마. 원빈마마."

운영의 작은 속삭임이 날 깨운다. 난 마치 잠이 들지 않았던 것처럼 두 눈을 번쩍 뜨며 몸을 일으켜 세웠다.

밖에서는 빗소리가 나고 있었다. 새벽인 것 같은데 비가 내려서인지 밖은 초저녁처럼 어둑하기만 하다. 불을 하나쯤 켜야 할 것 같은 방 안에서 운영은 불도 켜지 않은 채 내 곁에 앉아있었다.

"무슨 일이야?"

나는 곧바로 찾아오는 불길한 예감에 운영에게 급히 물었다. 운영은 잔뜩 굳은 얼굴로 어찌할 줄 모르며 입을 열었다.

"정원군마마께서 의금부로 끌려가셨대요."

"정원군이?"

되묻는 내 말에 운영이 고개를 한 번 무겁게 끄덕인다.

"조금 전 조회에서 우참찬 대감께서 정원군마마의 죄를 물어야 한다고 고하였답니다."

"그건 옥사가 시작된 이후로 종종 있는 일이었잖아."

정원군이 진릉군을 감싸면서 역모 혐의를 받게 된 건 혼에게도 들어서 알고 있는 일이다. 하지만 줄곧 혼은 정원군을 비호해왔다. 그런데 이어진 운영의 말은 날 충격에 빠트렸다.

"헌데 전하께서 정원군마마를 심문하는 것을 윤허하셨대요."

난 돌변한 혼의 태도가 어제 있었던 일 때문이라고 확신하고는 자리에서 일어섰다.

"전하께서는 어디에 계시지?"

"조회가 끝나고 편전에 계실 거예요."

"편전으로 가자."

운영과 함께 차가운 겨울비를 뚫고 편전인 희정당에 도착한 나는 그곳에 펼쳐진 광경에 놀라지 않을 수 없었다. 희정당을 바라보며 정원군 부인 구 씨가 무릎을 꿇고 앉아있었던 것이다. 그녀는 입은 옷이 모두 젖어버린 것에도 아랑곳하지 않은 채, 굳게 닫힌 희정당을 정면으로 응시하고 있었다. 그녀의 뒤로 종이를 비롯한 세 아들과 명이가 함께 무릎을 꿇고 앉아 비를 맞고 있었다.

온몸을 칼로 그어내는 듯한 사나운 비를 맞으며 구 씨가 편전을 향해 소리쳤다.

"전하! 대감은 죄가 없사옵니다. 대감께 죄가 있다면 오로지 전하께

충심을 다한 것뿐이옵니다. 그런 대감께 역모의 죄를 물으시다니요. 정녕 대감의 죄를 물으시겠다면 신첩은 물론이거니와 대감의 소생 모두에게 역모의 죄를 물으시옵소서!"

"돌아가시지요. 전하께서도 돌아가라 명하시지 않으셨사옵니까? 또한 군부인께서 이러신다 하여 정원군께 득이 될 일이 있겠사옵니까?"

상궁 개시가 그런 구 씨의 옆에 서서 측은한 듯 말을 건넨다. 구 씨가 고개를 들어 개시를 날카로운 시선으로 응시하자, 그 기에 눌린 개시가 한 걸음 뒤로 물러서며 입을 삐쭉거렸다.

"소인은 전하께서 군부인께 물러가라 하신 명을 전한 것뿐이옵니다."

난 구 씨의 뒤로 앉아있는 아이들 틈에서 오들오들 떨고 있는 명이를 발견하고는 뛰어갔다.

"명아!"

구 씨의 뒤에서 종이와 함께 나란히 앉아있던 명이는 자신을 부르는 내 목소리에 힘없이 고개를 들었다. 난 그런 명이의 옆에 꿇어앉으며 아이의 작은 손을 잡았다.

얼마나 이곳에서 비를 맞고 있었던 것일까. 명이의 손은 얼음장처럼 차가웠고 얼굴은 핏기가 보이지 않을 정도로 창백했다. 난 그런 명이의 얼굴에 온기를 주려 두 손을 갖다 대었다가 이마에서 멈칫하고 말았다. 차가운 두 손과 다르게 이마는 데일 듯이 뜨거웠던 것이다.

"원빈마마……."

종이가 빗속에서 나를 부른다. 그러자 앞만 보고 있던 구 씨가 고개를 돌려 나를 보았다. 그녀는 나와 눈이 마주치자마자 독기 서린 눈으로 입을 열었다.

"언젠간 네년으로 인해 이 사달이 날 줄 알았다."

구 씨의 말에 가장 놀란 것은 바로 종이었다. 종이는 놀란 얼굴로 자신의 어머니와 나의 얼굴을 번갈아 바라보며 어쩔 줄을 몰라 한다.

구 씨의 말이 이어졌다.

"오늘 아침 의금부사가 왔을 때, 대감께서는 아무 항변도 하지 않으신 채 의금부로 끌려가셨지. 마치 이런 일이 일어날 것임을 진즉 아셨다는 듯 말이다. 그 연유가 네년 탓이렷다."

"어머님."

당장이라도 나에게 달려들 듯한 구 씨의 기세에 당황한 종이가 그녀를 붙잡았다. 그때, 명이가 힘없이 내 품으로 쓰러졌고, 나는 아이에게로 시선을 돌렸다. 명이는 당장이라도 정신을 놓을 듯 힘없이 눈을 깜빡이며 빗속에서 하얀 입김을 힘겹게 뿜어내고 있었다. 난 그런 명이를 이곳에서 데려가기 위해 두 팔로 끌어안았다. 그 순간 명이가 한 손으로 종이의 옷깃을 강하게 붙잡았다. 그리고는 나를 올려다보며 애원하는 눈빛으로 고개를 저었다. 난 그 눈빛을 보며 명이가 이곳을 떠나기 원치 않는다는 걸 알았다.

난 구 씨를 돌아보며 말했다.

"명이는 아픈 아이예요. 아픈 아이를 왜 데려오셨어요?"

그러자 구 씨가 어처구니가 없다는 얼굴로 말했다.

"대감이 잘못되신다면 우리 모두는 역적이 되어 죽겠지. 그리 죽나 이곳에서 죽나 별반 다를 것이 무에 있겠느냐."

말을 마친 구 씨는 다시 편전을 향해 고개를 돌렸다.

난 구 씨가 절대 명이를 이 자리에서 떠나게 하지 않을 것임을 알았다. 난 안고 있던 명이를 놓아주고 혼을 만날 결심으로 월대 위로 올랐다. 그러나 상궁 개시가 내 앞을 막았다.

"원빈마마. 전하께서는 아무도 만나지 않겠다고 하셨사옵니다. 하오니 교화당으로 돌아가시지요."

"비켜라."

"송구하옵니다만 그럴 수는 없사옵니다."

오만한 개시의 태도에 내 뒤를 따라온 운영이 나섰다.

"김 상궁. 원빈마마 앞에서 이 무슨 무례요? 후일이 두렵지 않소? 전하께서 이 일을 아시고도 김 상궁을 문책하지 않으시리라 보시오?"

운영의 다그침에 개시는 꼬리를 내린 듯한 표정으로 바뀌었지만 잠깐이었다. 그녀는 한 발짝도 물러서지 않았다.

"소인은 그저 전하의 명을 따를 뿐이옵니다. 또한 빈마마께서는 전하의 허락 없이는 편전으로 나올 수 없음을 원빈마마께서도 아시지 않사옵니까?"

난 개시의 뒤로 선 편전 나인들을 돌아보았다. 나인들은 개시와 나의 대화를 지켜보며 편전 입구를 가로막고 서 있었다. 나는 그들 중 최 내관의 모습이 보이지 않는 것을 알고는 다시 개시를 돌아보며 물었다.

"최 내관은 어디에 있느냐?"

"글쎄요……. 소인도 모르옵니다."

최 내관의 행방을 알더라도 개시는 알려주지 않겠지만, 최 내관이 지금 편전에 없는 것만큼은 확실해 보였다. 지금으로서는 혼을 만나는 데 도움을 줄 사람이 없다는 걸 깨달은 나는 다시 명이가 있는 월대 아래를 돌아보았다. 비에 흠뻑 젖은 채로 꿇어앉은 명이는 당장이라도 시들어버릴 작은 꽃처럼 보였다.

난 운영에게 명했다.

"지금 경운궁으로 가."

"경운궁이요?"

"그래. 가서 대비께 이 일을 고하고 도움을 구해. 적어도 대비께서는 군부인의 마음을 돌리실 수 있을지도 모르니까."

혼을 만날 수 없다면, 편전 앞에서 고집을 피우는 군부인의 마음이라도 돌려야 했다. 그러기 위해서는 왕실에서 가장 높은 어른인 대비의 말이 큰 도움이 될지도 모른다는 판단이 선 것이다.

"마마께서는요?"

"난…… 중궁전으로 가야겠어."

내 마음을 읽은 운영이 고개를 끄덕이며 급히 편전을 떠났다. 난 중궁전으로 가기 위해 돌아섰다. 그런 나를 향해 개시가 말했다.

"중전마마께서는 이 일에 나서지 않으실 것이옵니다."

난 돌아서서 개시를 쳐다보았다. 그녀는 빗속에서 담담한 얼굴로 가만히 나를 응시할 뿐이었다.

하늘을 뒤덮은 짙은 구름으로 인해 불이 필요한 중궁전은 이상하게도 어둠에 휩싸여 있었다. 나를 맞이하러 나온 중궁전 박 상궁은 중전을 만날 수 없다고 짤막하게 통보했다.

"중전마마께서는 몸이 좋지 않으시어 일찍 침수 드셨사옵니다."

평상시에 이런 말을 들었다면 나는 조용히 교화당으로 물러섰을 것이다. 하지만 내가 오늘 중전을 찾아온 이유는 편전 앞에서 비를 맞고 있는 아픈 명이 때문이었다. 난 물러설 수가 없었다.

"중전마마께 아뢰어주게. 꼭 중전마마를 뵈어야겠으니."

"불가하옵니다. 원빈마마."

박 상궁은 나와 말을 나누는 것조차도 하지 않겠다는 듯 불가하다는 말을 남기고 중궁전 안으로 사라졌다. 그런 박 상궁을 붙잡으려는 나를 중궁전 나인들이 가로막았다.

난 중전이 몸이 좋지 않다는 것이 꾀병이라는 걸 알았다. 편전 앞에서 개시가 내게 한 말대로, 중전은 이번 일에 나설 생각이 없어 보였다. 중전 자신도 화가 나 있는 혼을 누그러뜨리는 것이 불가능하다는 걸 알아서인지도 모른다. 그렇게 생각하면 납득이 되면서도 다른 한편으로 이상하다는 생각도 들었다. 적어도 편전 앞에서 시위하는 군부인이 물러나도록 명을 내릴 수도 있었다. 그러나 지금 중전의 태도는 마치 방관자와도 다름없었다.

그 이유는 무엇일까? 오늘 조참에서 정원군의 죄를 물어야 한다고 고했던 이가 다름 아닌 중전의 오라버니인 우참찬 유희분이기 때문일까? 난 도무지 중전의 속내를 알 수가 없었다.

난 복잡한 생각들과 함께 밀려오는 좌절감을 애써 누르며 중궁전에서 돌아섰다. 군부인의 마음을 돌리지 못하더라도, 언제까지고 아픈 명이가 편전 앞에 무릎을 꿇고 있는 걸 두고 볼 수가 없어서였다.

"원빈마마! 어디에 계셨던 것이옵니까?

편전으로 급히 돌아가는 길에 신 숙원을 만났다. 그녀는 치맛자락을 움켜쥔 채 두 발을 내보이며 매우 다급한 걸음으로 내게 다가왔다.

"무슨 일이오?"

"큰일이 났사옵니다! 오늘 조참 때 전하의 명으로 정원군께서 의금부에 하옥되시었는데, 이 일로 군부인께서 네 아드님과 편전 앞에 꿇어 앉으셨다 하옵니다. 헌데 조금 전 능풍도정이 편전 앞에서 쓰러져 위독하다 하옵니다!"

"명이가?"

명이가 쓰러져 위독하다는 말에 난 어지럼증을 느끼며 비틀거렸다. 그런 나를 신 숙원이 재빨리 부축한다.

"원빈마마? 어디 편찮으시옵니까?"

나는 고개를 저으며 신 숙원에게 물었다.

"명이는……. 능풍도정은 어디에 있소?"

"내의원으로 옮겨졌다 하옵니다."

"당장, 당장 그곳으로 가야겠소."

그러자 신 숙원이 안타까운 얼굴로 나를 만류한다.

"내의원은 창덕궁 안에 있사오나, 후궁은 그곳까지 나갈 수가 없사옵니다."

그러나 내게 신 숙원의 만류가 통할 리가 없었다. 명이가 쓰러져 위독하다는 소식만이 내 머릿속에서 맴돌았다. 난 부축하는 신 숙원을 밀어낸 채 내의원이 있는 방향으로 뛰어가기 시작했다.

내의원에 후궁인 내가 나타나자 의관과 의녀들이 당황하며 급히 물러섰다. 난 의녀 한 명을 붙잡고 다급히 물었다.

"능풍도정은? 능풍도정은 어디에 있느냐?"

"이쪽이옵니다!"

의녀가 앞장서서 길을 열었다. 의녀를 따라간 한 처소에 명이가 있었다. 명이는 누워서 두 눈도 뜨지 못한 채 당장이라도 숨이 넘어갈 듯 보였다. 그런 명이의 곁에는 젖은 옷을 갈아입지도 못한 종이가 함께 있었었다.

종이는 당장이라도 울음을 터트릴 것 같은 눈으로 명이를 내려다보고 있었고, 한 노쇠한 의관이 명이의 맥을 짚고 있었다. 난 그 의관이 허준이라는 사실을 알았다.

"명아!"

내가 명이의 이름을 부르며 다가가자 허준이 몸을 엎드리며 뒤로 물러섰다. 난 명이의 상태를 살피며 허준에게 물었다.

"명이는 어떠하오? 많이 아픈 것이오?

허준은 답을 하지 않았다. 나는 답답함에 허준을 다그쳤다.

"단순 고뿔이었는데, 비를 맞아 나빠진 것이오?"

허준이 입을 열었다.

"소관이 진맥한 바로는 고뿔이 아니었던 듯하옵니다."

"고뿔이 아니라니?"

"처음 능풍도정을 진맥한 의원이 오진을 한 듯하옵니다. 소관이 진맥한 바로는 능풍도정께서는 고뿔이 아니라 풍질(風疾)을 앓으셨던 듯하온데, 비를 맞으시기 이전에 이미 상태가 많이 악화되어 고치기 어려운 상태였을 줄 아옵니다."

"고치기 어려운 상태라니? 그럴 리가 없소! 아니, 어서 낫게 하시오. 낫게 해주시오."

침착함을 유지하기 위해서라도 눈물을 참아보려는데 쉽지가 않다. 허준이 고치기 어려운 병이라고 말한 순간부터 난 이미 눈물을 흘리고 있었다. 허준은 여전히 고개를 들지 않고 있었다. 나이가 들어 은퇴하기는 했지만, 내의원에서 후학을 양성하며 실력을 인정받고 있던 의원이었다. 그가 치료하지 못한다고 결론을 내린다면, 명이를 치료할 수 있는 의관은 내의원의 의원들 중에는 물론 이 조선에서도 없었다. 나는 그것을 잘 알고 있었다.

"이미…… 시기를 놓친 듯하옵니다."

허준과 나의 대화를 듣고 있던 종이는 명이가 나을 수 없다는 말에 결국 소리 내어 울음을 터트렸다.

"명아! 명아, 안 된다! 안 된다, 명아! 일어나거라! 흐흑!"

그러나 명이는 가쁜 숨만 내쉴 뿐, 여전히 눈을 뜨지 못하고 있었다.

난 그런 명이와 종이를 바라보며 몸이 축 늘어지고 말았다. 도무지 허준의 말을, 명이가 죽을 수도 있다는 사실을 받아들일 수가 없었다. 그때 내 귀에 방 안의 의녀들이 주고받는 말들이 들려왔다.

"아직도 군부인께서는 편전 앞에 꿇고 계시지? 어서 이 사실을 전해드려야 할 텐데."

"정원군마마께서는 의금부 옥에 계신다지? 안됐다."

명이의 마지막을 기정사실화하는 듯한 의녀들의 발언에 난 심장이 죄어오는 느낌과 함께 어깨에 힘이 들어갔다. 다시 한 번 정신을 차린 나는 이곳에서 명이를 살릴 수 있는 사람은 허준뿐이라고 여기고는 그에게 매달렸다.

"허 의관이라면 방법이 있을 것이오. 명이를 살려주시오, 제발! 명이를 살려주시오!"

나의 간절한 애원에 허준이 잠시 고민하더니 말한다.

"방도가 하나 있사오나, 매우 위험한 것이기에 정원군께서 허락하셔야 하옵니다."

정원군은 지금 의금부에 갇혀 있었다. 그런 정원군에게 허락을 받으러 갈 시간 따위는 없었다.

"정원군은 지금 의금부에 있소. 언제 의금부에 가서 정원군의 허락을 받아온단 말이오? 내가 허락하겠소. 내가 허락하겠으니 어서 명이를 살려보시오!"

허준은 그런 나를 흘끗 바라보더니 다시 고개를 숙였다.

"정원군께서 불가하시면 전하의 윤허라도 필요하옵니다."

명이는 종친이었다. 왕의 허락 없이는 종친의 목숨을 가지고 함부로 위험한 시술을 할 수 없다는 것이 허준의 입장이었다. 그의 단호한 태도에 내 속이 타들어가던 그때였다.

"대비마마 납시오."

문이 열리며 대비 김 씨가 안으로 들어섰다. 방에 있던 모든 이들이 그녀의 등장에 놀라 몸을 납작 엎드렸다. 방 안으로 들어선 대비가 주변을 한번 둘러보다가 잠시 나와 시선을 맞췄다. 그러더니 누워있는 명이에게로 시선을 돌리며 허준에게 말했다.

"허 의관. 내가 허락하겠소."

대비의 명에 허준이 고개를 들었다. 대비는 다시 한 번 허준에게 명했다.

"내가 허락하겠으니, 어서 능풍도정을 살려보시오."

대비의 명확한 뜻을 전달받은 허준이 고개를 무겁게 끄덕이며 예를 표하고는 침의 허임(許任)을 가까이로 불렀다.

"지금부터 자네는 내 지시에 따라 능풍도정의 각 혈에 침을 놓아야 할 것이네."

"예."

허임이 명이의 곁으로 다가가 침통에 든 침을 꺼내 들었다. 그사이 대비가 자신과 함께 온 문 상궁을 향해 명을 내렸다.

"자네는 속히 편전으로 가 군부인을 이곳으로 데려오게. 아들이 위독한데도 고집을 부린다면 내 엄명이라 이르게."

"예, 대비마마."

명을 받은 문 상궁이 재빨리 밖으로 나갔다. 그 뒤로 운영이 모습을 드러냈다. 운영은 서둘러 내 곁으로 다가와 앉으며 속삭였다.

"대비마마께서 상궁을 보내시는 것보다는 직접 납시는 것이 더 빠를 것이라 하셨어요."

나는 내 명을 받고 경운궁으로 간 운영이 대비와 함께 돌아왔음을 알게 되었다.

대비는 내 옆으로 다가와 앉았다. 그리고는 허임이 명이에게 침을 놓는 것을 신중한 얼굴로 지켜보았다.

허준의 지시를 따르며 침착하게 침을 놓는 허임의 손길에 방 안의 모든 이들의 시선이 모아졌다. 방 안은 침묵에 휩싸여 있었다. 잠시 후 넘어갈 듯 가쁘던 명이의 숨이 편안하게 가라앉았다. 이를 본 허준이 허임을 뒤로 물리고는 다시 명이의 맥을 짚었다.

"능풍도정은 어떠하오?"

대비의 물음에 허준이 공손한 어조로 답했다.

"기혈을 눌러 잠시 풍질을 막았사옵니다. 이제부터는 약을 써야 하온데 약재가 올바로 듣는다면 가망이 있을 것이옵니다."

"능풍도정이 나을 수 있겠소?"

"장담은 드리지 못하오나, 오늘이 고비인 것은 분명하옵니다."

"알겠소. 수고하시오."

대비는 허준에게 모든 것을 맡긴 듯 자리에서 일어섰다. 그리고는 여전히 명이에게서 눈을 떼지 못하는 나를 두고 운영을 향해 말했다.

"운 상궁은 원빈을 교화당으로 뫼시거라."

그 말을 듣자마자 난 대비에게 말했다.

"신첩은 이곳에 있겠사옵니다. 능풍도정의 곁에 있겠사옵니다."

"원빈. 이곳은 내의원이오. 후궁이 함부로 출입할 수 없는 곳임을 잘 알지 않소."

"허나 명이가 아직 깨어나지 않았사온데……."

명이가 깨어나지 않았다는 말을 하던 나는 주변의 시선들이 모두 나를 향하는 걸 깨달았다. 나는 그들의 시선에 담긴 의아함을 읽었다. 명이는 정원군과 구 씨의 아들이었다. 친족 간이라고 하더라도 사실상 아무런 관계도 없는 명이에 대한 나의 이런 적극적인 태도는 그들이 보기에 충분히 의심스러울 수 있었다.

더욱이 의관과 의녀들은 나는 물론이고, 왕실 최고 어른인 대비가 내의원에 있다는 사실을 상당히 부담스러워하는 눈빛이었다. 그러니 명이를 치료해야 하는 그들 틈에 내가 있는 것은 명이를 위해서도 도움이 되지 않았다.

"원빈."

대비가 또 한 번 나를 불렀다.

나는 힘없이 자리에서 일어서려고 했다. 명이를 위해서라도 자리를 비켜줘야 한다는 걸 알고 있어서였다. 그때 처음 듣는 낯선 목소리가 나를 붙잡았다.

"마……."

순간적으로 그 소리가 누구에게서 나오는 것임을 알아차린 나는 고개를 돌렸다. 그곳에는 명이가 두 눈을 힘겹게 뜨며 나를 올려다보고 있었다. 내가 방금 전 들은 목소리는 다름 아닌 명이의 입에서 흘러나온 소리였다!

"마……마……."

주변에 있던 모든 이들이 명이가 소리를 내는 사실에 놀랐지만, 그 누구보다도 놀란 사람은 다름 아닌 나였다. 나는 일어서려던 것을 그만 두고 명이의 곁으로 바짝 다가가 앉았다. 명이는 그런 나를 향해서 가녀린 한 손을 들어 내 앞으로 내밀었다. 나는 주저 없이 그 손을 잡아주었다.

"명아?"

내가 명이를 부르자 명이는 나를 보며 희미하게 웃었다. 보일 듯 말 듯한 미소였지만, 난 그 미소가 교화당을 찾을 때마다 날 보며 명이가 짓던 환한 미소와 같다는 걸 알았다.

창백함이 채 가시지 않은 얼굴로 미소 짓는 명이를 보며, 내 두 눈에서는 기쁨의 눈물이 쉴 새 없이 흘러내렸다. 언젠간 명이가 말을 하게 될 것이라고 믿었지만, 이런 순간에 말을 하리라고는 전혀 예상하지 못했다.

허임의 침술이 명이의 목소리를 고친 것일까? 아니면 풍질로 인해 목숨을 잃을 뻔한 일이 아이에게 소리를 되찾아준 것일까? 어찌 되었든 그것은 중요하지 않다.

난 지금 내가 느끼는 이 기쁨을 나눌 한 사람을 머릿속에 떠올렸다. 그 사람은 바로 혼이었다. 난 혼에게 명이가 그의 아들이라는 사실을 밝힐 때가 왔음을 확신했다.

"능풍도정 곁에 있어줘. 소식이 있으면 곧바로 나에게 알려주고."

난 운영에게 명이의 곁에 남아주기를 부탁하고는 명이의 손을 조심스레 놓았다. 명이는 자신의 손을 놓아버린 나를 당황한 기색으로 쳐다본다. 난 그런 명이를 향해 미소를 지어 보이고 일어섰다. 그대로 방을 나가려던 나는 다시 한 번 명이를 돌아보았다. 명이는 내가 왜 나가려 하는지 모르겠다는 얼굴로 나를 계속 바라보고 있었다.

다시 편전으로 돌아온 나는 구 씨와 두 아들이 없는 것을 보고는 일단 안심했다. 분명 대비의 명을 받은 문 상궁이 그들을 데리고 내의원으로 갔을 것이라고 여긴 것이다. 그러나 다른 한 편으로 불안함도 없지 않아 있었다. 구 씨가 대비의 명 이외에 편전 앞을 떠날 이유가 있었다면 정원군과 관련된 좋지 않은 일일 수도 있기 때문이었다.

난 나를 보자마자 굳은 표정으로 다가온 개시를 향해 물었다.

"대비전 문 상궁이 다녀갔는가?"

"그러하옵니다. 문 상궁께서 대비마마의 명을 받들어 군부인과 두 아드님을 뫼시고 갔사옵니다."

정원군에게 나쁜 일이 일어난 것은 아니라는 생각에 안도의 한숨을 내쉬며 난 편전을 응시했다. 편전의 동온돌에는 불이 켜져 있었다. 난 혼이 있는 것을 알고는 개시에게 말했다.

"전하를 뵈어야겠네."

개시는 당연하다는 듯 반대하며 나선다.

"불가하다 말씀을 올리지 않았사옵니까."

그러나 나는 무슨 수를 써서라도 혼을 만날 생각이었다. 명이가 다시 말을 하게 되었지만 여전히 풍질로 몸이 좋지 않았다. 난 혼이 진실을 알고 명이를 만나야 할 때가 왔다고 여겼다.

"비켜라."

"그 누구도 들이지 말라는 전하의 명이……."

개시가 내 뒤쪽을 바라보더니 말끝을 흐리며 입을 다문다. 난 고개를 돌려 개시의 시선이 향한 곳을 보았다. 그곳에는 최 내관이 편전 쪽으로 급히 다가오고 있었다. 최 내관은 나를 발견하자마자 내 앞으로 곧장 다가와 정중히 인사를 올렸다.

"원빈마마."

난 평소와 다름없는 최 내관의 공손한 태도에 그가 나를 도와줄 수 있을 것이라고 생각하고 말했다.

"전하를 뵈어야겠네."

내 말에 최 내관은 난처한 기색으로 개시와 눈을 맞춘다. 그 역시 혼이 그 누구도 들이지 말라 명한 것을 알고 있는 것 같았다.

개시와 눈을 맞췄던 최 내관이 편전의 불 켜진 동온돌을 향한다. 그는 깊은 탄식을 내뱉더니 나를 돌아보며 말했다.

"드시지요."

"상선영감!"

개시가 반발하며 나섰지만 그녀보다 직위가 높은 최 내관은 짧은 고갯짓으로 그녀를 제지했다.

어둠과 침묵만이 있는 편전 복도를 따라 걷던 나는 동온돌 앞에서 걸음을 멈췄다. 내관이 닫힌 문 너머를 향해 소리를 냈다.

"전하. 원빈마마 드셨사옵니다."

안에서는 아무런 답변도 돌아오지 않았다.

문을 열기 위해 고리를 잡고 서 있던 두 명의 지밀나인도 당황한 듯 어쩔 줄 모르는 얼굴로 내 눈치를 살폈다. 그사이 내관의 입이 또 한 번 열렸다.

“전하. 원빈마마 드셨사옵니다.”

두 번째 소리에도 답변은 없었다.

이제 내관도 내 눈치를 살피기 시작했다. 나는 속으로 길게 한숨을 내쉬고는 문고리를 붙잡은 나인에게 낮은 목소리로 말했다.

“열어라.”

두 나인이 서로 눈짓을 주고받더니 조용히 동온돌 문을 열었다. 내가 문지방을 넘자마자 나인들은 다시 문을 닫았다.

밖에서 들려오는 빗소리 외에는 아무 기척도 느껴지지 않는, 적막감 가득한 방 안에서 나는 혼을 찾아냈다. 그는 흔들림 없이 타고 있는 촛불 앞에 우두커니 앉아있었다. 얼핏 깊은 생각에 잠겨 있는 듯한 얼굴이었지만, 내가 왔다는 것을 의식한 듯 여러 번 눈을 깜빡이더니 천천히 고개를 들어 나를 바라보았다.

나를 바라보는 그의 두 눈에서는 아무런 감정을 읽을 수 없었다. 차라리 분노라도 서려 있었다면 나는 겁에 질린 표정이라도 지어 보였을지 모른다. 그러나 담담하리만치 무표정한 그의 시선과 마주하며 나는 한동안 문 앞에 가만히 서 있었다.

그는 다시 눈을 몇 번 깜빡이더니 시선을 내게서 거두었다. 어떻게 보면 평상시에 보던 그의 모습과도 매우 비슷해 보였다. 그런 모습만으로는 왜 편전 앞에서 비를 맞던 군부인을 외면했는지 받아들이기가 어려웠다.

내가 무슨 말로 이야기를 시작해야 할지 고민하다가 그에게로 한 걸음씩 걸음을 떼기 시작한 순간이었다.

"너도……."

혼의 입이 열렸다.

"정원군의 억울함을 고하고자 내게 찾아온 것이더냐?"

"혼아……."

내가 그의 이름을 부르자 그가 다시 고개를 들어 나를 바라본다. 그리고 이번에는 그의 두 눈에서 감정을 읽을 수 있었다. 그는 단단히 화가 나 있었다. 두 눈이 분노로 이글거리고 있었던 것이다.

어젯밤에 그가 정원군과 나눈 대화 때문이든, 아니면 나와 관련된 무엇 때문이든 간에 지금 그가 내게 화가 나 있는 것만큼은 분명하다.

"운 상궁을 보내 경운궁에서 대비를 모셔왔다지. 그것이 정원군을 구명하기 위해서라면 아무 말도 듣지 않을 것이다."

"그게 아니야. 내가 대비마마를 모셔온 건 명이 때문이었어. 정원군이 의금부로 끌려간 일로 군부인이 편전 앞에서……."

"정원군!"

혼이 자신의 앞에 놓인 상을 주먹으로 치며 외쳤다.

"정원군은 십삼 년간이나 너를 마음에 품어왔다 말하였다. 십삼 년간이나 나를 속여왔다는 것이지. 너는, 너를 향한 정원군의 연심(戀心)을 알고 있었느냐?"

혼이 내게 묻고 있다. 그러나 나는 그에게 답을 줄 수가 없었다. 물론 알고 있었다. 또 그 마음에 기대어 도움을 구한 적도 없다고 말할 수는 없었다. 혼이 세자의 자리를 지킬 수 있도록, 그의 짐이 되지 않기 위해서 나는 내 짐을 정원군에게 안긴 적이 있었다. 나를 향한 그의 마음을 모른다면 절대 그렇게 하지 못했을 것이다. 그래서 나의 마음 한편에는 늘 정원군을 향한 미안함이 있었다.

'내가 그동안 혼에게 정원군의 마음을 말하지 못한 건, 단지 그들의 우애를 지켜주기 위한 것이었을까?'

나 스스로에게도 답을 쉽게 얻을 수 없는 질문을 지금 혼이 내게 하고 있다.

"그 마음을 알면서 나를 떠나 정원군과 제주로 갔던 것이냐?"

그 당시 나는 나만 사라지면 된다고 여겼다.

내가 알고 있는 역사대로, 혼이 왕위에 오르는 그날까지만 떠나 있으려 했다. 그가 왕이 되고 다시 재회할 때쯤에는 우리에겐 더 이상 위기가 찾아오지 않을 것이라고 여겼기 때문이었다.

"정원군이 널 첩으로 들이려 한 일도, 능양군의 보모상궁으로 있으면서 입었던 그 상흔에 대해서까지도 넌 모두 내게서 감췄다! 그 모든 것들이 정원군을 위해서였느냐?"

"혼아……."

혼이 말대로 나를 향한 마음으로 인해 정원군은 너무나도 많은 희생을 치렀다.

"정원군의 마음은 알고 있었어."

분노만으로 가득 차 있던 혼의 눈동자가 잠시 흔들렸다.

"그걸 네게 말하지 못했던 건, 그 마음 때문에 그가 치른 희생이 많았기 때문이야."

혼이 헛웃음을 터트리며 말한다.

"희생? 희생이라 말하였느냐? 혹 너와 제주로 유배를 간 일을 희생이라 말하려는 것은 아니겠지. 지난밤 정원군이 내게 말하였다. 그때의 일은 오직 너를 위하여 한 것이었다고 말이다."

"맞아. 그때 정원군이 나섰던 건 나를 위해서였어. 하지만 그 이후로 정원군이 한 일은 모두 우리를 위한 일들이었어."

"너와 나를 위한 일이었다? 그것이 무엇이냐."

혼이 믿기지 않는다는 투로 묻는다.

나는 잠시 깊게 숨을 가다듬고는 명이의 이야기를 시작했다.

"제주에서 죽은 우리 아이, 기억해?"

예상치 못한 이야기가 나와서인지 혼이 조금은 놀란 얼굴로 나를 본다.

"제주에서 한성으로 돌아오고 얼마 지나지 않아서 난 그 아이가 살아있다는 걸 알게 되었어. 오 년 동안 죽었다고 생각한 그 아이가."

"지금 그 아이가 정녕 살아있다고 말하는 것이냐?"

나를 바라보던 혼의 두 눈이 점점 커지기 시작한다.

내가 눈물을 흘리며 고개를 끄덕이자 혼이 자리에서 벌떡 일어섰다. 그리고는 내 곁으로 다가와 물었다.

"그 아이는 어디에 있느냐? 어디에 있느냐, 경민아!"

"능풍도정. 정원군의 막내아들 명이가…… 바로 우리의 아들이야."

혼은 엄청난 충격을 받은 얼굴이 되었다. 그는 주먹을 움켜쥐며 시선을 한곳에 두지 못했다.

"능풍도정 이명? 이명이 우리의 아이란 말이냐?"

난 힘주어 고개를 끄덕이며 말했다.

"내가 제주에서 그 아이를 낳았던 당시 아이의 숨은 끊어져 있었어. 정원군도 그렇게 알고 아이의 장례를 치르기 위해 한성으로 보냈는데, 아이가 죽지 않고 살아있었던 거야. 군부인은 그 아이가 너와 나의 아이라는 걸 몰랐기 때문에 명이를 자신의 아이로 키워왔던 거고. 정원군과 나는 때가 되면 명이의 존재를 밝히려고 했어. 그간 정원군이 이 사실을 밝히지 않았던 건, 네가 내 아이를 세자로 책봉하겠다는 말을 했기 때문이었어. 당연히 세자가 되어야 할 원자가 세자가 되지 못한다면 조정이 어지러워질 테니까. 그래서 원자 이지가 세자로 책봉되고 정국이 안정되면 그때 밝혀도 늦지 않다고 생각했어. 처음은 정원군의 생각이었지만, 나중에 나도 동의했고. 숨겨왔던 건 정말 미안해."

혼은 만감이 교차하는 얼굴로 말을 잊지 못했다.

"원자께서 세자로 책봉되시고 나서 바로 밝히려고 했었어. 하지만 명이는 친부모가 정원군과 구 씨인 줄 알고 컸기 때문에 더욱 밝히기가 어려웠어. 명이가 조금 더 자란 뒤에 말을 할까 싶었지만……."

내 말이 끝나기 전 혼이 내 손을 잡았다.

"그래서 네가 그토록 명이를 어여삐 여겼던 것이로구나."

"혼아……."

"이제야 알 것 같구나. 입궐 전부터 네가 종종 능풍도정을 만났던 것도, 능풍도정의 이야기만 나오면 눈물짓던 연유도 말이다."

혼은 옛 기억을 더듬으며 나를 쳐다보다가 무언가 떠올랐는지 입을 열었다.

“명이 그 아이가 쓰러져 내의원으로 옮겨졌다 들었다.”

“응. 지금 내의원에 있어. 허 의관 말로는 고뿔인 줄 알았는데 사실은 풍질이었대. 그래서 명이가 지금 많이 아프대. 많이 아프대, 혼아.”

울먹이며 말하는 나를 물끄러미 바라보던 혼이 말한다.

“내의원으로 가야겠다.”

혼이 앞장서서 문 앞으로 다가갔다. 그런데 그가 말하기도 전에 문이 열리더니 최 내관이 나타났다. 최 내관은 문 앞에 선 혼을 보고 당황하며 몸을 숙였다.

“내의원으로 가야겠다. 능풍도정이 지금도 그곳에 있느냐?”

혼의 물음에 최 내관이 흠칫 놀라 고개를 들었다가 혼과 눈이 마주치자 바닥에 몸을 엎드리며 울먹이는 소리를 낸다.

“전하! 조금 전 능풍도정께서 세상을 떠나셨다 하옵니다.”

내 숨이 갑자기 턱 하니 막혀왔다. 눈앞이 빙글빙글 돌기 시작하더니 온몸이 축 늘어졌다. 난 그대로 바닥에 주저앉듯이 쓰러졌다.

“경민아!”

당황한 혼이 나를 부축했지만, 나는 그의 품 안에서 점점 정신을 잃어갔다. 혼이 계속해서 나를 부르는 소리와 함께 주변이 소란스러워지는 것이 느껴졌다. 그 틈에서도 또박또박한 발음처럼 들려오는 작은 소리가 있었다. 그것은 명이가 나를 향해 처음으로 냈던 목소리였다. 그 목소리는 점점 더 나를 깊은 의식 속으로 끌어당겼다.

정신이 몽롱했다. 기억할 수 없는 뒤죽박죽인 꿈들이 계속 이어졌다. 꿈의 개수로만 보면 한 달도 넘게 잠들어 있는 것처럼 많은 꿈을 꿨다. 잠시 꿈에서 깨었다 싶었을 땐, 열 때문에 머리가 너무 무거워 눈을 뜰 수가 없었다. 그렇게 며칠인지 모르는 긴 시간이 흐른 뒤에야 나는 간신히 눈꺼풀을 들어 올릴 수 있었다.

"원빈마마?"

나를 부르는 목소리는 바로 신 숙원이다.

"허 의관! 어서 와보게. 원빈마마께서 깨어나셨네!"

신 숙원이 뒤를 돌아보며 누군가를 부른다. 곧 나타난 사람은 침의 허임이다. 그는 내 손과 얼굴 등에 꽂혀 있던 침들을 모두 거두고는 물러났다.

"원빈마마. 정신이 드시옵니까?"

신 숙원의 물음에 나는 힘없이 눈만 깜빡였다. 이상하게 소리를 내어 말하는 것이 어렵다. 아주 오랫동안 말을 하지 못한 것인지 내 목은 무겁게 잠겨 작은 소리도 내기를 거부하고 있었다.

"홍 상궁! 자네는 뭐 하는가? 어서 전하께 원빈마마가 깨어나신 것을 알려드리지 않고?"

"전하께옵서는 오늘 아침 일찍 경운궁으로 가신다며 출궁하셨다 하옵니다."

"그럼 경운궁으로 사람을 보내면 될 일이 아닌가?"

신 숙원의 다그침에 홍 상궁은 불쾌한 표정을 지으며 대답도 않고 교화당을 나갔다. 나는 눈을 이리저리 굴리며 운영을 찾다가 운영이 보이지 않자 몸을 일으켜 세웠다.

"아직 움직이셔서는 아니 되시옵니다."

의관 허임의 말에도 나는 아랑곳없이 아예 자리에서 일어서려고 했다. 그런 나를 신 숙원이 말리지 않았다면 그렇게 했을 것이다.

"운…… 상궁은?"

"운 상궁은…… 오늘은 보지 못하였사옵니다만."

신 숙원이 고개를 저으며 운영을 보지 못한 것이 자신도 이상하다는 듯 답한다.

나는 소리를 낼 때마다 따끔거리며 아파오는 목에 손을 갖다 대었다가 본능적으로 눈을 크게 떴다. 잊고 있던 가장 중요한 것을 기억해 낸 것이다.

"명이는?"

"예?"

"명이……. 능풍도정은……."

"아, 능풍도정 말씀이시옵니까?"

정원군의 사촌사이인 신 숙원이니, 능풍도정은 그녀에게 어린 조카가 된다. 그러니 그 누구보다도 능풍도정에 대해 잘 알고 있는 그녀였다. 더욱이 명이가 쓰러져 위급하다는 사실을 내게 알려온 것도 그녀이지 않은가?

그런데 지금 신 숙원은 내 시선을 피하며 딴소리를 한다.

"아! 원빈마마 모르시지요? 전하께서 정원군을 풀어주셨다 하옵니다. 종친으로서 진릉군을 보호하고자 나선 것이니 역모죄를 물을 수 없다 하시면서 말이옵니다. 또한 조정에서 정원군의 치죄를 거론하는 것조차 허락지 않……."

"능풍도정!"

나는 목이 따끔거리는 것을 참아내며 큰 소리로 명이를 찾았다.

딴소리만 늘어놓던 신 숙원이 놀란 얼굴로 말을 멈추더니 주변을 돌아본다. 주변에 있던 허임과 내의원 의녀들. 그리고 교화당의 나인들 모두 신 숙원을 쳐다보고 있었다. 그들은 내가 원하는 답을 신 숙원이 해주기를 바라는 듯 보였다. 신 숙원도 이를 알아서인지 짧은 한숨을 내쉬더니 조심스럽게 말을 꺼낸다.

"능풍도정은 며칠 전 풍질로 세상을 떠났사옵니다. 부모보다 앞선 자식은 숨을 거둔 날 장례를 치르는 것이 국법이오나, 며칠간 내린 비 때문에 미뤄지다 오늘 아침에야 시신을 장지로 옮겼다 하니……."

"장례라니?"

"아마도 지금쯤이면 장례가 모두 끝났을 것이옵니다……."

"아니야. 아니야!"

"원빈마마?"

"명이가 죽을 리가 없어. 아니야."

난 물러서 있던 허임을 돌아보며 말했다.

"자네였소. 분명 자네가 허 의관의 말에 따라 침을 놓지 않았소? 그래서 명이가 말을 하지 않았소? 명이는 어디에 있소? 내의원에 있소?"

내 물음에 허임이 고개를 숙이며 바닥에 몸을 납작 엎드린다. 그를 따라 의녀들과 교화당 나인들마저도 엎드리자, 난 참다못해 자리를 박

차고 일어섰다. 하지만 곧바로 어지럼증을 느끼며 비틀거렸다. 재빨리 신 숙원이 나를 부축했다. 그러나 나는 그녀의 부축을 뿌리친 채 서둘러 문 앞으로 다가갔다.

"열어라."

"원빈마마. 고정하시옵소서!"

"열라 하지 않느냐!"

당장 문을 열라고 소리치던 나의 머릿속에 기억 하나가 꿈틀대며 튀어나왔다. 정신을 잃기 전의 마지막 기억이다. 혼을 만나러 갔던 편전에서의 일.

혼에게 명이가 우리의 아들이라는 사실을 말했다. 그리고 혼과 함께 내의원으로 가려는 순간, 문이 열리며 나타난 최 내관이 했던 말.

'전하! 조금 전 능풍도정께서 세상을 떠나셨다 하옵니다.'

기억이 떠오르자 생각이 정리되기도 전에 눈에서 눈물부터 흘러내렸다. 난 눈물을 훔쳐내며 닫힌 문을 향해 다시 소리쳤다.

"열어라!"

어찌 된 일인지 문밖에서 내 말을 듣고 있을 지밀나인들은 꿈쩍도 하지 않는다. 더 이상 문이 열리기만을 기다릴 수 없어 직접 문을 열기 위해 고리에 손을 뻗었다. 그때, 닫혀 있던 문이 열렸다. 그리고 문 너머에서 한 사람이 나타났다. 그는 바로 혼이었다. 경운궁에 갔다는 혼이 서 있었다.

그는 명이가 쓰러지던 날의 날씨를 떠올리게 하는 잿빛 두루마기에 갓을 쓰고 있었다. 그는 울고 있는 나를 안쓰러운 시선으로 응시했다.

"주상전하!"

신 숙원이 제일 먼저 고개를 숙이며 인사를 올렸고, 주변에 있던 나인들도 일제히 혼에게 인사를 올리며 엎드렸다. 그러나 혼은 그들의 인사를 받지 않은 채, 나를 계속 응시하며 허임에게 물었다.

"허 의관."

"예, 전하."

"원빈의 상태는 어떠한가?"

"큰 이상은 없으시옵니다. 허나 며칠간 음식을 전혀 드시지 못하였사오니, 우선 기력을 되찾으시는 것이 중요하옵니다. 그러기 위해선 첫째로 안정을 취하는 것이 우선이옵고, 그다음으로는……."

"알았다. 알았으니, 모두 물러가라."

혼이 허임의 말을 자르며 명하자, 교화당에 있던 모든 이들이 우리를 지나 바깥으로 빠져나갔다. 그때까지 혼의 시선에 묶여 있던 나도 그들을 따라 밖으로 나가려고 했다. 그러나 혼의 움직임이 더 빨랐다. 밖으로 나가려는 나의 손목을 그의 손이 낚아채 잡은 것이다.

나는 그의 손에서 벗어나기 위해 한 걸음 뒤로 물러섰다. 그러나 혼은 잡은 손을 놓아줄 기미가 전혀 없어 보였다.

"나 갈 거야."

그는 가겠다는 내게 행선지를 묻지 않았다. 그저 부드러운 목소리로 내 이름을 한 번 불렀을 뿐이다.

"경민아."

"나 가야 해. 명이 보러 갈 거야."

명이의 이름을 혼 앞에서 꺼내자마자 잠시 멈췄던 눈물이 다시 흐르려는 듯 눈가가 촉촉이 젖어들었다.

나는 보았다. 갓 아래로 보이는 그의 두 눈이 슬픔으로 가득 차 있는 것을.

"명이, 명이 보러 가게 해줘. 혼아."

애원하는 나의 두 눈과 마주한 혼이 잡고 있던 내 손목을 자신 쪽으로 끌어당기더니 슬그머니 놓았다. 그리고는 두 팔로 나를 끌어안았다. 나는 그의 품 안에서 벗어나기 위해 몸부림 쳤지만 며칠을 굶어서일까? 몸에 힘이 들어가지 않았다.

"명이 보러 가게 해줘, 혼아!"

내 뺨을 타고 눈물이 흘러내린다.

혼에게서는 대답이 돌아오지 않았다. 내 마음은 점점 초조함과 두려움으로 가득 차고 있었다. 난 절대 명이의 죽음을 받아들일 마음이 없었다. 내 두 눈으로 직접 확인하기 전에는. 아니, 내 두 눈으로 확인하는 것은 살아있는 명이의 모습이어야만 했다. 그리고 정신을 잃기 전 들었던 최 내관의 말은 그저 꿈의 일부분이 되어야만 했다.

"명이……. 명이 어디 있어, 혼아?"

나는 두 손으로 그의 가슴을 밀어내며 그와 눈을 맞췄다. 울고 있는 나를 바라보는 그의 두 눈은 나와 마찬가지로 당장이라도 눈물이 흐를 것처럼 물기를 머금고 있었다. 나는 그런 그의 모습에 점점 더 겁이

나기 시작했다.

"명이 어디에 있냐고!"

나의 비명 섞인 외침에 혼의 입이 열린다.

"경민아. 명이는……."

그가 벌어진 입 사이로 작은 숨을 내보내며 어렵사리 말을 잇는다.

"죽었다."

혼의 입을 통해서 나온 말에 난 두 다리에 힘이 풀리며 휘청거렸다. 금방이라도 쓰러질 것 같은 나를 혼이 두 팔로 안아 들었다. 혼은 힘없이 축 늘어진 나를 조금 전 내가 깨어난 이부자리 위에 조심스레 눕히고는 이불을 덮어주며 말했다.

"장지는 네 부친이 묻힌 산으로 정하였다. 법도에 따라 임금인 나는 장지에 갈 수 없기에 경운궁의 대비를 뵈러 간다 하고 다녀왔다."

내가 정신을 잃은 며칠간의 이야기를 들려주려던 혼은 내 상태를 보며 마음을 바꾼 것 같다.

"쉬어라. 지금은 아무런 생각도 하지 말고……."

하지만 나는 그가 덮어준 이불을 걷어내며 허리를 일으켜 세웠다.

"아니야. 안 죽었어. 명이 안 죽었어!"

"경민아."

나는 강하게 고개를 저으며 혼에게 말했다.

"명이 안 죽었어. 당장 명이 보러 갈 거야. 명이 어디 있어? 명이 어디 있어!"

"오늘 아침 장례를 치렀다 하지 않느냐."

혼이 자신의 감정을 억누르며 짧게 답한다.

나는 그의 눈을 똑바로 바라보았다. 물기를 머금은 그의 두 눈은 붉게 충혈되어 있었다. 나는 슬픔을 참아내는 그의 얼굴에 한 손을 들어 올려 뺨을 감쌌다.

"명이……. 네 아들이야. 네 아들이야, 혼아."

이 짧은 한마디가 그동안 왜 그렇게 말하기가 어렵고 힘들었던 것일까. 왜 그리 많은 이유들을 들어 주저했던 것일까.

명이의 죽음 앞에서는 모두 쓸데없는 핑계들이라는 걸 왜 이제야 깨닫게 된 것일까.

혼은 자신의 뺨에 닿은 내 손 위에 자신의 한 손을 올렸다. 그는 내가 우는 모습을 보는 것이 가슴 아픈 듯 두 눈을 질끈 감으며 나를 다시 한 번 자신의 품 안으로 끌어안았다.

"명이가 죽을 리가 없어. 그렇지, 혼아?"

난 그의 품에서 흐느끼며 물었다. 그러나 혼에게서는 아무런 대답도 돌아오지 않았다.

명이가 죽은 그날부터 나는 시간을 잃어버렸다.

"최 내관 나으리."

교화당 지밀나인 보향의 목소리가 닫힌 문밖에서 들려왔다. 나는 그 소리에 감고 있던 두 눈을 떴다. 낮인지 방 안은 밖에서 들어오는 빛만으로도 환했다.

'대체 나는 얼마나 잠들어 있었던 것일까…….'

"원빈마마께서는?"

최 내관이 보향에게 묻는다.

나는 대전내관인 그가 교화당에 온 것은 혼이 명해서임을 잘 알고 있다. 하루도 거르지 않고 매일, 하루에도 두세 차례씩 혼은 최 내관을 교화당에 보내 내 안부를 묻는다.

"아침에 미음을 조금 드시고는 침수 중이세요."

"의관이 따로 전한 말은 없었느냐?"

"날이 조금 따뜻해지면 밖으로 나가시라는 말씀만 하셨을 뿐이에요. 아직 봄은 오지 않았으니까요."

'봄.'

풍질에 걸린 명이가 차가운 겨울비를 맞고 죽었다. 아직 봄이 오지 않았으니 명이가 죽은 건 얼마 전의 일인 걸까?

또다시 명이 생각에 두 눈에서 눈물이 흘렀다. 그러나 이불 속에 두 팔을 집어넣은 나는 그 눈물을 닦지 않았다. 아니, 닦을 수가 없었다. 내 몸은 살 의지를 잃은 채로 힘없이 이불에 눌려 꼼짝달싹할 수 없는 상태였다.

며칠째 달라진 것 없는 내 소식을 전해 들은 최 내관이 한숨을 쉰다.

"알았다. 전하께 그리 전하겠다."

돌아서려는 최 내관의 발길을 보향이 붙잡는다.

"오늘도 전하께서는 교화당에 납시지 않으시옵니까? 하루가 멀다 하고 원빈마마의 용태가 궁금하시오면 직접 납시어서 확인하시면 될 것을요."

"어허! 무엄하다. 한낱 나인 주제에 입을 함부로 놀리다니."

"소, 송구하옵니다."

보향을 꾸짖은 최 내관의 목소리도 더 이상 들리지 않자 나는 다시 눈을 감았다.

명이가 죽은 뒤 나는 몸이 좋지 않다는 핑계로 혼을 만나지 않았다. 궐의 법도에 따라 내명부를 주관하는 중전에게 전갈을 보내어 그렇게 알렸다. 중궁전에 전갈을 보낸 그날 밤, 혼이 교화당을 찾아왔다. 그의 방문을 예상했던 나는 일찍 불을 끄고 잠든 척을 하고 누워있었다. 내가 잠들었다는 보향의 말에 혼은 조용히 교화당 안으로 들어와서는 한동안 내 곁에 앉아있다가 떠났다.

그 뒤로 그는 교화당을 찾지 않았다. 대신 매일같이 최 내관을 교화당으로 보내 내 안부를 물어오는 것이다.

명이가 죽은 뒤로 난 혼의 얼굴을 마주할 자신이 없었다.

혼은 명이가 죽던 날에야 명이가 자신의 아들이라는 사실을 알게 되었다. 허준은 명이가 비를 맞기 전부터 풍질을 앓았고, 오진으로 이미 돌이킬 수 없는 상태였다고 했다. 하지만 명이가 그렇게 세상을 떠남으로써 혼은 자신의 아들을 알아볼 기회를 영영 잃어버렸다. 그리고 그 책임은 '적당한 시기'에 말하겠다며 미뤄온 나에게 있었다.

나는 혼이 그 책임을 온전히 내게 묻기를 바랐다. 내게 묻고 나를 원망하기를 바랐다. 그랬다면 내 마음이 조금이라도 편해지지 않았을까? 그러나 그가 하는 행동이라고는 오로지 명이를 잃은 슬픔에 잠긴 나를 걱정하는 일뿐이다.

혼 역시 뒤늦게 명이가 자신의 아들임을 알게 된 충격과 동시에 명이를 잃어야 했던 슬픔을 겪고 있을 것이다. 그런데도 그는 그 슬픔을 전혀 내색하지 않는다.

명이는 정원군의 아들로 죽었다.

정원군은 명이가 죽던 날 의금부에서 풀려났지만, 명이의 장례식에는 참석하지 못했다. 그것은 조선의 법이었다. 부모보다 먼저 떠난 자식의 장례에는 부모가 참석하지 않기 때문이다. 나 역시 명이의 장례가 끝난 뒤 깨어나 명이의 마지막 길을 볼 수 없었다. 그러나 혼은 아니었다. 그는 경운궁의 대비를 만난다는 핑계로 출궁하여 명이의 장례를 다녀온 것이다.

그는 자신의 아들이 차가운 땅에 묻히는 것을 보면서 무슨 생각을 했을까. 줄곧 정원군의 아들로 알고 있던 그 아이가 자신의 아이라는 걸 알게 된 후에도 나를 향한 원망이 조금도 없을까?

정원군의 아들로 죽은 명이를 애도할 시간도 없이 그는 매일 정사를 보고 있다. 나는 아프다는 핑계로 홀로 슬픔을 삭일 수 있지만, 그는 내보일 수 없는 슬픔 뒤로 나를 향한 원망을 감추고 있는 것이 아닐까? 그렇다면 어느 순간 슬픔이 가라앉았을 때, 그는 나를 향한 원망을 드러낼까?

감은 두 눈에서 눈물이 흘러 내 뺨을 타고 베개를 적신다.

나는 다시 눈을 떴다. 요 며칠 하루 종일 누워있었음에도 깊게 잠든 기억이 없다. 눈만 감았다 뜰 뿐인데 하루가 지나고 또 하루가 지나가고 있었다. 이대로 며칠이 더 지나면 나는 죽게 될까? 그럼 그때 명이를 만나게 되는 걸까?

창문을 통해 들어오는 햇빛으로 낮이라는 걸 알고, 어둠이 찾아오는 것을 보고 밤이라는 걸 알게 되는 날들이 계속해서 반복되었다. 난 그렇게 하루하루 의지 없는 숨을 내뱉으며 살아가고 있었다. 삶의 의지 따위는 어디에 두었는지조차 잊어버렸다. 그런데도 명이가 죽은 겨울이 가고 봄이 어김없이 찾아왔다.

"오는 길에 보니 교화당에도 목련이 피었더군요. 다른 곳보다 늦게 핀다 싶더니 이제 그 연유를 알 것 같사옵니다. 교화당의 목련이 창덕궁의 목련들 중 으뜸이옵니다."

신 숙원의 과한 칭찬에 나도 모르게 씁쓸한 미소가 지어진다.

내가 미소를 지을 것이라고 예상하지 못했던지 신 숙원의 얼굴에 당황한 기색이 스친다. 곧 그녀는 환한 미소를 지으며 내게 물었다.

"목련을 보시겠사옵니까?"

나는 힘없이 고개를 끄덕였다. 신 숙원은 교화당 나인 보향에게 눈길을 주었다. 보향이 재빨리 창가로 다가가 오랫동안 굳게 닫혀 있던 창문을 활짝 열고는 뒤로 물러섰다.

열린 창문을 통해 봄바람이 살랑살랑 불어왔다. 오랜만에 바깥에서 불어오는 바람에 나는 잠시 눈을 감으며 바람을 맞았다. 마음이 깨끗이 비워지는 느낌이었지만, 동시에 울컥 눈물이 쏟아질 것 같았다. 명이가 세상을 떠난 겨울이 지나고, 나 혼자 봄을 맞이했다는 사실이 너무나도 서글퍼진 것이다.

난 눈을 떴다.

"보향아. 닫거라."

보향은 그럴 줄 알았다는 얼굴로 신 숙원과 눈을 맞추더니 창문을 닫기 위해 창가로 다가섰다.

"전하 아니시옵니까?"

신 숙원이 열린 창문 밖을 쳐다보며 말한다. 나 역시 저절로 눈길이 창밖을 향했다. 교화당 창문 밖에 선 목련나무를 사이에 두고 멀지 않은 곳에 혼이 서 있었다. 혼은 교화당 주변을 걷다가, 열린 창문을 통해 보이는 내 얼굴을 물끄러미 바라보고 서 있었다. 나는 그와 눈이라도 마주칠까 싫어 서둘러 고개를 돌리며 보향에게 말했다.

"닫거라."

"예, 마마."

교화당 창문이 닫히자 나는 다시 신 숙원을 바라보았다.

"헌데 숙원은 무슨 일로 오시었소."

신 숙원이 주변에 앉은 운영과 보향을 한번 돌아보더니 입을 연다.

"궐에 도는 소문 때문이옵니다. 정원군마마와 관련된 한 무수리의 이야기이온데."

여기까지 말이 나오자, 난 그것이 운영을 말하는 것임을 알고는 운영을 돌아보았다. 나와 눈을 마주친 운영이 보향과 함께 조용히 밖으로 나갔다. 난 잠시 말을 중단한 신 숙원을 보며 물었다.

"안 좋은 소문이오?"

"본디 소문이 좋은 것만 있는 것이 아니지요."

"그 소문이 정원군에게 득이오, 실이오?"

"득이 되진 못할 듯하옵니다."

나는 한숨부터 내쉬었다.

지난겨울, 명이의 죽음을 이유로 혼은 정원군을 풀어주었다. 그러나 정원군을 향한 불만의 목소리가 사그라진 것은 아니었다. 옥사는 끝났지만 대북파는 여전히 정원군을 눈엣가시로 여기고 있었다.

난 정원군과 운영의 소문이라면 대북파의 영수인 이이첨에게서 흘러나온 것이 분명하다고 여겼다.

"무슨 말인지 알겠소. 알겠으니 그만 물러가시오."

"예, 원빈마마."

신 숙원이 인사를 올리며 자리에서 일어선다.

나는 뒷걸음질하며 밖으로 나가는 신 숙원을 보면서 복잡한 생각이 들었다. 원래 신 숙원은 인빈의 사람이었다. 인빈의 나인으로 혼의 후궁이 되었던 여인이었고, 또 인빈의 가문 출신이기도 했다. 그 이유로 아직 그녀를 향한 의심을 모두 풀어버린 것은 아니지만, 그녀가 정원군을 위하는 사람이라는 점에서는 신뢰가 갔다. 그녀가 단지 가볍게 떠도는 풍문을 나에게 일부러 알려주려 찾아온 것은 아닐 것이다.

'그 무수리가 운영이였다는 사실을 알고 왔는지도 모르지.'

나는 착잡한 심정을 삼키며 운영을 불렀다. 원하지 않기에 미루고 미뤄왔지만, 언제까지고 미룰 수만은 없는 일 때문이었다.

"숙원께서 말씀하신 소문이 저와 관련된 것이지요?"

둘만 있게 된 자리에서 운영이 말한다. 나는 고개를 끄덕였다.

"아마도 그런 것 같아. 지난번 대사헌이 널 알아본 일이 있었으니까."

"정원군마마께 해가 될까요?"

운영이 걱정스럽게 묻는다.

나는 이에 대한 답을 줄 수가 없다.

아들인 명이가 죽었다는 이유 하나로 정원군은 풀려날 핑계를 얻었고 더불어 그의 역모 혐의도 잠잠해질 수 있었다. 그러나 정원군의 역모 혐의는 언젠가 어떤 식으로든 수면 위로 다시 올라올 가능성이 컸다. 거기에 그가 입궐시킨 운영이 정여립의 여식이라는 사실이 밝혀진다면, 그는 죽음을 피하기 어려울 것이다.

'이이첨도, 중전도 운영이 정여립의 여식 정운영이라는 사실을 알고 있으니…….'

"운영아."

나는 무겁게 입을 열었다.

내가 무슨 말을 하려는지 안다는 듯 운영의 눈에는 벌써 눈물이 고여 있었다.

"네가 궐을 떠나야 할 것 같아."

"원빈마마!"

운영이 눈물을 쏟아내며 내 앞에 엎드렸다.

"절대요! 전 절대 원빈마마의 곁을 떠나지 않을 거예요! 죽기까지 원빈마마를 뫼실 거예요!"

나는 엎드린 운영의 머리를 쓰다듬어주며 부드럽게 말했다.

"네 마음으로 족해. 하지만 이 궐은…… 너무 위험해."

'위험하다라, 무엇이 위험하지?'

스스로 내뱉은 확신에 찬 말에도 스스로 답을 알지 못한다.

그저 혼과 함께할 수 있다면, 당당한 신분으로 그와 함께할 수 있다면 더 이상 어려움은 없을 것이라고 여겨왔다. 무엇보다 그가 폐위되기 전까지의 대부분의 역사를 난 잘 알고 있었다. 큰 위험은 스스로 피할 수 있다고 자신해왔던 것이다.

그러나 내가 간과한 가장 중요한 사실이 있다. 내가 바로 역사의 일부가 되었다는 것. 난 나의 역사에 대해 알지 못한다. 그 말은 누가 나의 적인지, 누가 나의 친구인지 알 수 없다는 것이다.

나 역시 혼의 사랑에 기대어 궐에서 살아가고 있을 뿐이다. 혹시라도 그의 마음이 내게서 떠나는 날이 온다면 내 미래도 장담할 수 없다. 난 내 아이조차 지키지 못했다. 그런 내가 운영을 지킬 수 있을까? 미영이도 지키지 못했는데?

"네겐 두 아들이 있지?"

운영이 고개를 들어 나를 바라본다.

"네 정인이 죽고 입궐한 뒤에 넌 지금껏 이 궐에서 날 위해서만 살았으니, 이젠 네 아들들을 위해 살아. 혹시라도 네가 날 위해 살다가 죽는 일이 생긴다면, 내가 살아서도 죽어서도 네 아들들의 얼굴을 어떻게 볼 수 있겠니?"

"원빈마마!"

운영이 울며 날 불렀지만, 난 미소로 그녀를 대했다.

"사랑하는 사람들을 지키기엔…… 이 궐은 내게 너무 큰 것 같아."

'내 적이 누구인지조차 알 수 없으니…….'

운영이 궐을 떠나는 날이 왔다. 이날 나는 명이가 죽은 후 처음으로 교화당 밖을 나섰다. 운영을 배웅하기 위해서였다.

장성한 운영의 두 아들은 궐문 밖에서 운영이 밖으로 나오기만을 기다리고 있었다. 운영은 아들들을 향해 돌아섰다가, 바로 내게로 돌아서 큰절을 올렸다.

이미 교화당을 나서기 전에 운영으로부터 절을 받았던 나였지만, 두 번째로 운영에게서 절을 받는 순간 다시는 운영을 볼 수 없을지도 모른다는 생각에 눈물이 왈칵 쏟아져 나올 것만 같았다. 하지만 내 눈물이 혹시라도 그녀의 걸음을 무겁게 할까 싶어, 나는 끝까지 눈물을 참고 웃음을 보이려 애를 썼다.

내게 큰절을 올리고 아들들에게로 돌아서려던 운영이 갑자기 걸음을 멈춘다. 그러더니 내게로 다가와 작은 목소리로 속삭이듯 물었다.

"능풍도정께서 지난날 마마께서 제주에서 낳으신 아기씨지요?"

나는 목이 탁 메어오는 느낌에 잠시 숨을 가다듬고는 조심스럽게 되물었다.

"알고 있었니?"

"그동안 짐작만 하였답니다. 하오나 다른 궁인들은 몰라도 이미 두 아이의 어미인 제 눈을 속이실 수야 없지요. 지난날 능양군마마의 보모상궁이셨으면서도 지금의 능양군마마를 대하시는 것과 능풍도정께 쏟으시는 애정이 분명 다르신걸요. 그러니 제가 어찌 그것을 몰라 뵈었을까요."

다른 이야기도 아닌 명이의 이야기에 결국 난 참고 있던 눈물을 흘렸다.

"맞아. 명이가…… 내 아이야."

내 입에서 나온 고백에 운영은 마치 나인 듯 눈물을 함께 쏟았다.

"그 슬픔을 어찌 홀로 참아내셨어요? 아프다 하시고 드러누우시면 그 슬픔이 가시리라 여기셨어요?"

"난…… 모르겠어. 어떻게 해야 할지 전혀 모르겠어. 어떻게 해도 그 아이가 다시 살아나는 건 아니잖아."

운영이 울먹이는 나를 향해 물었다.

"전하께서도 아시는 것이지요? 아시기에 마마께서 이리 오랫동안 아프다 하시며 교화당 밖 출입을 안 하셔도 찾아오지 않으시는 게지요?"

나는 고개를 끄덕였다. 운영이 말을 이었다.

"그 누가 위로한다 하여도 아이를 잃은 슬픔은 오직 부모만의 것이랍니다. 그러니 언제까지고 전하를 피하시지 마세요. 전하의 슬픔도 마마의 슬픔도 동일할진대, 두 분이 각각 따로 슬픔을 이겨내려 하신다면 그 슬픔은 배가 될 거예요. 하오나 함께 슬픔을 나누신다면 슬픔이 줄어들진 못하여도 견뎌낼 힘을 얻으실 거예요."

"날 원망치 않으실까?"

누구에게도 묻지 못했던 말을 난 운영에게 묻고 있었다. 내 물음에 운영은 눈가의 눈물을 옷깃으로 훔쳐내며 단호한 표정으로 말했다.

"사람의 명줄은 하늘이 쥐고 있는 것인데, 어찌 마마께 그 책임을 물으시겠어요? 무엇보다 전하께서 그러시리라 여기세요?"

난 며칠 전 교화당 창문 사이로 보았던 혼의 모습을 떠올렸다.

혼은 내가 병을 핑계로 그를 만나지 않겠다고 한 뒤부터 종종 교화당 주변 후원을 산책해왔다. 나는 그 사실을 교화당 나인들에게 들어서 알고 있었다. 만약 그가 조금이라도 명이의 죽음과 관련하여 나를 원망했다면, 그는 교화당 주변을 서성이는 일 따위는 전혀 하지 않았을 것이다. 그러기에 난 이미 운영에게 물은 질문의 답을 알고 있었다.

어쩌면 내게 필요한 것은 그를 만나는 '용기'였을 것이다. 슬픔에 억눌려 누르고 있는 용기 말이다. 그리고 나는 애써 외면하고 있었지만, 혼은 오래 전부터 그 용기를 내보이려 노력해 온 것이 분명하다.

운영을 배웅하고 홀로 교화당으로 돌아오는 길에 최 내관을 만났다. 오랜만에 날 보게 된 그는 정중히 인사를 올렸다. 나는 인사만 받고 그를 지나쳐갈 생각이었다. 그러나 이런 내 마음을 읽기라도 한 것인지, 그가 갑자기 내 앞길을 막아서며 몸을 땅에 엎드렸다.

"원빈마마!"

한 번도 본 적이 없는 그의 행동에 놀란 나는 걸음을 멈추었다.

"무슨 짓이오?"

"드릴 말씀이 있사옵니다! 소인의 말을 들어주시옵소서!"

간절한 최 내관의 청에 나는 고개를 끄덕였다.

최 내관은 아무도 지나다니는 이가 없는 궐의 한적한 장소에서 이야기를 시작했다.

"혹여 전하를 원망하시는 것이옵니까?"

"전하를 원망하다니? 그게 무슨 말인가?"

"정원군마마와 관련된 오해에 대해 말이옵니다."

난 혼과 정원군의 독대를 문밖에 서서 초조하게 지켜보던 최 내관을 떠올리며 고개를 저었다.

"정원군이 풀려나지 않았는가. 모두 끝난 일이네."

"하오면 어찌 전하를 뵙지 않으시는 것이옵니까?"

이 물음에 나는 답을 줄 수 없었다.

망설이는 나의 눈치를 살피던 최 내관이 조심스럽게 말을 꺼낸다.

"능풍도정의 일 때문이옵니까?"

나는 놀란 눈으로 최 내관을 보았다. 최 내관도 능풍도정이 혼과 나의 아이라는 사실을 알고 있을까 싶어서였다. 운영의 경우는 늘 내 곁에서 능풍도정을 아끼는 것을 지켜본 데다가, 내가 아이를 가진 사실을 처음으로 알게 된 사람이기도 했다. 하지만 최 내관은 달랐다. 만약 그가 사실을 알고 있다면 혼에게서 들었을 것이다. 그런데 과연 혼이 그 사실을 최 내관에게 말해주었을까?

"어찌 그리 생각하는가?"

"그것은 마마께옵서 능풍도정께서 세상을 떠난 후 전하를 뵙기를 거절하셨기 때문이옵니다."

말은 추측한다고 하지만, 최 내관의 눈은 다른 의미를 담고 있는 것처럼 보였다. 하지만 그가 무언가를 알고 있다고 하더라도 그것은 이 궐에서 쉽사리 입에 담기에는 위험한 말일 터였다. 이를 누구보다도 잘 아는 최 내관이라면 내가 먼저 말을 꺼내기 전에는 절대 발설하려 하지 않을 것이다.

"나는 몸이 좋지 않네."

운영을 배웅하러 바깥에 나온 나와는 어울리지 않는 핑계였지만, 더는 명이의 이야기를 꺼내고 싶지 않았다. 운영 앞에서 쏟았던 눈물이 다시 터져 나올 것만 같았기 때문이었다. 나는 돌아서려고 했다. 하지만 최 내관의 말이 더 빨랐다.

"능풍도정께서 돌아가시던 날의 일이옵니다. 원빈마마께서 편전에서 갑자기 쓰러지셨지요. 전하의 명으로 급히 달려온 의관은 마마께서 큰 충격으로 정신을 잃으셨으나, 나아지실 것이라고 전하께 말씀을 올리더군요."

가슴이 울컥하며 눈시울이 뜨거워지기 시작한다. 그날의 기억이 다시 떠오르고 있었다. 도무지 믿기 힘들었던, 명이가 죽었다는 소식이 들려오던 그 순간의 기억이.

"마마의 상태가 안정되자 갑자기 전하께서 교화당을 나서셨사옵니다. 소인이 그 뒤를 따랐지요. 전하께서 가신 곳이 어디이신 줄 아시옵니까?"

"편전으로 돌아가셨겠지. 더는 그날의 이야기를 듣고 싶지 않네."

그대로 돌아선 나는 최 내관에게 보이지 않게 흘러내리는 눈물을 닦아내며 앞으로 한 걸음 내딛었다. 그때 등 뒤에서 최 내관이 소리를 높여 말했다.

"능풍도정께서 계신 내의원이었사옵니다."

순간 내 두 발은 땅에 박힌 듯 꼼짝도 하지 못했다. 최 내관이 계속 말을 이어나갔다.

"능풍도정의 시신 앞에서 전하께서는 주위를 모두 물리라 명하셨사옵니다. 오직 소인만이 남아 전하의 곁에 있었사옵니다. 전하께서는 숨을 거두신 능풍도정을 끌어안으시고는 통곡하시며……."

"그만. 그만하게!"

나는 나도 모르게 한 손을 가슴 위에 올려놓았다. 그렇게라도 하지 않으면 가슴이 찢어질 것 같아서였다. 금방이라도 쓰러질 것 같아 가까운 건물 기둥에 손을 대고 겨우 섰다. 최 내관이 걱정스럽게 나를 불렀다.

"원빈마마?"

나는 결국 참고 참던 눈물을 쏟아내고 말았다.

고개를 숙인 채 한참 땅에 떨어지는 내 눈물을 바라보던 나는 더 이상 혼자 이 슬픔을 이겨낼 자신이 없었다. 그리고 이 순간 그 누구보다도 혼이 보고 싶어졌다. 그를 당장 만나고 싶었다.

나는 고개를 들어 최 내관을 보았다.

"전하께서는 어디에 계시는가?"

눈물이 멈추지 않는 내 얼굴을 보고 최 내관이 안쓰러운 표정을 지으며 답한다.

"소인이 길을 열겠사옵니다."

혼은 의외의 장소에 있었다.

그는 창덕궁의 정문인 돈화문 망루에 올라 멀리 경운궁이 있는 방향을 바라보고 있었다. 나는 혼의 뒤로 다가갔다. 그는 망루를 지키는 병사가 왔다고 생각했는지, 나의 발걸음 소리에도 뒤를 돌아보지 않았다.

난 그의 왼쪽으로 다가가 오른팔로 그의 허리를 살며시 감았다. 놀란 그는 고개를 돌려 날 발견하고 눈이 커졌다.

"원빈……."

곧 그는 망루 위에 그와 나밖에 없다는 사실을 확인하고는 왼팔로 나의 허리를 감으며 짧게 미소 지었다.

"경민아."

그는 마치 어제 나를 본 듯이 맞아주었지만, 우리는 거의 세 달 동안 서로의 얼굴을 보지 못했다. 내 허리를 감고 있는 그의 팔에서 낯설지 않은 온기가 전해진다. 그 온기만으로도 나는 불안했던 마음이 가라앉고 평안함을 느꼈다.

그렇게 우리는 한참을 말없이 먼 곳을 바라보았다. 새삼스럽게 말을 하지 않아도, 지금 서로가 느끼는 감정을 알고 있다는 사실이 특별하게 다가온다. 단지 이렇게 가까이 서 있는 것만으로도 지난 세 달간 나누지 못했던 이야기를 모두 나누는 것 같았다.

"경운궁을 보고 있는 거야?"

나는 조심스럽게 물었다. 혼이 내게로 잠시 눈을 돌리더니 고개를 끄덕이고는 다시 경운궁으로 시선을 향한다. 나는 곧 그가 입을 열어 그 이유를 설명해주리라고 생각하고 기다렸다. 잠시 뒤 그가 이야기를 시작했다.

"아바마마께서 승하하시기 한 해 전의 일이다. 네가 유배를 갔을 때였지."

그 말을 하며 그가 내 허리에 두른 팔에 자연스레 힘을 준다. 마치 '유배'라는 단어가 다시 나와 그를 떨어뜨려 놓을 것 같아 두려운 듯이 말이다.

"그 당시 내 마음은 드러낼 수 없는 분노로 가득 차 있었다. 제주로 유배를 떠나는 너를 지켜주지 못한 나약함에 대한 원망을 필두로, 네가 그리워도 그립다 소리 내어 말할 수도 없는 고통, 영창에게 세자의 자리를 내어주고 물러나게 되면 다시는 너를 만나지 못하게 될 것이라는 두려움까지. 하루하루가 그렇게 숨 막히도록 괴로웠었지."

혼의 이야기를 들으며, 그가 홀로 한성에 남아 겪어야 했던 심적인 고통들이 내 마음으로 전해져왔다.

"그러던 어느 날, 편전에 아바마마를 뵈러 갔다가 뵙지 못하고 도로 나오던 길이었다. 눈이 내리고 있더구나. 그날, 연주군부인이 네 명의 아들들과 함께 입궐해 인빈을 뵈었었지."

직감적으로 혼이 명이의 이야기를 꺼낸다는 걸 알아차린 내 몸이 슬며시 떨려왔다.

"홀로 있던 내 앞으로 제기 하나가 떨어졌지. 명이 그 아이가 놀다가 내 앞에 떨어뜨린 것 같더구나. 그 아이는 내가 떨어진 제기를 주워줄 것이라 여기고 환히 웃으며 다가왔었다. 순간 무슨 악한 마음이 들어서인지 그 제기를 담 너머 멀찍이 던져버렸다."

다시 나를 돌아본 혼의 얼굴에는 슬픔이 가득했다.

"소리를 낼 수 있어도 하고 싶은 말을 소리 내어 말하지 못하는 나와 달리, 소리를 내지 못하여도 자신의 마음을 모두에게 드러낼 수 있는 그 아이가 원망스러웠던 것 같다. 헌데……."

혼의 목소리가 잠기기 시작한다.

"그 아이가 너와 나의 아이였다니."

난 어느새 눈물을 흘리며 혼의 얼굴을 바라보고 있었다. 그리고 난 알게 되었다. 그는 명이가 자신의 아들임을 알게 되고, 그 아이가 죽음으로써 지난날 아이에게 준 상처를 만회할 기회를 영영 잃어버렸다는 사실을 말이다.

"명이가 죽은 뒤로 거의 매일 밤 그날의 일이 꿈에 나오더구나. 어찌 그때의 나는 그 제기를 아이의 손에 쥐어주지 않고 던져버렸던 것인지……. 그날의 일이 이토록 내 마음에 남아 나를 괴롭게 만들 줄은 정녕 몰랐구나."

난 노 진사 댁에서 명이를 혼에게 인사시키려고 했던 일을 떠올렸다. 그때의 명이는 혼을 두려워하며 내 뒤로 몸을 숨겼었다. 혼은 그런 명이를 보며 그 아이가 자신을 좋아하지 않는다고 짧게 말했다. 이제야 나는 그 상황의 뒤에 이런 이야기가 숨어있었음을 알게 되었다.

"그런 일이 있었구나. 그래서 명이가 처음에 혼이 널 어려워했던 거였어."

나는 그의 넓은 등을 쓸어주며 말을 이었다.

"하지만 혼아. 넌 그 아이를 행복하게 해준 일이 있었잖아."

난 혼이 풍등을 하늘로 날려 보내던 그 순간, 명이의 밝은 얼굴을 떠올렸다. 그때 혼과 명이는 서로 눈을 맞추며 미소를 주고받았었다. 혼도 나를 바라보며 그날의 일을 떠올리는지 눈동자에 잠시 빛이 어린다. 난 그런 혼에게 말했다.

"그 이후로 명이의 마음속에는 너와 함께한 좋은 기억만 남았을 거야. 난 그렇게 믿어."

나의 진심 어린 위로에 혼이 두 팔로 나를 끌어안는다. 우리는 많은 이야기들과 추억이 가득한 경운궁을 바라보며 서로의 슬픔을 나누었다.

꽃의 향이 짙어질수록 봄은 깊어진다.

"도착했습니다요."

가마꾼의 말이 끝나자, 닫혀 있던 가마의 문이 열린다. 가마에서 내리는 나를 붙잡아준 것은 유일하게 날 따라 궐 밖으로 나온 보향이다.

보향은 어딘지도 모르는 곳에 따라와서는 어리둥절한 얼굴이다. 나 역시 이곳에 온 지는 아주 오래되었다. 그러나 단 한 번 왔음에도 절대 잊지 못하는 곳이기도 하다.

"여기서 기다리거라."

"예? 저도요?"

보향이 어리둥절한 얼굴로 날 본다. 나는 별다른 말 없이 그녀에게서 돌아서 언덕을 오르기 시작했다.

언덕의 꼭대기로 오르는 길에는 곳곳에 개나리가 활짝 피어 있었다. 지난번 이곳에 왔을 때는 겨울이었다. 그때는 꽃을 보지 못했다.

언덕의 꼭대기에 다가갈수록 내 두 눈에는 눈물이 차오르기 시작한다. 그리고 마침내, 두 개의 봉분이 눈에 들어오자 왈칵 눈물부터 쏟아졌다. 당연히 내 걸음은 더 이상 나아가지 못한다.

언덕 꼭대기에 풀이 돋은 무덤 하나가 위치하고, 바로 그 아래에 얼마 전 생긴 듯 풀 하나 돋아나지 않은 무덤이 자리 잡고 있다. 바로 나의 아버지 김영찬과 명이의 무덤이었다.

봄이 왔음에도 풀조차 볼 수 없는 명이의 무덤은 그 아이의 죽음이 얼마 전의 일이라는 사실을 되새기게 만든다.

"명아……."

멀리서 간간이 들려오는 산새의 울음소리 외에는 아무런 소리도 들리지 않는 고요함. 그 고요함 속에서 느낄 수 있는 산의 맑은 공기도 내 숨을 편히 쉬게 만들지는 못한다. 난 봄의 따사로운 온기조차도 머금지 못한 차가운 명이의 봉분을 쓸며 울음을 토해냈다.

'내가 아는 역사에 명이의 이름은 없었어. 혼의 아들 중에 명이는 없었지.'

명이는 정원군의 아들로서 죽었다.

역사 속 정원군에 대해서 자세히 알지 못하는 나로서는 그의 아들 중에 명이가 있었는지를 알지 못한다. 역사 속에 정원군의 아들인 '이명'이 존재했든 하지 않았든, 명이가 이런 죽음을 맞게 된 것은 나의 아들로 태어났기 때문일까? 아니면 작은 병에도 살아남기 힘든 조선시대에 태어났기 때문일까?

혼은 시기를 봐서 명이를 자신의 족보에 올릴 뜻을 내비쳤다. 그러나 나는 그것이 불가능하다는 것을 안다. 내가 아는 역사대로 혼이 인조반정으로 인해 폐위를 당하게 된다면 말이다.

나는 명이의 무덤 바로 위에 위치한 아빠의 무덤으로 다가갔다.

오래전 혼이 세워준 아빠의 묘비가 무덤의 앞을 지키고 서 있었다. 난 몇 년 전 아빠를 만났다. 아빠에게 곧 일어날 위험을 알려드리려고 했지만, 그러지 못했다. 그러나 아빠가 자신에게 일어날 위험에 대해 어느 정도 알아차리신 것은 분명하다. 단지 그럼에도 불구하고 아빠는 임진왜란 때 함경도 회령에서 돌아가신 것 같다. 그렇지 않다면 이곳에 여전히 아빠의 무덤이 있을 리가 만무하니 말이다.

'그렇다면 역사는 내가 아는 것에서 하나도 바뀐 게 없는 걸까?'

아빠의 무덤 앞에 선 나는 명이의 무덤 쪽으로 몸을 돌렸다. 이제 내 시선은 언덕 아래, 밭과 논이 펼쳐진 땅을 지나 멀리 이름 모를 산을 향해 있었다. 이곳이 조선시대라는 점만 제외한다면, 흔히 볼 수 있는 시골 풍경에 가까웠다. 나는 숨을 크게 내쉬며 울음으로 인해 갑갑해진 몸 안으로 맑은 공기를 새로이 집어넣었다.

'네가 듣고 배우고 익혀서 알게 된 지식 안에서의 역사 말이야. 그 범위 안의 역사에 역행하는 일만 벌이지 않는다면 네게는 아무런 일도 벌어지지 않을 거야. 이 조선에서 생을 다하는 그날까지 말이다.'

아빠가 한 말대로 난 단 한 번도 역사를 바꾸겠다는 결심은커녕 생각도 한 적이 없었다. 이 조선에서 하루하루 살아가는 것조차도 내겐

쉬운 일이 아니었기 때문이다. 혼을 사랑하게 된 뒤로는 모든 일이 위기였다. 이런 내게 역사대로 혼이 즉위하는 것은 매우 중요했다. 그랬기에 난 스스로 그를 떠나 제주로 유배 가는 것을 택했다.

'나의 그 결심조차도 단지 역사의 일부분이었던 걸까? 당연히 일어나야 했던?'

이미 역사의 일부가 되어버린 나는 '원빈'이라는 새로운 신분을 가지게 되었다. 그러나 여전히 내게 남는 의문점은 원빈이라는 여인의 존재다. 내가 아는 역사에 '원빈'은 없다. 그리고 혼의 폐위 이후 중전 유 씨를 제외한 다른 여인들의 행적은 실록에 남지 못했다. 나 역시 실록에 남지 못한 다른 여인들의 운명과 마찬가지로 그렇게 역사에서 사라지게 될지도 모른다.

"마마님, 여기가 대체 어디이옵니까?"

언덕에서 내려오는 날 발견한 보향이 쏜살같이 다가와 재잘거린다. 그러나 나는 보향에게 답을 주지 않은 채 가마로 다가갔다. 뒤늦게 보향이 가마의 문을 열었고, 난 안으로 들어가기 위해 치맛자락을 움켜잡았다.

"어머?"

그런데 보향이 멀지 않은 곳을 보며 놀란 표정을 짓는다. 나는 보향이 쳐다보는 곳으로 시선을 주었다. 그곳에는 말의 고삐를 붙잡고 언덕을 향해 천천히 걸어오고 있는 종이가 있었다.

"능양군마마!"

종이를 제일 먼저 발견한 보향이 깍듯이 인사를 올렸다.

"원빈마마?"

종이도 나를 발견하자 말고삐를 놓고 내게로 다가왔다.

"능양군."

나 역시 조금 당황한 얼굴로 종이를 올려다보다가 문득 놀라고 말았다.

올해 19세. 종이의 키는 어느새 나를 훌쩍 뛰어넘어 있었다. 늠름하게 자란 종이를 올려다보며 나는 만감이 교차하지 않을 수 없었다.

종이는 보향을 흘끗 바라보더니, 다시 나를 보며 슬프게 웃는다.

"저와 같은 이유로 이곳에 오신 듯하군요."

나 역시 미소로 답해주고 싶지만, 왠지 모르게 아주 작은 미소조차도 짓는 것이 어렵다.

"잠시 걸을까요?"

난 종이에게 함께 걸으며 이야기를 나누는 것을 청했다. 종이는 순순히 고개를 끄덕이며 짧게 답했다.

"예. 원빈마마."

오랜만에 만난 종이와 나는 언덕에서 멀지 않은 숲길을 걸었다. 그곳은 전나무가 빼곡히 들어선 곳이었다.

예를 지키려는 것인지 종이는 나와 눈을 마주치지 않았다. 때때로 전나무를 올려다보는 것이 나무 사이사이에 모습을 감추고 있는 새들을 찾는 것처럼 보였다. 나는 그런 종이의 뒤를 바짝 쫓아가며, 종이의 모습에서 오래전 처음 정원군을 만났을 때를 떠올렸다. 군부인을 닮은 두 눈동자만 제외한다면 종이는 그 누구보다도 정원군을 쏙 빼닮은 얼굴이었다.

"능양군. 숲이 무섭지 않습니까?"

종이가 걸음을 멈추고 나를 슬쩍 돌아보며 묻는다.

"숲이 무섭다니요?"

"능양군은 어린 시절 창덕궁에서 호랑이를 만난 적이 있다고 들었습니다."

"아, 어찌 아셨습니까?"

조금은 놀란 얼굴로 종이가 되묻는다. 난 어린 시절 나를 '누나'라고 친근하게 부르던 종이의 모습을 떠올리며 답했다.

"아마도…… 정원군께 들었던 것 같습니다."

"그러시군요. 예. 맞습니다. 어린 시절 보모상궁과 후원에서 범을 만난 적이 있지요. 아마 아버님께 들으셨을 겁니다. 어머님은 그날의 일을 거론하는 것조차 꺼려하시기 때문이지요."

종이가 기억을 더듬으며 말한다. 난 그 기억 속에 분명 내가 존재한다는 것을 느꼈다. 하지만 장성한 종이는 그 보모상궁의 얼굴을 잊은 것 같다.

종이가 눈동자를 굴리며 말을 이었다.

"오래전 어머님께 듣기론 그때 보모상궁이 저를 구하다 크게 다쳐 죽었다고 들었습니다."

"죽었다고요?"

"예. 어릴 때라 잘 기억나지 않지만, 어머님의 말씀이 옳겠지요."

군부인은 종이에게 내가 죽었다고 말한 모양이었다. 나는 안타까운 마음을 감추며 입을 다문 채 숨을 길게 내쉬었다.

종이가 다시 앞으로 걷기 시작했고 난 그와 보폭을 맞췄다.

"명이에게 풍등을 선물하신 일이 있으십니까?"

"그건 어찌 아셨습니까?"

"언제부터인가 명이가 등을 그리곤 했는데, 풍등이 유독 많았습니다. 그걸 보고 물었더니 글로 써서 답을 주기를 원빈마마께서 풍등을 보여주셨다 하였습니다."

"그래요? 명이가……."

난 명이와 함께 풍등을 날려 보내던 순간을 떠올리며 다시금 눈물짓지 않을 수 없었다. 혼도 함께했던 그 순간. 우리 가족이 함께 보냈던 처음이자 마지막 순간이었던 그날을.

종이의 입을 통해 듣는, 내가 모르던 명이의 이야기는 나의 가슴을 벅차오르게 만들었다. 하지만 이어진 종이의 말에 난 나도 모르게 걸음을 멈추고 말았다.

"헌데 그 자리에 전하께서도 계셨다지요."

섬뜩함이 느껴질 정도로 차가운 목소리.

정원군에게서는 단 한 번도 이런 감정이 담긴 목소리를 들은 적이 없었다. 군부인에게서도 마찬가지였다. 나에게 늘 매몰찼던 군부인이지만, 그녀의 말 뒤에는 정원군을 향한 깊은 애정이 깔려 있었기에 이런 차가움은 느껴본 적이 없었다.

"능양군?"

나는 내가 잘못 들었는가 싶어 조심스럽게 종이를 불렀다.

이제 나와 어느 정도 거리를 둔 종이는 걸음을 멈춘 채 나를 돌아보며 섰다. 방금 전까지 우리 사이에 놓여 있었던 봄의 따사로운 온기는 온데간데없이 사라졌다. 오직 남은 건 전나무 숲의 서늘한 공기뿐이었다.

"어린 명이는 몰랐겠지요. 전하께선 종친이라며 가깝게 대해주시다가도, 필요 없어지면 언제든 남보다 더 싸늘하게 대하시는 분이셨다는 것을 말입니다."

나는 순간 종이의 두 눈에 찬 원망을 읽었다. 그 원망은 오롯이 혼을 향한 것이었다.

명이의 죽음으로 인해 내가 혼에게서 받을 것이라고 생각했던 원망은 존재하지 않았다. 그러나 아이러니하게도 다른 원망이 혼을 향하고 있다는 걸 나는 지금 내 눈으로 보게 된 것이다.

"그건 오해예요. 전하께선 명이의 죽음을 그 누구보다도 애통해하고 계세요. 능양군도 알다시피 명이가 죽은 건 풍질 때문이었잖아요."

"하오나 원빈마마! 애초에 전하께서 역모의 죄를 묻겠다며 아버님을 의금부에 하옥하지 않으셨다면, 명이도 살 기회가 있었을 것입니다."

종이의 마음 안에 감춰져 있던, 명이를 잃은 슬픔과 분노가 밖으로 드러났다. 나는 할 말을 잃었다. 나 역시 종이와 같은 슬픔을 느낀 적이 있어서였다. 또한 종이와 명이가 그 누구보다도 우애 깊은 형제였다는 걸 나는 잘 알고 있었다. 종이와 명이는 말을 하지 않아도 서로의 눈빛만으로도 마음을 읽을 정도로 가까운 사이였다.

"능양군……."

뒤늦게 종이는 감정을 너무 강하게 드러냈다고 느꼈는지 숨을 가다듬었다. 그리고 한층 낮아진 목소리로 말했다.

"원빈마마께서 명이를 어여삐 여기셨다는 것을 저도 아옵니다. 명이 역시 원빈마마를 뵈었던 날이면 다른 날보다도 화색을 띠며 기뻐하였지요. 허나 전하께서 명이의 죽음을 애통해하신다는 말씀은 믿을 수가 없군요."

종이의 말끝에 비웃음이 담긴다.

나는 그런 종이의 태도를 보며 마음이 점점 불안해져 왔다. 종이가 훗날의 인조이며, 혼을 왕위에서 끌어내리는 인물이라는 사실을 알고 있어서인지도 모른다.

"어릴 적부터 전하와 아버님의 우애가 매우 돈독하시다는 말을 듣고 자라왔습니다. 실제로 전하께서는 즉위하시자마자 아버님의 유배를 풀어주시고 관직까지 내려주셨지요. 그것을 보며 저 역시도 종친으로서 전하와 이 조선을 위해 할 일이 무엇인가를 고민하며 학업에 매진하였습니다. 종친은 종친부 외의 관직에 나갈 수 없음을 알면서도 말입니다. 그저, 그 깊다던 우애가 고작 우참찬의 한마디로 무너질 줄은 미처 몰랐을 뿐이지요."

종이의 시선이 땅을 향했다.

"우참찬은 중전마마의 오라비로, 중전마마의 권세를 등에 업고 매관매직을 일삼는 자입니다. 그런 자가 아버님께 역모의 혐의를 물어야 한다고 주청하다니!"

나는 종이에게로 한 걸음을 다가서며 말했다.

"능양군. 능양군도 알다시피 전하께서는 하루 만에 정원군을 풀어주셨습니다."

내 말에 종이가 고개를 든다.

"명이가 죽지 않았더라면, 과연 아버님께서 풀려나실 수 있으셨겠습니까? 원빈마마는 궐에서만 지내서 잘 모르시옵니다. 전하께서는 아버님을 풀어주셨지만, 아버님은 모든 관직을 내려놓은 채 은거하다시피 사저에서 지내고 계십니다. 단 하루의 일로 인해 명이가 죽었을 뿐만 아니라, 아버님은 전하의 즉위와 함께 받으신 관직까지 잃으신 것이지요. 그래요. 관직을 잃은 것은 별 대수로운 일이 아니지요. 허나 한성의 백성들은 양반은 물론이고 백정까지도 아버님의 사저를 지날 때마다 손가락질을 합니다. 선대왕 시절 아버님께서 유배를 떠나신 후 생겨난 거짓 소문들을 사실로 믿기 때문이지요. 그 소문이 사실이기에 전하께서도 아버님께 역모의 혐의를 씌워 관직에서 내쫓으신 것이라고 말입니다."

내가 조선으로 오기 전 알고 있던 정원군에 대한 역사는 짧다. 그가 훗날 인조가 되는 종이의 아버지라는 사실과, 종이가 왕이 되면서 추존되어 왕이 될 수 있었다는 것. 그리고 민가에 떠도는 소문으로는 품행이 방탕했다는 것이다. 그러나 종이가 남긴 정원군의 공식 기록에는 선조의 아들들 중에서 효성과 우애가 남달랐다고 적히게 된다.

종이는 명이가 묻힌 언덕을 향해 돌아섰다. 희미하지만 전나무 숲 사이로 명이의 무덤이 바로 올려다보였다. 종이는 한참을 말없이 명이가 있는 곳을 바라보며 서 있었다.

종이의 마음속에는 명이를 향한 그리움과 혼을 향한 원망이 자라나고 있다. 나는 그것을 느꼈다. 이대로라면 혼은 절대 훗날 종이가 일으키는 반정을 피할 수 없을 것이다.

종이가 다시 내게 등을 보이며 앞으로 걸어가기 시작했다. 내게서 점점 멀어지는 종이의 뒷모습을 보면서 나는 처음으로 내가 알고 있던 역사와 다른 역사를 상상했다. 인조반정이 일어나지 않는, 혼이 반정으로 인해 폐위되지 않았을 때의 조선의 역사를.

창덕궁의 깊은 밤.

달조차도 구름 뒤에 숨어 모습을 드러내지 않는 그 밤에, 나는 전각과 전각 사이를 헤매며 명이를 찾고 있었다. 명이의 모습은 희미한 인영으로 보일 듯 말 듯 내 주위를 맴돌며 도무지 잡히려 하지 않는다.

"명아."

나의 애타는 부름에도 명이는 얼굴을 보여주지 않는다. 분명 앞에 있었던 것 같은데, 어느새 사라졌다가 저 멀리서 나를 돌아볼 듯 말 듯 머뭇거리는 뒷모습만 보일 뿐이다. 그러다 어느 순간 명이의 모습이 순식간에 사라지고, 나는 홀로 어둠 속에 갇히고 말았다.

"명아! 명아……!"

명이의 이름을 반복해서 외치며 난 감고 있던 눈을 번쩍 떴다. 촛불빛이 교화당 천장에 큰 그림자를 만들어놓았다. 그 그림자의 주인은 바로 혼이었다. 혼이 나를 내려다보며 걱정스러운 표정을 짓고 있다.

"경민아?"

그는 한 손으로 식은땀이 가득한 내 이마를 쓸어주고, 다른 손으로 내 한 손을 잡아준다. 나는 그런 그를 올려다보며 조금 전 본 명이의 모습이 꿈이었음을 깨닫는다.

꿈, 꿈이라도 좋다. 명이를 볼 수 있는 꿈에서 깨고 싶지 않다. 꿈속에서 보았던 명이의 모습이 다시 눈앞에 나타난 듯 아른거리며, 내 두 눈에 눈물이 차오른다. 금방이라도 울 것 같은 나를 훈이 안타까운 시선으로 바라보며 잡은 내 손에 힘을 준다. 그때였다. 갑자기 숨이 턱 하고 막혀오며 가슴이 갑갑해졌다.

"아!"

"경민아?"

"수, 숨을……. 숨을 쉴 수가……!"

괴로워하는 나를 보고 훈의 얼굴이 사색이 되었다. 훈은 급히 밖을 향해 소리쳤다.

"거기 밖에 누구 없느냐!"

나를 한 팔로 끌어안으며 어찌할 줄 모르는 훈의 모습이 내 앞에서 뱅글뱅글 돌았다. 나는 그대로 정신을 잃었다.

당직 의관 허임이 놓은 침 덕분에 나는 얼마 뒤 깨어날 수 있었다. 침 덕분인지, 아니면 잠깐 혼절했던 덕분인지 이제는 숨 쉬는 데 문제가 없었다. 다만 가슴에 연기가 찬 듯이 갑갑한 느낌은 여전했다.

난 허임에게 내가 느끼는 증상에 대해서 설명했다. 그동안 훈은 내 옆에 앉아, 다른 이들의 시선에 아랑곳하지 않고 내 손을 잡고 있었다. 마치 자신이 손을 놓아버리면 다시 내게 숨이 막히는 통증이 찾아오기라도 할까 전전긍긍하는 듯한 모습이었다.

내 이야기를 모두 들은 뒤, 허임은 딱 한마디로 내 병명을 밝혔다.

"마음의 병이 깊어져 일시적으로 숨길이 막히신 것이옵니다."

그 '마음의 병'이 무엇인지 나도 알고 혼도 안다. 혼은 나를 걱정스러운 눈길로 쳐다보았다. 나는 걱정을 끼치고 싶지 않은 마음에 애써 웃어 보이려 노력했다. 하지만 억지웃음조차도 지을 수가 없었다. 아마도 그 '마음의 병'은 더 깊어진 것이 분명하다.

혼이 내게서 눈을 돌려 허임을 향해 물었다.

"약을 복용해야 하느냐?"

"마음의 병에는 약이 없사옵니다. 그저 마음을 편히 가지시고 안정을 취하셔야 하옵니다."

"마음의 병이라 하여도 증상이 있다면 약도 있을 것이 아니냐?"

혼의 목소리에 화가 섞인 것을 느낀 나는 서둘러 허임에게 말했다.

"수고했네. 쉬고 싶으니 그만 물러가게."

"예. 원빈마마. 주상전하."

허임과 함께 교화당에 있던 모든 나인들이 물러가자, 나는 혼이 앉은 방향으로 돌아앉았다. 혼은 나를 말없이 끌어안으며 깊은 한숨을 내쉬었다.

"미안. 놀래켜서."

나의 사과에 혼의 입에서 한 번 더 깊은 한숨이 나온다.

"명이를 잊으라 말하진 못하겠다. 나 역시 그 아이를 잊지 못하겠으니. 허나, 네 마음의 병을 조금이라도 덜어주기 위해 내가 어찌해야 하겠느냐?"

답은 없다.

이 병의 약은 오로지 나만 갖고 있다는 걸 나도 알고 혼도 안다. 단지, 이 약의 뚜껑을 열 힘이 내게 없을 뿐이다.

난 그의 품에 안겨 작은 숨을 반복적으로 내쉬었다. 그의 따뜻한 품 안에서도 여전히 가슴이 갑갑한 증상은 내게서 떠나려 하지 않았다. 그러다 문득 조금 전 허임이 앉았던 자리를 쳐다보자 나도 모르게 눈물이 나왔다. 명이가 교화당을 찾아올 때마다 앉았던 자리였다. 혼이 내 눈물을 알아챌까 소리를 낼 수 없었지만, 그가 못 알아챌 리가 없다.

"경민아?"

그가 나를 품에서 떼어내며 내 얼굴을 쳐다본다. 나는 더 이상 그에게 눈물을 숨기지 않고 말했다.

"창덕궁이 싫어. 교화당도 싫어. 명이가 조금이라도 머물렀던 곳에 있으면…… 명이가 나타날 것 같은데, 명이가 나타나지 않아서 싫어. 이 궐이 싫어. 궐을 떠나고 싶어. 궐이 너무 무서워. 나 궐이 싫어, 혼아."

"알았다."

눈물을 뚝뚝 흘리며 말하는 나를 물끄러미 쳐다보던 혼이 짤막하게 말했다.

혼은 나를 품에 기대어 앉게 하고 느리게 말을 몰았다. 나는 그에게 어디로 가는지 묻지 않았다. 궁궐 밖으로 나간다는 사실 하나만으로 만족했기 때문이었다.

형광등 빛보다도 밝은 보름달이 뜬 밤. 구름에 가리어 달을 전혀 볼 수 없던 꿈속의 밤과는 전혀 다른 밤이 우리들을 맞이하고 있었다. 그러다 어느 순간, 진한 꽃향기가 주위를 감싸는 것이 느껴졌다.

그 이름 모를 꽃의 향기 때문이었을까? 갑갑했던 내 가슴이 조금씩 풀리는 느낌도 들었다. 나는 그 꽃의 정체가 궁금했지만, 오랫동안 잠을 못 잔 것처럼 풀리는 두 눈을 뜨기가 너무나도 힘겨워 묻기를 포기하고 말았다.

그간 깊은 잠을 자지 못했던 것은 사실이었다. 명이가 죽은 이후, 꿈에서 명이를 보지 못하는 날이면 나는 이유 모를 불안감에 하룻밤에도 몇 번씩 잠에서 깨기를 반복했다. 혼은 단 한 번도 이에 대해 이야기한 적이 없었지만, 늘 내 옆에서 잠드는 그가 모를 리가 없었다.

그렇게 잠을 잘 자지 못하는 날들이 이어지고, 명이를 향한 더해가는 그리움에 난 마음의 병을 얻었는지도 모른다.

"이리 오너라."

앞서서 말을 타고 가던 최 내관의 목소리가 들렸을 때, 나는 잠깐 잠에서 깼다. 그러나 눈을 뜨지는 않았다.

"이리 오너라."

두 번째로 최 내관의 목소리가 밤을 갈랐을 때, 뒤따르던 혼과 나의 말도 걸음을 멈췄다.

끼이익.

안에서 누군가의 걸음 소리가 난 뒤, 육중한 대문이 조심스럽게 열리는 소리가 들린다.

"뉘시오, 이 밤에?"

"어허. 문지기가 말이 많구나. 무엄하다."

꾸짖는 최 내관의 뒤를 이어 나를 품에 안은 훤이 낮은 소리로 입을 연다.

"달빛이 이리도 훤한데 나를 못 알아보겠느냐?"

그러자 문 안에서 나온 이가 머뭇거리더니 놀란 목소리로 답한다.

"아이고! 아이고! 대감마님. 아, 아니지! 저, 전하!"

"오랜만일세."

훤이 한숨 섞인 짧은 웃음소리를 낸다.

"아이고! 말을 낮추시지요. 천것, 가가가가……감히, 받잡기 어렵사옵니다."

"천것이라 칭하며 궐 말을 제법 쓰려 드는구나. 잘 지냈느냐?"

"예에! 이 천것, 평생에 다시 대감마님을 다시 뵐 날이, 아니, 전하를 뵐 날이 오리라고는 생각지 못하였사옵니다."

"그만 일어나거라."

"예에!"

다시 최 내관의 목소리가 들린다.

"어서 문을 열지 않고 뭣 하느냐?"

"예에!"

대문이 활짝 젖혀지는 소리가 들리자 훤이 다시 말을 움직인다. 나는 고개를 들며 눈을 떴다. 달이 대문 사이로 모습을 드러냈다 사라지고, 난 다시 눈을 감았다. 이 집까지 오는 동안 맡았던 진한 꽃향기가 더욱 더 진해져 내 코끝을 간질였다. 그리고 그 꽃향기는 내 가슴속 갑갑함을 완전히 풀리게 만들었다. 나는 다시 잠에 빠져들었다.

얼마간의 시간이 흘렀다. 나는 꽃향기가 실린 선선한 바람이 내 머리를 흐트러트리는 것을 알아채고는 감았던 두 눈을 뜨며 잠에서 깨어났다. 여전히 밖은 밤이었다. 반쯤 열린 창문 밖으로 보름달이 내게 미소를 보내고 있었다. 그리고 그 보름달의 빛을 등지고 이름 모를 꽃잎이 작은 바람에도 쉴 새 없이 땅으로 떨어지며 꽃비를 만들고 있었다.

그 장관에 넋을 놓기도 전에 혼의 목소리가 들려왔다.

"깨어났느냐?"

혼은 병풍을 뒤로 하고 앉아, 한 팔을 내 머리가 편히 벨 수 있도록 내어주고 있었다. 내 가슴까지 얇은 이불이 덮여 있었다. 어디인지는 몰랐지만 꽤나 큰 방이었다. 창으로 스며든 달빛을 따라 방 안을 둘러보니 몇 개의 방이 복도처럼 길게 뻗은 것이 눈에 들어왔기 때문이다.

"궐이 아니지?"

내 첫마디에 혼은 슬픔을 담은 눈빛으로 고개를 천천히 끄덕인다.

"아니다."

나는 다시 두 눈을 감으며 중얼거렸다.

"다행이다. 다행이야……."

다음 날 아침, 잠에서 완전히 깨어난 나는 그곳이 이현궁(梨峴宮)이라는 사실을 혼에게 듣게 되었다. 혼이 세자가 되기 전 광해군으로서 살았던 이 궁은, 배나무가 가득한 언덕 위에 세워져 그가 직접 이현(梨峴, 배나무 고개)이라는 이름을 지어주었다고 했다. 그는 이 이름에 걸맞도록 배나무를 이현궁 담장을 따라 가득 심었다. 밤에 내가 이곳으로 오며 향기를 맡았던 이름 모를 꽃이 바로 배꽃이었던 것이다.

배꽃을 보면 벚꽃 구경은 갈 필요가 없다는 말이 있다. 그럴 만치 아름다운 순백의 배꽃이 제철인 봄을 맞아 흐드러지게 피어 낮과 밤을 구분 않고 계속해서 꽃비를 땅에 뿌리고 있었다.

난 배꽃이 가득 핀 이현궁의 담을 혼의 손을 잡고 걸었다.

왕족이 살았다는 이유로 궁이라는 이름을 가지게 되었지만 이현궁은 소박하면서도 운치가 있었다. 창덕궁처럼 큰 궁도 아니었고, 이제는 경운궁이라는 이름을 가지게 된 행궁만큼 많은 전각들을 가진 궁도 아니었다. 그럼에도 과거 '광해군'이던 혼이 머물던 시절, 그가 곳곳을 신경 써서 꾸며놓았다는 것을 알 수 있을 정도로 그를 많이 닮은 궁이었다. 나는 첫눈에 이 궁이 마음에 들었다.

혼은 꽃이 핀 담장을 따라 걸으며 곳곳에 담긴 과거의 그에 대한 이야기를 내게 들려주었다. 내가 그를 만나기 전, 그가 이곳에서 살았던 때의 이야기를. 그리고 그 이야기의 끝은 그가 이 궐을 떠나던 임진년, 18세의 그의 모습에서 멈춰 있었다.

"내가 감히 세자가 될 수 있을 것이라 생각지 못하던 때에는 일평생을 이곳에서 살다 죽게 될 것이라 여겼다."

그는 한 배나무 밑에 멈춰 서서 나를 돌아보았다.

"헌데 왜란이 모든 것을 바꿔놓았지. 피난 준비를 하던 때, 갑자기 대전 내관이 나를 찾아왔다. 급히 입궐하라는 아바마마의 명을 가지고 말이다. 입궐하여 동궁전으로 안내된 뒤에야 내가 세자가 될 것임을 알았다. 그리고 다시는 이곳으로 돌아오지 못하였지."

그는 이제 두 손으로 내 두 손을 맞잡았다.

"내가 세자가 되지 않고, 왕이 되지 않았더라면…… 너와 일평생을 이곳에서 유유자적 보낼 수 있지 않았을까 하는 생각이 종종 들더구나."

"이 궁으로 돌아오고 싶어?"

혼이 피식 웃는다.

그것이 불가능해서일까? 아니면 원하기 때문일까?

"경민아."

대답 대신 그는 나를 부른다.

"응?"

"이 궁이 마음에 드느냐?"

난 눈웃음을 지으며 고개를 한 번 끄덕였다. 그러자 혼의 얼굴에 미소가 번져나간다. 갑자기 바람이 불어왔다. 그 바람에 배꽃잎이 우리 둘 사이를 가르며 떨어지기 시작했다. 혼이 꽃잎을 떨어뜨리는 배나무로 잠시 시선을 돌렸다가 다시 나를 바라본다. 그는 내 머리 위에 떨어진 꽃잎을 발견하고는 손으로 조심스레 떼어주며 입을 열었다.

"세자가 스무 살이 되면, 보위를 물려주고 상왕으로 물러나 이곳으로 돌아올 생각이다."

"뭐?"

놀란 내 두 눈을 보면서 혼은 그저 눈웃음만 지을 뿐이다.

잠시 뒤 그가 다시 나를 향해 입을 열었다.

"세자 시절, 내게는 궐이 숨도 쉬기 힘든 곳이었다. 그곳에서 너를 만나고 너와 함께하게 되면서 그럭저럭 살 만한 곳이라 여긴 때도 있었지. 허나 난 한 가지 사실을 망각하고 있더구나. 내게 숨쉬기 어려운 곳이라면, 네게도 그런 곳일 수 있다는 사실을 말이다. 그간 내 욕심이 널 위기에 빠트려왔고, 이젠 네 숨도 갉아먹으려 든다는 생각이 드는구나. 내게만 그러하다면 상관이 없다 여겼다. 그러나 네가 그렇다면 난 더 이상 궐에 남아 왕의 자리를 지키고 있을 이유가 없구나."

"혼아……."

"그러니 경민아. 상왕이 되어 내가 이곳으로 돌아온 뒤에도 나와 함께하여 주겠느냐?"

진심 어린 마음을 담은 그의 두 눈을 올려다보며 생각했다. 난 지금까지 왜 상상조차 하지 못했던 것일까? 그가 나와 함께 자유로워지는 건 인조반정이 일어난 뒤의 일이라고만 생각해왔다. 그날이 오기까지 그의 옆에서 그와 함께하며 행복해하고, 그의 힘든 순간에도 함께 여생을 보내는 것이 나와 그의 결말이라고만 여겨왔다.

그런데 왜 나는 그가 생각하는 우리의 결말에 대해 생각하려 하지 않았던 걸까? 난 미래에 일어날 일을 알고 있다는 오만에 눈이 가려져 그의 생각은 존중하지 않았던 걸까? 그저 당연히 일어나야 할 미래의 일을 막연히 기다려만 왔던 것일까?

"나 때문에 이현궁으로 돌아오려는 거야?"

난 그의 마음을 묻는다.

그의 진심을 묻는다.

그리고 그가 답한다.

"이현궁으로 돌아와 여생을 마친다는 건 나의 이룰 수 없는 바람이라 여기었다. 허나 너와 함께라면, 그 바람을 반드시 이루고 싶구나."

그의 바람. 그것은 그의 꿈이다. 이제 나는 그의 꿈을 알게 되었다. 그리고 알게 된 이상 그의 꿈이 무너지는 걸 그대로 지켜만 볼 수는 없다. 하지만 그가 상왕이 되어 이현궁으로 돌아와 여생을 마친다는 건 내가 아는 역사가 바뀌는 일이다. 그것이 가능할까? 내가 해낼 수 있을까? 그 위험한 일을?

난 아빠와의 짧은 재회를 떠올렸다. 역사를 바꾸겠다고 시도하는 것 자체가 매우 위험한 일이다. 최악에는 내 목숨을 잃게 될 수도 있다고 아빠는 경고했었다. 그래서 나는 지금껏 상황이 내가 아는 역사대로 흘러가는 것에 무심해왔다. 그리고 그 결과, 명이를 잃게 되었는지도 모른다.

이현궁으로 돌아와 여생을 마치고 싶다는 혼의 바람. 지금 나를 바라보는 그의 두 눈에는 그 바람이 이뤄질 수 있다는 믿음이 담겨 있었다. 나는 그의 두 눈을 바라보며 결심했다. 명이는 지키지 못했지만, 그의 꿈은 지켜주고 싶었다. 이뤄주고 싶었다.

"그렇게 될 거야. 반드시, 그렇게 될 거야, 혼아."

만약 그의 바람이 이뤄지지 못한다고 하더라도, 그래서 결국 그가 왕위에서 쫓겨나는 일이 일어난다고 하더라도 나는 그의 곁에 있을 것이다. 그와 마지막까지 함께할 것이다.

시간이라는 보이지 않는 존재와 맞서기 위해서라도 난 강해져야만 한다. 난 마음속으로 끝없이 되뇌었다. 더 이상은 울지 않겠다고. 나약해지지도 않을 거라고. 내가 사랑하는 사람의 꿈을 지키기 위해서 말이다.

원하는 것

"지난밤 이현궁에 다녀왔다면서?"

중전 유 씨의 물음에 난 입가로 가져가던 찻잔을 도로 내려놓았다. 그녀는 나를 보며 눈가에 주름이 잡힐 정도로 환하게 웃고 있었다.

"예. 중전마마."

"말해보게. 그곳은 지금쯤 배꽃이 한창일 것인데, 여전하던가?"

지나치게 환한 그녀의 미소가 왠지 모르게 부담스럽다. 분명 그 물음은 철을 맞아 핀 배꽃에 관해서였지만……. 거기에는 혼의 존재가 빠져 있었다. 그러나 내가 혼과 함께 이현궁에 다녀온 것을 알고 묻는 것임은 확실했다.

"예."

짧은 내 대답이 그녀를 만족시키지 못한 것 같다.

그녀가 입을 다물더니 눈가의 주름을 폈다. 다시 무표정으로 돌아온 중전이 찻잔을 조심스럽게 들어 올렸고, 난 나도 모르게 그녀의 눈치를 살피고 있었다.

지난밤 혼과 나의 출궁은 비밀리에 이뤄진 것이어서 함께 간 최 내관만 아는 사실이었다. 최 내관의 성격상, 혼보다 먼저 중전에게 말했을 리는 없다. 그렇다면 혼이 말했을까? 하지만 중전이 직접 드러내놓고 묻지 않았다면, 혼도 먼저 말하지는 않았을 것 같았다. 게다가 내가 알기로 오늘 혼은 중전을 만난 일이 없었다.

'중전은 어떻게 혼과 내가 이현궁에 간 사실을 아는 걸까?'

차를 한 모금 마신 중전이 말문을 열었다.

"이현궁……. 전하와 혼례를 치른 이후에 삼 년여간을 그곳에서 살았지. 매년 이맘때면 배꽃 향기가 아주 극성스럽게 진하였네. 머리가 다 아플 지경이었지. 배꽃이란 보기에만 예쁘지, 향은 다른 꽃에 비해 그리 좋지 않은 꽃이 아니던가?"

물음으로 끝난 중전의 말이 답을 원하는 것이 아님을 아는 나는 대꾸하지 않았다. 내 예상대로 중전의 말이 이어졌다.

"헌데 전하께서는 이현궁에서 살던 때를 늘 그리워하셨네. 세자 시절 한번은, 다른 이가 세자가 된다면 이현궁으로 돌아갈 수 있지 않을까라는 말씀도 하셨지. 어처구니가 없게도 말일세."

이현궁으로 돌아가고 싶어하는 혼을 비웃는 듯한 중전의 발언에 나는 기분이 나빠졌다. 아마도 오늘 아침 이현궁에서 들었던 그의 바람이 생각나서일 것이다.

"어처구니가 없다니요?"

중전은 그런 내 반응이 재미있다는 얼굴로 입을 열었다.

"본궁이 말하지 않았던가? 배꽃은 보기에만 좋을 뿐, 향은 별것 아니지. 이현궁에서의 짧은 나날들은 그리워할 때나 좋을 뿐이네. 막상 가서 향을 맡으면 옛 나날들도 대수롭지 않은 기억으로 돌아오지."

"그 말씀은, 중전마마께서는 전하께서 이현궁에 가시는 것이 옳지 않다 여기신다는 것이옵니까?"

"옳지 않을 뿐만 아니라, 이현궁을 잊으셔야 한다고 생각하네."

나는 씁쓸한 웃음이 나오는 것을 숨길 수가 없었다.

혼과 함께 이현궁에서 보낸 짧은 시간 동안 나는 명이를 잃은 슬픔을 조금이나마 위로받을 수 있었다. 이 궁궐과는 달리 그곳은 내게 잠시나마 숨을 쉴 공간을 내어준 곳이었다. 더욱이 혼에게는 돌아가고 싶은 소중한 장소이기도 했다.

궁궐에서 태어난 그가, 고작 몇 년 살았던 자신의 옛 사저로 돌아가는 것이 바람이라고 말할 정도였다면, 그의 마음이나 지금 나의 마음이나 별반 다르지 않음을 알 수 있다. 그런데 중전은 그 마음을 알고 있었음에도 혼이 그곳을 잊어야 한다고 말한다.

"본궁의 말에 동조할 수 없다는 것인가?"

중전이 내게 묻는다.

난 머릿속으로 그녀에게 내어놓을 형식적인 답변을 찾는 한편, 그녀가 그런 말을 하는 이유를 이해하려 애썼다. 그녀로서는 세자가 안전하게 보위를 물려받을 때까지 혼이 왕으로서 나라를 다스리는 것이 중요할 것이다.

'난 왜 진작 그녀의 이런 속내를 모두 꿰뚫어보지 못했던 것일까?'

"아니옵니다. 소인의 짧은 생각에는 단지…… 전하께서는 보위에 오르지 못하시고 이현궁으로 돌아가셨더라도 만족하셨을 것이라……."

"위험한 말을 하는군. 원빈."

중전의 목소리가 날카로워졌다.

"지금 원빈의 말은 영창이 세자가 되어 보위를 물려받기라도 했었어야 한다는 말인가?"

"그런 뜻으로 올린 말씀은 아니옵니다."

"어허!"

중전이 흥분한 듯 잠시 숨소리가 거칠어졌다. 그녀의 얼굴은 마치 메마른 논처럼 바짝 굳어버렸다. 그런 중전의 변화를 나보다도 더 빨리 알아차린 것은 중전의 곁에 서 있던 중궁전 박 상궁이었다. 그녀는 재빨리 주변을 물리며 중전과 나를 남겨둔 채 밖으로 나가버렸다.

"원빈이 이현궁에서 전하께 무슨 말을 들어 이런 말을 하는지는 모르겠네만, 앞으로 전하를 뫼시고 이현궁에 가서는 아니 될 것이야. 본궁의 말뜻을 알겠는가?"

"예. 알겠사옵니다. 중전마마."

중전의 단호한 태도에 나의 속마음과는 전혀 다른 대답이 나왔다. 대답을 들은 중전의 표정이 조금은 너그러워졌다.

"원빈. 전하께서 세자가 되시고 보위를 물려받아 이 조선의 국왕이 되신 것은 모두 하늘의 뜻이네. 그러니 그에 반하는 말은 결코 입에 담아서는 아니 되네."

'과연 그럴까?'

난 대비에게 있는 공빈의 옥패를 떠올렸다.

대비에게 공빈의 옥패를 보낸 건 중전이 분명했다. 나는 이미 확고한 답을 가지고 있었다. 내가 가지고 있는 퍼즐은 모두 맞춰졌고, 그 그림 안에는 중전이 있었다.

만약 대비가 혼의 즉위를 돕지 않았더라면? 옥패를 받고서든 받지 않고서든, 그녀의 결정이 자신의 아들인 영창대군을 왕위에 올리는 것이었다면? 혼은 마음 편히 이현궁으로 돌아가서 살 수 있지 않았을까?

중전은 이런 내 속마음을 예리한 눈으로 꿰뚫기라도 했는지 이런 말을 꺼낸다.

"영창이 전하를 대신하여 보위에 올랐더라면 어찌 되었을 것 같은가? 전하께서 이현궁으로 돌아가셨을 것이라고 여기는가? 절대 그렇지 못했을 걸세."

"그렇지 못하다니요?"

"자네는 혹여 세종대왕과 양녕대군과 같은 일이 전하께도 일어났을 것이라고 기대하는 것은 아니겠지. 세종대왕께서 태종대왕의 삼남으로 보위를 물려받으신 후, 대간들은 끊임없이 양녕대군을 모함하였네. 수시로 그를 잡아들이라, 죽이라, 상소를 올리었지. 그럼에도 세종대왕께서는 끝까지 양녕대군을 비호하셨네. 영창이 과연 그랬으리라 생각하는가? 절대 그런 일은 일어나지 않았을 걸세."

"어찌하여 말입니까?"

"연흥부원군."

중전이 짧게 답을 한다.

연흥부원군은 바로 대비 김 씨의 부친인 김제남을 가리키는 말이다. 중전의 입에서 김제남의 이름이 나오자 나는 순간 소름이 돋았다. 내가 아는 역사에서 김제남은 내년, 역모죄로 몰려 죽게 된다. 하지만 김제남은 자신에게 일어날 일을 예상하지 못한 채 경운궁을 드나들며 여전히 선조의 적자 영창대군의 외조부로서의 권세를 누리려고 하고 있다. 그런 그의 태도를 비판하는 상소가 하루가 멀다 하고 있었다.

"영창이 태어났을 때 자네는 제주에 있어 잘 모를 것이네만, 연흥부원군은 영창이 태어나자 보위는 영창이 물려받게 될 것이라고 떠들며 다니었네. 그뿐만이 아니라 궐에서 세자이시던 전하를 뵈어도 멸시하고 '군'의 예우로 인사를 올리었지. 그 무례함을 전하께서 잊지 않으시고도 여전히 연흥부원군을 살려두셨으니 애석한 일이 아닌가."

중전은 혼이 여전히 김제남을 가만히 놔두는 것에 대해서 불만을 드러냈다. 이런 그녀의 태도는 내게 낯설지 않았다.

세자빈 시절, 몸 사리며 조용히 지내던 그녀였다. 하지만 혼이 즉위하며 세상이 바뀌자 그녀의 태도도 서서히 달라졌다. 혼의 어머니인 공빈의 친가가 몰락한 상황에서 사실상 외척은 중전 유 씨의 가문 사람들뿐이었다. 이들이 대북과 함께 조정의 요직을 차지했고, 중궁전의 위세는 날로 높아졌다. 표면상 드러나는 건 기껏해야 인빈의 질녀인 신 숙원의 인사를 받지 않는 정도였지만, 그녀의 오라버니 유희분이 조정에서 하는 발언이 사실상 그녀의 말을 옮기는 것과 다름없다는 사실은 모두가 알고 있었다.

혼도 이를 모를 리가 없다. 그러나 그가 바라는 것은 중전처럼 지난날의 설움을 앙갚음하는 것이 아니었다. 왜란이라는 큰 전쟁 이후 그리 오랜 세월이 흐르지 않았다. 그는 나라가 안정되길 바랐다. 그러나 그가 많은 일을 하기에 그의 왕권은 많이 취약했다. 중전의 가문과 소수의 대북파를 제외하고는 애초부터 그의 즉위를 지지하지 않던 신하들이 대부분이었다. 이것이 광해군 초기 옥사가 끊임없이 일어날 수밖에 없는 이유 중의 하나였다. 대북은 그의 즉위를 바라지 않던 신하들과 그의 왕권을 위협하는 인물들이 모두 제거되길 원했다. 그것이 혼을 위한 것이든, 자신들의 권력 기반을 위한 것이든 간에 말이다.

"중전마마의 뜻은 연흥부원군이 전하께 위해가 될 인물이라는 것이옵니까?"

조심스럽게 의중을 묻는 내 말에 중전이 한 치의 흔들림 없는 목소리로 답한다.

"물론이네. 그러니 김제남은 결코 살려두어서는 안 되네. 전하를 위해서도, 세자를 위해서도 말이야."

나는 혼을 위해 미영이를 이용하고 죽였던 중전의 모습을 또 한 번 마주했다. 그녀가 이렇게 마음을 먹었다면, 내년에 일어날 김제남의 죽음에도 중전이 관여하게 될 가능성이 높다. 그리고 김제남이 제거된다면, 그다음은…….

"영창…… 대군은요?"

"전하께 해가 되는 자들이라면."

직접 영창대군의 이름을 입에 올리지는 않았지만, 사실상 그와 마찬가지인 답을 중전은 내게 주었다.

중궁전을 나오며 나는 머릿속이 복잡해졌다. 내가 아는 역사에서 김제남이 역모죄로 죽게 되는 건 어떤 한 사건을 통해서였다. 그 사건이 정확히 무엇인지 기억이 나지 않았다. 분명한 건, 그 사건에 김제남이 억울하게 연루된다는 것이다. 이어 영창대군까지도.

'그러고 보니 내년이 계축년이야.'

광해군 5년인 1613년 계축년에 일어난 옥사를 계축옥사라고 말한다. 내가 알고 있는 건 대북파가 영창대군과 조정에 남아있는 영창대군을 지지하는 세력을 없애기 위해 이 옥사를 일으켰다는 것뿐이다. 이 옥사로 김제남이 죽고, 영창대군이 유배를 가게 된다. 또 영창대군은 유배지에서 죽게 된다.

그 일이 일어난다면 대비와 혼은 원수가 될 것이다. 자신의 친아버지와 아들을 잃게 될 테니까.

하지만 김제남이 죽지 않는다면? 영창대군이 유배를 가지도, 또 죽지도 않는다면?

후에 반정을 일으킨 능양군 이종에게 명분을 주어 인조로 즉위시킨 것은 바로 대비였다. 대비가 아버지와 아들을 잃지 않고 경운궁에 유폐도 되지 않는다면, 설사 반정이 일어나더라도 대비와 능양군은 가장 큰 명분을 갖지 못할 것이다.

'계축옥사만 막으면 혼은 폐위되지 않을 가능성이 높아져.'

그리고 그의 바람대로 성인이 된 세자에게 보위를 물려주고 이현궁으로 돌아가 여생을 마칠 수 있을 것이다. 가슴이 떨리며 심장이 빠르게 뛰기 시작했다. 혼의 바람대로 바뀌게 될 미래가 상상만으로도 내 가슴을 두근거리게 만들고 있었다.

'계축옥사를 막기 위해 내가 할 수 있는 건 무엇이 있을까?'

"원빈마마."

반갑게 나를 부르는 소리에 나는 목소리가 난 방향으로 고개를 돌렸다. 신 숙원이었다.

"숙원? 중궁전으로 가는 길이오?"

"아니옵니다. 중궁전에 중전마마를 배알하러 갔다가 뵙지 못하고 돌아가는 길이었사옵니다."

조금 전까지 나와 중궁전에 있었던 중전을 만나지 못한다는 건 말이 되지 않는다. 아마도 중전은 또 핑계를 대어 신 숙원을 만나주지 않은 것 같았다. 그러고 보면 중전의 고집도 보통이 아닌 듯싶다. 벌써 5년째. 하루도 빠짐없이 인사를 올리러 찾아오는 신 숙원을 중전은 만나주지 않는다.

"나와 교화당으로 갑시다."

"예. 원빈마마."

숙원이 웃으며 나의 청을 받아들였다.

나와 함께 걷던 신 숙원이 갑자기 정원군의 이야기를 꺼냈다.

"아버님께서 보내신 기별로 정원군마마의 소식을 들었사옵니다."

"잘…… 지내고 있다 하오?"

나는 조심스럽게 정원군의 안부를 물었다. 신 숙원은 활짝 웃으며 대답했다.

"예. 그러신 듯하옵니다. 지난번 옥사 이후 사저에서 두문불출하시는 줄만 알았는데, 요즘은 경운궁에서 능양군과 함께 선대왕마마의 어필(御筆, 임금이 손수 쓴 글씨)을 정리하여 간행하는 일을 하고 계신다 하옵니다."

"전하의 명으로 말이오?"

"그러한 듯하옵니다. 전하의 명이 아니라면 정원군께서 어디 사저 밖으로 나오려 하시겠사옵니까?"

혼의 명으로 정원군이 무언가 일을 맡아 지내고 있다는 소식이 내게 안도감을 준다. 정원군이 의금부에서 풀려난 뒤로 나는 그 누구에게도 그의 소식을 묻지 않았었다. 누구보다도 이를 잘 알고 있을 혼에게도 말이다. 그것이 과거의 일을 더 이상 묻지 않고 정원군을 풀어준 혼에 대한 예의라고 생각했다.

내 마음은 처음부터 오롯이 혼을 향해 있었다. 하지만 정원군은 아니었다. 그러나 혼은 더 이상 정원군이 내게 품고 있을 마음에 대해 캐물으려 하지 않는다. 내가 없는 곳에서 형제간에 무슨 대화가 더 오갔을지는 알 수 없다. 하지만 혼은 더는 그 일을 꺼내지 않기로 결심한 듯 보인다. 그러니 나 역시 정원군에 대해서는 무심한 듯 행동하려고 했다. 그것이 혼을 위해서도 정원군을 위해서도 옳은 일이라고 여겼다.

"어수당에 전하가 계시옵니까?"

불쑥 신 숙원이 앞을 내다보며 말한다. 나 역시 앞으로 시선을 돌렸다. 교화당은 어수당 뒤로 숨겨진 듯 잘 보이지 않았지만, 어수당의 모습은 우리 앞에 뚜렷하게 보였다.

봄을 맞이한 어수당의 문은 모두 활짝 열려 있었다. 그곳으로 나인들이 작은 다과상을 들고 분주하게 들락거리고 있었다. 열린 문들 사이로 붉은 관복을 입은 신하들과 혼의 모습이 보인다.

"돌아서 간다고 하여도 어수당에 있는 대신들의 눈에 띌 수도 있으니…… 오늘은 숙원의 처소에 초대를 받고 싶은데."

"누추하지만 찾아주시겠사옵니까?"

"물론이네."

내가 웃음으로 답하자 신 숙원이 가벼운 걸음으로 앞서 나간다. 나는 그녀를 뒤따라 걷다가 잠시 걸음을 멈추고 어수당을 돌아보았다.

마침 내가 서 있는 자리에서 어수당의 내부가 훤히 들여다보였다. 그곳에서 난 다과상을 앞에 두고 대신들과 마주 앉은 혼을 발견했다. 무언가 잔뜩 기분 좋은 얼굴로 신하들의 말을 주의 깊게 경청하는 혼의 모습을 보면서 내 입가에도 절로 미소가 그려졌다.

지난번에 있었던 옥사 이후 간만에 찾아온 조용한 평화였다. 이 평화가 지속되는 기간은 짧게 일 년여의 시간이라는 걸 나는 알고 있었다. 그래서일까? 그의 미소가 더욱 애틋하게 다가온다.

'어?'

잠시 혼이 고개를 옆으로 돌리는가 싶더니 먼발치에 서 있는 나를 향하는 것 같다. 그리고 그는 나를 발견했는지 잠시 미소를 거두고는 내게 시선을 고정한다. 당황한 나의 얼굴에서 미소가 사라지는 것을 본 것일까? 혼이 신하들에게 보였던 미소보다도 더욱 환한 미소를 나를 향해 지어 보인다.

그가 보내오는 미소를 받은 내 입에서 작은 웃음이 터지고, 그의 얼굴이 어린아이처럼 살짝 붉어지는 것도 보였다. 나는 어수당에 그와 마주 앉은 신하들이 듣기라도 할까, 손으로 입을 막은 채 한참을 그 자리에 서서 웃었다.

조금 뒤, 한 신하가 그에게 말을 걸었는지 혼이 내게서 고개를 돌렸다. 난 그의 옆모습을 응시하면서 한 손을 내 가슴 위에 살며시 올려놓았다. 어디서부터 시작되었는지 모를 행복감이 가슴 안을 가득 채우고 있는 느낌이었다. 하지만 그와 동시에 그 무엇으로도 완벽하게 채워지지 못할 텅 빈 공간의 존재도 나는 느꼈다.

'심장이 두 개의 방으로 이루어져 있듯 내 마음도 두 개의 방으로 나눌 수 있다면, 하나는 혼에게 내어주었고 다른 하나는 명이에게 내어줬겠지. 명이가 세상을 떠난 지금 내게는 하나의 방만 남아있는 것 같아. 내게 남은 그 하나의 방의 주인인 혼을 위해서 살자.'

명이를 잃은 슬픔은 영원히 치유될 수 없을 것이다. 하지만 이렇게 소소한 일상 속에서 그와 마주하며 웃는다면 난 조금씩 살아갈 힘을 얻을 수 있을 것 같았다.

신 숙원의 처소에 도착한 나는 깜짝 놀랐다. 명색이 이름뿐인 숙원이라지만, 초가집보다도 못한 낡고 오래된 건물이었기 때문이다.

"정녕 이곳이 숙원의 처소란 말이오?"

그녀는 부끄러운지 약간 얼굴을 붉히면서도 고개를 끄덕인다.

"예. 그러하옵니다."

금방이라도 허물어질 듯한 건물은 사람이 사는 곳이라 생각하기 어려웠다. 마치 왜란이 일어나기 이전부터 버려져 있었던 것 같았다. 너무 외진 곳인 데다가 오래된 건물이라, 최근 창덕궁 재건 때도 포함되지 않은 구역이 확실했다. 내 짐작이 틀림없다면 이 건물은 창덕궁 창건 당시인 태종 때 지어졌을지도 모른다는 생각이 들었다.

'그렇게 따지면 이백 년이 넘은 건데. 설마…….'

"인빈마마를 모시던 때부터 이곳에 있었던 것이오?"

"아니옵니다. 그때는 양화당에서 지냈었지요."

"그럼 숙원이 된 이후에 이곳으로 왔단 말이오?"

"예."

후궁의 처소를 정하는 건 내명부를 다스리는 중전이 하는 일이다. 단언컨대 중전은 이곳에 단 한 번도 온 적이 없을 것이다. 단지 지밀상궁을 통해서 쓸모없고 버려진 건물을 하나 내어주라고 말만 했겠지.

지난날 인빈은 내게 못되게 굴었지만, 야박하지는 않았던 것 같다. 내가 언젠간 정원군의 여인이 될지도 모른다고 여겼기 때문인지도 모른다. 하지만 그때의 인빈과 중전 유 씨를 비교하면 중전 유 씨가 더욱 야박하게 느껴지는 이유는 무엇일까.

"숙원을 섬기는 나인은 어디에 있소?"

"작은 곳이라 굳이 사람이 필요 없기에 일찍이 다른 곳으로 보냈사옵니다."

"그럼 이곳에서 홀로 지낸단 말이오?"

내 물음에 신 숙원이 당황한 얼굴로 답한다.

"예. 소인의 처소가 많이 누추하여 송구스럽사옵니다."

"아니오. 어서 들어갑시다."

금방이라도 허물어질 듯한 건물 안으로 숙원이 먼저 들어서고, 나 역시 그녀의 뒤를 따랐다. 방문 앞에 선 나는 내가 수라간 나인 시절 살았던 처소만한 공간이 두 개 정도 붙은 크기의 방에 혀를 내둘렀다. 난 방 안으로 들어서기 전, 나와 함께 이곳으로 온 교화당 지밀나인 보향을 돌아보며 말했다.

"넌 밖에서 기다리거라."

"예. 원빈마마."

보향이 고개를 숙이며 물러섰다. 나는 보향의 뒤로 보이는 낮은 담벼락에 시선을 주었다. 담벼락 위에 얹힌 기와 사이로 잡초가 비집고 나와 기와를 덮고 있었다. 나는 입을 굳게 다문 채 코로 숨을 길게 내쉬며 문 쪽으로 돌아섰다.

숙원의 처소 안으로 들어선 나는 방 안 곳곳을 둘러보며 천천히 자리에 앉았다. 깔끔하게 정리된 방 안은 상궁들도 잘 쓰지 않을 초라한 세간들로 채워져 있었다. 아마 잘 모르는 이가 본다면 나인이나 무수리들이 쓰는 처소로 오해할지도 모른다는 생각이 들었다.

"불편한 건 없소? 내 중전마마께 말씀을 올려 숙원을 다른 처소로 옮길 수 있도록 청해보겠소."

"아니옵니다. 보시다시피 누추하오나, 소인에게는 그 무엇보다도 좋은 곳이옵니다."

"좋다니?"

반문하는 나를 보며 신 숙원은 활짝 웃어 보인다.

"예. 좋지요. 이곳은 지나다니는 이가 없어 조용하니 낮에는 새의 울음소리를 듣고, 밤에는 풀벌레의 소리가 아주 잘 들린답니다. 속세의 가장 깊은 곳에서 그 무엇보다도 속세와 떨어질 수 있는 자리이니, 어찌 좋지 않다 말할 수 있겠사옵니까?"

나는 지난날 그녀가 했던 말을 떠올리며 물었다.

"숙원은 궐에서 자신보다 중히 여기는 것이 있다면, 그것이 곧 자신을 위협하는 흉기가 되어 돌아온다는 말을 한 적이 있소. 숙원은 궐에서 중히 여기는 것이 없소?"

숙원이 일말의 고민도 없이 웃으며 고개를 끄덕였다.

"예. 인빈마마께서도 선대왕마마께서 승하하신 후 궐을 떠나셨고, 정원군마마께서도 관직을 내려놓으시고 궐을 떠나시지 않았사옵니까? 이 궐에 남은 것은 이제 저 하나뿐이니, 근심할 이유도 중히 여기는 것도 없사옵니다."

숙원이 말하는 의미와는 다르겠지만, 다른 의미로 나는 그녀의 말에 공감했다.

이 궐에서 혼 다음으로 의지하던 운영을 궐 밖으로 떠나보내야 했던 이유. 궐에서는 언제 어떤 위험이 찾아올지 몰랐다. 남들과 달리 앞으로 일어날 큼지막한 사건들에 대해 알고 있는 나조차 명이도, 미영이도 지키지 못했다. 내가 안다고 자만한 역사는 내가 소중하게 여기는 사람들을 지키는 데는 아무런 쓸모가 없는 것들이었다.

"앞으로 어찌하고 싶소?"

"글쎄요. 전하의 성은으로 숙원의 지위를 얻게 되었으니 다른 나인들과 마찬가지로 죽기 전에는 이 궐을 떠나지 못하겠지요."

자식이라도 있는 후궁은 왕이 죽으면 자녀들의 집으로 나가서 살 수 있다. 지금의 인빈처럼 말이다. 하지만 자식이 없는 후궁들은 대부분 궐의 뒷방에서 생을 마친다. 출가하여 여승이 되기도 했지만, 출가한 후궁들이 머물던 도성 내 유일한 승방 정업원(淨業院)이 선조 말 폐지되면서 그것도 불가능해졌다.

"정녕 바라는 것이 아무것도 없소?"

다시 한 번 되묻는 나의 말에 숙원이 시선을 내리며 조심스럽게 입을 연다.

"인빈마마를 곁에서 뫼시고 싶사옵니다. 선대왕마마께서 승하하시고 인빈마마께서 출궁하실 때 함께 출궁할 수 있게 해달라고 중전마마께 청을 드렸었지요. 허나, 숙원이 되었으니…… 영영 불가능하게 되었지요."

나에게는 매몰차고 차갑기 그지없던 인빈이었지만, 자신의 친족이었던 신 숙원에게는 조금 달랐던 모양이다. 그런데 문득 드는 생각이 있다. 중전이 단지 외부의 압력 때문에, 또는 혼의 정치적인 입장을 고려하여 숙원의 지위를 내린 것일까? 그랬다면 중전이 몇 년째 단 한 번도 숙원의 배알을 받지 않는 것이 이상했다. 지난날 인빈에게 여러모로 당한 일들이 있고, 그때마다 숨소리 한 번 제대로 내지 못하고 참아왔으니 세상이 바뀐 지금 인빈의 질녀인 숙원에게 화풀이를 할 수도 있을 것이다. 그러나 내가 아는 중전은 그런 화풀이를 몇 년씩이나, 모든 나인들이 다 알고 궐 밖까지 소문이 날 정도로 요란하게 할 사람은 아니다. 중전은 치밀한 사람이었다. 그녀가 하는 행동에는 작은 것 하나까지도 세세한 계산이 깔려 있다.

'그렇다면 인빈의 질녀인 신 숙원을 궐에 두고 공개적으로 무시함으로써 과거 인빈의 편이었던 사람들에게 여전히 그들을 주시하고 있다고 경고하는 걸까?'

만약 이런 의미라면 혼도 모를 리가 없다. 하지만 혼도 숙원에 관한 중전의 태도에 전혀 관여하지 않는다.

'혼도…… 암묵적인 동의를 하는 걸까?'

많은 물음을 안고 있는 내 얼굴을 신 숙원이 미소로 바라본다. 그녀의 미소는 겉으로는 매우 꾸밈없고 솔직해 보였다. 하지만 오랫동안 중전의 멸시를 받으면서도 웃을 수 있는 그녀의 속내를 모두 믿는 건 내겐 아직 어려운 일이다. 어쨌든 그녀는 인빈의 질녀였다. 중전도 그녀가 어느 정도 혼에게 위험이 될 수 있기에 그녀를 멀리하는지도 모를 일이다.

"언젠간 출궁할 기회가 있을 것이오. 헌데, 지난날 숙원이 내게 김 상궁을 조심하라고 말한 적이 있지 않소? 그녀가 중전마마의 사람이라면서 말이오."

"예."

"어찌 그런 말을 내게 한 것이오?"

"그것은 비단 김 상궁만 두고 한 말은 아니었사옵니다."

"김 상궁만 두고 한 말이 아니라니?"

"원빈마마께서도 아시다시피, 선대왕마마께서 소인을 세자이시던 전하의 후궁으로 삼고자 동궁전으로 보내셨지요. 환영받지도 못하는 그곳에서 지내던 도중에 놀라운 광경을 보게 되었사옵니다."

"놀라운 광경이라니?"

"한밤중, 어둠을 틈타서 세자빈이시던 중전마마의 처소를 드나드는 상궁과 나인들을 보았사옵니다. 당시에는 식견이 좁아 그들을 보고도 그들이 동궁전 나인들이 아니라는 사실만 알았사옵니다. 헌데 전하께서 즉위하시고 그들을 다시 보았을 때, 또 한 번 놀라지 않을 수가 없었사옵니다."

"놀라다니?"

"그 좁은 행궁에서 중전마마의 사람이 들어가 있지 않은 전각이 하나도 없었사옵니다. 김 상궁 역시 선대왕마마의 승은을 입고도 나인의 신분으로 동궁전에서 지내왔었지요. 헌데 어느 날 보니 개시가 대전 상궁이 되어 있었사옵니다."

신 숙원의 말을 들어보니 놀라울 뿐만 아니라 이상한 일이기도 했다. 대전 상궁을 지정하는 일은 중전이 하는 일이다. 당시 중전이던 대비 김 씨가 개시가 승은을 입은 적이 있다는 사실을 알고도 대전 상궁이 되게 했을 리가 없기 때문이었다.

"그것이 어찌 가능했단 말이오?"

"당시 듣기로는 개시를 대전 상궁으로 삼는 것을 변 상궁이 극구 만류했다 하옵니다."

변 상궁은 대비가 궐 밖에서 데려온 상궁으로, 지금까지도 곁에 두고 아끼는 여인이다. 그녀가 반대했다면, 대비도 말을 들었을 것이다. 그런데 변 상궁의 충고도 무시한 대비의 행보에는 어떤 이유가 있었던 걸까?

"헌데도 대비께서 개시를 대전 상궁으로 삼았단 말이오?"

"예. 변 상궁의 말이 아닌 다른 이의 충고를 받아들이신 것이지요."

"그게 누구요?"

"대비전 문 상궁이옵니다."

'문 상궁?'

나는 깜짝 놀랐다.

그것도 그럴 것이 지난날 개시가 중궁전을 기웃거리다가 문 상궁에게 몰매를 맞는 것을 보았기 때문이었다. 문 상궁이 얼마나 요란하게 개시를 잡았던지, 나뿐만 아니라 지나가던 모든 나인들이 다 보았다.

그때 나는 개시가 언젠가 문 상궁에게 그날 있었던 일에 대해 복수할 것이라 여겼다. 그러나 개시는 아직까지 문 상궁에게 위해를 가할 만한 일을 전혀 벌이지 않았다.

문 상궁이 창덕궁이 아니라 대비가 있는 경운궁에서 지내기 때문일까? 아니, 앙갚음을 하려고 했다면 혼이 즉위하자마자라도 가능했을 것이다. 신 숙원의 말대로 개시가 중전의 사람이라면, 중전에게 말해 궐 밖으로 내쫓을 수도 있었을 테니까. 하지만 개시는 그러지 않았다.

'김 상궁이 중전 유 씨의 사람이고, 문 상궁 역시 중전 유 씨가 대비전에 심어둔 사람이라면…….'

개시가 문 상궁에게 공개적으로 모욕을 당한 것은 대비 김 씨가 중전이 된 지 얼마 지나지 않아서였다. 문 상궁의 그런 행동은 오로지 새 중전을 위한 충성의 하나로 보였을 것이다.

'중전은 세자빈일 때부터 죽은 듯 숨소리도 내지 않고 지내면서 궐의 곳곳을 꿰뚫어보고 있었던 거야.'

다시 한 번 중전의 치밀함에 몸이 떨리던 순간이었다.

"원빈마마. 홍 상궁이옵니다."

닫힌 문밖에서 들리는 홍 상궁의 목소리에 나는 눈을 크게 떴다. 홍 상궁 역시 갓 입궐한 내게 중전이 붙여준 사람이었다.

"무슨 일이냐?"

"어서 교화당으로 돌아가시지요. 이곳은 원빈마마께서 머무실 만한 곳이 못 되옵니다. 또한 중전마마께서도 원빈마마께서 이곳에 계시다는 것을 아시게 되면 좋아하시지 않으실 것이옵니다."

내가 신 숙원과 함께 있다는 사실을 알면서도 홍 상궁은 중전까지 거론하며 능청스럽게 말을 한다. 나는 목소리에 힘을 주어 밖을 향해 외쳤다.

"그것은 내가 알아서 할 것이다. 물러가 있거라."

이런 나의 태도에 당황한 건 밖에 있는 홍 상궁이다. 홍 상궁이 말을 더듬으며 답을 한다.

"워, 원빈마마. 주, 주상전하께서도 곧 교화당으로 납시지 않겠사옵니까? 어서 돌아가셔서 채비하시지요."

"어허. 홍 상궁, 지금 나를 가르치려 드는 것인가?"

평소와 다르게 홍 상궁이 하는 말들이 심하게 거슬리게 느껴진다. 그때 내 앞에 마주 앉은 신 숙원이 어두운 표정으로 고개를 저었다. 나는 그녀의 표정에 담긴 의미를 알아차리고는 짧은 한숨과 함께 자리에서 일어섰다. 따라 일어선 신 숙원이 바깥에 들리지 않도록 작은 목소리로 내게 말한다.

"오늘 소인이 올린 말씀은……."

난 손을 들어 그녀의 말을 제지하며 무겁게 고개를 끄덕였다.

"무슨 말인지 알겠네. 자네가 내게 한 말들이 이 처소 밖으로 나갈 일은 결코 없을 걸세."

내 말에 신 숙원이 고개를 깊게 숙이며 한 걸음 뒤로 물러섰다.

어슴푸레 날이 밝아오며 한지 창문에 푸른빛이 스며든다. 그 빛에 두 눈을 뜬 나는 천천히 상체를 일으켜 세웠다. 아직 해가 뜨지 않은 시각. 그러나 궁궐의 아침은 해가 뜨기 전부터 시작된다.

난 내 옆에 누운 혼을 내려다보았다. 그는 두 손을 가지런히 모은 채 아직 잠 속에 빠져 있었다. 난 잠든 그를 깨우려고 입을 열었지만 결국 소리를 내지는 않았다.

오랜만이었다. 이처럼 평온한 얼굴로 잠든 혼의 얼굴을 보는 아침은. 나는 조금 더 그가 잠들어 있기를 바랐다. 짧지만 평화로운 때였다. 더욱이 오늘은 조회도 없는 날이었다. 이런 평화로운 시기, 조선의 왕인 그의 아침은 조금 늦게 시작해도 될 것이다.

난 미소를 지으며 잠든 그를 가만히 내려다보다가 옷깃을 여미고 조용히 자리에서 일어섰다.

드르륵.

아무 소리 없이 내가 문을 열고 나가자 문 앞에 서 있던 나인들이 당황한다. 나는 눈짓으로 그들에게 소리를 내지 말 것을 지시했다. 눈치 빠른 나인들은 아직 혼이 깨어나지 않았음을 알고는 조용히 뒤로 물러섰다.

난 혼이 깨어날 때까지 교화당 내 다른 처소에 가서 머무를 생각으로 걸음을 옮겼다. 그러나 몇 발짝 떼기도 전에 교화당 안으로 걸어 들어오는 대전 상궁 김개시를 보았다. 그녀 역시 나를 발견하고는 내게로 다가왔다.

"원빈마마."

오늘은 조회가 없는 날이었다. 그러므로 특별한 명령 없이는 그녀는 대전을 지키고 있어야만 한다. 물론 그녀가 아침부터 이 교화당까지 와야 하는 이유를 찾기가 어렵진 않다. 일단 그녀의 상전인 혼이 교화당에 있으니 말이다. 하지만 난 그녀가 마음에 들지 않는다. 역사에 그녀가 어떤 사람으로 남는지를 알아서일 수도 있지만, 지금 내게는 십여 년 뒤에 그녀의 배신으로 인조반정의 조짐이 묻히게 된다는 사실보다 그녀가 중전의 심복이라는 사실이 더 거슬린다.

"오늘은 조회가 없는 날이 아니냐?"

난 그녀가 교화당에 나타날 일이 없음을 지적했다. 개시는 고개를 한 번 숙이며 정중하게 답한다.

"조회가 없다 하여 지밀나인으로서 전하를 모시는 소임을 소홀히 할 수는 없지 않겠사옵니까?"

보통 상궁이라면 감히 하지 못할 태도로 개시는 내게 반문한다. 무례하게 보일 수 있는 그녀의 이런 당당함은 분명 뒤에 누군가 있기에 가능한 것이다. 난 이제 그녀의 뒤에 있는 사람이 중전이라고 확신했다. 지난번 신 숙원이 말한 대로 중전이 개시를 재물로 부리든, 아니면 개시가 진심 어린 충심으로 중전을 모시든 간에 그녀의 뒤에는 분명 중전 유 씨가 있을 것이다.

"전하께선 아직 기침하지 않으셨네. 그러니 그때까지 자네는……."

혼이 깨어날 때까지 교화당 밖에서 기다리고 있으라는 말을 하려던 나는 잠시 말을 멈추었다가 다시 입을 떼었다.

"……나와 할 이야기가 있네."

개시가 길게 찢어진 눈 사이로 눈동자를 들어 올려 나를 보았다.

개시와 단둘이 앉게 된 자리에서 난 정중한 어투로 말을 꺼냈다.

"연주군부인이 정원군의 억울함을 호소하며 아들들과 편전 앞에 꿇어앉았던 날이었지. 난 중전마마께 도움을 구하려 했네. 헌데 자네는 내게 중전마마께서 나서시지도 도와주시지도 않으실 것이라 말했지. 그리고 자네의 말대로였네."

개시는 표정 하나 바꾸지 않은 채 눈동자를 굴리더니 말한다.

"소인에게 무엇을 묻고자 하시옵니까?"

단도직입적으로 묻는 개시를 보며 나는 생각을 가다듬었다.

"선대왕마마께서 승하하시기 며칠 전, 자네는 중전마마의 명으로 당시 중전이시던 대비마마께 무언가를 전하였지. 거짓으로 전하께서 보내신 것이라며 말이네. 내 말이 맞는가?"

내 물음에 개시의 눈빛이 흔들렸다. 나는 이를 놓치지 않고 패물이 든 상자를 그녀의 앞으로 내밀었다. 그리고 나긋한 미소를 지으며 말을 이었다.

"단지 그 일이 있었는지 확인하고자 함이네. 캐고자 함이 아니라. 허니, 말해보게. 그런 일이 있었는가?"

무겁게 닫힌 개시의 입이 쉽사리 열리지 않는다. 개시의 입장에서는 중전이 전하라고 한 물건이 옥패라는 걸 알든 모르든, 무엇인지 몰라도 전하라 하여 전했다고만 말해도 되는 일이었다. 당시 혼이 보내는 것이라는 거짓말도 함께 했었겠지만, 중전의 명이라 어쩔 수 없었다고 둘러대면 끝이었다. 그런데도 개시의 입이 열리지 않는 건 개시가 그 일 외에도 선조의 죽음과 상당히 여러모로 얽혀 있기 때문이라고 난 생각했다.

"김 상궁."

나는 태도를 바꾸어 엄한 목소리로 그녀를 불렀다. 그러자 개시는 내가 패물이 든 상자를 다시 가져갈 것이라 여겼는지 상자를 두 손으로 자신 쪽으로 끌어당기며 입을 열었다.

"소인에게 무엇을 묻고자 하심인지는 모르겠사옵니다. 허나 지난날 소인께 베풀어주신 원빈마마의 은혜를 기억하기에 말씀을 올리자면……. 원빈마마, 중전마마는 무서우신 분이시옵니다."

중전의 수족이나 다름없는 개시의 입에서 나온 말에 난 두 눈에 힘을 주며 개시를 노려보았다. 지금 하는 그녀의 말이 진심이든 아니든,

거짓이 아닐 것이라는 생각이 든 것이다.

"원빈마마. 전하께서 찾으시옵니다."

문밖에서 보향의 목소리가 들렸다. 혼이 깨어나 나를 찾는 것 같았다. 보향의 목소리를 들은 개시는 상자를 두 손으로 들고는 내게 인사를 올리며 서둘러 자리를 떠났다.

그날 하루 종일 개시가 한 말이 뇌리를 떠나지 않았다.

중전이 미영이를 죽게 만든 주범이라는 사실을 알게 된 다음부터, 운영에게 비상을 내리라고 한 다음부터 그녀는 내게도 무서운 사람이 되었다. 하지만 중전의 수족이나 다름없는 개시의 입에서 중전이 무섭다는 말이 나오다니. 중전의 명으로 보이지 않는 곳에서 많은 일들을 했을 개시였다. 그 모든 일을 경험한 개시가 한 말이라면, 개시가 느끼는 무서움이란 중전이 가진 무언가의 본질을 표현한 것일 것이다.

"원빈마마."

넋 놓고 앉아 밤을 맞이한 나를 보향이 부른다. 난 내 앞으로 다가와 앉은 보향에게로 고개를 들었다. 그러자 상 위에 놓인 촛불이 흔들리며 벽에 그려진 내 그림자를 무섭게 춤추게 만든다. 그 그림자에 잠시 시선을 빼앗긴 내게 보향이 말한다.

"전하께서 조금 전 어수당에 납시셨다 하옵니다."

"대신들과 함께 계시느냐?"

"아니옵니다. 전하만 홀로 계신다 하옵니다."

나는 혼이 혼자 있다는 말에도 어수당으로 가야 할지 머뭇거렸다. 오늘은 단옷날이었다. 오래전부터 조선에서는 단옷날이 일 년 중 가장 양기(陽氣)가 강한 날이라고 해서 큰 명절로 여겼고, 설날, 추석과 함께 국가의 삼대 명절로 지내왔다. 오늘 아침에 조회가 없었던 것도 단옷날이기 때문이었다. 오늘 왕은 중궁전에 머무르는 것이 궁중 법도였다. 혼은 이를 알면서도 조회 시간이 빈 만큼 늦은 아침까지 나와 교화당에서 시간을 보냈다. 그러니 그는 지금 중궁전으로 가야 했다.

"어찌하올까요?"

나는 잠시 고민하다가 자리에서 일어섰다.

"어수당으로 가자."

교화당과 어수당을 이어주는 복도를 따라 걸으며, 난 어수당의 열린 창문을 통해 혼의 옆모습을 보았다. 그는 우두커니 앉아 깊은 생각에 잠겨 있는 것처럼 보였다. 조정에서는 평온하다 못해 심심한 일들이 계속되는 요즘에 그를 이처럼 깊은 고민에 빠트릴 만한 일이 갑자기 생긴 것일까?

"전하."

만나서는 안 될 사람을 만나는 듯 느릿느릿 어수당에 들어서는 나를 혼이 반갑게 맞이한다. 나는 그가 내미는 손을 잡으며 가까이에 앉았고, 곧 보향이 주안상을 가져와 우리 앞에 내려놓았다. 나는 뒷걸음쳐 나가는 보향을 보다가 문 가까운 곳에 앉아있는 최 내관과 눈이 마주쳤다. 최 내관은 아리송한 미소를 내게 지어 보이며 주변을 모두 물리고 마지막으로 어수당을 떠났다. 둘만 남게 되자 난 혼을 보며 입을 열었다.

"왜 어수당에 있는 거야?"

혼은 미소를 지으며 한 손을 들었다.

"보거라."

혼의 손끝은 어수당 창문 밖, 교화당 내 처소를 향하고 있었다. 문은 닫혀 있었지만, 내 이부자리 준비를 하며 분주히 움직이는 나인들의 그림자가 보였다. 난 다시 혼을 돌아보며 물었다.

"날 보고 있었던 거야?"

"그렇다. 교화당으로 가려다가 잠시 멈추어 이곳에서 바라보니 네 그림자가 보이더구나. 창은 닫혀 있어도 너임을 바로 알아보았다."

"왜 보고만 있었어?"

혼이 피식 웃는다. 그는 교화당을 가리키던 손끝으로 내 이마 위로 삐죽 튀어나온 잔머리를 쓸어주며 따스하게 말한다.

"꿈일까, 생시일까. 하루라도 너를 보지 못하면 네가 나의 곁에 있다는 사실이 믿기지가 않는구나. 또한 교화당에 가서 문이라도 열면 행여나 너의 모습이 바람에 쓸려 사라지기라도 할까 불쑥 두려움이 들더구나. 괜한 생각임을 알면서도 말이다."

나는 그의 쓸모없는 걱정에 짧은 웃음을 터트리며 술잔에 술을 따라주었다. 그는 술잔을 시원하게 비워내며 머쓱하게 웃는다. 그러더니 무언가 떠올랐는지 진지한 표정으로 나를 돌아본다.

"끊이지 않던 조정의 분란이 가라앉고 나라가 평온하니 좋은 것이 아니냐? 더욱이 너를 매일 볼 수 있고, 매일 함께할 수 있으니 어찌 행복하지 않겠느냐? 헌데 불안하다. 연유를 알 수 없는 불안함이 내 마음 안에 있는 것 같구나."

"우린 지금 함께 있잖아."

혼이 고개를 가로젓는다.

"너를 만나기 전까지 내게 함께하고픈 이는 오직 어머님 한 분뿐이셨다. 이미 일찍이 어머님이 돌아가신 것을 알면서도, 꿈에서라도 뵙기를 간절히 바랐지. 그러다 어느 순간 그것조차도 불가능하다는 걸 깨닫고 자연히 포기하게 되었다. 허나, 너는 다르다."

"다르다고?"

되묻는 나를 보며 혼이 내 두 손을 잡는다.

"구 년 전, 내 세자의 보위를 지키기 위해 너는 제주로 떠나는 것을 선택하였다. 그리고 함께하지 못했던 오 년여의 세월이 너와 나에게 있어 얼마나 고통스러웠는지를 잘 알고 있겠지. 그러니 경민아, 약조해다오. 또다시 어떤 어려움이 우리에게 찾아오더라도, 나를 떠나는 것으로 나를 위하려 하지 않겠다고 말이다."

나는 그의 불안을 잠재우고 싶었다. 그에게 잡혀 있던 손을 들어 그의 얼굴을 감싸며 말했다.

"다시는 내가 네 곁을 떠나는 일은 없을 거야. 네 생의 마지막 순간에도 난 너의 곁에 있을 거니까. 약조할게."

"경민아……."

그가 자신의 얼굴을 감싼 내 손 위에 손을 포개며 편안히 눈을 감았을 때였다.

"전하. 최 내관이옵니다."

최 내관의 목소리였다.

"들어오너라."

"예. 전하."

최 내관이 들어오자 나는 자리에서 일어서 혼과 주안상을 두고 마주 앉았다. 우리 가까이로 다가온 최 내관이 몸을 숙이며 공손히 아뢴다.

"전하. 중궁전에서 연을 보내왔사옵니다."

밤이 깊도록 찾아오지 않는 혼을 모셔오기 위해 중전이 가마를 보낸 모양이었다. 최 내관의 말에 혼이 고개를 끄덕인다.

"벌써 시간이 그리 되었느냐."

"예. 해시(亥時)가 된 줄 아뢰옵니다."

"알겠다."

이제 혼은 쓴웃음을 지으며 나를 본다.

"그만 가야겠구나."

그도 단옷날이라는 사실을 잊지 않고 있었던 것이다. 그럼에도 나는 나를 보러 어수당까지 와서, 차마 교화당에는 들어오지 못했던 그를 보내고 싶지 않은 마음만 한가득이었다. 어떻게 보면 처음 혼이 어수당에 있다는 말을 들었을 때 이곳에 오지 말았어야 한다는 생각도 들었다. 그랬다면 그는 닫힌 창문에 아른거리는 내 그림자를 보다가 조용히 중궁전으로 발길을 돌렸을 테니 말이다.

"예에……. 전하."

보내고 싶지 않은 내 마음이 목소리에 묻어난다.

힘없이 고개를 숙이고 있는 나를 보고 있던 것인지, 일어서려고 움직이던 훈이 다시 자리에 앉는다. 난 고개를 들어 그를 다시 바라보았다. 그는 날 보며 장난스런 미소를 지었다.

"단옷날이니 이리 갈 수는 없지."

그러더니 그가 빈 잔에 술을 채운다.

"과인이 어사주를 내리마."

훈이 채운 술잔을 내게로 내밀었다. 난 얼떨결에 두 손으로 그 술잔을 받아들었다. 훈은 내가 술을 마시는 것을 보겠다는 듯 나를 응시한다. 그러나 나는 그 술을 마실 수 없었다. 평소에 술을 잘 마시지 못하기 때문이 아니었다. 내가 이 술을 마신다면 그는 바로 어수당을 떠날 것이다. 내 곁을 떠날 것이다.

난 술잔을 입에 갖다 댄 채 마실 듯 말 듯한 흉내만 여러 차례 내며 뜸을 들였다. 나와 마주 보고 앉은 훈이 내 속내를 못 알아차릴 리가 없다. 그가 안타까운 한숨을 내쉬었다. 난 결국 눈을 딱 감고 단번에 술을 들이켰다.

"으……."

왕이 내렸다고 해도 술은 술이었다. 급하게 들이킨 술 때문에 내 혀는 불에라도 데인 듯 따끔거렸고, 술이 지나간 목구멍을 타고 뜨거운 열이 올라와 정수리까지 뒤덮었다. 화끈거리기 시작한 얼굴을 두 손으로 감싸며 눈살을 찌푸리는 사이 훈이 소리 내어 웃는다.

"이리도 술을 어려워하니 다시는 어사주를 내리지 못하겠구나. 원빈, 혹여 원하는 것이 있느냐? 있으면 과인에게 말해 보거라."

"원하는 것이라니요?"

"오래전부터 그런 생각이 들었다. 교화당도 원빈이라는 자리도 모두 과인이 원하여 빈에게 내린 것이 아니냐. 과인이 보위에 오르니 어떤 이들은 권력을, 어떤 이들은 부귀를 원하였다. 이처럼 모두들 적어도 한 가지씩은 원하는 것을 받아가던데, 돌이켜 생각해보니 넌 그러지 않았더구나."

장난인 듯 들려도 진심이 담긴 그의 말을 들으며 나는 공빈을 떠올렸다. 그가 나를 만나기 전까지 유일하게 함께하고파했던, 그리고 그리워한 여인이었다. 그것은 그녀가 일찍 세상을 뜬 그의 생모였기 때문만은 아니라고 생각했다. 적어도 그녀는 그에게서 무언가를 바라고 요구하지 않았던 유일한 여인이었다.

혼을 양자로 들인 의인왕후는 인빈과 맞서기 위해 혼을 필요로 했다. 중전 유 씨는 그에게 부귀영화를 바란다. 더 나아가 자신의 가문과 세자의 미래를 보장해주기를 원한다. 개시와 같은 나인들은 그에게 바치는 충심을 대가로 재물을 바란다. 대비 김 씨는 선조의 유지를 감추고 그에게 왕위를 주었을지는 몰라도, 옥패를 돌려보내지 않은 것은 어쩌면 혼을 즉위시킨 자신의 보은에 대해 또 다른 대가를 받아낸 것과 다름없을지 모른다.

그를 둘러싼 모든 여인들이 그에게 무언가를 바라고 받길 원한다. 그가 지금 장난처럼 던지는 말에는 그 모든 사연들이 담겨 있는 것이다.

"그러니 네가 원하는 것을 주고 싶구나. 원빈, 이 나라의 임금인 내게 원하는 것이 있느냐?"

'내가 그에게서 받길 원하는 것.'

이제 막 올라오기 시작한 술기운 때문일까? 그의 물음 때문에 억지로 생각을 해 보았지만, 그에게서 원하는 것이 아무것도 없었다. 어쩌면 내가 원하는 마음을 가지기도 전에 그가 모두 주어서 그런지도 모른다. 그러기에 나는 그에게서 원하는 것이 아무것도 없었다.

난 그를 보며 고개를 저었다.

"없느냐? 정녕 없는 것이냐?"

나는 다시 고개를 저으려다가 슬며시 웃으며 입을 열었다.

"한 가지 원하는 것이 있사옵니다."

"무엇이냐?"

"전하를 원하옵니다."

난 곧바로 내뱉은 말을 후회했다. 아이처럼 떼를 써서라도 그를 붙잡고 싶은 마음은 여전히 굴뚝같다. 하지만 그가 오늘 밤 중궁전으로 가야 하는 것은 궁중법도다. 조선에서 십 년 넘게 살면서 깨달은 건, 마음먹은 대로 할 수 있는 건 아무것도 없다는 것이다. 이미 내가 그에게 받은 것은 셀 수도 없이 많지 않은가?

"신첩의 농이 지나쳤나 보옵니다."

어색한 웃음으로 상황을 마무리 지으려 하는데 혼의 표정이 이상하다. 방금 전까지만 해도 가득하던 웃음기가 모두 사라진 것이다. 그의 두 눈에는 힘이 실려 있었다. 난 뒤늦게 최 내관이 동석한 자리에서 내가 말실수를 한 것이 아닌가라는 생각이 들었다.

"전하?"

혼을 부르자 그제야 혼이 내게서 시선을 거둔다. 그는 무언가 못내 아쉬운 얼굴로 쓴웃음을 짓는다. 그 역시 내가 던진 말의 의미를 아는 것 같았다.

난 그를 보내고 싶지 않았다. 이성적으로는 단옷날이라는 것도 알고, 궁중법도가 무엇인지도 궁중 생활에 잔뼈 굵은 만큼 잘 알고 있다. 하지만 하루가 멀다 하고 혼과 얼굴을 마주해도 우리 사이에는 채워지지 않는 무언가가 있다. 말로 설명하기 어려운 무언가가 존재한다.

혼은 말없이 조금 전 내가 내려놓은 술잔에 술을 채웠다. 그리고 그 잔을 한 손으로 들어 자신의 입가로 가져갔다. 그때, 어수당과 교화당을 잇는 문이 열리며 보향이 조용히 들어왔다. 보향은 어수당에 짙게 내려앉은 침묵에 잠시 당황한 듯 멈칫하다가 최 내관의 눈짓을 받았는지 다시 걸음을 움직여 내 곁으로 다가와 말한다.

"마마, 침수 드실 준비를 마치었사옵니다."

보향의 목소리는 작았지만, 혼이 못 들었을 리는 없었다. 나는 이 자리를 떠날 좋은 핑계라고 생각했다. 그리고 난 교화당으로 돌아가 쓸데없는 생각을 하느라 이부자리 위에서 늦게까지 뒤척일 것이다.

"신첩, 이만 물러가옵니다."

난 혼에게 인사를 올리고는 천천히 자리에서 일어서려고 했다. 그런 나를 초조한 기색으로 응시하던 혼이 갑자기 술잔을 내려놓더니, 내 손목을 움켜잡았다. 갑작스런 그 행동에 나는 물론이고 최 내관과 보향도 놀라 혼을 바라보았다.

여전히 내 손목을 잡은 채로 혼이 최 내관을 향해 입을 열었다.

"오늘 밤은 중궁전으로 가지 않을 것이다."

최 내관은 혼이 그럴 줄 알았다는 얼굴로 중궁전에 말을 전하겠다며 어수당을 나갔다.

이제 놀란 내가 그를 바라보는 사이 혼이 일어선다. 그는 곧바로 두 손으로 나를 번쩍 들어 안았다. 무의식적으로 나는 그의 목에 두 팔을 감았다. 우리 두 사람의 얼굴은 가까워졌고 나는 그제야 그가 짓는, 개구쟁이 소년 같은 미소를 가까이서 볼 수 있었다.

"과인이 말하지 않았느냐. 네가 원하는 것을 주겠다고 말이다. 네가 과인을 원한다 하니, 오늘 밤 과인을 네게 주마."

그의 말을 들으며 나는 그가 오늘 밤 이곳을 떠나지 않을 것임을 알았다. 그 역시 나와 마찬가지로 함께하고 싶어 한다는 것을 알게 된 내 얼굴에도 점점 행복의 미소가 퍼져나갔다.

나는 그의 어깨에 천천히 머리를 기대며 속삭였다.

"신첩도 오늘 밤은 신첩이 원하는 전하를 놓지 않을 거예요."

보향이 재빨리 어수당과 교화당을 연결하는 문을 열었다. 혼은 나를 안고 그대로 문을 지나 복도로 들어섰다. 복도의 창으로 달빛이 쏟아졌다. 혼은 달을 뒤로한 채, 교화당으로 향하는 은빛 복도를 걸었다.

1

계축옥사

해가 바뀌고도 겨울은 쉽게 끝날 기미를 보이지 않았다. 오랫동안 정국이 편안했지만 대신 창덕궁의 봄은 좀처럼 찾아오려 하지 않는 것 같았다.

지난겨울에 내린 눈이 서서히 녹아갈 때부터 난 유독 낮잠이 늘었다. 무거운 가체를 하고도 앉아서 꾸벅꾸벅 졸기를 여러 번. 이 사실을 혼이 알면 쓸데없는 걱정이라도 할까 싶어 나인들의 입단속을 단단히 시켰지만, 낮에 우연히 교화당에 들른 혼에게 그만 들키고 말았다. 혼은 즉시 내의원 의관을 교화당으로 불렀다.

내 손목에 감긴 가느다란 실의 끝을 붙잡은 내의원 의관의 미간에 미세한 주름이 잡혔다. 혼도 무거운 얼굴로 의관의 표정을 주시했다. 그 모습은 동석한 의녀들의 표정마저 어둡게 만들었다. 교화당 안에는 무거운 침묵이 내려앉았다. 교화당 지밀나인들의 시선도 모두 의관 한 사람만을 향하고 있었다.

어느 순간, 의원이 잡고 있던 실을 내려놓았다. 의관은 내 옆에 앉아 있는 혼에게로 몸을 돌리며 말했다.

"전하. 경하드리옵니다. 원빈마마께서 회임을 하셨나이다."

의관의 말이 끝나기가 무섭게 의녀 뒤에 앉아있던 보향이 기쁨의 비명을 질렀다. 그러자 홍 상궁이 재빨리 눈총을 주었고, 보향은 얼굴이 붉어져서는 고개를 숙였다. 나는 혼을 바라보았다. 나를 마주 보는 그의 얼굴은 붉게 상기되어 있었다.

혼은 바로 한 손을 들어 내 손을 잡았다. 하지만 곧 손을 놓아야만 했다. 주위의 많은 시선들이 우리를 향하고 있었기 때문이다.

그는 흥분을 감추지 못한 얼굴로 의관을 향해 물었다.

"원빈의 상태는 어떠한가?"

"날이 아직 추워 기력이 쇠하셨사오나, 크게 근심할 정도는 아니옵니다. 곧 기력 회복에 좋은 탕제를 올리겠나이다."

"수고했다. 후에 상을 내릴 것이니 그만 물러가라."

혼의 명이 떨어지자 의녀들이 자리에서 일어서고 교화당 나인들도 모두 밖으로 나갔다. 하지만 의관은 나가지 않고 몸을 엎드린 채 꿈쩍도 하지 않고 있었다. 의관은 모두 나간 것을 확인하고서 머리를 들었다.

혼이 의관을 보며 물었다.

"할 말이 더 남았느냐?"

그러자 의관이 낮게 깔린 목소리로 답했다.

"시일을 두고 더 지켜봐야 확실히 알 수 있을 듯하옵니다만…… 원빈마마께서는 쌍태(雙胎, 쌍둥이를 뱀)를 하신 듯하옵니다."

'내가 쌍둥이를 임신했다고?'

임신했다는 사실에 놀란 것도 잠시, 뱃속에 든 아이가 하나가 아니라 둘일지도 모른다는 의관의 말에 나는 묘한 기분이 들었다. 그러나 의관과 혼의 표정은 밝지 않았다.

조선 초기 쌍둥이는 환영받는 존재였다. 민가에서 쌍둥이가 태어나면 나라에서도 이를 치하했다. 그러나 조선 중기를 지나면서 유교문화가 깊게 뿌리내리자 이야기는 달라졌다. 음과 양의 조화와 맞지 않는 쌍둥이는 기이한 탄생으로 치부되어 환영받지 못하게 된 것이다. 특히 지배층인 양반들은 쌍둥이가 태어났다는 사실을 숨겼다. 쌍둥이가 태어나는 경우, 연년생으로 태어난 것처럼 날짜를 속여 키우는 것이 다반사였다. 두 아이 중 한 아이를 친척집에 양자로 보내는 경우도 허다했다.

"알았다. 이 일이 밖으로 새어나가지 않도록 하고 그만 물러가거라."

의관이 깍듯이 인사를 하고 물러가자 난 걱정스런 얼굴로 혼을 보며 물었다.

"혹시라도 쌍태를 한 사실이 알려지면 안 좋은 거야?"

혼은 나를 안심시키려는 듯 입가에 미소를 지으며 내 손을 잡았다.

"아니다. 무엇보다 난 그렇게 생각하지 않는다. 허나, 순산할 때까지 이 사실을 외부로 알리지 않는 것이 좋겠구나."

혼의 말이 맞다. 만약 임신 기간에 나라에 큰 자연재해라도 일어난다면 아무런 죄가 없는 이 아이들이 뒤집어쓰게 되어도 이상하지 않다. 잊을 만하면 또 한 번 되새기게 되는 건, 여기는 다름 아닌 내가 태어나기 사백 년 전의 조선이라는 사실이다.

"아이들이 태어난 다음에는? 그때는 숨길 수 없을 텐데?"

"경민아."

걱정 가득한 얼굴로 계속 묻는 나를 혼이 다독이듯 불렀다.

"더는 아무 걱정 말거라. 다시는 네가 아이를 잃는 슬픔을 겪게 하진 않을 것이니."

나는 혼의 약속을 믿기로 마음먹었다.

눈이 녹고 따뜻한 봄이 찾아왔다. 초봄, 내 임신을 진맥했던 의관은 내 뱃속의 아이가 한 명이 아닌 두 명임을 재차 확인했다. 따뜻해지는 날씨와 더불어 기력을 되찾은 내 몸속에서는 두 아이가 건강하게 자라고 있었다.

그리고 지나고 보니 짧게만 느껴지는 작은 평화도 끝이 났다.

"무슨 일이 생긴 걸까요?"

가벼운 산책이 태아에 좋을 것이라 생각하고 나선 길이었다. 나를 따르던 보향이 편전을 향해 급히 걸음을 옮기는 여러 명의 신하들을 보며 말했다. 난 보향의 시선이 머무는 곳을 응시하며 마음속으로 이 시기의 조선의 역사를 떠올리고 중얼거렸다.

"올해가…… 계축년인가."

1613년인 광해군 5년 봄.

문경새재에서 한 상인이 도적들에 의해 살해당한다. 요행히 살아남은 상인의 노비가 도적들의 뒤를 뒤쫓아 본거지를 알아내 관아에 고발하니, 곧바로 도적 일당이 붙잡혔다. 도적들은 일곱 명의 서자들로, 스스로를 강변칠우(江邊七友)라 부르며 서자로 태어난 한을 품고 훗날 큰일을 벌이겠다며 도적질로 자금을 모으는 이들이었다.

단순 강도살인 사건 정도로 끝날 수 있는 일이었지만, 대북의 영수 이이첨은 이 일을 눈엣가시나 다름없던 영창대군을 제거하는 데 사용했다. 이들 강변칠우를 역모로 몰고 거기에 영창대군의 외조부이자 대비 김 씨의 부친인 연흥부원군 김제남을 연관시킨 것이다. 허균의 홍길동전의 모티브가 되었던 이 사건은 계축옥사(癸丑獄事). 다른 말로 칠서의 옥(七庶之獄, 일곱 명의 서자의 옥사)이라고 불리게 된다.

"또 역모라 하옵니다. 주모자는 아직 밝혀지지 않았다 하고요."

그날 저녁. 궁궐에 파다하게 퍼진 소문을 수집해 온 보향이 내 앞에서 주절거렸다. 나는 읽히지도 않는 책을 읽는 척하며 그녀가 쏟아놓는 이야기에 귀를 세웠다.

"그래서?"

무심한 듯 반문하는 나를 향해 보향은 더 관심을 가져달라는 투로 말을 늘어놓았다.

"성상(聖上)께서 즉위하신 이래 하도 역모가 끊이질 않으니, 궐 나인들이야 다들 잠잠한 듯하옵니다. 기껏 떠들어보았자 성상께서 덕이 없으면 나라에 국난이 끊이질 않는다고……."

책을 보던 난 고개를 들어 차가운 표정으로 보향을 흘겨보았다. 그제야 말실수를 했다는 걸 알아챈 보향이 입을 다물며 고개를 숙였다.

"주, 죽을죄를 지었사옵니다. 원빈마마!"

나는 보향을 흘겨보던 시선을 다시 책으로 돌리고는 말했다.

"궐에서 입을 함부로 놀리는 게 어떤 결과를 낳는지는 너도 알겠지."

"물론이옵니다!"

"알았으면 되었다."

나는 속으로 한숨을 내쉬었다.

'궐 나인들 입에서도 이런 말이 나온다면, 궁궐 밖 민가는 말할 것도 없겠구나.'

민심은 천심이라고 했다.

역모 사건이 일어나면 사건과 관련하여 억울한 사람들이 생겨난다. 이들의 불행으로 인한 불만은 모두 임금 한 사람을 향하게 되어 있다. 그리고 그 불만을 적대세력이 이용하는 건 흔히 있는 일이었다. 보향이 알아온 바에 따르면 아직 김제남과 영창대군이 얽혔다는 말은 전혀 들리지 않는다. 그러나 곧 그 수순을 밟게 될 것이다.

내가 기억하는 것은 이 역모 사건에서 김제남이 주모자로 몰려 그의 세 아들과 함께 죽고, 영창대군은 폐서인되어 귀양을 간다는 것이다. 하지만 고작 서자들의 도적질이 역모 사건으로 확대된 이유가 무엇인지는 나도 알지 못한다. 모든 역사를 세세하게 기억하지는 못하니까.

'알게 된다고 하더라도 그저 후궁에서만 지내는 내가 무엇을 할 수 있을까?'

"주상전하 납시오!"

혼의 등장을 알리는 소리에 보향이 서둘러 자리에서 일어섰다. 나는 보고 있던 책을 접었고, 혼이 안으로 들어오자 보향은 뒷걸음쳐 밖으로 나갔다. 나는 앉아있던 상석을 혼에게 내어주고는 조금 전 보향이 앉았던 자리에 앉았다.

혼은 자리에 앉더니 최 내관을 불렀다. 부름을 받고 교화당 안으로 들어온 최 내관의 손에는 큰 바구니가 들려 있었다. 안에는 황감이 한 가득이었다.

'황감?'

최 내관은 바구니를 상 위에 내려놓고는 우리 둘을 남겨놓은 채 밖으로 나갔다. 혼이 웃으며 말했다.

"제주에서 착오가 생겨 늦게 올린 지난해 마지막 황감이라는구나."

그가 나에게 주기 위해 가져왔다는 것을 알기에 나는 기쁜 표정으로 바구니로 손을 뻗었다. 그런데 혼이 손을 들어 내 손을 막았다. 나는 어리둥절한 표정을 지었다.

"널 주기 위해 가져온 줄 아느냐?"

"그럼 아니야?"

혼이 고개를 끄덕이며 그렇다는 표시를 했다. 나는 어리둥절한 얼굴로 황감과 혼의 얼굴을 번갈아 쳐다보았다. 조금 뒤 혼이 큰 웃음을 터트리며 내게 황감 하나를 집어 건넸다.

"받거라. 이 황감들은 뱃속 아이를 위한 것이니."

"뭐어? 그럼 장난친 거야?"

"어허. 장난이라니? 지난겨울 제주에서 진상한 황감을 네가 모두 먹어치우지 않았느냐? 성균관에서도 해마다 진상하는 황감을 기다리는데, 지난해에는 황감이 부족해 황감제도 열지 못하고 성균관 교수들에게만 내리었던 걸 벌써 잊었느냐?"

"그건 지난해 작황이 좋지 않아서 과실이 몇 개 없다고……."

"허니 이 마지막 황감은 더욱 귀한 것, 그러니 복중 아이만을 위한 것이어야지."

"치, 아이가 먹으려면 내가 먼저 먹어야 한다는 걸 모르고 하는 말은 아니지?"

혼은 대답 대신 속을 알 수 없는 눈웃음만 지었다. 나 역시 눈웃음으로 그와 맞서며 황감을 두 손으로 받아들며 말했다.

"성은이 망극하옵니다. 저어언하!"

또 한 번 혼의 입에서 큰 웃음이 터졌다. 난 그의 웃음이 그칠 때쯤 다시 입을 열었다.

"고맙습니다. 아버님!"

"아버님?"

"아이를 위해 주는 것이라면서. 그러니까 아이가 인사하는 거야."

혼의 얼굴에 말로 표현하기 어려운 감정이 솟구치는 것이 보였다. 그는 곧 상을 옆으로 치우더니 나를 잡아끌었다. 나는 그의 가슴에 등을 기대고 앉아 황감 껍질을 까며 소심하게 말을 꺼냈다.

"혼아. 나 이 아이들에게는 명이에게 해주지 못한 것까지 많이 해주고 싶어."

혼이 웃으며 답을 줬다.

"그렇게 될 것이다."

"그래서 말인데, 일단 아이들 태명을 지었으면 하는데."

"태명?"

처음 들어본다는 듯 말하는 혼을 난 고개를 들어 올려다보았다.

"뱃속 아이가 태어나는 그날까지 건강하라고 지어주는 이름이야."

"초명은 들어보았어도 태명은 처음이로구나. 그래, 어떻게 지으면 되느냐? 종친부에 일러 지어 올리라 어명을 내릴까, 아니면 이름난 학자를 불러 지으라 할까?"

혼은 당장이라도 어명을 내릴 듯 작심한 얼굴이었다. 나는 그에게로 몸을 돌리며 고개를 저었다.

"보통은 부모가 함께 고민해서 지어. 아이에게 잘 어울리는 걸로."

"어떻게 말이냐?"

"음……. 예를 들어서 건강하게 자라라고 건강이. 씩씩하게 자라라고 씩씩이. 튼튼하게 자라라고 튼튼이. 또는 뜻이 좋은 사물의 이름을 갖다가 짓는 것도 본 것 같은데……."

혼의 품 안에서 눈을 이리저리 굴리던 내 시선이 어느 순간 황감이 가득 담긴 바구니에서 멈췄다. 아니나 다를까, 혼의 눈길도 황감 바구니에서 멈춘다. 나는 설마 하는 얼굴로 혼과 시선을 맞췄다. 그러자 혼이 씩 웃으며 입을 열었다.

"좋은 이름을 찾은 것 같구나."

"설마…… 황감은 아니지?"

조심스럽게 웃는 날 보며 혼은 의기양양하게 말했다.

"돌이켜 생각해보니 회임 사실을 알기 전후로 네가 주로 먹은 것이 황감이 아니었느냐? 허니 황감만큼 복중 아이에게 어울리는 이름이 없을 듯싶다."

"어휴, 어떻게 아이 태명을 황감이라고 지어? 황감은 먹는 거잖아!"

"경민아. 황감의 황은 '누를 황'으로 천자의 색이라 일컬어진다. 감 역시 왕실의 성씨에 들어가는 한자 '나무 목'을 품은 글자다. 또한 '나무 목' 자라 하면 네 말대로 튼튼하다는 의미가 있지 않겠느냐? 무엇보다도 황감은 한겨울에 열매를 내어놓는 귀한 식물이다. 그러니 이보다 더 좋은 태명이 어디에 있겠느냐?"

먹을 때는 보기도 듣기도 좋았던 황감이었지만, 막상 뱃속 아이의 이름을 황감이라고 지으려고 하니 난 그 이름이 싫었다. 난 이미 결심한 듯 보이는 혼의 마음을 돌리기 위해 서둘러 대꾸했다.

"아이는 둘인걸. 어떻게 황감이라고 짓겠어. 그치?"

내 말을 들은 혼이 잠시 고민에 빠진 듯 보였다. 제대로 걸렸다 싶어 나는 서둘러 다른 이름 후보들을 꺼내기 위해 머리를 굴렸다. 그런데 황감이라는 이름을 들은 순간부터, 딱히 아이에게 어울리는 이름이 생각나지 않았다.

그때 혼이 입을 열었다.

"그러면 한 아이는 '황이,' 한 아이는 '감이'라 짓는 게 좋겠구나."

듣는 순간, 그의 재치에 입이 딱 벌어지고 말았다. 무엇보다도 말에 일리가 있어 반박할 말이 전혀 생각나지 않았다.

"그럼 정말로 아이들의 이름을…… 황이, 감이라고 짓자는 거야?"

"뜻도 좋은 데다 부르기도 좋으니 더할 나위가 없구나."

문득 오래전 조선에서 처음으로 황감을 먹던 날이 떠올랐다.

'그땐 나중에 내가 임신한 아이들의 태명을 황감이라고 짓게 될 줄은 상상도 못 했지.'

"어떠냐, 과인의 작명 실력이?"

뿌듯해하는 혼의 표정을 보며 나는 고개를 끄덕였다.

"알았어. 황이랑 감이로 하지, 뭐. 다른 사람들 앞에서는 황감이라고 부르면 되겠네."

그래도 뭔가 부족한 느낌. 명이 때는 아이의 태명을 짓는다는 생각조차 하지 않던 것에 비하면 이런 작은 것에도 감사해야 하는 게 맞는데 말이다.

여전히 다른 이름이 떠오르기만 하면 바꾸고 싶어 하는 표정이 역력한 나를 바라보던 혼이 나와 마주 앉았다. 그러더니 두 손으로 내 얼굴을 부드럽게 감싸며 위로하듯 말했다.

"경민아. 과인이 허투루 황감이라 지은 것이라 여기느냐?"

"내가 지난해 황감을 너무 많이 먹어서 그런 거 아니야?"

되묻는 말에도 삐친 말투가 묻어났다.

그러자 혼이 웃으며 고개를 저었다.

"벌써 오래전 일이 되었다만, 네가 과인을 다시 만난 이후, 처음으로 필요한 것이 무엇이냐 묻는 과인의 말에 단 한 가지를 원한다고 말했었지. 기억하느냐?"

'필요한 것은 없느냐? 살림살이가 단출하여 보기엔 좋다마는 필요한 게 있으면 마련해주마.'

'필요한 건 없어. 대신 황감이라면.'

'아…….'

"그때 나인이던 네가 과인에게 원한 것이 다름 아닌 황감이었지. 허나 경민아. 이젠 과인이 그 황감을, 아니 황이와 감이를 네게서 원한다. 이것이 무슨 말인지 알겠느냐?"

나는 얼굴이 화끈거려 시선을 내리깔고는 고개를 끄덕였다. 혼이 그런 나를 보며 기분 좋은 코웃음 소리를 내더니 얼굴을 가까이 가져왔다. 나는 그의 얼굴을 올려다보았다. 그의 입술이 마치 제자리를 찾아가듯 내 입술의 바로 앞까지 다가왔다. 나는 천천히 눈을 감으려고 했다. 그러나 마지막 순간, 혼의 입술은 내 입술에 닿지 않았다. 이유를 모르는 나는 감으려던 눈을 떠 깜빡거렸다.

혼이 내 입술 앞에서 자신의 입술을 열어 속삭였다.

"황아, 감아. 잠시 눈을 감고 있어라. 어명이다."

혼의 말이 끝나자마자 입술이 닿았다.

"전하."

문밖에서 들려오는 최 내관의 목소리에 혼의 입술이 내 입술에서 떨어졌다. 혼은 늘 그렇듯 나를 자신의 품 안으로 끌어안으며 문밖의 최 내관을 향해 물었다.

"무슨 일이냐."

그의 기분은 좋아 보였지만, 딱 타이밍에 맞추어 나타난 최 내관을 향해서는 불만이 섞인 목소리가 났다. 문을 하나 사이에 두고 있다고 해도, 눈치 빠른 최 내관이 이런 혼의 기분을 모를 리가 없다. 그럼에도 이 저녁에 혼을 찾았다면 분명 중요한 일이 있는 것 같았다.

"우참찬께서 긴히 아뢸 말씀이 있다 하시며 알현을 청하셨나이다."

중전의 오빠, 우참찬 유희분이 한밤중에 알현을 청한다는 말에 혼은 깊은 한숨부터 내쉬었다.

"내일 아침 조회에서 아뢰라 일러라."

"하오나 전하, 우참찬께서 이미 어수당 밖에서 기다리고 계시옵니다. 어찌하올까요?"

혼은 품에 안긴 나와 눈을 맞추며 답을 했다.

"어수당에서 기다리라 일러라."

"예, 전하."

혼은 그제서 나를 놓아주었다.

"어수당에 가보아야 하겠구나. 우참찬이 성미가 급한 사람이기는 하나, 이 밤에 궐의 법도 잊은 채 찾아왔다면 응당 그만한 일이 있어서일 것이다."

"늦어질 것 같아?"

난 그의 큰 손을 만지작거리며 물었다. 혼은 알 수 없다는 얼굴로 그런 내 손을 보며 말했다.

"태교에 가장 좋은 것 중의 하나가 일찍 잠드는 것이 아니겠느냐? 과인이 늦을 듯싶으면 먼저 쉬거라. 알겠느냐?"

난 고개를 끄덕였고, 혼은 자리에서 일어서 교화당을 떠났다.

한밤중에 다른 대신들의 시선을 피해 유희분이 찾아온 것은 어떤 의미일까? 나는 그것이 분명 이번 역모 사건과 관련 있는 일이라고 확신했다. 하지만 그렇게 보자면 유희분의 등장은 좀 의외였다. 이번 역모 사건의 주모자들을 심문하는 일은 이이첨이 맡고 있었다. 역사에도 이번 역모를 김제남과 연관시켜 크게 일을 벌이는 것은 이이첨으로 기록되어 있다. 그렇다면 혼을 찾아오는 이는 유희분이 아니라 이이첨이어야만 했다.

'하지만 유희분의 뒤에는 중전이 있지.'

겉보기엔 세자빈 시절처럼 중궁전에서 조용히 지내는 듯하지만 중전 유 씨는 내가 지켜본 바에 따르면 상당히 정치적인 왕비였다. 왕실에 시집와서 뼛속까지 왕실의 사람이 된 것이 아니라, 자신의 가문과의 끈을 절대 놓지 않고 다리까지 놓은 그런 여인. 더구나 중전은 내게 연흥부원군 김제남과 영창대군의 존재를 거슬려하는 뜻을 분명히 밝힌 적이 있지 않은가?

나는 호기심을 참지 못하고 밖으로 나왔다. 나인들이 뒤따르려고 했지만, 어수당에 있는 혼을 만나러 간다며 놓아두고 혼자서 어수당으로 향하는 복도를 걷기 시작했다.

기역 자 모양의 복도 끝에 놓인 문은 열려 있었다. 문 너머에는 병풍이 세워져 있었고, 병풍 앞쪽에는 혼이 앉아있었다.

"이번 역모에 연흥부원군이 연루되었다는 것이오?"

"예. 그러하옵니다, 전하."

병풍을 사이에 두고 혼의 목소리가 바로 내 옆에서 말하는 것처럼 들려왔다. 난 병풍 너머에서 새어나오는 빛에 의지해 병풍 가까이로 다가가 조용히 귀를 기울였다.

"증좌가 있소?"

"여기 보시지요."

유희분이 무언가를 혼에게 건넸는지 종이를 펼치는 소리가 들렸다. 조금 뒤 흥분한 혼이 유희분을 향해 목소리를 높였다.

"이 자백을 한 이가 누구요!"

"선대왕 시절 영의정을 지낸 박순(朴淳)의 서자이자, 강변칠우 중 한 사람인 박응서(朴應犀)란 자이옵니다."

"박응서……. 이자가 참말로 연흥부원군의 사주를 받아 영창대군을 옹립하기 위해 살인강도를 저질렀다는 것이오?"

"예. 그러하옵니다."

"믿을 수가 없구려. 대체 어린 영창을 옹립하여 무슨 영화를 누려보겠다고……."

"그것이 다가 아니옵니다. 연흥부원군은 영창대군을 옹립하면 대비께서 영창대군이 장성할 때까지 수렴청정을 하시게 될 것이고, 그리되면 조정은 사실상 자신의 뜻대로 움직이게 될 것이라는 말까지 하였다 하옵니다. 이는 전하께서도 잘 아시다시피 선대왕 시절부터 연흥부원군이 줄곧 떠들고 다니던 말과 다르지 않사옵니다."

"이자가 그 허황된 말을 듣고 헛소리를 하는 것이 아니오?"

"목숨을 담보로 헛소리를 할 자는 아닌 듯하옵니다. 하오니 전하, 연흥부원군 김제남을 하루속히 잡아들여 그 죄를 엄히 물으셔야 할 것이옵니다!"

혼에게서는 바로 대답이 돌아오지 않았다. 그의 고민이 깊어지는 것이 병풍 뒤에 선 나에게도 느껴졌다. 한참 뒤 혼이 한숨과 함께 입을 열었다.

"강변칠우 사건을 심문 중인 대사헌은 이 자백서에 대해 알고 있소?"

"아직 모르옵니다. 소신이 이 자백서를 받자마자 전하께 바로 고하기 위해 왔기에……."

대사헌 이이첨. 그가 유희분이 혼에게 내민 자백서의 존재를 아직 모른다는 것이 과연 사실일까? 알고서도 일부러 모른 척하고 혼의 답을 기다리는 것이 아닐까? 김제남의 몰락을 그 누구보다도 바라는 사람 중의 한 명이 바로 이이첨일 테니 말이다.

하지만 유희분의 말대로 아직 이이첨이 자백서의 존재를 모른다면 그 이유는 한 가지뿐이었다.

'중전!'

나는 미영이가 죽던 날을 떠올렸다. 의금부에서 내가 본 것은 유희분이었다. 그는 중전을 대신해서 미영이를 협박하여 거짓 자백을 시킨 후 죽게 하려고 그곳에 있었다. 난 그때의 상황이 지금과 묘하게 비슷하다는 생각을 쉽사리 지울 수가 없었다.

다음 날 대비 김 씨의 부친인 연흥부원군 김제남이 세 아들들과 함께 의금부에 하옥되었다. 그리고 내가 예상했던 대로, 심문도 있기 전에 그가 이번 역모의 주범이라는 소문이 마치 기정사실처럼 궐에 파다하게 퍼져나갔다. 나는 이 소문의 진원지가 중궁전이라는 것을 어렴풋이 느끼고 있었다.

궐의 여론은 곧 민가의 여론이 된다. 아니나 다를까, 김제남의 심문이 정식으로 시작되기도 전에 성균관 유생들이 들고 일어났다. 유생들은 창덕궁 정문 앞에서 김제남을 친국하고 영창대군의 죄를 물어야 한다며 시위를 하기 시작했다. 조선시대 성균관 유생들의 발언은 지배층인 양반들의 의사를 담은 것이나 다름없었다. 그러나 일단 심문하면 역모가 확정되는 것이기에 혼의 대답은 쉽사리 나오려 하지 않았다.

혼의 근심이 깊어가는 가운데 대북파 대신들을 필두로 한 신하들은 매일같이 김제남을 친국하고 영창대군의 죄를 물으라고 혼을 압박했다.

"전하! 죄인 김제남을 하루속히 친국하시옵소서!"

"친국하시옵소서!"

"또한 죄인 이의(영창대군)의 죄 또한 없다 할 수 없사옵니다. 경운궁에 있는 이의를 끌어내 의금부에 하옥하셔야 하옵니다."

"이의를 하옥하시옵소서. 전하!"

편전으로 다가가던 나는 바깥까지 들려오는 대신들의 목소리에 주춤하며 멈춰 섰다. 낮에 혼이 쉬는 몇 안 되는 시간인 걸 알고 온 길이었다. 나는 내가 왔다는 소식에 급히 마중 나온 최 내관을 보며 입을 열었다.

“아무래도 때를 잘못 택하여 온 듯싶네.”

“때를 잘못 택하다니? 그게 무슨 말인가, 원빈.”

중전 유 씨였다.

난 그녀의 등장에 손을 모으며 고개를 숙여 인사를 올렸다.

“중전마마.”

“드세.”

“예?”

“전하를 뵈러 온 길이 아닌가? 본궁 역시 그러하네. 드세.”

“예에……. 중전마마.”

중전이 당당한 걸음으로 편전으로 들어섰다. 얼떨결에 중전의 뒤를 따랐지만, 후궁으로서 신하들이 가득한 곳에 모습을 드러내야 한다는 사실이 부담스러웠다.

“지금 안에는 삼정승을 비롯한 대신들이 들었사온데…….”

“알고 있네.”

최 내관의 만류에도 중전은 당당하게 문 앞의 나인들에게 명했다.

“뭣들 하느냐? 어서 본궁이 온 것을 알리지 않고?”

“예에, 중전마마!”

문밖 내관이 당황하며 급히 안을 향해 소리를 냈다.

“전하! 중전마마, 원빈마마 드시옵니다.”

안에 있는 신하들의 목소리가 전화벨 소리 끊기듯 뚝 끊겼다.

“들라 하라.”

혼의 목소리가 이어지자 안쪽에서는 서로 다투어 혼에게 이만 물러가겠다는 인사를 하는 목소리가 들려왔다. 곧 문이 열리며 안에 있던 대신들이 우르르 몰려나오기 시작했다. 그들은 모두 중전에게 고개 숙여 짧게 인사하고는 편전을 떠났다.

도승지와 사관까지 모두 밖으로 나오고 나서야 중전은 안으로 들어섰다. 어두운 얼굴의 혼이 어좌에 앉아 우리를 맞았다. 저녁에 교화당으로 찾아오는 그의 얼굴에서는 결코 볼 수 없는 표정이었다. 그는 중전과 나에게 애써 웃음을 보이려 노력했지만, 상황이 상황이기 때문인지 결국 웃는 것을 포기한 채 중전에게 말을 걸었다.

"어인 일이오."

"어인 일이라니요. 낮 중 전하를 유일하게 뵐 수 있는 때이지 않사옵니까? 원빈도 이를 알고 찾아온 듯한데…… 대신들이."

말을 하던 중전이 갑자기 혀를 찼다.

"사안이 중하다는 것은 아옵니다. 허나, 편전에까지 들어서 자신들의 뜻을 주장하다니."

"그것이 그들의 일이 아니오. 다 과인을 위하고 나라를 위하기에 그러한 것이겠지."

혼을 위하는 중전의 말이 한동안 이어졌다. 중전의 뒤에 가만히 앉아있던 나는 이때까지만 해도 중전이 진심으로 혼을 위하기에 그런 말들을 한다고 생각했다. 하지만 혼이 편전을 찾아온 이유를 물었을 때, 중전의 입에서는 놀라운 말이 흘러나왔다.

"김제남을 어찌 처리하실 것이옵니까?"

심지어 중전의 입에서조차도 김제남의 군호가 아닌 이름이 거론되었다. 이는 중전 역시 김제남을 분명한 역모의 주범으로 생각한다는 것을 은연중에 드러낸 것과 다름없었다. 성균관 유생들, 그리고 조금 전의 신하들과는 또 다른 형태의 압박을 혼에게 던진 것이다.

혼은 중전이 그런 말을 꺼낼 것이란 걸 예상했다는 얼굴로 되물었다.

"과인이 어찌하면 좋겠다고 여기오?"

"전하께도 기억하시겠지만, 김제남 그자는 선대왕마마 시절에도 영창대군을 보위에 올리겠다며 망발을 하고 다니던 자였사옵니다. 이제 와서 그의 역모가 명백하게 사실로 드러났다고 해서 놀랄 일도 아닌 것이지요. 국법대로 처리하시옵소서."

"그렇다면 이의는 어찌 생각하시오?"

혼도 영창대군을 이름으로 불렀다. 그러자 중전이 입가에 미소를 지으며 혼을 바라보았다. 조선에서는 부모자식 사이거나 죄인이 아닌 이상 종친의 이름을 그대로 입에 올리지 않았다. 설마, 혼 역시 이미 어린 영창대군을 이번 역모와 연관 지어 생각하고 있는 것일까?

"어린 영창이 무엇을 알고 외조부의 뜻을 따랐겠습니까? 허나, 장성하면 다르겠지요. 존재만으로도 전하께도 세자에게도 해가 될 아이입니다. 한성에 두시지 마소서."

"그렇군. 중전의 뜻이 그러하군."

중전의 뜻을 그대로 받아들일 듯 듣고 있던 혼이 그녀에게서 시선을 돌리더니 어처구니가 없다는 표정으로 짧게 웃음을 터트렸다.

"전하?"

"아니오. 중궁전에서만 지내시는 중전께서 대신들 또 유생들과 한뜻을 자처하시니 과인이 할 말을 잃어 그렇소."

"예?"

"과연 중전이시오. 과인보다도 더 과인의 앞날을 위하시는구려. 언제나 그러하였듯 현명한 조언을 아끼지 않으시는구려."

그런데 말을 하는 혼의 표정은 칭찬하는 것과는 조금 거리가 있어 보였다. 중전도 이를 알아차린 듯 고개를 갸웃거렸다. 그때 혼이 말을 이었다.

"헌데…… 언제부터 그리 모질게 되셨소?"

"전하."

"차갑기는 중전의 부친보다 더하신 것 같소. 하기는 중전도 유 씨 집안 사람이지. 헌데 과인은 중전은 문양부원군과는 다를 것이라 여기었소. 지난날 부원군께서 회임하신 대비마마를 유산시키기 위해 해괴한 일들을 벌이셨을 때 세자빈이던 중전은 나서지도, 그렇다고 반대하지도 않았었지. 그래서 과인은 그대가 부모를 거스를 수도 없고, 시부모에 대한 공경의 마음도 저버리기 어려워 침묵으로 일관한다 여기었소. 헌데…… 과인의 생각이 틀린 것 같소."

혼의 말은 따스하게 시작해 차갑게 끝났다. 그 차가움을 바로 앞에서 받은 중전의 표정도 얼음장처럼 차가워졌다. 중전은 눈곱만치의 애정도 없는 눈으로 혼을 바라보기 시작했다.

"전하. 신첩은 오로지 전하를 위해 올리는 말씀이옵니다. 김제남은 지난날 전하의 어머님이신 공성왕후의 능과 의인왕후의 능에 해괴한 짓을 벌이지 않았사옵니까? 선대왕마마께서 병석에 누워 계셔서 밖으로 드러나지 않았을 뿐이지, 그것이 다 영창대군을 보위에 올리기 위한 수작이었사옵니다. 그런데도 전하께서는 즉위 후 훗날의 화근이 될 김제남을 살려두시었지요. 그가 자유롭게 경운궁을 출입하며 대비마마는 물론이고, 영창대군과 교류하는 것을 아시면서도 말입니다."

"그렇다면 과인이 진즉 죄를 물어 김제남을 처단했어야 한다는 말이오?"

"예. 그러하옵니다. 세자의 병이 나을 듯 말 듯하며 수년을 끌어오는 것 역시 김제남이 남몰래 사주한 것인지 누가 알겠사옵니까? 애초에 능에 해괴한 짓을 벌인 것도 김제남의 집을 출입하던 무당의 지시였다 하지 않사옵니까?"

세자를 언급하는 중전의 목소리가 격앙되기 시작하자 혼이 깊은 한숨을 내쉬었다.

"지나친 생각이오. 중전."

"그래요. 신첩이 지나쳤사옵니다. 허나, 박응서의 자백서는 김제남의 역모죄를 입증할 명백한 증좌이옵니다. 더 이상 미루지 마소서. 김제남을 친국하셔야 하옵니다."

"김제남을 역모죄로 친국하면 영창대군 역시 그 죄를 피할 수 없음이오. 과인은 함부로 친국을 행하지 않을 것이오."

"허나 대신들과 유생들의 뜻이 같지 않사옵니까? 이것은 민심이옵니다. 다시 고려하여 주시옵소서, 전하."

유교를 바탕으로 한 조화로운 사회와 나라를 만드는 것이 조선의 개국이념이다. 따라서 조선의 임금은 중국의 황제와는 달리 신하들의 의견을 함부로 묵살하지 못한다. 이는 즉시 폭군으로 낙인찍히는 길이기 때문이다. 그렇기에 조선의 왕은 지배층인 양반들의 여론을 쉽게 무시할 수 없다. 중전은 이를 이용해 혼을 압박하고 있었다.

그의 편이 되어 주고 그의 심정을 이해해주지 못할망정, 그를 파멸로 이끄는 길을 가라고 재촉하고 있는 것이다. 혼의 미래를 아는 건 이 시대에서 오직 나뿐이다. 중전이 나처럼 혼의 미래를 안다고 하더라도 이런 태도를 취할까?

결국 혼은 더 이상 중전과 대화하지 않겠다는 듯 자리에서 벌떡 일어섰다.

"연흥부원군에게서 더 정확한 혐의가 나올 때까지 조사를 할 것이오. 그때까지는 친국도, 심문도 없소."

혼이 중전을 지나쳐 걸음을 옮기다가 내 옆에서 멈춰 섰다. 중전은 여전히 분이 풀리지 않은 듯 혼이 앉았던 자리만을 뚫어지게 응시하고 있었다. 나는 자리를 떠나려는 혼을 배웅해야 한다는 생각에 일어서려고 했다. 그런데 혼이 한 손으로 내 어깨를 부드럽게 지그시 누르며 제지했다. 나는 영문을 몰라 혼을 올려다보았다. 혼은 그런 나를 내려다보며 희미한 미소를 지어 보이고는 편전을 나갔다.

혼이 힘들다.

그가 힘들어한다.

그리고 그의 마지막을 아는 나는 더욱 힘들다.

내가 아는 단편적인 역사에서, 그는 아주 차갑고 매몰차게 역모 사건을 친국한다. 피비린내가 진동하는 친국장에 희미한 미소를 지으며 앉아있는 그의 모습을 상상한 적은 없다. 그러나 조금 전 내가 본 그의 미소는 내게 많은 걸 시사한다.

'그는 지쳤어.'

난 중전에게 화가 났다. 위로를 가장한 채 혼에게 압박을 한 그녀가 원망스럽기까지 했다. 혼은 그녀의 의도를 알아차리고 대화 중에 영창대군의 이름을 직접 거론함으로써 그녀의 속내를 들춰냈다. 그 결과 중전도 그의 편이 아니라는 사실만 드러났지만 말이다. 차라리 혼의 마음을 모른다면 모를까, 그녀는 혼의 속내를 그 누구보다 잘 아는 사람 중의 한 명이었다. 그럼에도 그녀는 그것을 이용하고 자극하려고만 할 뿐, 사실상 진정 그의 편이 되어 주려고 한 적이 없는 사람이었다.

중전이 긴 한숨을 내쉬더니 자리에서 일어선다. 혼이 떠난 편전에 남아있을 이유가 없기 때문인 듯싶다. 난 그녀를 따라 자리에서 일어섰다. 그리고 나가기 위해 돌아선 중전과 마주 서며 매몰차게 물었다.

"전하를 이리 몰아붙이셔서 얻으시려는 것이 무엇이옵니까? 김제남의 죽음이옵니까? 영창대군을 대비마마와 떨어뜨리는 것이옵니까?"

혼과 나눈 날카로운 대화 때문인지 중전은 조금 지친 기색이었다. 그녀의 시선은 혼이 나간 후 닫혀 있는 문 쪽을 향하고 있었다.

"그것은 아니네."

그녀가 혼과 대화할 때와는 달리 조금은 힘이 빠진 목소리로 내 물음을 받았다.

"조금 전 전하께 말씀드렸다시피, 전하의 안위와 후에 보위에 오를 세자의 앞날을 위하여서지."

이 말을 끝으로 그대로 나를 지나치려던 중전을 내가 단호한 말투로 붙잡았다.

"아직 일어나지도 않은 일로 억울한 이를 만드는 것은 옳지 않사옵니다."

그제야 중전이 눈을 치켜뜨고는 나를 바로 보았다.

"지금 원빈의 말은 김제남이 억울하기라도 하단 말인가?"

김제남이 억울하다고 말해야 할까?

만약 선조의 유지가 지켜지고 영창대군이 왕이 되었다면 지금은 중전 유 씨의 가문이 아니라 김제남 가문 사람들의 세상이 되었을 것이다. 그랬다면 지금 김제남과 영창대군에게 위기가 찾아왔듯이 혼에게 위기가 찾아왔을 것이다. 선조가 살아있을 때와는 또 다른 위기가.

"소인은 전하의 말씀대로 억울한 이가 없도록 정확한 조사가 필요하다고 말씀을 올리는 것이옵니다."

"원빈."

중전은 이런 나의 태도가 심히 불편한 모양이다.

"만사를 다 제쳐 놓고라도 이번 일이 일어난 근원에 대해서 되새길 필요가 있네. 전하께서는 합당하게, 아니 천운에 따라 보위에 오르신 분이네. 많은 어려움을 이겨내시고 말이야. 자네 역시 그 누구보다도 잘 알겠지."

천운(天運). 다시 말해 혼이 보위에 오른 건 하늘의 뜻이라는 것이다.

지난날 정원군은 인빈에게 세자의 자리는 하늘이 주는 것이라며 혼을 변호했다. 그러자 인빈은 선조도 인정하지 않고 명나라도 인정하지 않은 것이야말로 혼이 하늘의 뜻을 받지 못했다는 의미라고 했다.

그러나 결국 왕위에 오른 건 혼이었다. 인빈의 생각과 뜻, 현실과는 맞지 않게 모든 어려움을 이겨내고 혼이 왕이 된 것이다. 승자의 역사가 바로 하늘이 정한 역사가 되는 시대. 훗날 혼이 반정으로 왕의 자리에서 쫓겨나기 전까지 모든 이들이 천운은 혼에게 있다고 말하겠지.

'하지만 혼은? 그렇게 생각하고 있을까?'

단 한 번도 묻진 않았다.

그는 천운이 자신에게 있기에 보위를 물려받았다고 생각할까? 내가 보는 그는 왕의 자리를 원하지 않았다. 하지만 왜란으로 인해 세자가 되고, 그 세자라는 자리에서 자신에게 최선을 다했다. 오직 '잊혀진 왕자'에 불과하다고 믿었던 자신이 아버지인 선조의 마음속에 세자로 자리하고 있었다는 사실에 기뻐하면서 말이다. 그러나 선조에게 더욱 사랑받기 위한 그의 노력들은, 그가 영창대군과는 애초부터 비교가 되지 않는다는 걸 알게 된 순간 물거품이 되어버렸다.

그때 그는 자신이 폐세자되고 영창대군이 세자가 된다고 해도 받아들였을 것이다. 그리고 편안하게 마음의 고향과도 같은 이현궁으로 돌아가 생을 마치길 꿈꿨을 것이다. 그러나 중전은 달랐다. 그런 운명을 앞두었을지도 모를 그에게 중전은 '왕'이라는 자리를 강제로 안겨주었다. 오직 유 씨 가문의 부귀영화와, 아들인 세자 이지를 위해서.

'그녀에게 혼은 어떤 의미를 가진 사람일까?'

"많은 어려움을 겪어내시고 이겨내신 것은 소인도 아옵니다. 허나,

과연 왕의 자리 역시 원하여 받으신 것일까요?"

"그게 무슨 말인가?"

"처음부터…… 전하의 것은 아니었지요. 전하께서도 그 사실을 아시는지요?"

"어찌 그런 대역무도한 말을 하는 것인가, 원빈?"

싸늘하게 식을 줄만 알았던 중전의 얼굴이 당황으로 붉게 물든다. 나는 정신을 바짝 차렸다. 이 기회를 놓치지 않겠다고 결심한 것이다.

"유지(諭旨). 아니지요. 공빈마마의 깨어진 옥패를 대비마마께 내어주고 받으신 전위교서. 그 전위교서는 지금 어디에 있사옵니까?"

중전의 눈이 크게 떠진다. 그녀는 내가 한 말이 믿기지가 않는다는 듯 나의 두 눈만 뚫어져라 쳐다보았다. 마주 본 그녀의 두 눈이 너무 무섭게 느껴졌다. 나는 그런 속마음을 들키지 않으려 애써 침착한 표정을 지었다. 그러나 그녀는 16년간 세자빈으로 있었다. 그사이 왜란이라는 큰 국난을 이겨냈고, 전쟁이 끝난 후에는 10여 년을 행궁에서 숨죽여 지내며 혼을 왕으로 만들었다. 그런 여인과 맞서서 내가 과연 이길 수 있을까? 이길 수 있는 싸움이기나 할까?

짧은 침묵이 흘렀다.

그사이 중전은 의외의 상황을 만든 나를 어느 정도 파악한 듯 조소를 내뱉으며 말했다.

"원빈이 궐 생활을 오래하였음이야."

그러더니 곧바로 얼굴에서 웃음기를 감추며 말을 이었다.

"자네만 아는 일인가?"

인정하는 말투로 되돌아오는 중전의 물음을 듣는 순간, 난 온몸의 진이 다 빠지는 것 같았다. 선조가 남긴 전위교서의 존재를 어렴풋이 알고 있었음에도, 지금 중전의 말을 통해 그 존재를 다시 한 번 확인하자 큰 충격을 받지 않을 수 없었다.

나는 답을 길게 끌지 않았다. 그랬다가는 중전에게 내 나약함이 하나라도 더 드러날 수 있는 시간을 벌어준다고 생각했으니까.

"그것이 중요한 일이옵니까? 허나 전하께서는 아직 모르시겠지요. 전하의 성품을 중전마마께서도 잘 아실 것이옵니다. 아신다면 세자의 보위를……."

여기서는 내 목소리가 자동적으로 줄어들었다.

"원래의 주인에게 돌려주려 하실지도 모르시지요."

중전의 표정이 더욱 싸늘하게 변했다. 현재로서는 세자가 중전의 가장 큰 약점이라는 사실이 드러나는 순간이었다.

"아무것도 못하는 하룻강아지인 줄 알았더니……. 좋네. 다시 보게 되는군, 원빈. 그래서 지금 본궁에게 그것을 말하는 연유가 무엇인가?"

중전과 내가 어느 정도 평행을 이룬 느낌이 든 첫 순간이었다. 나는 막힘없이 중전에게 내가 요구하는 것을 꺼냈다.

"김제남의 무고를 밝혀주십시오. 자백서가 중전마마께서 만드신 것이라면, 그 자백서를 없는 일로 되돌리실 수도 있으시겠지요."

자백서가 거론되자 중전은 자신의 치부가 드러난 것처럼 잠시 시선을 내게서 돌렸다. 얼마의 시간이 흐른 후 중전이 나를 향해 입을 열었다.

"김제남을 살려주면 후일이 두려울 걸세."

'아니요. 후일 일어날 인조반정의 가장 큰 명분 하나가 사라지게 될 거예요. 김제남이 무사하면 영창대군도 무사할 것이고, 대비도 무사할 테니까.'

나는 속으로 생각하며 말했다.

"전하께서…… 그토록 소중히 여기시던 공빈마마의 옥패가 지금 누구의 손에 있는지 아시길 원하신다면 언제든지요."

전혀 굽히지 않는 나의 태도에 중전은 나를 그대로 두고 편전을 나가려 했다. 그러나 바로 내 옆에서 멈춰서더니 고개를 살짝 돌리며 흘끗 나를 본다.

"공빈의 당호였던 자미당. 그리고 자네의 궁호 자미궁. 그래, 자네의 궁호를 친히 지으신 것도 다름 아닌 전하이시지. 원빈, 자네는 전하의 마음을 얻고 그리 오만하게 굴 수 있는 것이겠지. 허나 언젠간 그 대가를 톡톡히 치르는 날이 올 걸세."

나는 중전 쪽으로 돌아서 두 손을 모아 인사를 올리며 말했다.

"소인은 그리 오래 기다리지 않을 것이옵니다."

중전은 고개를 숙인 내 앞에 한참을 서 있다가 자리를 떠났다.

그날 밤이 깊도록 혼이 교화당으로 오지 않았다.

혼은 최 내관을 보내 늦어질 것이니 일찍 쉬라고 전해왔다. 최 내관은 말을 전하면서 아직까지 퇴궐하지 않은 신하들이 편전에 있음을 귀띔해 주었다.

최 내관이 나간 후 나는 보향과 교화당을 나와 연못가를 걸었다.

낮에 내가 편전에서 중전에게 한 말들은 모두 그녀를 자극하는 말들이었다. 특히 응당 세자가 물려받아야 할 왕위에 대해서, 민감한 중전의 속마음을 드러내게 함으로써 그녀를 분노하게 만들었다. 그렇게 중전을 겁준 것이 옳은 일일까? 중전이 순순히 김제남을 구명하는 쪽으로 마음을 바꿀까? 그렇게 되면 내가 아는 계축옥사가 일어나지 않을까? 일어나지 않는다면 난 어떻게 될까?

많은 의문이 떠올랐지만 늘 그렇듯 답은 없었다. 역사란 그 시대에 족적을 남긴 사람들의 이야기일 뿐, 나 자신의 이야기가 될 수는 없기 때문이다. 난 나의 미래를 알 수 없다. 나의 미래인 동시에 내가 태어난 곳에서는 과거인 이야기임에도 불구하고 말이다.

"홍 상궁은 어디 있느냐?"

문득 요즘 들어 홍 상궁이 잘 보이지 않는다는 걸 깨닫고 보향에게 물었다. 보향은 잘 모르겠다는 듯 고개를 저었다.

"아마 처소에 계실 듯하옵니다만. 찾아 모셔올까요?"

홍 상궁 역시 갓 궐에 입궐한 내게 중전이 보내준 사람이었다. 그녀도 분명 중전의 사람일 것이라는 확신이 들었다. 그렇다면 언제까지고 그녀를 내 곁에 둘 수는 없었다.

"어디 있는지만 알아오너라. 이곳으로 데려올 필요는 없다."

"예, 원빈마마."

보향이 사라지고 나는 한동안 연못가에 홀로 서 있었다. 달은 밝았지만, 밝은 달만큼 내 마음도 밝지는 못했다. 나는 긴 한숨을 내쉬다가 피로함을 느꼈다. 오늘 혼을 더 기다리는 건 무리일 것 같다. 난 한 손으로 배를 살며시 쓰다듬다가 늘 혼이 교화당으로 오기 위해 지나오는 길 쪽을 쳐다보았다. 그 길은 어두웠다. 조금의 빛도 없는 그 길로부터 다시 교화당 쪽으로 몸을 돌리려고 하는 그때였다.

"원빈……."

장옷을 정수리까지 뒤집어쓴 한 여인이 불쑥 내 앞에 나타난 것이다. 달빛 덕에 장옷 안에 입은 옷차림이 상궁의 옷임을 알아본 나는 그녀에게 물었다.

"넌 누구냐?"

날 원빈이라고 부른 이상 그녀는 내가 누구인지 알고 있다. 그러니 이번에는 그녀가 자신의 정체를 밝힐 차례였다. 하지만 그녀는 계속 말하기를 주저하는 얼굴이다. 장옷 사이로 보이지 않는 눈이 주변을 탐색하기라도 하는지 머리가 이리저리 움직인다. 조심스럽게 행동하는 것 같은데 무언가 어설픈 느낌이 강하다. 그녀는 나 이외에 누군가 이곳에 나타날까 걱정하는 것 같았다.

"누구냐고 묻질 않느냐?"

내 다그침에 그녀가 장옷을 천천히 어깨까지 내리며 입을 연다.

"경민아. 나를 알아보겠느냐?"

그제야 난 상궁 차림을 하고 있는 그녀가 누구인지를 알아차리고는 놀라 외쳤다.

"대, 대비마마!"

그녀는 바로 경운궁에 있어야 할 대비 김 씨였다.

"쉿! 조용히 하거라."

"어찌, 어찌 여기에!"

명이가 죽은 뒤로 처음 보는 대비였다.

그녀는 다시 한 번 주변을 살피며 내게로 가까이 다가왔다. 나는 뒤늦게 몸을 굽혀 인사를 올리려고 했다. 그러나 그런 나를 대비가 두 손으로 붙들며 막는다.

"시간이 없다. 난 바로 경운궁으로 돌아가야 한다."

"어인 일로 이 늦은 시각에 창덕궁에 오셨사옵니까? 날이 밝을 때 오시지 않고요?"

"경민아. 정녕 모르고 내게 묻는 것이냐?"

"모르다니요? 무엇을 말이옵니까?"

대비가 금방이라도 눈물지을 듯한 얼굴로 이야기를 시작한다.

"내 아버님과 세 오라버니들이 모두 의금부에 끌려간 사실은 너도 알지 않느냐?"

"그건……."

"누명이다. 역모의 누명을 억울하게 쓴 것이야."

"억울함이 곧 풀릴 것이옵니다."

"아니다! 절대 쉽사리 풀리지 못할 것이다."

대비의 목소리에 힘이 실린다. 하지만 곧 그녀는 자신의 목소리를 다른 이가 들었을까, 서둘러 주변을 살폈다. 다행히도 교화당 주변은 조용했다.

"아니옵니다. 전하께서도 억울함을 아시기에 친국을 하지 않고 계시옵니다."

"친국? 친국이라니?"

대비의 얼굴이 사색이 되었다. 김제남을 친국해야 한다는 상소가 빗발친다는 사실을 처음 듣는다는 얼굴이었다. 그녀는 곧 내 팔을 붙잡으며 간청했다.

"내 청을 들어다오. 부디, 내 청을 들어다오, 경민아!"

"청이라니요? 하명하시옵소서."

"주상께 꼭 한 번만 나를 만나달라 전해다오. 주상께서 나를 만나실 수 있게 도와다오!"

"그것이 무슨 말씀이시옵니까? 대비마마께서 전하를 뵙는 것이 무엇이 어렵다고요?"

대비가 날 잡은 팔을 힘없이 놓으며 말한다.

"어려울 뿐만 아니라…… 아예 불가능하구나."

"불가능하다고요?"

"그래. 처음에는 아버님께서 역모에 연루되셨다는 말을 듣고 창덕궁으로 급히 사람을 보내었다. 주상을 뵙기 위해서였지. 헌데 내가 보낸 나인도, 상궁도 모두 주상을 뵙지 못하고 경운궁으로 돌아왔다. 그때까지도 이상한 낌새를 전혀 느끼지 못하였지. 그래서 난 서신을 써서 최 내관을 통해 주상께 전하라고 하였다만, 그것도 닿지 못하였다."

"소인은 이해하지 못하겠사옵니다. 전하께서…… 만나지 않으시겠다 하신 것이옵니까?"

대비가 고개를 가로젓는다. 그러더니 내 눈을 똑바로 바라보며 이를 깨물고 말한다.

"중전이었다."

"예?"

"중전이…… 그리한 것이었다."

"중전마마께서요? 중전마마께서 대비마마가 전하께 보낸 사람을 막았단 말씀이옵니까?"

난 믿지 못하겠다는 말투로 대비에게 되물었지만, 이미 그 이유를 알고 있었다. 돌이켜 생각해보니 혼이 즉위한 이후로 혼과 대비가 단둘만 자리를 가진 적은 단 한 번도 없었다. 늘 중전이 그 자리에 함께했던 것이다. 그 이유는 불 보듯 뻔했다. 혹시라도 대비의 입에서 공빈의 옥패 이야기가 나온다면 중전이 벌인 엄청난 일들을 혼이 알게 될 테니까.

"그래. 그래서 네게 부탁하는 것이다. 주상을 만나 뵙고 내가 억울함을 풀 수 있게 도와다오."

"대비마마. 전하께서도 연흥부원군의 억울함을 아시옵니다. 그러니 조사가 끝나는 대로 무고로 풀려나실……."

"아니다. 아니다, 경민아!"

대비가 울먹이며 나를 설득한다.

"내가 경운궁에만 있다 하여 조정이 어찌 돌아가는지 전혀 모르리라 여기느냐? 조정은 이미 대북 신하들의 것이고, 중전의 가문 사람들은 외척으로서의 지위를 업고 오래전부터 내 아버님을 노려왔다. 뿐만 아니라 영창까지도……. 난 주상께서 영창을 살려주시리라 믿어 의심치 않는다. 그러나 아버님은 아닐 것이다. 과거 아버님이 저지르신 악

행들도 나는 안다. 뿐만 아니라 영창이 보위에 오를 것이라 믿고 아버님이 벌이신 일들도 안다. 설사 주상께서 이를 모두 용서하시더라도 다른 이들은 결코 아버님을 용서하려 하지 않을 것이다. 그래서 내가 부탁한다. 주상을 뵐 수 있게 해다오. 주상께서 약조를 기억하신다면…… 내 아버님과 오라버니들을 끝까지 지켜주실 것이다!"

'약조.'

대비가 말하는 약조는 혼에게의 보은을 말하는 것일 것이다. 중전이 보내온 공빈의 옥패를 받고, 혼이 목숨을 구해준 보은을 하라 한 줄 알고 전위교서를 없앤 일을 말하는 것이다.

그러나 그 모든 일은 중전이 꾸민 일이었다. 그리고 난 그 중전을 협박했다. 김제남을 구명하기 위해서 말이다. 그러니 대비와 혼이 만나 공빈의 옥패 이야기가 나온다면 일은 내가 전혀 예상하지 못한 방향으로 흐르게 될 것이다. 그러니 지금은 대비와 혼을 만나게 할 순 없다. 중전이 내게 어떤 답을 줄지 기다려야 했다. 혹시라도 그 전에 대비와 혼이 만난다면, 내가 중전에게 요청한 김제남의 구명이 무산될 수도 있었다.

'또 혼이 곧 교화당으로 올 텐데…….'

"도와드리겠사옵니다. 허나 지금 당장은 어렵사옵니다. 일단 다른 이들의 눈에 띄기 전에 어서 경운궁으로 돌아가시지요."

"그럴 수 없다! 한시가 급한 일이다. 난 더 이상 기다릴 수가 없어! 너도 말하지 않았느냐? 아버님을 친국하라 말하는 이들이 있다 말이다. 아버님과 오라버니들의 목숨이 경각에 달렸으니, 오늘 주상을 뵙기 전엔 창덕궁을 떠날 수 없다."

"대비마마!"

"경민아! 중전이 나를 주상과 만나지 못하게 하는 연유를 정녕 모르겠느냐? 중전은 세자가 보위를 물려받는 데 있어 방해하는 이들은 모두 살려두지 않을 것이다. 내 아버님이 해를 입으시면 그다음은 영창을 없애려 들 것이다."

지나친 억측이라고 반박하기에는 대비가 말하는 것은 모두 내가 알고 있는 역사다. 그녀의 가문은 곧 풍비박산 날 것이고, 아버지와 세 오라버니들은 모두 죽는다. 또한 하나뿐인 아들 영창대군 역시 유배지에서 죽는다. 홀로 딸과 함께 남은 그녀는 평생 왕실과 혼인관계를 맺지 말라는 유언을 남기고 세상을 떠난다. 이것이 내가 아는 그녀의 결말이다.

"여기 더 머무시다가는 다른 이들의 눈에 띌 것이옵니다. 허니 어서 경운궁으로 돌아가시지요. 소인은 이만 물러가겠사옵니다."

나는 단호하게 말하며 대비에게서 돌아섰다. 아직 중전에게서 답을 듣기 전이었다. 이렇게 하는 것이 매몰차도 대비를 위하는 길이 되기만을 간절히 바라서였다.

그때 돌아선 내 등 뒤에 대고 대비가 말했다.

"능풍도정 이명. 그 아이, 너와 주상의 아이가 아니었더냐?"

대비의 말에 심장이 철렁 내려앉으며, 내 얼굴은 핏기가 가신 듯 순식간에 차가워졌다. 나는 진정되지 않는 가슴을 붙들기 위해 한 손을 가슴 위로 올리며 대비에게로 돌아섰다. 대비는 당황한 내 얼굴을 정면으로 응시하며 말을 이었다.

"넌 제주로 유배를 가기 전 이미 주상의 아이를 가진 몸이었다. 후에 넌 제주에서 아이를 잃고 죽었다고 모두에게 알려졌지만, 이렇듯 살아 있지 않느냐. 또한 입궐하기 위해 새로운 신분을 얻어야 했으니 정원군과의 간통으로 생긴 아이를 데리고 입궐할 수도 없겠지. 그래서 어딘가에 그 아이가 살아있을 것이라 여겼다. 그리고 능풍도정에게 애정을 쏟는 너를 보며 한눈에 알아보았다. 나 역시 자식 있는 어미가 아니냐. 자식 없는 궁녀들은 모르더라도 내 눈을 속일 수는 없는 것이다."

명이가 죽던 날, 대비는 내 곁에 있었다. 그녀는 명이를 살리기 위해 오열하는 나를 보면서 그 어떤 의문을 담은 말도 건네지 않았다. 이미 그 전부터 그녀는 명이와 나의 관계를 의심해왔을 것이고, 어쩌면 그날 확증을 얻었는지도 모른다.

나는 다시 한 번 마음을 가다듬으며 입을 열었다.

"예. 그렇사옵니다. 능풍도정이……. 명이가 바로 소인과 전하의 소생이 맞사옵니다."

그러나 대비의 얼굴은 크게 놀라는 기색이 없었다. 오히려 기다렸다는 듯 입을 열었다.

"그래. 허니 아들을 잃어본 너는 알 것이다. 내가 지금 어떤 심정인지 말이다. 그러니 나를 도와다오. 영창을 살리고, 내 아버님을 구명할 수 있게 전하를 뵙게 해다오."

여전히 혼을 만나겠다고 고집을 부리는 대비를 보며 나는 설득에 나섰다.

"뵙게 해 드리는 것은 어렵지 않사옵니다. 허나 지금은 때가 아니옵니다. 경운궁으로 돌아가시옵소서. 때가 되오면 전하를 뵐 수 있도록 자리를 마련하겠사옵니다."

"언제 말이냐? 한시가 급한 지금 내가 언제까지고 경운궁에서 자리보전이나 하며 지내겠느냔 말이다. 더욱이 나와 주상을 만나지 못하게 이간질하고 있는 것은 중전이다. 중전이 내가 주상을 뵐 수 있도록 가만 놔둘 듯싶으냐?"

'하지만 그 중전이 지금 이 문제를 해결하게 될 수도 있다고요!'

대비에게 내가 중전과 한 교섭을 설명해 줄 순 없었다.

"정녕 중전마마께서 그리하신 것이라면 어디까지나 전하를 위한다 여기고 행하신 것이겠지요. 그것이 옳은지 그른지도 판별하지 아니하시고 말이옵니다. 허나 모든 사람에겐 측은지심이 있사옵니다. 설마 중전마마께서 어린 영창대군을 그리 모질게 역모로 내모시겠사옵니까?"

내 말을 들은 대비가 갑자기 기가 찬다는 듯 웃음을 터트린다. 대비는 방금 내가 한 말이 중전을 감싸는 말이라고 생각한 것일까?

웃음을 그친 대비가 나를 부른다.

"경민아. 나는 세상물정 모르던 어린 나이에 내명부의 주인인 중전이 되었다. 그때 나의 눈에 세자빈이던 중전은 배울 점이 많은 여인으로 보이더구나. 자신을 드러내지도 않으면서 오로지 세자이시던 주상을 살뜰히 모시는 것으로 보였으니 말이다. 그러나 네가 제주로 유배를 가 있던 시절에 있었던 어떤 일이 이런 내 생각을 바꾸었다."

"어떤 일이라니요?"

대비가 입가에 싸늘한 미소를 지으며 답한다.

"능풍도정이 어찌 소리를 잃었는지 아느냐?"

이상한 느낌이었다.

대비의 물음에 대한 답을 나는 이미 알고 있었다. 명이가 말을 못하게 된 이유는 궐의 모든 사람들은 물론이거니와 혼도 알고 있었다. 명이는 태어난 지 얼마 안 되어 병을 앓았다. 그리고 그 병은 명이에게서 목소리를 앗아갔다.

조선시대에는 치료하지 못하는 병이 많았다. 병을 앓은 후에 살아남은 것만으로 감사하게 여기던 시대였다. 그랬기에 나는 명이가 목소리를 잃었더라도 살아서 다시 만날 수 있었다는 사실만으로도 만족했었다. 아니 만족하려고 했다. 언젠간 그 아이의 병이 낫기를 바라면서 말이다. 적어도 명이가 죽기 전까지 난 그렇게 생각해왔었다.

새삼스러운 사실을 다시 한 번 들춰내듯 말을 하려던 나는 입을 꾹 다물었다. 대비를 응시하던 내 눈동자는 조금씩 떨리기 시작했고, 내 머릿속에 떠오르는 어떤 생각이 불안함을 몰고 오기 시작했다. 대비는 그런 나를 보며 또 다른 물음을 던졌다.

"중전이 하는 일들이 주상을 위하는 것이라 말하였느냐? 주상을 위해 주상의 친자인 능풍도정까지 죽이려 하였으니, 영창을 해하는 일은 아무것도 아니지 않겠느냐?"

'중전이 명이를 죽이려고 했다고?'

"그럴 리가 없사옵니다!"

대비가 헛웃음을 짓는다.

"정원군이 제주로 유배를 가고 얼마 지나지 않아 도성에 전염병이 창궐하였다. 당시 세손이던 세자가 전염병을 앓아 죽다 살아난 일이 있었지. 다행히 병은 나았으나 그 뒤로 몸이 많이 허약해져 오늘내일 하는 일들이 종종 있었다. 그 시기 군부인이 막 걸음마를 시작한 능풍도정을 데리고 입궐하여 선대왕마마를 알현하려 하였지. 그러나 선대왕마마께서는 군부인을 만나주지 않으셨다. 정원군이 죄인의 신분이 되었기에 대신들의 눈을 의식하여 그리하신 것이지. 그러니 세자이시던 주상도 군부인과 능풍도정을 나서서 볼 순 없었다. 하여 내가 그들 모자를 중궁전으로 불러 세자빈과 함께 인사를 받았지."

대비가 기억을 더듬듯 시선을 내게서 잠시 돌린다.

"아이가 일곱 달부터 걷기 시작했다는데 어찌나 건강하던지. 헌데 그 아이를 보던 세자빈의 안색이 좋지 못하더구나. 그때 동궁전 박 상궁이 능풍도정을 보고 오래전에 일찍 세상을 떠난 세자빈의 첫 아이를 닮았다는 말을 꺼내더구나. 그 말을 듣는 순간 세자빈의 얼굴이 하얗게 질리는 것을 보았다."

중전 유 씨는 세자빈 시절 두 아이를 잃었다. 모두 태어난 지 일 년이 넘지 않은 아이들이었다. 당시에는 전쟁이 끝난 지 얼마 되지 않아 자주 전염병이 돌았다. 왕족이라고 해서 전염병을 피할 수는 없었고, 유 씨도 그렇게 아이를 잃었던 것이다.

박 상궁의 말이 잃은 아이의 얼굴을 떠올리게 하여 안색이 변했던 것일까? 대비의 말을 들으며 나는 그런 이유 때문이 아니라는 걸 직감적으로 알았다. 중전은 명이를 처음 본 순간 그 아이가 누군가를 닮았다는 걸 깨달았을 것이다. 그리고 그 깨달음에 박 상궁은 우연한 한마디로 확신을 준 것이다.

'중전은 그때 명이가 혼의 아들이라는 걸 알았던 거야.'

밖으로 나온 지 그리 오랜 시간이 흐르지 않았음에도 내 두 다리에 힘이 풀리기 시작한다. 당장이라도 어딘가에 주저앉고 싶을 정도로 말이다. 그러나 아직 끝나지 않은 대비의 말을 들어야 한다는 의지가 나의 몸을 붙든다.

"능풍도정이 입궐했던 그날, 양화당에 머물던 능풍도정의 보모에게 한 나인이 율무죽을 보내왔다. 보모는 그 율무죽을 능풍도정에게는 얼마 먹이지 않고 자신이 모두 먹어버렸다더구나. 그로부터 며칠 뒤 능풍도정이 심히 앓기 시작했지. 보모 역시 병을 앓더니 한 달 뒤 죽었다고 들었다."

"그 율무죽에…… 무엇이 들기라도 하였다는 것이옵니까?"

"지금에야 알 수는 없다. 허나 당시 죽어가던 보모를 진맥한 의원의 말로는 그녀가 비상이 섞인 음식을 먹은 게 분명하다고 말했다더구나."

'비상!'

운영을 죽이라며 중전이 내게 내밀었던 것이 바로 비상이었다. 혼을 향한 미영이의 마음을 이용하여 그녀를 비상으로 자결하게 만든 것도 중전이었다. 중전은 그렇게 무서운 사람이었다. 무섭고 차가운 사람이었다. 그녀가 그런 사람이라는 사실을 안 것은 얼마 되지 않았지만, 이제 나는 그녀가 혼을 위한다는 명분으로 얼마나 무서운 일들을 할 수 있는 여인인지를 깨닫게 되었다.

하지만 명이는 혼의 아들이다. 그 사실을 알고도 중전이 명이에게 그런 짓을 할 리가 없다. 나는 그렇게 믿고 싶었다. 하지만 대비의 말대로 중전이 처음 본 순간 명이가 혼의 아들인 것을 알아차렸다면, 그 뒤 그녀의 처신이 의심스럽다. 아픈 명이를 보러 출궁하려는 나를 막았으며, 심지어 명이의 집에 발길을 끊으라고 명을 내렸다. 그뿐만 아니라 아픈 명이가 편전 앞에서 비를 맞으며 꿇어앉아 있는 사실을 알면서도 나서지 않았다. 명이가 혼의 아들임을 누구보다도 쉽게 혼에게 알려줄 수 있었던 그녀가 내가 제주에서 돌아올 때까지 단 한 번도 그 사실을 입 밖으로 꺼낸 적이 없었다.

"그 율무죽을 보낸 이가 정녕 중전마마가 맞사옵니까?"

"그것은 모른다. 허나 그 율무죽을 능풍도정의 보모에게 전한 나인이 누구인지는 알아내었다."

"그것이 누구였사옵니까?"

나는 제발 중전과 관련이 없는 사람이길 바랐다. 그녀를 썩 좋아하지는 않아도 혼을 위한다는 점 하나에서만큼은 힘을 합하고 싶은 사람이었기 때문이었다. 그러나 이어진 대비의 말은 이런 내 마음을 무참히 짓밟았다.

"김 상궁이었다. 지금은 편전 지밀상궁인 김개시 말이다. 당시 김 상궁은 동궁전 나인이었지."

개시는 중전의 사람이다. 개시가 한 일이라면 사실상 중전이 한 일이었다. 중전이 비상이 든 율무죽을 명이에게 먹인 것이다. 명이가 혼의 아들이라는 사실을 알면서 명이를 없애려고 한 것이다. 태어나자마자 나와 떨어져 한성에서 자라고 있던 명이에게!

아랫배가 찌릿하며 아파오기 시작한다. 난 한 손으로 아랫배를 감쌌다. 하지만 아픈 증상은 사라지기는커녕 더욱 심해지고 있었다. 나는 기댈 곳을 찾아 주변을 둘러보았지만 마땅한 곳이 없었다.

비지땀을 흘리며 고통스러워하는 나를 아직 보지 못한 것인지 대비가 말을 계속 이어나간다.

"후에 내의원 의관을 불러 물어보니 비상은 열(熱)의 성질을 가졌으나, 율무는 냉한 성질을 가졌다더구나. 그 때문에 비상과 율무가 섞이면 독의 성질은 그대로이나 반응이 느리게 나타난다고 한다. 그러니 율무가 섞인 비상을 먹었다고 해서 독이 바로 발현하는 것이 아니라 어느 정도 시일이 지난 후에야 나타난다고……. 경민아?"

난 결국 대비의 말을 끝까지 듣지 못하고 땅으로 쓰러졌다. 놀란 대비가 다가왔다. 난 그녀가 내민 손을 힘겹게 움켜잡으며 목에 힘을 주어 소리를 냈다.

"의원, 의원을……!"

정신이 몽롱해지고 있었다. 뱃속의 아이들에게 무슨 일이 생긴 것 같았다. 겁이 나기보다는 아이들을 지켜야 한다는 생각뿐이었다. 나는 대비를 붙잡은 손에 더욱 힘을 주며 말했다.

"의원을……."

"대비마마!"

누군가 대비를 부르며 급히 뛰어왔다. 대비전 변 상궁이었다.

"중전께서 나인들을 시켜 궐을 샅샅이 수색하고 있사옵니다! 아마도 대비마마께서 이곳 창덕궁에 오신 것을 알아차린 듯하옵니다. 그러니 어서 경운궁으로 돌아가셔야 하옵니다!"

"허나 원빈이!"

"대비마마, 어서요! 곧 나인들이 이곳까지 올 것이옵니다!"

변 상궁은 쓰러진 나는 안중에도 없다는 듯 내가 붙들고 있던 대비의 손을 매몰차게 끊어버리고는 대비와 함께 어둠 속으로 모습을 감추었다.

아랫배에 통증은 여전히 남아있었으나 처음 느꼈을 때보다는 덜하다. 난 뱃속 아이들이 어디로 떠나버리기라도 할까 초조한 마음으로 아랫배를 쓰다듬었다. 조금 전 진맥을 마친 내의원 의관은 물러갔고, 혼이 내 곁을 지키고 있었다.

내의원 의관은 내가 충격으로 유산기가 있었다고 했다. 다행히도 지금은 많이 안정되었지만, 또다시 그런 일이 일어나면 다음은 어찌 될지 모르니 무조건 안정을 취해야 한다고 말했다. 그 때문에 나는 혼이 왔는데도 누워서 계속 천장만 바라보고 있었다. 혼은 그런 나의 한 손을 잡은 채 오래도록 아무런 말이 없었다.

내의원 의관이 온 다음에야 깨어난 탓에 나는 혼과 단 한 마디도 나누지 못했다. 이제 둘만 남았는데도 혼은 내게 아무런 말을 건네지 않았다. 그저 깊은 생각에 잠긴 듯한 얼굴이었다. 나는 그의 머릿속에 무슨 생각이 가득 차 있는지 궁금해졌다.

혼은 분명 내게 물을 것이 많을 것이다. 난 한밤중 혼을 기다리다가 쓰러진 채로 발견되었다. 혼이 아는 것은 그것이 다일 것이다.

혹시 일이 이렇게 된 데에 작은 죄책감이라도 가지게 된 것일까? 내가 그를 기다리다가 이런 일을 당했으니 말이다. 그러나 아직 내가 그에게 꺼내지 못한 이야기가 있다.

지난밤 나는 혼을 기다리다가 상궁의 옷차림을 한 대비를 만났다. 그리고 나는 대비에게서 아주 충격적인 이야기를 들었다. 명이가 목소리를 잃을 정도로 크게 아팠던 이유가, 중전이 명이에게 비상이 든 율무죽을 먹였기 때문이라는 것이다. 그것이 사실이라면 난 도무지 중전과 얼굴을 마주할 용기가 나지 않았다.

"전하, 중전마마께서 드셨사옵니다."

최 내관의 목소리가 문밖에서 들려왔다. 그러자 순간적으로 내 몸이 떨려왔다. 내 손을 잡은 혼도 이를 알아차렸는지 날 돌아보았다. 나는 그와 눈이 마주치면 곧바로 속마음을 말하게 될까봐 일부러 시선을 다른 곳으로 돌렸다.

'중전이 명이에게 비상이 든 율무죽을 먹였어. 명이를 죽이기 위해서.'

내가 시선을 피하자 자연히 혼도 문 쪽으로 시선을 돌리며 말한다.

"원빈이 안정을 취해야 하니 물러가라 전하거라."

"예. 전……."

혼의 말에 최 내관이 공손하게 답하는 순간이었다. 닫혀 있던 교화당의 문이 활짝 열리며 중전이 안으로 걸어 들어왔다. 놀란 나는 몸을 일으켜 앉으려고 했다. 하지만 혼이 한 손으로 내 팔을 토닥이며 그대로 있으라는 신호를 보냈다.

중전은 자신이 들어왔는데도 불구하고 여전히 누워있는 나를 불만스럽게 내려다보았다. 그러나 자신을 차가운 표정으로 올려다보는 혼과 마주하자 그녀의 표정은 달라졌다. 그 누구보다도 자애로운 얼굴로 바뀐 것이다.

중전은 자리에 앉아 혼에게 절을 올렸다. 나는 혼의 뒤에 누워 중전과 눈을 마주치지 않으려 했다. 지금은 중전과 한방에 있고 싶지 않았다. 가만히 있어도 대비가 들려준 사실이 떠오르는데, 중전의 얼굴을 마주한다면 내가 어떤 일을 벌일지 몰라서였다.

"물러가라 하지 않았소."

내가 쓰러진 일이 혼을 예민하게 만든 것일까? 중전을 향한 첫 마디부터 혼의 목소리는 결코 부드럽지 않다.

"다급한 일이옵니다. 전하께서도 아셔야 하옵니다."

"나중에 듣겠소. 그러니 물러가시오."

"전하, 다급한 일이옵니다. 들어 주시옵소서."

그러나 혼의 태도도 단호했다.

"원빈은 지금 안정을 취해야 하오. 원빈과 과인의 심기를 어지럽힐 말이라면 듣고 싶지 않소."

"신첩은 원빈과 관련한 일이기에 아뢰려 하는 것이옵니다. 전하께서도 지난밤 대비마마께서 체통을 잃으시고 상궁의 옷차림으로 창덕궁에 나타나신 일을 아시지 않사옵니까?"

난 지난밤 변 상궁이 대비에게 한 말을 떠올렸다. 대비가 창덕궁에 발을 들인 순간부터 중전은 대비를 찾기 위해 사람을 풀었다. 상궁 차림의 대비가 나인에게 발각된다면, 궐이 뒤집힐 만한 스캔들이 될 일이었다.

"중전. 지금은 그 일을 거론하고 싶지 않소."

"전하, 지금이 바로 그 시기이옵니다. 원빈도 깨어나지 않았사옵니까? 대비께서 교화당으로 가시는 것을 본 이들이 상당수이옵니다. 더욱이 대비께서 교화당을 떠나신 이후에 원빈이 저런 상태로 발견되지 않았사옵니까? 그러니 원빈께 물어야 하옵니다."

대비가 창덕궁에 나타나, 나를 만나러 교화당까지 왔다는 사실은 이미 혼도 알고 있는 것 같았다. 그렇다면 혼은 그 후 내가 쓰러진 채 발견된 데에 분명 의문을 가졌을 것이다. 그럼에도 온전히 나의 안정을 위해 혼은 아무것도 묻지 않았다. 그저 내 곁을 묵묵히 지키고 앉아있을 뿐이었다.

혼이 내게 아무것도 물을 의사가 없다는 걸 확인한 중전이 다짜고짜 내게 물었다.

"원빈, 말해보게. 대비께서 지난밤 이곳에 오신 것이 맞는가?"

내겐 대비가 일으킨 스캔들 따위는 아무런 관심도 없다. 지금 내 머릿속을 가득 채우는 건 중전이 벌인 추악한 짓뿐이다. 태어난 지 얼마 안 된 어린아이를 죽이려고 했던 중전의 행동들.

나는 끓어오르는 분노를 삭이기 위해 힘겹게 중전에게서 시선을 돌렸다. 이렇게라도 하지 않는다면 내가 무슨 짓을 벌일지 스스로도 알지 못했기 때문이었다. 이런 나를 보았는지 혼이 중전을 향해 말한다.

"그만 물러가시오."

"전하!"

"물러가라 하지 않았소!"

혼의 목소리가 높아지자 중전은 흥분한 숨을 가다듬으며 억지로 인사를 올리고는 교화당을 떠났다. 중전이 떠나자, 혼은 잡고 있던 내 손을 놓으며 말했다.

"쉬거라. 뱃속 아이를 위해서라도 아무런 생각도 하지 말고."

혼은 알고 있다. 내 생각이 얼마나 많은 고민들을 만들어내는지. 그래서 그는 늘 아무 생각도 없이 자신의 곁에서 편히 쉬라고만 한다. 자신을 나무 삼아 그 줄기를 타고 오르는 나팔꽃이 되라고 내게 말한다. 하지만 난 그 나무가 언제 쓰러질지 알고 있다. 그 사실을 알면서도 난 나무를 타고 올라 꽃을 피웠다.

"혼아."

난 나가려던 그의 손을 붙잡았다. 일어서려던 혼이 다시 앉으며 나를 본다.

"할 말이 있느냐?"

"지난밤, 대비마마가 교화당에 오셨어."

그러자 혼은 웃으며 길게 숨을 내쉰다.

"알고 있다. 궐에서 대비를 보았다는 이들이 한둘이 아닐진대, 어찌 내가 모르겠느냐."

"대비마마가 무슨 말을 하셨을지…… 궁금하지 않아?"

"그거야 불 보듯 뻔한 일이다. 부친과 오라비들의 구명을 청하러 오셨겠지."

"그럼 왜 바로 너에게 가지 않고 나에게 오셨는지는?"

"바로 날 보러 오셨다면 다른 이들의 눈에 띄지 않으셨겠느냐?"

"그럼 왜 직접 너에게 서신을 쓰지 않고 비밀리에 창덕궁에 오셨다고 생각해?"

그제야 혼은 대비가 상궁 차림을 하고 창덕궁을 찾아온 데 다른 이유가 있음을 알아차린 것 같다. 잠시의 침묵이 흘렀고, 난 그 침묵에서 그가 답을 찾아내리라 확신했다. 조금 뒤 그가 중전이 떠난 자리를 돌아보며 중얼거렸다.

"중전이군."

그가 답을 찾자, 난 붙잡은 그의 손에 힘을 주었다. 그 힘을 느낀 그가 내 얼굴로 다시 시선을 돌렸다. 난 그의 눈을 똑바로 응시하며 말했다.

"대비마마께서 하신 말씀은 부친의 구명 이야기만이 아니었어. 한 가지, 한 가지 더 네가 알아야 할 일이 있어."

"이번 역모와 관련 없는 일이냐?"

"역모와는 직접적인 관련은 없지만 매우 중요한 일이야."

중전은 교화당까지 찾아와 대비가 지난밤 창덕궁에 온 사실을 들춰내고 혼에게 추궁할 것을 강요했다. 그것은 대비가 가진 공빈의 옥패에 담긴 사연을 혼이 알아도 상관하지 않겠다는 것이다. 한마디로 김제남의 무고를 밝혀달라는 내 청을 중전이 대놓고 거절한 것이다.

중전에게는 혼이 뒤늦게 옥패에 대해 알게 된다고 하더라도 어찌할 수 없으리라는 자만심이 있는 것 같다.

공빈의 옥패와 바꾼 왕위.

은혜의 대가로 받은 왕위.

이 옥패의 존재가 세상에 알려지면 혼은 패륜의 낙인을 피할 수 없다. 모든 것이 중전이 벌인 짓이라고 해도, 조선시대엔 가정에서 일어난 일은 모두 가장의 책임이 된다. 결국 혼이 한 짓이 되어버리는 것이다. 중전은 이 점을 누구보다도 잘 안다. 그래서 혼이 모든 사실을 알게 되더라도 이를 세상에 밝히지 못할 것이라는 확신이 있는 것 같다.

'사실을 감추는 것이 혼을 위한 일이라고 생각해왔지만, 이대로라면 중전은 혼을 정해진 파멸의 길로 이끌 거야. 난 그것을 막아야 해.'

난 무겁게 침을 삼켰다.

"어떤 일이냐? 말해 보거라."

"혼아. 난 그 일을, 일을 벌인 당사자가 스스로 말하게 하고 싶어. 도와줄래?"

명이가 크게 앓아 소리를 잃은 일의 진상도, 옥패에 담긴 대비의 마음을 이용해 혼에게 억지로 안겨준 왕위에 대한 일도 모두 혼이 알아야 할 때가 온 것이다.

인정전(仁政殿).

왕이 어진 정치를 펼치라는 의미의 이름을 가진 이 전각은 창덕궁에서 가장 크고 높다. 국가의 큰 행사 때 외에는 사용되지 않지만, 존재 자체가 왕실의 위엄과 존엄을 상징하는 건물이다.

인정전이라 쓰인 현판을 잠시 올려다보던 나는 천천히 전각 안으로 들어섰다. 높은 계단 위에 자리한 왕의 어좌가 보였다. 어좌의 뒤로는 일월곤륜도 병풍이 세워져 있었다. 임금이 천명을 받아 삼라만상을 통치하며, 하늘의 보살핌으로 자손이 만대까지 이어져 왕실과 나라가 무궁하라는 의미를 담은 일월곤륜도. 난 인정전의 정중앙에 멈춰서 한동안 일월곤륜도를 바라보았다.

인조반정의 그날.

한밤중 병사들을 이끌고 창덕궁으로 들어온 인조는 제일 먼저 이 인정전으로 들어왔다. 그리고 이 어좌 앞에 서서 검을 들고 병사들을 호령했다. 그는 광해군과 세자를 찾아내 당장 자신의 앞으로 끌고 오라고 소리쳤다. 그날 밤의 일들이 내 눈 앞에 마치 실제 일어나고 있는 것처럼 펼쳐지자 난 두 눈을 질끈 감았다.

"원빈이었나?"

어처구니가 없다는 중전의 목소리가 들려오자 난 감았던 눈을 떴다.

"전하의 명을 사칭하여 본궁을 이곳까지 불러내다니. 하긴, 전하의 명을 전한다고 온 이가 최 내관도 아닌 한낱 나인인 것을 보고 자네일 거라 짐작은 하였네만."

난 돌아서서 정중히 중전에게 고개를 숙여 인사를 올렸다.

중전은 탁 트인 인정전 안에 나 홀로 서 있는 것을 보더니 자신을 뒤따라온 박 상궁과 나인들에게 말한다.

"자리를 물려주게. 본궁이 원빈과 긴히 할 말이 있으니 말이야."

"하오나, 중전마마. 혹여 홀로 계시다 무슨 일이라도 생기시오면……."

"무슨 일이라니? 원빈이 있지 않는가? 설사 일이 있다 하여도 본궁에게 무슨 일이 있겠는가? 원빈에게나 있겠지."

중전이 임신으로 불러온 내 배에 눈길을 주며 말한다.

박 상궁은 여전히 불안한 기색이다. 아마도 오는 길에 사람의 그림자 하나 보지 못해서일 것이다. 인정전은 평상시 쓰이지 않는 건물이지만, 늘상 병사가 두 명씩 짝을 이뤄 보초를 서는 곳이었기 때문이었다.

"물러가라. 어서."

"예, 중전마마."

마지막까지 중전을 걱정하는 얼굴로 박 상궁이 나인들과 인정전의 문을 닫고 사라졌다. 그제야 중전이 천천히 내 앞으로 걸어오기 시작했다. 그녀의 발걸음 소리가 점점 가까워질수록 나는 긴장으로 어깨에 힘이 실리는 것을 느꼈다.

이런 내 표정을 읽어서일까, 나와 가까워질수록 중전의 얼굴에는 미소가 번져나간다. 섬뜩하리만치 무서운 미소가 말이다. 지난날 나인 시절에도 인빈에게서 이와 비슷한 미소를 많이 보았던 나였다. 하지만 적어도 인빈에게는 '살기'가 없었다. 그러나 중전에게는 있다. 왜 난 그녀가 세자빈이던 시절 그것을 알아차리지 못했던 것일까?

"전하를 사칭하여 본궁을 오라 하다니. 원빈, 겁도 없군. 엄중히 죄를 묻자면 자네는 죽음도 면치 못할 걸세."

"그것을 알기에 이곳까지 납신 것이 아니시옵니까? 두 눈으로 제가 벌인 짓을 보고, 죄를 물어야 하실 테니까요."

중전이 짧게 웃음을 터트린다.

"자네는 전하의 총애를 얻으니 눈에 보이는 것이 없는가? 아니면 궐 밖 출신이라 여전히 궐의 법도가 얼마나 엄하고 무서운지를 모르는 것인가?"

"잘 알고 있사옵니다. 허나, 자식을 잃은 어미의 눈에 궐의 법도가 보일 리가 있겠사옵니까?"

한순간 중전의 얼굴에서 웃음기가 사라졌다.

그것도 그럴 것이 나는 지금 회임 중이었다. 그런데 '자식을 잃은 어미'라는 표현을 썼다. 만약 중전이 명이가 내 아들이라는 사실을 모르고 있다면, 그 말을 이상하게 여겨 되물었을 것이다. 그러나 중전은 그러지 않았다. 왜냐하면 그녀는 죽은 명이가 내 아들이라는 사실을 이미 알고 있을 테니 말이다.

난 말을 이었다.

"그 아이가 전하의 소생이라는 것을 알고 계셨지요?"

"그 아이라니?"

"명이 말이옵니다."

명이의 이름을 직접적으로 거론하자 중전의 눈빛이 잠시 흔들렸다. 그러나 곧 그녀는 빠르게 평정을 되찾으며 말한다.

"자네의 소생은 이미 제주에서 죽지 않았는가? 죽은 아이가 능풍도정이라니, 이런 말도 안 되는 사실을 본궁보고 믿으라는 것인가?"

"소인은 명이가 제주에서 죽은 아이였다고 말씀을 올린 적이 없사옵니다."

제주에서 죽은 아이와 명이의 연결고리를 단번에 찾아낸 중전의 정곡을 찌르자 중전은 꿀 먹은 벙어리인 양 목소리를 잃었다.

"소인은 한성으로 돌아온 뒤에야 그 아이가 살아있다는 사실을 알게 되었사옵니다. 헌데 중전마마께서는 소인보다도 더 일찍이 그 아이의 존재를 알고 계셨지요?"

"몰랐네."

당연하게도 중전은 사실을 부정한다. 나는 말을 바꾸었다.

"아니요. 아셨사옵니다. 아셨기에 어린 명이에게 독이 든 율무죽을 내리시지 않았사옵니까? 그 일로 그 아이가 죽을 만큼 큰 병을 앓다 살아나 목소리를 잃게 되었지요. 아니 그렇사옵니까?"

"본궁은 모른다 하지 않았는가."

"증좌가 있사옵니다."

"증좌?"

중전의 얼굴이 싸늘하게 식는다.

"당시 명이와 율무죽을 나눠 먹고 죽은 보모이지요."

"지금 오래전 죽은 이를 내세워 본궁에게 없는 죄를 덮어씌우기라도 할 참인가? 지켜볼수록 원빈의 말과 행동이 도가 지나치군."

중전은 더 이상 나와 할 말이 없다는 듯 돌아서 걸어가기 시작했다. 난 그런 그녀의 등 뒤에 대고 말했다.

"명이가 세자의 보위라도 빼앗아갈까 염려하신 것이옵니까?"

중전의 걸음이 멈췄다.

"자네가 무엇을 알지? 어느 날 갑자기 궐 밖에서 들어와 전하의 총애를 얻고, 그 총애로 없던 신분까지 얻어 아무런 어려움 없이 빈의 자리에 오른 자네가!"

그녀가 나를 돌아보며 말한다.

"본궁은 전하와의 혼인이 결정된 순간부터 정쟁의 한복판에 떨어진 것이나 다름이 없었네. 당시 선대왕의 정비께서는 소생이 없으셨고, 비빈들의 소생은 저마다 세자의 자리를 얻기 위해 고군분투하였지. 그래, 지난번 자네가 말한 대로 애초에 전하께서는 세자의 자리 따위에 관심조차 없으셨네. 본궁 역시 그러했네. 본궁의 부친께서는 다르셨어도 말일세. 허나, 왜란이 일어나고 전하께서 세자에 책봉되신 이후에는 모든 것이 달라졌지. 그 세자의 자리를 지켜야만, 지키고 지켜서 마지막에 보위에 오르셔야만 모두 살 수 있었네. 모두 살고 본궁의 가문의 부귀영화도 지켜질 수 있었지. 허나 전하께서는? 언제라도 세자의 자리를 버리고 이현궁으로 돌아가시기만을 바라셨지. 그런 전하의 마음을 붙잡고 보위에 오르시게 하기 위해서라면 본궁이 무슨 짓이라도 못 할까?"

"선대왕마마께서 승하하시기 전, 공빈마마의 옥패를 대비전에 보내신 것도 그러한 연유였사옵니까?"

"그러하네. 그 옥패에 담긴 의미가 '보은'임을 알고 그리했지. 허나, 그 옥패에 얽힌 이야기는 어디까지나 오래전 일이네. 대비께서 받고도 모른 체하셨다면 그리되었을 일이지. 그것이 이제 와서 중하게 다뤄질 이야기인가?"

"그 옥패를 보내시고 전위교서를 받으셨다면 더없이 중한 이야기가 되겠지요."

"전위교서? 전위교서 따위는 애초에 없었네."

"없었다고요?"

"다시 말하지만 없었네. 그 당시 자네는 제주에 있어 모르겠지만, 선대왕께서는 승하하시기 며칠 전부터 하루에도 몇 번씩 보위는 세자가 물려받아야 한다, 영창이 물려받아야 한다 하시며 말을 수도 없이 바꾸셨네. 병이 위중하시어 올곧은 말씀을 하시기 어려운 상태이셨지."

중전의 말을 다 믿을 수는 없다. 하지만 지금까지 대비가 내게 한 말들을 보면, 대비는 '보은'을 한 게 분명하다. 전위교서는 없었어도 유지는 있었다. 그리고 대비는 그 유지를 무시하고 혼을 즉위시킨 것이다.

어찌 되었든 이대로라면 중전은 아무것도 스스로 밝히지 않을 것이다. 나는 말을 돌렸다.

"그렇다면 명이는요? 전하께서 보위를 물려받으시는 데 그 어린 명이가 무슨 방해라도 되었나요?"

공빈의 옥패 이야기에서 명이의 이야기로 넘어가자 중전은 한결 마음이 편해진 얼굴로 입을 연다.

"물론 아니네. 허나, 세자의 보위를 위협할 수는 있었겠지. 본궁은 그리 판단했네."

지난날 정원군이 내게 해준 말과 비슷했다. 중전은 명이를 세자의 보위를 위협할 존재로 여긴 것이다.

"능풍도정이 처음으로 입궐한 건 도성에 한차례 전염병이 휩쓸고 지나간 다음이었지. 그 일로 세손이 전염병을 앓아 많이 아팠었네. 병이 나은 뒤에도 계속해서 잔병치레를 했었지. 세손이 갑자기 죽더라도 그 누구도 이상하게 여기지 않을 정도로 말이야. 헌데, 입궐한 그 아이는 매우 건강하고 영특하기까지 하더군."

난 단 한 번도 본 적이 없는 명이의 어린 시절을 떠올렸다. 중전의 말대로 건강하고 눈이 반짝이던 아이를 말이다. 그런 명이를 중전은 살기를 띤 눈으로 바라보았을 것이다. 상상만으로도 끔찍한 일이었다.

"혹여라도 세손이 잘못된다면, 전하의 장손은 바로 능풍도정이 될 수도 있었지. 그래서 살려둘 수가 없었네."

마치 남의 이야기를 들려주듯 내게 말하는 중전의 얼굴은 태연해 보이기까지 한다. 지금 중전이 살려둘 수 없었다고 말하는 아이는 바로 내 아이였다. 중전은 자신의 아이를 위해서 남의 아이를 살려둘 수 없다는 것이 당연하다는 듯하다. 이것을 어떻게 받아들여야 할까? 자신의 아이이든 아니든 세자 이지도 명이도 한 아버지를 둔 형제였다.

"고작 그 때문에 명이에게 독이 든 율무죽을 먹이셨사옵니까? 어찌 그리 잔인하시옵니까? 아무것도 모르는 그 어린아이에게!"

"원빈, 자네의 입장에서는 본궁이 한 일이 잔인하다 여길 수 있네. 자네의 소생이니 그리 생각되겠지. 허나 자네도 알다시피 명이는 그때 죽지 않았네. 명이가 죽은 것은 연주군부인이 고집을 부리며 아픈 아이를 데리고 편전 앞에서 무릎을 꿇은 일 때문이네. 이젠 그 탓도 내게 하려는가?"

명이를 죽이려고 했던 중전이었다. 그런데 명이가 죽지 않고 살았다는 이유만으로 자신에게는 아무런 책임이 없다고 말하고 있었다.

기가 막혀 할 말은 잃은 나를 두고는 중전은 나와의 싸움에서 승리했다는 듯 의기양양하게 입을 열었다.

"전하의 총애가 언제까지 자네에게 머물지는 본궁도 모르겠네만, 지금부터라도 조심하게. 훗날 세자가 보위에 오르면 자네가 살아서 이 궐을 나갈 수 있을지 장담할 수 없으니 말이네."

난 중전을 쏘아보며 울분에 찬 목소리로 소리쳤다.

"명이를 죽이려 한 것처럼 소인 역시 죽이려 하시는 것이옵니까?"

무엇 때문인지는 모르지만 순간 중전의 표정이 험악하게 일그러졌다. 난 그것을 보고 그녀가 더 이상 명이의 죽음에 대해서 자신에게 죄를 묻는 것을 원하지 않는다는 걸 알았다.

중전이 이를 갈며 내게 말했다.

"본궁이 능풍도정만 죽이고 싶었는지 아느냐? 전하께서 제주로 간 너를 진즉 잊었으면, 너 역시 살아서 제주를 벗어날 수 없었을 것이다!"

"중전!"

인정전을 울리는 혼의 목소리에 놀란 중전이 화들짝 놀라며 소리가 나는 방향으로 고개를 돌렸다. 그곳은 일월곤륜도 앞 어좌의 뒤였다. 높은 어좌 뒤에 숨어있던 혼이 모습을 드러낸 것이다.

혼이 어좌 앞 계단을 내려오는 동안 중전은 놀라서 계속 뒷걸음쳤다.

"능풍도정이 과인의 소생임을 알고도 죽이려 독을 먹였단 말이오?"

"저, 저……전하!"

"어찌 그리 잔인하실 수 있소? 중전은 중전의 아비를 쏙 빼닮은 것도 모자라 더 악독하시구려!"

뒷걸음치던 중전은 결국 닫힌 문 앞에서 주저앉았다.

"저, 전하! 오해이시옵니다! 신첩은……. 신첩은 그저 세자를 위하여 그리하였을 뿐이옵니다!"

"세자를 위하여 과인의 소생인 능풍도정을 죽이려 하였던 말이오? 그것이 지금 오해라 말하는 것이오? 중전, 인빈께서 지난날 과인을 시기하고 미워하여 세자의 보위에서 내쫓으려 하였어도 죽이려 하진 않으셨소. 심지어 대비께서도 자신의 소생인 영창을 두고도 과인이 보위에 오르는 데 적극 나서주시었소. 헌데 중전이 그리 악독한 여인일 줄이야. 과인은 이제 다시는 중전의 얼굴을 보고 싶지 않소. 중전도 그리 알고 일평생 과인의 눈에 띄지 마시오."

"전하!"

혼은 자신을 향해 울부짖는 중전을 지나쳐 닫혀 있는 인정전의 문을 직접 열었다. 열린 문으로 나가려던 혼이 중전을 돌아보며 마지막 말 한마디를 던졌다.

"악독한 모친을 둔 세자를 이 조선의 국본으로 두는 것 또한 다시 고려할 것이오."

공빈의 옥패

인정전에서의 사건 이후 중전의 자발적인 근신이 길어지고 있었다.

사연을 모르는 나인들 사이에는 이런저런 소문만이 무성했다. 그중에는 혼이 중궁전 방향으로는 앉아서 수라도 하지 않는다는 말도 있었다. 가장 난처한 입장에 놓인 것은 세자 이지였다. 세자는 하루에도 수차례씩 대전과 중궁전을 오갔지만, 별다른 변화가 없는 걸로 보아 세자의 노력에도 큰 수확은 없는 것 같았다.

이런 가운데 궐내의 상황을 분명 알고 있을 조정 대신들은 중전의 근신에 대해 조용했다. 한 가지 사건 때문이었다. '저주의 옥사'라 불린 한 옥사로 인해 조정은 중전의 장기 근신이 묻힐 정도로 시끄러웠다.

선조가 사망하기 직전, 당시 행궁으로 불렸던 경운궁에서는 선조의 병이 쉽사리 낫지 않는 이유가 죽은 의인왕후와 공빈의 귀신 때문이라는 말도 안 되는 소문이 돌았다. 그런데 이 소문에 가장 예민하게 반응했던 사람이 다름 아닌 중전 김 씨의 부친 김제남이었다.

김제남은 무당을 불러 유릉(裕陵, 의인왕후 능, 현 동구릉 내 목릉)에 무구(巫具)를 묻고 의인왕후를 저주하는 굿을 했다. 물론 이 이후에도 선조는 큰 차도를 보이지 않았다. 그러자 이번에는 공빈의 묘소에도 무당을 보내 저주하려 했다.

당시 세자였던 혼은 병환이 깊은 선조의 곁을 지키느라 이런 일들이 벌어지는지도 알지 못했다. 대신 이 소문을 발 빠르게 접한 세자빈 유씨가 급히 임해군을 공빈의 묘소로 보내 무당들이 벌이려는 해괴한 짓을 막았다고 한다.

얼마 후 선조가 죽고 혼이 즉위한 뒤, 계속해서 이어지는 옥사 속에서 이 일은 조용히 묻혀가는 듯했다. 하지만 이번 김제남 역모 사건에 연루되어 끌려나온 박동량의 입을 통해서 다시금 수면 위로 떠올랐다.

결국 역모 혐의에 의인왕후와 공빈의 무덤에 저주를 했다는 혐의까지 더해진 김제남은 사면초가에 몰리게 되었다.

"원빈마마, 보향이옵니다."

"들어오너라."

"예."

무슨 소문이라도 하나 건진 것인지 보향이 주변을 살피며 교화당 안으로 들어온다. 나는 보던 책을 덮고는 보향을 쳐다보았다.

"무슨 일이냐?"

"마마, 전하께서 경운궁으로 가셨다 하옵니다."

"경운궁? 그것이 참말이냐?"

"예. 방금 전 어가(御駕)가 경운궁으로 출발하는 것을 두 눈으로 똑똑히 보고 왔사옵니다. 확실하옵니다."

"전하께서……."

나는 말끝을 흐리며 깊은 고민에 잠겼다.

인정전에서의 사건 이후 열흘이라는 시간이 흘렀다. 그동안 혼은 과거 중전이 명이에게 벌인 일에 분노하면서도, 다른 한편으로는 깊은 고민에 잠겨 있는 얼굴이었다. 나는 아마도 그 이유가 인정전에서 중전이 고백한 다른 말 때문이라 여겼다.

인정전에서 중전은 스스로 '보은'의 의미를 담은 것을 알고 대비에게 공빈의 옥패를 보냈다고 말했다. 만약 대비가 그 옥패를 받고 '보은'의 뜻으로 혼을 즉위시키는 데 일조했다면, 혼은 자신이 정당하게 물려받은 것이라고 여겼던 왕위에 정통성이 없다는 엄청난 사실을 마주하게 될 것이다. 그것은 그에게 큰 고뇌일 것이다.

'선조가 사실 그에게서 세자의 자리를 빼앗고 영창대군을 보위에 올리려고 했다는 사실을 알게 된다면…….'

혼은 믿었다.

그의 아버지인 선조를 믿었다.

내가 제주로 유배를 간 후 하루가 다르게 무럭무럭 자라는 영창대군과 자신을 아버지가 비교한다는 것을 알고 힘들어했음에도, 종국에는 부친 선조의 선택이 자신이었다는 사실에 안도를 느끼면서 다른 한편으로 기뻤을지도 모른다. 선조가 그와 영창대군을 두고 고민을 했을지라도 결국 자신을 선택했다고 여겼을 테니까.

혼이 그런 상황에서 경운궁으로 갔다는 것은 분명 대비를 만나려는 것이다. 그리고 대비의 입에서 어떤 말이 나오느냐에 따라서 그는 진실을 또는 거짓을 알게 될 것이다. 하지만 사면초가에 빠진 부친 김제남을 살리기 위해 대비가 혼에게 할 말은 진실뿐이었다. 나는 불안한 눈길로 구름이 잔뜩 낀 창밖 하늘을 응시했다.

혼은 그날 오후가 되어서야 창덕궁으로 돌아왔다.

그는 그날 밤이 늦도록 대전에 혼자 오랫동안 있었다. 아마 그대로 대전에 머물려 했던 것 같다. 그러나 내가 잠들지 않고 그를 기다린다는 소식을 들었는지, 늦은 시간에 교화당을 찾았다.

나는 그가 온다는 소식에 도착 전부터 어수당 옆 연못에 서서 그를 기다렸다.

어둠을 뚫고 환하게 길을 밝히는 등을 든 내관을 앞세운 채 혼이 나인들과 도착했다. 난 그를 반갑게 맞이했지만, 평소와 다르게 그의 표정이 어두웠다. 그는 내게 어수당 옆 연못을 걷자고 청했다. 내가 그의 청에 응하자 최 내관이 나인들에게 명해 연못 주변 곳곳에 등을 놓으라 지시했다. 등이 놓이자 편안하게 걸을 수 있을 정도로 연못 주변이 확 밝아졌다.

난 혼과 함께 연못가를 걷기 시작했다. 최 내관은 우리가 편안히 대화할 수 있도록 주변을 물려주고는 멀찍이 서 있었다.

이날따라 혼은 말을 아끼고 있었다.

우리는 한참을 말없이 연못가를 걸었다. 나는 그가 내게 하고 싶은 말이 있음에도 쉽사리 꺼내지 못함을 알고는 먼저 물음을 던졌다.

“오늘 경운궁에 갔었다며?”

조정 대신들도 모두 아는 사실이었다. 그 역시 내가 알고 있으리란 걸 알 것이다. 그러기에 나는 굳이 숨기지 않고 물었다.

혼은 내 물음에 보일 듯 말 듯 한 미소로 짧게 답을 대신하고는 걸음을 멈췄다.

난 그런 그를 향해 또 한 번 물었다.

“대비마마를 만난 거야?”

“그렇다. 오늘 낮에 경운궁에 가서 대비마마를 뵈었지.”

“이번 역모 때문에?”

사실 묻고 싶은 것은 대비가 그에게 한 말의 내용이었다. 그러나 내 입에서는 딴소리부터 나왔다. 만약 그가 말하길 원하지 않는다면 굳이 묻고 싶지는 않았다. 또 대비가 선조의 죽음에 얽힌 진실을 얘기하지 않았다면, 굳이 내 입에서 먼저 그 사실을 거론할 이유도 전혀 없었던 것이다.

그의 얼굴에서 미소가 사라졌다.

그는 잠시 망설이더니 결심한 듯 자신의 옷 속에서 무언가를 꺼내 앞으로 내밀었다. 나는 그가 내민 것을 두 손으로 받았다. 그것은 바로 깨어진 공빈의 옥패였다.

마지막으로 그 옥패를 보았던 곳은 대비전이었다. 그때 맡았던 초콜릿의 향기가 여전히 옥패에서 나고 있었다. 향까지 맡았음에도 나는 믿을 수가 없어 깨어진 옥을 맞춰보았다.

광해군 혼(光海君 琿).

깨어진 옥이 맞춰지자 옥에 새겨진 그의 이름 글자가 분명하게 드러났다. 이 옥패는 그의 어머니 공빈의 옥패가 틀림없었다. 난 늘 내가 소중히 지니고 다니던 또 다른 옥패를 꺼내 들었다.

원빈 김 씨(元嬪 金氏).

두 옥패는 오랜 시간이 흐른 뒤에 다시 만난 것이 반가운영 더욱 진한 달콤한 향을 풍기기 시작했다. 그 향 때문이었을까? 내 얼굴에 미소가 피어났고, 그런 내 미소를 본 그의 굳은 표정도 조금은 풀린 듯 보였다.

그러나 무슨 생각이 났는지 그가 내 손에 있는 공빈의 깨어진 옥패를 다시 가져갔다. 아무런 예고 없이 옥패를 빼앗긴 나는 놀란 눈으로 그를 응시했다. 바로 그 순간이었다. 그가 주저 없이 연못으로 깨어진 옥패를 던졌다.

퐁. 퐁.

깨진 옥패는 순식간에 칠흑같이 어두운 연못의 깊숙한 곳으로 모습을 감춰버렸다.

“왜……!”

전혀 예상하지 못했던 행동이었다. 나는 옥패가 사라진 연못 속과 그의 얼굴을 번갈아 쳐다보며 물었다. 혼이 대답했다.

“경운궁에서 날 만난 대비께서는 연흥부원군을 살려달라고 청하셨다. 그러더니 내가 물을 새도 없이 스스로 이 옥패를 꺼내어 내게 보이시더구나. 그리고 내게 무슨 말씀을 하셨는지 아느냐?"

난 알고 있었지만 안다고 말할 수는 없었다. 난 조용히 입을 다문 채 그의 다음 말을 기다렸다. 그가 말을 이었다.

"주상이 원하는 대로 보위를 얻을 수 있도록 힘껏 도왔으니, 이제는 연흥부원군을 살리는 데 힘껏 도와달라 하셨다."

'아……!'

결국 혼이 알아버린 것이다.

난 입만 벌린 채 할 말을 잃어버렸다.

"아바마마께서 승하하시기 닷새 전 대비와 연흥부원군을 대전으로 부르셨다는구나. 그 자리에서 보름 뒤 날 폐세자에 처하고, 영창에게 세자의 자리를 주시겠다 약조하셨다 한다. 혹여 영창이 성년이 되기 전에 승하하실 경우, 대비께서 수렴청정하시라는 말씀도 하셨다 한다."

미세하지만 혼의 목소리가 떨리는 것이 느껴졌다. 그는 목소리를 가다듬으려는지 옥패를 던져넣은 연못 쪽으로 고개를 돌렸다. 그러더니 갑자기 헛웃음을 지으며 말했다.

"중전은 그 사실을 알고 아바마마께서 승하하시기 닷새 전인 그날, 내게서 어머님의 옥패를 가져간 것이겠지. 내 뜻이라 하며 대비께 보내기 위해서 말이다."

"혼아……."

"어디서부터 잘못된 것인지를 알지 못하겠구나. 대비께서 하신 말씀대로라면 지금 연흥부원군의 역모죄는 역모죄가 아닌 것이다. 그는 단지 아바마마의 유지를 지키고 따르려 하는 충신이 아니겠느냐? 그렇다면 그에게 죄를 묻는 내가 역적이 되는 것이겠지……!"

그가 괴로운 표정을 지으며 탄식한다. 연못 곳곳에 놓인 등의 빛 때문일까? 그런 그의 얼굴이 내 눈엔 점점 창백해지는 것처럼 보인다.

나는 무서워졌다. 지금 그의 머릿속의 생각도, 그가 받은 충격도 상처도 모든 것이 무섭고 두려워졌다. 그가 받은 상처의 크기가 내가 가늠하기 어려울 정도로 크다는 것을 알기 때문이었다.

나는 그의 마음을 조금이라도 달래기 위해 서둘러 입을 열었다.

"하지만 혼아, 넌 폐세자가 되지 않았어. 그건 다시 말해서 네가 보위에 오르는 건 하늘의 뜻이었다는 거야."

급하게 꺼낸 말에 스스로가 한심해짐을 느끼지 않을 수가 없었다. 방금 내가 한 말은 바로 지난날 인빈과 오늘날 중전이 자신들이 하는 행동을 합리화하기 위해 했던 말들과 크게 다르지 않음을 깨달아서였다.

하지만 이 말들이 지금 큰 상처를 받았을 그에게 조금이라도 위로가 될 수 있다면, 난 몇 번이고 다시 할 수 있었다. 그러나 안타깝게도 내 말은 그의 상처에 닿지도 못한 것이 분명했다.

혼이 버럭 소리쳤다.

"허나 아바마마의 뜻은 아니었다!"

나는 그의 외침에 놀라 움찔했다. 난 이 외침이 그가 자신 스스로에게 던지는 것처럼 생각되었다. 그 이유는 단 하나뿐이다. 그는 지금까지도 마음속 깊은 곳에서부터 부친인 선조를 믿고 있었던 것이다.

선조의 애정이 다른 아들들보다도 자신에게 가장 많이 할애되었다고 그는 굳건히 믿어왔던 것이다. 또한 자신이 대통을 이어받는 순간,

그것이 확인되었다고 믿고 자랑스러워했을지도 모른다. 그러나 이는 틀린 것이었다.

난 그의 흥분이 조금 가라앉기를 기다렸다가 조심스럽게 물었다.

"사실은 네가 아니라 중전마마께서 한 일이라고 대비마마께 말했어?"

혼이 고개를 가로저었다.

내가 짐작한 대로였다. 그는 중전이 자신의 사람이라는 이유 하나만으로 자신의 책임으로 끌어안기로 결심한 것이다. 결과적으로 그것은 그를 더욱 고통스럽고 힘들게 만들 뿐이겠지만.

"중전이 한 행동은 옳은 일은 아니었으나 그 행동이 나와 세자, 그리고 자신의 가문을 지킬 수 있다고 믿었겠지."

그리고 그렇게 되었다.

"그럼 대비마마께 연흥부원군을 살려주겠다고 한 거야?"

내 물음에 혼이 다시 나를 보았다.

나를 바라보는 그의 두 눈에서 난 답을 찾으려 애썼다. 그러나 그가 입을 열기 전에 답을 아는 것은 불가능했다. 그러나 어쩌면 그의 침묵이 이미 답을 대신하고 있는지도 모른다는 생각을 했다. 그래서 나는 겁이 났다. 그 침묵의 뜻은 이미 알아냈기 때문에.

"연흥부원군을…… 살려줄 거야?"

연흥부원군이 죽고 영창대군이 유배를 가서 죽게 되면 대비와 혼은 철천지원수가 된다. 그리고 몇 년 뒤 대비가 경운궁에 유폐되면 인조반정은 결코 피할 수 없다.

이런 사실을 혼에게 말한다 해도 과거의 사람인 그는 믿어주지 않을 것이다. 설사 믿어준다고 하더라도 역사는 그 혼자 만드는 것이 아니다. 그러니 내가 막지 못할 일이라면, 그도 막지 못할 것이다.

혼이 입을 열었다.

"연흥부원군을 사사(賜死)하라는 명을 내릴 것이다."

나는 두 눈을 질끈 감았다.

내 앞에서 내가 알고 있는 역사가 그대로 흘러가고 있었다. 그리고 그 끝에는 반정과 혼의 폐위라는 일만 남아있는 것 같았다. 앞으로 일어날지도 모를, 일어나게 될 일들이 쓰나미처럼 나를 덮는 느낌이 찾아왔다.

난 다시 눈을 떠서 그를 올려다보았다.

"어째서 연흥부원군이 죽어야 하지?"

난 최대한 침착하게 물었다.

혼은 흔들림 없는 눈빛으로 나를 지그시 내려다보며 답한다.

"그가 아바마마의 유지를 들은 사람이기 때문이다."

혼은 경운궁에서 대비를 만나고 나왔을 때 이미 이를 결심했는지도 모른다는 생각이 들었다.

"하지만 연흥부원군은 오랫동안 조용히 지내왔어. 애초에 선대왕마마의 유지를 밝힐 생각이었다면, 선대왕마마께서 돌아가시던 그때 밝혔을 거야."

"아니면 영창이 자라기만을 기다리고 있었는지도 모르지."

"혼아!"

"경민아."

그가 나를 부드러운 목소리로 불렀다.

"내겐 지켜야 할 사람들이 있다. 그러니 연흥부원군의 역모죄가 더 이상 역모죄가 아니게 된다면, 난 가진 모든 것을 잃어야 한다. 어쩌면 너까지도……. 그리고 난 절대로 너를 잃을 수 없다."

나는 입술을 깨문 채 눈물을 삼켰다.

그가 이제부터 하려는 행동은 비단 자신의 즉위에 얽힌 비밀을 숨기기 위해서만은 아니었다. 지난날 그는 나와 함께하기 위해 세자의 자리를 지켜야만 했다. 그리고 함께하게 된 지금, 그는 나를 지키기 위해 왕의 자리를 지켜야만 했다. 또한 이것은 무고한 이들을 죽음으로 내몰아야만 가능한 것이었다.

그 결심이 얼마나 큰 고통으로 그에게 되돌아올지 나는 알고 있다. 하지만 그것보다도 나를 더 슬프게 하는 것이 있다면, 그가 반드시 지켜야만 하는 것 중의 하나가 되어버린 나로 인해 많은 사람들이 억울한 죽음을 당하게 될 것이란 사실이었다.

"다른 방법은 없는 걸까?"

울먹이며 묻는 내게 혼은 아무런 대답을 주지 못한다.

'어디서부터 어떻게 일이 꼬여버린 걸까.'

하지만 난 이미 알고 있다.

이것은 내가 아는 역사 그대로 옳게 흘러가고 있다는 것을…….

광해군 5년인 1613년 6월 1일.

대비의 부친이자 한때는 왕의 장인이었던 연흥부원군 김제남이 그의 세 아들과 함께 역모 혐의로 서소문 밖에서 사약을 받고 죽었다.

아버지와 세 오라버니들이 사약을 받게 될 것이라는 소식을 들은 다음부터, 대비는 이미 며칠째 단식 중이었다. 그녀는 정말로 제 아버지와 오라버니들을 죽인다면, 자신은 굶어서라도 그 뒤를 따르겠다는 의지를 단식으로 강력히 피력했다. 그러나 이런 대비의 노력에 주의를 기울이는 사람은 조정에 단 한 명도 없었다.

결국 김제남이 그의 세 아들과 사약을 받던 날, 아침부터 대비의 처절한 울음소리가 경운궁을 덮었다. 그리고 그녀의 이러한 모습은 발 빠르게 창덕궁까지 전달되었다. 나와 함께 있던 혼은 이 소식을 듣고 짐짓 예상했다는 태도로 의관에게 대비가 슬픔으로 몸을 상하지 않도록 잘 살피라는 말만 짤막하게 전했다.

친아버지의 죽음.

그리고 자신과 한 핏줄이던 세 오라버니의 죽음.

아마도 대비는 자신과 집안에 찾아온 이 비극에 고통스러워하며 몸부림치고 있을 것이다. 하지만 역사가 바뀌지 않는 이상 그녀에게 찾아올 비극은 이것이 다가 아니었다.

'영창대군.'

김제남과 그의 세 아들이 죽었음에도 그들이 왕으로 추대하려고 했던 어린 영창대군은 여전히 경운궁에서 대비의 품에 있었다. 이제 혼을 지지하는 대북 신하들은 어린 영창대군을 역모죄로 처벌해야 한다며 목소리를 높였다.

교화당.

활짝 열린 창문 사이로 늦봄의 햇살이 쏟아져 들어오고 있었다.

"이대로라면 영창대군도 죽어야 할 거야."

나의 걱정스런 말에 혼은 들어 올린 찻잔을 입가에 대기만 하고 마시지는 않은 채 그대로 생각에 잠겼다. 난 혼이 김제남을 죽여야 한다고 결정한 순간처럼 또다시 영창대군을 죽이기로 결심할까 봐 덜컥 겁이 났다.

그것은 그가 폐주의 운명으로 가는 출발선 위에 선 것을 알고 있기 때문만은 아니었다. 아버지를 잃고, 오라버니들을 잃었다. 거기에 아들인 영창대군까지 잃게 될 대비의 슬픔. 나는 그런 그녀가 느끼게 될 슬픔들을 공감할 수 있었다.

오래전 내게는 대비와 얽힌 이 모든 일들이 단지 400년 전의 역사적 사건이었다. 하지만 십여 년간 조선에서 살아오면서 내가 겪은 일들은 그녀와 별반 다르지 않았다. 그녀와 마찬가지로 아빠를 잃었다. 그리고 아들인 명이를 잃었다. 혼을 위하는 일이기에 앞서, 영창대군까지 잃는 슬픔을 그녀가 겪게 하고 싶지 않았다.

"지금 영창대군의 나이가…… 명이가 죽을 때의 나이야. 혼아."

나의 간절한 목소리에 혼의 시선이 내 두 눈을 향했다. 나는 금방이라도 울 것 같은 눈으로 그를 빤히 바라보며 다시 말을 이었다.

"대비마마께서는 이미 많은 걸 잃으셨어. 대비마마께 힘이 되어줄 이들은 아무도 없을 거야. 그러니 우린 안전해."

'안전? 무엇이?'

내가 스스로 말한 '안전'의 의미를 혼은 어떻게 받아들일까? 애초부터 정당성이 없었던 그의 왕위의 안전? 그렇게 따지자면 아직 대비가 선조의 유지를 알고 있다.

대비가 경운궁에 홀로 남은 뒤로 경운궁을 찾는 신하들은 아무도 없었다. 대비의 일가친척들 역시 발길을 끊었다. 이제 연흥부원군마저 죽은 마당에 하늘에 날아가는 새들조차도 경운궁은 피해서 날아갈 것이다. 대비가 알고 있는 진실은, 이대로 묻힐 것이다.

'영창이 산다면…….'

"혼아?"

혼이 찻잔을 내려놓으며 말했다.

"세조 대왕께서…… 왜 깊은 산골인 청령포(강원도 영월에 있는 단종의 유배지)까지 쫓아낸 노산군(단종)을 끝내 죽이셨는지 아느냐?"

나는 대답하지 못했다. 김제남이 죽은 이후 혼의 심중을 읽는 것이 어렵다. 그가 지켜야 하는 것을 지키기 위해, 나를 지키기 위해 어떤 일을 벌일지 상상하고 싶지도 않다.

혼이 말을 이었다.

"사육신은 노산군의 가지일 뿐이지, 뿌리가 아니기 때문이다."

영창대군을 '뿌리'에 비유하는 혼의 말에 나는 겁이 났다. 영창대군도 죽이겠다는 의미라 여긴 것이다.

나는 떨리는 목소리로 작게 물었다.

"그럼 영창대군도……."

"허나 뿌리가 아니라 줄기일 수도 있겠지. 그렇다면 난 그 줄기가 올곧게 자랄 수 있도록 뿌리가 되어주고 싶구나."

혼의 눈매가 살짝 구부러지며 미소가 엿보이자 그제야 나는 안도의 한숨을 크게 내쉬었다. 그러자 혼이 다시 인상을 찌푸리며 물었다.

"웬 한숨인 것이냐?"

"난 또 연흥부원군처럼 영창대군을 죽……."

내 말이 끝나기도 전에 혼이 내 허리에 손을 두르며 날 끌어당겼다. 그리고는 한 손가락을 내 입술에 가져다 대며 말했다.

"아이를 품은 여인은 불길한 말을 입에 담아서는 안 된다는 것을 모르느냐?"

혼은 나를 끌어안으며 열린 창밖을 내다보았다. 나 역시 그런 그의 시선을 따라 창밖을 내다보았다. 구름 한 점 보이지 않는 하늘은 맑았다. 날씨만으로 비춰본다면 평화롭기 그지없는 창덕궁의 한낮이었다. 하지만 지금 경운궁의 대비에게는 이 맑은 하늘을 내다볼 마음의 여유조차도 없을 것이다.

"요즘 좋지 않은 일들이 계속해서 벌어지고 있다는 것을 나도 안다. 허나, 나 역시 황이와 감이 앞에서만큼은 아비로서 말을 조심해야 하겠구나."

황이와 감이 이야기에 내 입에서 피식 웃음소리가 터져 나왔다. 혼은 그런 나를 보며 장난치듯 내 뺨을 손가락으로 톡톡 두어 번 두드리더니, 자신의 품에서 나를 놓아주었다. 다시 그를 바라보며 마주 앉으려던 내 머릿속에 한 가지 생각이 번뜩였다.

"영창대군을 창덕궁으로 데려오는 거야!"

"영창을 창덕궁으로 데려오다니?"

"이곳에서, 바로 네 옆에 두고 가르치면 되지 않을까? 창덕궁을 드나드는 대신들의 눈에도 영창대군이 바르게 자라는 것이 매일 눈에 보인다면, 더 이상 영창대군을 위험한 존재로 여기지는 않을 것 같아."

"영창을……."

"그래. 영창대군을 이곳 창덕궁으로 불러들여서……."

하지만 어린 영창대군을 혼에게만 돌보게 할 순 없다. 누군가는 책임을 지고 양육해야 할 것이다. 무엇보다 친어머니인 대비와 떨어져서 지내야 할 테니 말이다.

그렇다면 내가 데리고 있을까? 그 아이가 건강하게만 자란다면, 그로 인해 대북 신하들로부터 영창대군을 보호하고 지킬 수 있다면……. 하지만 어린 영창대군을 없애고 싶어 하는 사람들은 대북 신하들만 있는 것이 아니다.

'전하께 해가 되는 자들이라면.'

분명 중전은 직접적으로 영창대군을 거론하지는 않았지만, 언제든 영창대군을 없애버릴 수 있다고 은연중에 경고했었다.

"중전마마께……."

"중전?"

"응. 중전마마께 영창대군의 양육을 맡기는 거야."

"중전에게 영창의 양육을 맡기자니?"

처음 내 말을 이해할 수 없다는 표정으로 되묻던 혼도 곧 내 말에 담긴 의미를 알아차렸는지 표정이 한층 밝아졌다.

"그리하면 영창에게 무슨 일이 생길 시 중전의 책임이 되기 때문이로구나."

"맞아. 그러니 중전마마도 어쩔 수 없이 영창대군을 성심껏 양육하실 수밖에 없을 거야."

순간적으로 나온 생각이지만 혼의 밝아진 얼굴에 괜스레 뿌듯함이 느껴졌다. 그런데 조금 뒤 혼이 다시 어두워진 얼굴로 내게 말했다.

"허나 과연 대비께서 영창을 내어놓으려 하시겠느냐? 연흥부원군과 그의 세 아들을 사사하라 명을 내린 것이 바로 나였다. 그런 내게 영창을 내어놓으려 하시지 않을 것이다."

혼의 생각대로 대비는 영창대군마저 죽이려고 데려간다고 여길 것이다. 그러니 영창대군을 창덕궁으로 데려오려고 할수록, 또 영창대군의 양육을 맡을 사람이 다름 아닌 중전이라는 것을 안다면 목숨을 걸고 영창대군을 보내지 않으려고 할 가능성이 컸다. 하지만 지금으로서는 영창대군이 살고, 더 나아가 몇 년 뒤에 일어날 폐모 사건까지 막으려면 영창대군을 창덕궁으로 데려와 양육하는 것이 가장 좋은 해답처럼 보였다.

혼에게 더 이상 고민을 안겨주지 않기 위해 내가 나섰다.

"내가 경운궁으로 갈게."

"경민이 네가?"

"그래. 여유 있게 반나절이면 다녀올 수 있을 거야."

"그건 안 된다."

웃으며 말하는 나를 향해 혼이 딱 잘라 거절한다. 나는 그 이유가 내가 임산부이기 때문에 그가 걱정해서라는 걸 잘 알았다.

"천천히 다녀올 거야. 조심해서 다녀올 거고. 신 숙원도 같이 갈까?"

나는 이런저런 계획들을 꺼내며 다시 한 번 그를 설득하기에 나섰다. 그럴수록 날 바라보는 혼의 표정은 더욱 완강해 보였다.

"안 된대도."

"하지만 다른 사람도 아니고, 대군을 데려오는 일이야. 단순히 어명을 내린다고 해서 대비마마께서 쉽사리 따르지 않으실 건 불 보듯 뻔하잖아? 그렇다고 내관을 보내? 대비마마는 그 내관을 만나주시지도 않을 거야."

"경민아."

"또 연흥부원군의 죽음으로 대비마마께서는 단식 중이시잖아. 언제까지고 저렇게 지내시게 할 순 없어. 내관을 보내 안부를 여쭤보는 건 형식적이잖아. 하지만 내가 간다면……. 나라도 가서 대비마마의 안부를 직접 살펴볼 수 있게 허락해줘. 혼아."

오랫동안 고민하던 혼이 억지로 입가에 미소를 지으며 내게 답했다.

"알았다. 허나 조심, 또 조심해야 한다."

"나는 걱정 마!"

자신 있다는 양 두 손을 불끈 쥐는 나를 보며 혼이 말을 덧붙였다.

"과인의 원빈 말고, 황이와 감이 말이다."

나는 그런 혼을 향해 눈을 흘겼다.

"원빈마마. 숙원마마. 경운궁에 도착하였사옵니다."

가마 밖에서 내관의 목소리가 들리고, 곧이어 경운궁의 육중한 대문이 열리는 소리가 크게 들려왔다. 나는 문을 통과하기 전에 잽싸게 가마의 창을 열어 밖을 내다보았다. 보이는 건 경운궁의 앞을 지키고 있는 무예별감들뿐이었다. 창덕궁의 정문을 지키는 무예별감보다도 더 많은 수라는 인상을 받았다.

경운궁 안으로 들어서자 그 안의 풍경 또한 내가 알던 예전의 풍경과 사뭇 달랐다. 국왕인 혼이 지낼 때에도 보이지 않던 병사들이 궁궐을 자유롭게 돌아다니고 있었다. 그들은 내가 탄 가마가 지나가자 고개를 숙이며 예를 표했고, 그런 그들의 눈치를 살피며 돌아다니는 소수의 나인들은 매우 불안한 기색이었다.

'나인과 병사들이 뒤섞여 궐을 돌아다니고 있다니…….'

나쁜 의미로는 대비를 향한 감시가 두터워졌다는 것을 의미한다. 더욱이 이런 식으로 병사들이 궐을 활보하고 다닌다면 대비도 마음 편히 대비전 밖을 나설 수 없을 것이다. 그녀는 이런 식으로 궁궐 안에서도 자유를 빼앗기고 있었던 것이다.

대비에게 가해진 이러한 처사는 내가 예상했던 것보다도 훨씬 심했다. 아직 폐모 논의가 있기도 전이었다. 그렇다면 그 이후에 그녀가 받게 될 대접은 상상 이상일 터였다.

이 삼엄한 분위기를 뚫고 상궁의 차림으로 나를 찾아왔던 대비를 떠올렸다. 그때 대비는 중전이 한 짓에 대해 강조했었다. 하지만 그때는 적어도 김제남과 그의 세 아들이 사약을 받기 전이었다. 그 이후로 감시가 더 심해졌다는 것을 가정해볼 때, 대비가 이러한 처지에 놓여 있다는 사실을 혼이 모를 리가 없을 것이다.

'그런데도 혼은…….'

"도착하였사옵니다."

가마가 땅에 닿고, 가마의 문이 열리며 난 보향의 손을 잡고 밖으로 나왔다. 바로 내 앞에 대비전으로 쓰이고 있는 석어당(昔御堂)이 모습을 드러냈다. 선조의 침전이었던 곳이자, 선조가 승하한 곳.

난 가마가 내려진 석어당 앞마당을 둘러보며 생각했다.

'폐위된 혼이 처음으로 대비 앞에서 무릎 꿇게 되는 곳.'

아무것도 모르는 신 숙원이 가마에서 내리며 나를 쳐다본다. 나는 그녀에게 어색한 웃음을 보내고는 석어당 쪽을 향했다. 마침 기다렸다는 듯이 안에서 변 상궁과 문 상궁이 나와 내게 인사했다.

"원빈마마. 숙원마마."

"대비마마께서는 안에 계신가?"

나의 물음에 변 상궁이 문 상궁과 짧은 눈짓을 교환하더니 딱 잘라 말한다.

"대비마마께서는 몸이 편찮으시어 지금 뵐 수 없으시옵니다."

"편찮으신 것은 아네. 알기에 온 것이 아닌가? 의관은 다녀갔는가?"

"다녀갔사오나, 별 차도가 없으시옵니다."

변 상궁의 목소리는 더욱더 차가워지고 있었다. 마치 나인 시절의 나를 보고 말하는 것처럼 무례하게까지 들렸다. 뒤에서 이를 가만히 듣고 있던 신 숙원이 앞으로 나섰다.

"상궁, 회임 중이신 원빈마마께 무례하기 그지없군. 언제까지 원빈마마를 세워둘 것인가? 대비마마께 아뢰어주게."

"편찮으시다 말씀드리지 않았사옵니까. 지금은 그 누구도 뵙지 못하시옵니다. 그러니 창덕궁으로 돌아가시지요."

말을 마친 변 상궁은 우리에게 짧게 고개를 숙이고 다시 석어당 안으로 사라졌다.

어느 정도 예상했던 반응이었지만 싸늘하기 그지없는 변 상궁의 태도에 나는 속으로 짧게 한숨을 내쉬었다. 적어도 대비의 얼굴이라도 마주하고 위로의 말이라도 나누고 싶었기 때문이다. 그러나 과거 내가 아빠를 한번 잃었을 때 그랬던 것처럼, 지금 그녀에게는 그 누구의 말도 위로가 되지 못할 것이다. 나는 이 점을 잘 알았다.

"원빈마마, 아무래도 대비마마께서는 만나주시지 않으실 것 같습니다. 이만 창덕궁으로 돌아가시지요."

힘들게 온 길은 아니었지만 대비의 얼굴조차 만나지 못하고 돌아갈 생각을 하니 진이 다 빠지는 기분이었다. 난 적어도 영창대군이라도 만나고 가야겠다는 생각에 문 상궁을 향해 말했다.

"영창대군께서는 어디에 계신가?"

문 상궁은 나를 기분 나쁜 눈빛으로 올려다보더니 짧게 대답했다.

"처소에서 쉬고 계신 줄 아뢰옵니다."

"영창대군을 잠시 뵐 수 있겠는가?"

"영창대군께서는……."

영창대군도 대비처럼 아프다고 하려는 것일까? 그런데 문 상궁이 하려던 말을 끊더니 말한다.

"경운궁에서 잠시 머물 곳으로 안내해드리지요. 그곳으로 영창대군을 뫼시겠사옵니다."

일단 영창대군이라도 만날 수 있다는 문 상궁의 말에 난 작게 미소를 지으며 대답했다.

"고맙네."

문 상궁이 안내한 전각 앞에 선 내 표정이 순간적으로 굳어졌다. 신 숙원이 이런 나의 기색을 알아차리고 이유를 물어왔다. 그러나 나는 문 상궁이 아직 곁에 있었기에 대답을 주지 않았다.

문 상궁은 우리를 전각 안으로 안내한 후 간단한 다과상을 내왔다. 말이 간단하지, 나인들이 차려먹는 다과보다도 못한 상차림이었다. 신 숙원은 이를 보고 문 상궁을 향해 눈살을 찌푸렸지만, 문 상궁은 그런 신 숙원의 시선을 일부러 피하고 있었다. 참다못한 신 숙원이 곁에 있는 보향을 향해 문 상궁이 들으라는 듯 큰 소리로 말했다.

"네가 먼저 맛을 보거라."

"예?"

"어서."

"아, 예에……."

보향이 내 눈치를 살폈다. 난 그런 보향과 일부러 눈을 맞추지 않았다. 그것이 내가 신 숙원의 말에 동의한다는 뜻으로 비춰졌는지 보향은 주섬주섬 다과를 입에 넣었다가, 곧바로 얼굴을 찌푸리며 물을 찾았다. 물을 급하게 들이마신 보향이 신 숙원에게 말했다.

"며칠은 지났는지 돌덩이가 따로 없사옵니다."

신 숙원의 표정은 더 딱딱하게 굳었다.

난 그런 신 숙원을 진정시킬 겸 문 상궁에게 말했다.

"물리게. 입맛이 없으니."

"예, 원빈마마."

문 상궁과 그녀를 따르는 경운궁의 나인들이 다과상을 들고 사라졌다. 이제 전각의 방 안에는 나와 신 숙원, 보향만이 남아있었다. 난 보향에게 밖에 나가서 동향을 살펴보라고 말했다. 또 대비의 상태가 얼마나 안 좋은지도 알아보라고 말했다.

보향이 밖으로 나가고 둘만 남게 되자 신숙원이 내게 물어왔다.

"원빈마마, 조금 전 이 전각을 보시고 표정이 어두워지셨지요. 무슨 연유라도 있사옵니까?"

신 숙원의 말에 난 씁쓸한 미소를 지으며 대답했다.

"문 상궁이 날 어지간히 미워하나 싶어서 말이오."

"그게 무슨 말씀이신지요?"

"숙원도 경운궁이 행궁이던 시절 이곳에서 지낸 적이 있지 않소. 그때 이곳이 누구의 전각이었는지 아시오?"

"모르옵니다. 이곳은 행궁에서도 외딴 곳에 있는 전각인지라……."

"숙원이 입궐하기 전일 거요. 궐에 마마가 돌아 순화군 일가가 마마에 걸린 적이 있었소. 그 순화군 일가가 지낸 전각이 바로 이곳이오."

"아……."

그제야 내가 인상을 찌푸렸던 이유를 깨달았다는 듯 신 숙원이 짧게 탄식하더니 말했다.

"그런 곳에 지금 원빈마마를 뫼셨단 말이옵니까?"

"그래서 내가 말하지 않았소? 문 상궁이 단단히 나를 미워한다고."

내 말에 동조하듯 고개를 끄덕이던 신 숙원이 불현듯 무언가 떠올랐다는 듯 입을 열었다.

"하온데 원빈마마, 문 상궁은 대비전 상궁이오나 대비마마를 충심으로 모실 위인이 아닌데 어찌 원빈마마를 미워하겠사옵니까? 필시 다른 연유 때문이겠지요. 혹 짚이는 일이라도 있으시옵니까?"

신 숙원의 말에 나는 기억을 되짚었다. 그러나 과거 나인 시절에도 문 상궁과 직접적으로 부딪친 적은 없었다. 몇 번 중궁전을 드나들며 지금의 대비를 만난 적이 있었지만, 그때마다 변 상궁이 있었지 문 상궁이 있었던 적은 없었다. 또한 우연히 문 상궁을 만나더라도 고개를 숙이고 지나가기 바빴다. 그런데 그녀의 기억 속에 내가 남아있을 리가 없었다.

'하지만 그녀가 중전의 사람이라면 나를 모를 리가 없다.'

신 숙원도 나와 같은 생각을 한 것일까? 나와 눈을 맞춘 그녀가 입을 굳게 다물었다. 조금 뒤 신 숙원이 천천히 말문을 열었다.

"지난번 소인이 말씀드린 일 말이옵니다. 김 상궁이 대전 상궁이 될 수 있도록 대비마마를 설득했던 것이 다름 아닌 문 상궁이었다는 것을 기억하시옵니까?"

"기억하오."

"원빈마마께 그 말씀을 올리고도 한동안 문 상궁과 김 상궁에 대해 알아보았사옵니다. 헌데 놀라운 사실을 알게 되었사옵니다."

"놀라운 사실이라니?"

"김 상궁을 나인으로 입궐시킨 이가 바로 문 상궁이라는 사실이옵니다. 문 상궁은 처음 김 상궁을 동궁전 나인으로 들였지요. 보통 상궁들은 자신이 입궐시킨 아이들은 자신의 아래에 두고 가르칩니다. 개시를 동궁전으로 보낸 것은 예외적인 일이었지요."

난 개시가 중궁전 앞에서 문 상궁에게 호되게 맞는 것을 본 적이 있다. 당시의 문 상궁 입장에서는 승은을 입은 적이 있는 개시를 구박함으로써 새 중전을 향한 충심을 보인 행동이었다. 갓 입궐한 새 중전에게 자신이 믿을 만한 사람임을 보이는 데 그만한 행동이 없었으니까. 하지만 그런 문 상궁의 원 주인이 지금의 중전인 유 씨였다면? 나에 대한 문 상궁의 적대감이 대비를 향한 충심이 아니라, 중전을 향한 충심 때문이었다면?

'문 상궁이 중전의 사람이 확실하다면…….'

불안한 느낌이 순식간에 나를 엄습해 왔다. 나는 앉아있던 자리에서 일어섰다.

"다른 전각으로 가는 게 좋을 듯싶소. 왠지 이곳은……."

이곳이 마음에 들지 않는다는 말을 하려는데 낯설지 않은 냄새가 내 코끝을 자극해 왔다. 신 숙원도 이를 느꼈는지 재빨리 자리에서 일어서며 내게 말했다.

"뭔가…… 타는 냄새가 나는 것 같지 않사옵니까?"

그제야 나는 익숙한 이 냄새가 타는 냄새라는 걸 깨닫고는 눈을 크게 떴다. 동시에 신 숙원이 문 쪽으로 급히 다가가 문고리를 잡았다. 그러나 문이 열리지 않는 것 같았다. 몇 번을 힘주어 문고리를 잡아당기던 신 숙원이 다급히 나를 돌아보며 소리쳤다.

"잠겼사옵니다! 다른 출구를 찾아야 할 듯싶사옵니다!"

상황이 심각해지고 있다는 걸 느낀 것은 굳게 잠긴 문의 창호지에 주홍빛의 큰 불길이 화르륵 일어나는 것을 내 두 눈으로 똑똑히 본 순간이었다. 난 떨려오는 목소리를 애써 가라앉히려 노력하며 숙원에게 말했다.

"물러서시오. 문에서…… 물러서시오……."

신 숙원이 문에서 한 발짝 물러섰을 때였다. 문틈으로 연기가 새어 들어오기 시작했다. 문에 가까이 서 있었던 숙원이 기침을 하며 옷깃으로 자신의 입을 틀어막았다. 난 그런 숙원의 팔을 붙잡고 안쪽으로 끌어당겼다. 그러나 기침이 멎지 않은 신 숙원은 몇 발짝 내 쪽으로 끌려오다가 바닥으로 넘어지며 주저앉았다. 그녀는 넘어져서도 기침을 멈추지 못했다.

"신 숙원?"

"원빈……. 콜록콜록……. 원빈마마, 콜록콜록."

나는 넘어진 신 숙원이 일어날 수 있도록 도왔다. 방 안은 이미 빠져나갈 곳을 잃은 연기로 가득 차고 있었다. 냄새만 아니라면 단순히 안개 속에 갇힌 듯한 느낌이었지만, 이것은 불길로 인한 연기였다. 다시 말해 죽음의 위협이었다.

"수, 숨을……. 콜록콜록……."

문 앞에서 그대로 연기를 들이마셨던 숙원의 상태가 심상찮았다. 그녀는 연신 기침을 해대며 고통스러운 듯 인상을 찌푸렸다. 나 역시 옷깃으로 코와 입을 막았지만, 이미 연기를 마신 뒤였다. 거기에 방 안을 가득 채운 연기가 내 두 눈을 따끔거리게 만들었다.

나갈 수 있는 곳은 없었다.

경운궁은 처음부터 궁궐로 지어진 창덕궁과 달리, 궁으로 쓰이기 전에는 왕족의 사저였던 곳이었다. 건물 대부분이 일반 사대부가의 양식으로 지어졌기 때문에 창 없이 벽으로 둘러친 방이 많았다. 지금 내가 있는 옛 순화군의 전각 역시 그러했다. 나가는 문은 단 한 곳. 창문은 그 문 양옆으로 나 있으니, 가까이 다가가 창문을 열었다가는 불길이 들어오는 구멍을 열어주는 꼴이었다.

한참 기침을 해대던 신 숙원이 바닥에 힘없이 주저앉았다.

"신 숙원!"

주저앉은 그녀가 의식을 잃은 듯해 놀란 내가 그녀를 크게 불렀을 때였다. 동시에 열린 입으로 연기를 마셔버린 나는 기침을 터트렸다.

"콜록!"

그렇게 한번 시작된 기침은 기칠 기미가 보이지 않았다. 조금 전 신 숙원이 기침을 시작한 후 멈추지 못했던 것과 마찬가지였다.

"콜록콜록!"

기침을 할수록 더 많은 공기를 마시기 위해 본능적으로 난 숨을 더욱 크게 들이쉬었고, 그때마다 깨끗한 공기가 아닌 연기가 내 입을 통해 폐로 들어왔다. 난 결국 조금이라도 맑은 공기를 찾아 바닥으로 몸을 웅크렸다. 그러다 곧바로 닫혀 있던 문 위쪽으로 불길이 연기와 함께 들어오는 것을 보고는 놀란 눈을 떴다.

"콜록! 누구, 누구 밖에 없느냐……! 콜록콜록!"

기침을 하느라 제대로 목소리를 내는 것이 어려웠다. 나는 바닥에 넙죽 엎드린 채 연기 속에서 천천히 의식을 잃어가고 있었다.

탁!

소리였다!

탁!

누군가 발로 문을 차서 부서뜨리려고 하는 것이 느껴졌다.

탁! 탁!

두 번째로 큰 소리가 났을 때, 문이 반쯤 부서지며 방 안에 흐르던 연기가 그쪽으로 빨려 들어가기 시작했다.

탁!

마지막 발길질에 굳게 닫힌 문이 큰 자물쇠가 달려 있는 채로 안쪽으로 넘어졌다. 난 희미해지는 의식 속에서 열린 문 앞에 나타난 두 명의 갓 쓴 남자들을 발견했다. 그들은 방 안에 여전히 남아있는 연기 때문인지 옷깃으로 얼굴을 가린 채 두리번거리고 있었다. 그러다 밀어닥치는 불길 때문에 잠시 몸을 뒤로 뺐던 그들이 바닥에 쓰러진 나와 신숙원을 발견했는지 다시 방 안으로 뛰어들어왔다. 그들 중 한 명이 내 팔을 잡아 넘어진 나를 일으켜 세우며 입을 열었다.

"경민!"

그것이 내 이름이라는 사실을 깨닫는 순간, 난 그대로 정신을 잃었다.

"으……."

머리가 쪼개질 듯이 아프다.

"경민?"

마치 머리 안에 연기가 가득 찬 것 같은 느낌이다.

"경민? 정신이 드시오?"

아픈 머리를 부여잡고 두 눈을 힘겹게 떴을 때, 낯설지 않은 한 사람의 얼굴이 시야에 들어왔다. 그는 바로 정원군이었다.

주변을 살피자 내가 모르던 낯선 곳이다. 곧바로 자리에서 몸을 일으키려는 나를 정원군이 만류한다.

"쉬시오. 아직 의관이 오지 않았소. 경운궁에는 거하는 의관이 없어 창덕궁으로 사람을 보냈소. 의관이 올 때까지는 안정을 취해야 하오."

"여기가 경운궁인가요?"

"그렇소. 아무것도 기억나지 않소?"

나는 옛 순화군의 전각을 뒤덮던 연기와 거세게 타오르던 불길을 떠올리며 고개를 저었다. 대비전 문 상궁의 안내를 받아 영창대군을 기다리고 있었던 사실을 떠올린 것이다. 동시에 연기에 괴로운 듯 기침하며 쓰러지던 신 숙원이 떠올라 눈을 크게 떴다.

"신 숙원은 어디에 있나요?"

"다른 처소에서 쉬고 있소."

"괜찮은가요?"

"좋지는 못하오."

정원군의 표정이 살짝 걱정으로 어두워졌다.

"그대는 모르겠지만 지희, 아니 신 숙원에게는 어린 시절부터 앓던 병이 있소. 다 나은 줄로 알았는데 이번에 연기를 많이 마시면서 재발한 것 같소."

"의관이 오면 신 숙원에게 먼저 보내주세요. 저는 괜찮으니까요. 저는……. 콜록콜록."

말하던 나는 기침을 터트렸다. 동시에 머리가 쪼개질 듯한 통증도 있었다. 이런 나를 정원군이 걱정 가득한 눈으로 내려다볼 때였다. 조용히 문이 열리며 누군가 안으로 들어왔다. 나는 간신히 기침을 참아내며 들어서는 사람에게로 눈을 돌렸다. 종이였다. 종이의 옆에는 보향이 함께 서 있었다.

"원빈마마."

종이가 내게 다가오더니 정중히 인사를 올리며 안부를 물었다. 그런데 깨끗한 보향의 옷 때문이었을까? 정원군과 종이의 옷차림이 더러워 보였다. 그들 부자의 옷에는 검은 그을음이 잔뜩 묻어 있었던 것이다. 그제야 불길 속으로 들어와 나를 불렀던 사람의 목소리가 정원군인 것을 기억해낸 내가 놀라 물었다.

"설마 저와 신 숙원을 구해낸 사람이 정원군입니까? 능양군과요?"

그러자 종이가 나섰다.

"아니옵니다. 공이 있다면 보향이에게 돌려야 합니다."

나는 정원군에게서 눈을 떼고 종이와 보향을 번갈아 쳐다보았다. 보향이라고 친근하게 부르는 종이의 목소리가 예사롭게 들리지 않는다. 그러고 보니 지난번 명이의 무덤 앞에서 우연히 마주친 종이는 보향을 묘한 눈길로 쳐다보았다. 서로 알고 있는 듯한 느낌은 받았지만, 정말로 두 사람이 아는 사이라고는 생각하지 못하고 있었다.

아직도 두 사람의 사이에 대한 답을 얻지 못한 내게 정원군이 친절하게 설명했다.

"능양군과 보향은 서로 아는 사이입니다. 오래전 능양군의 보모상궁이 죽은 일이 있었는데, 그 뒤 새 보모상궁을 구했었지요. 보향은 그 새 보모상궁의 장녀로, 어린 시절부터 능양군과 함께 자랐었지요. 이 때문에 능양군과 보향은 친분이 있사온데, 오늘 불이 난 순화군의 전각에 원빈께서 계시다는 사실을 보향이 우리에게 달려와 알렸습니다."

"네가 알렸다고?"

보향을 바라보며 묻자 보향이 앞으로 나섰다.

"예. 처음에는 무예별감을 찾았사온데, 이상하게도 마마께 계시는 전각 주변에만 쥐새끼 하나 보이지 않는 것이었사옵니다. 급한 마음에 능양군께서 경운궁에 계시다는 걸 듣고……. 송구하옵니다! 능양군마마를 알고 있었음에도 한 번도 원빈마마께 이 사실을 말씀 올리지 못하여서요. 용서해주시옵소서!"

보향이 눈물을 뚝뚝 흘리며 말하자 보고 있던 종이도 나섰다.

"원빈마마, 보향에게는 죄가 없습니다. 제가 말하지 말라 하였습니다. 이 아이는 궐의 나인이 되고 싶다 하여 입궐하였는데, 혹여 저를 안다는 이유로 해라도 입을까 입단속을 시킨 것은 다름 아닌 저입니다. 그러니 이 일로 보향을 궐 밖으로 내쫓지는 말아주십시오!"

종이가 이렇게까지 나올 줄을 예상 못 한 나는 당황했지만 곧 씁쓸하게 웃었다.

"보향을 궐 밖으로 쫓아내지 않을 것입니다."

내 웃음을 보아서일까, 종이가 안도한 표정으로 보향과 짧게 눈짓을 교환했다. 정원군은 이런 상황이 마음에 들지 않는 것인지 헛기침을 했고, 곧 보향과 종이는 밖으로 나갔다. 그들이 나가자 난 정원군에게 말했다.

"정원군께서 제게 보내셨던 운영처럼 보향이 능양군이 보낸 아이였다면 큰 실수일 겁니다."

정원군은 내가 아직 보향을 용서하지 않았다고 여긴 듯 서둘러 내게 말했다.

"보향이 입궐할 수 있도록 도운 것은 능양군이지만, 그 아이를 교화당으로 갈 수 있게 손을 쓴 것은 나였소."

"예?"

"보향을 통해서라도…… 그대의 소식을 간간이 들을 수 있길 바랐으니."

잠시 자신의 마음을 드러낸 정원군 앞에서 나는 또다시 할 말을 잃었다. 이런 내 모습에 정원군이 실수했다고 느낀 것인지 서둘러 말을 돌렸다.

"궐을 나온 운영이 한성을 떠나기 전 나를 찾아왔었소. 그리고 많은 이야기를 들려주었지. 매우 놀랄 이야기들이었소."

나는 운영이 정여립의 딸이라는 사실을 밝혔으리라 짐작했다.

"그래서요? 운영을 어떻게 하셨나요?"

"어떻게 하겠소? 그대가 떠나보낸 이요. 그 길을 가도록 보내주었소."

"운영이 숨긴 사실에 대해서 분노하지 않으셨나요?"

"분노보다는 운영을 떠나보내야 했던 그대의 마음이 심히 괴로울 것이라 여겼소. 운영 그 아이와 꽤나 정이 들었던 것으로 알고 있는데."

정원군. 그는 여전히 나를 걱정하고 있었다.

"경민, 그대는 전하의 곁에 있으면서 운영을 비롯한 지기들을 잃었소. 그뿐만 아니라 명이까지도 잃는 슬픔을 겪어야 했지. 내가 보기에 이제 그대가 잃을 것이라고는 그대 자신밖에 없는 것 같소. 내 어머님을 포함하여 궐에서 생을 살아간 여인들에게는 결코 피해갈 수 없는 숙명이 있었소. 그런데 이상하게도…… 내게는 그대가 전하의 곁에 남음으로써, 궐에서 살아감으로써 갖게 된 숙명만이 아니라 전하께서 짊어져야 할 숙명까지도 함께 짊어지고 있는 것으로 보이오."

정원군이 어떻게 생각해서 저런 결론을 내었든지 간에 틀린 말은 아니었다. 사람은 자신의 숙명만으로도 살아가기 힘들어한다. 그런데 나는 너무나도 큰 욕심으로 내가 해결할 수 없는 혼의 숙명마저도 일부 짊어진 것이 아닐까? 그가 죽는 순간까지 모를 그의 숙명을 말이다.

"이것이 정녕 그대가 원한 삶이었소?"

혼의 곁에 남아서 내가 바랐던 삶, 그것은 처음부터 거창하지 않았다. 매우 평범했다. 조선의 궐이라는 것은 결코 내 여린 심성에 어울리는 곳이 아니었다. 나는 그것을 알면서도 혼의 숙명에 따라 나 자신을 포기하고 궐로 왔다. 그리고 궐에서 살아갔다. 그 결과 많은 이들을 잃었다. 내가 사랑하는 이들을 말이다.

"궐을 떠나신 내 어머님은 궐에서 얻고자 바라던 모든 것들이 덧없는 것이었다는 말을 하셨소. 어쩌면 경민, 그대가 지금 놓치지 않기 위해 애쓰는 모든 것들이 덧없는 것일지도 모르오. 그대가 더 많은 것을 잃게 만들 수도 있단 말이오. 그런데도 그대는……."

멀지 않은 곳에서 여러 사람이 다급히 걸어오는 소리가 들려왔다. 정원군이 하던 말을 멈추고는 고개를 틀어 닫힌 문 쪽을 돌아보았다. 그는 그 발소리의 주인공이 누구인지 알아챈 것 같았다. 그는 내 곁에서 일어섰다. 그리고는 내게서 정중한 걸음으로 세 발짝 물러섰다. 그 뒤에 그는 등을 보이며 문 쪽으로 돌아섰다.

탁!

동시에 문이 열리며 혼이 나타났다.

정원군이 갓을 쓰고 있는 상태로 고개를 숙이고 있어서인지 혼은 정원군을 미처 발견하지 못했다. 아니, 오로지 그의 두 눈에는 누워서 그를 바라보고 있는 나의 모습만 보이는 것 같았다.

"원빈!"

혼이 내게로 달려왔다. 난 혼의 어깨 너머로 조용히 사라지는 정원군의 모습을 가만히 쳐다보았다.

"괜찮은 것이냐?"

그가 내 상태를 이리저리 살피며, 황급히 뒤따라 들어온 의관을 윽박질렀다.

"어서 원빈의 상태를 살펴보라!"

"예엣! 전하!"

의관이 내 곁에 앉아 맥을 짚고 의녀들이 분주히 이를 돕는 사이에 혼은 내 얼굴을 조심스럽게 쓸며 어찌할 줄 몰라 했다.

"이래서 경운궁으로 가는 것이 못내 마음에 걸렸던 것이로구나! 불길 속에 갇히다니? 대체 이게 어찌 된 일이란 말이냐?"

"괜찮사옵니다. 연기 때문에 잠시 의식을 잃었던 것 같사온데, 지금은 신첩보다도 신 숙원의 상태가……. 콜록콜록."

말하던 내가 기침을 터트리자 혼이 고개를 문 쪽으로 돌렸다. 능양군과 함께 나갔던 보향이 조용히 들어서다가 혼과 시선을 마주치고는 놀라 바닥에 납작 몸을 엎드렸다.

"주상전하!"

"넌 교화당의 나인이지 않느냐?"

"그, 그러하옵니다!"

혼의 목소리에는 화가 잔뜩 실려 있었다.

"어찌 불길이 이는 곳에 원빈을 홀로 두고 자리를 비웠단 말이냐?"

"그, 그것이……. 소, 소인은 원빈마마의 명으로……."

보향이 겁에 질려 울먹이자 혼이 밖을 향해 소리쳤다.

"최 내관!"

혼의 호령에 밖에 있던 최 내관이 급하게 뛰어 들어왔다.

"예, 전하."

"지금 당장 경운궁의 책임자를 부르라. 원빈이 머물던 전각에 불이 난 일에 대해 엄중히 문책할 것이다!"

혼의 명에 최 내관이 고개를 숙이며 대답했다.

"전하, 경운궁의 책임자는 능양군이시옵니다."

능양군의 이름이 거론되자 혼도 약간 당황한 듯했다. 능양군이 죽은 명이와 얼마나 돈독한 사이였는지 그 역시 잘 알고 있어서였다. 혼이 고민하는 사이 최 내관이 말을 이었다.

"하온데 진범이 밝혀진 듯하옵니다."

"원빈이 있던 전각에 불을 지른 이가 말이냐?"

"예. 조금 전 소인이 알아본 바로는 불을 지른 범인이 범행 사실을 적은 글을 남긴 채 사라졌다 하옵니다."

"범인이 누구였더냐?"

"대비전 문 상궁이옵니다."

여기까지 말한 최 내관이 잠시 망설이다가 말을 이었다.

"문 상궁이 남긴 글에 죄인 김제남의 역모 혐의는 무고이며, 원빈의 숨을 끊어 대비마마의 원통함을 풀겠다고 쓰여 있었사옵니다."

혼이 입을 다물지 못한 채 화를 삭이는 사이, 최 내관이 재빠르게 다가와 글이 적힌 종이를 내밀었다. 그것은 분명 방금 전 최 내관이 말한 내용이 담긴 문 상궁의 글이 분명했다.

"전하, 어찌하올까요?"

최 내관이 건넨 종이를 살피던 혼이 그 종이를 한 손으로 구기며 말했다.

"당장 사람을 풀어 문 상궁을 잡아들여라!"

명을 받은 최 내관이 밖으로 나갔다. 이제 혼은 다시 내가 있는 쪽으로 돌아섰다. 혼은 나를 진맥하고 있는 의관을 쳐다보았다. 화가 잔뜩 나 있는 혼의 시선을 느낀 의관이 움찔거렸다. 혼은 그런 의관을 보며 답답한 듯 소리쳤다.

"원빈의 상태는 어떠하냐? 언제까지 맥만 짚을 것이냐? 지금이라도 당장 창덕궁으로 돌아갈 수 있겠느냐?"

"그것이, 전하……."

우물쭈물거리며 정확한 답을 하지 못하는 의관을 향해 내가 부드러운 목소리로 말했다.

"어서 나는 괜찮다고 전하께 말씀드리게. 정말로 나는 괜찮네. 뱃속 아이만……."

아이의 이야기가 내 입에서 나오자 의관이 혼을 향해 몸을 납작 엎드리며 소리쳤다.

"죽여주시옵소서. 전하!"

무엇 때문이었을까?

죽여달라며 엎드린 의관을 보는 혼의 얼굴이 점점 차갑게 굳어가기 시작했다. 나는 그때까지도 영문을 몰랐다. 연기를 마셨는지 머리가 많이 아팠고 간간이 기침이 터져 나왔지만, 그 외에는 평소와 다른 증상을 느낄 수가 없었기 때문이었다.

"왜 그러는가?"

나는 밀려오는 불안감을 애써 모른 척하며 의관에게 부드러운 목소리로 물었다. 그러나 의관은 여전히 엎드린 채 숨소리를 내는 것조차도 어려워하고 있었다. 그러자 혼이 그런 의관을 향해 침착한 어조로 물었다.

"태아의 상태가 어떠한가?"

"전하!"

"어서 말하게!"

혼이 소리치자 의관이 천천히 고개를 들며 답했다.

"원빈마마의 태중 아기씨의 맥이…… 잡히지 않사옵니다."

"그것이 무슨 말인가!"

"태에서…… 숨이 끊어지신 듯하옵니다."

그 순간 내 머릿속에는 조금 전 이 자리를 떠난 정원군이 했던 말이 가득 채워졌다. 더 많은 것을 잃게 만들 수도 있다는 나와 혼의 '숙명'에 관한 그의 말이.

천상열차분야지도

그날 경운궁에서 일어난 화재로 불을 끄던 두 명의 내관이 죽었다. 또한 신 숙원은 연기로 인해 두 눈을 크게 다쳤다. 그러나 화재의 주범으로 찍힌 문 상궁은 잡히지 않았다. 문 상궁의 행방을 묻는 내관들에게 대비는 이렇게 부르짖었다고 한다.

'문 상궁을 내어 놓으라? 내가 했다. 내가 원빈을 죽이려 했다. 그러니 나를 끌고 가거라! 나를 주상의 앞으로 끌고 가 원빈을 죽이려 한 범인이 나라고 전하란 말이다!'

하루아침에 부친 김제남과 세 오라버니를 잃고 집안이 풍비박산 난 대비의 입에서는 끊임없이 매서운 말들이 쏟아졌다. 더 이상 대비에게 문 상궁의 행방을 묻는 것은 불가능했다.

불이 난 이후 치안을 이유로 경운궁을 지키는 무예별감의 수가 더 늘었다. 아무런 사정을 모르는 백성들의 눈에는 이런 경운궁의 변화가, 어린 이복동생 영창대군에게 위협을 느낀 왕이 대비의 가문에 멸문지화를 입히고도 모자라 대비를 창살 없는 감옥에 가둬놓은 것으로 비춰졌다.

"모두 끝났으니 쉬시지요."

의녀의 말에 누워있던 나는 오래도록 감았던 눈을 떴다.

의녀들이 자리를 정리하고 모두 나가자 난 그때까지도 남아있던 보향에게로 고개를 돌렸다. 보향은 울음을 참기 위해 인상을 잔뜩 쓴 채로 끅끅 소리만 내고 있었다. 난 입을 열려고 했지만 소리가 나오지 않았다. 대신 한 손을 들어 가까이 오라고 손짓했다. 보향은 재빨리 내 옆으로 다가와 무릎을 꿇고 앉았다.

앉자마자 눈물을 뚝뚝 떨어뜨리는 보향을 보며 난 희미하게 웃었다.

"왜 우는 것이냐?"

내가 힘겹게 입을 열어 묻자 보향이 이젠 소리 내어 운다.

"원빈마마……. 흐흑."

"그리 쓸데없이 울면 철없단 소리를 들을라. 능양군도 네가 이리 눈물이 많다는 걸 아느냐?"

보향이 울며 고개를 가로젓는다.

그런 보향을 보며 내가 다시 한 번 억지로라도 미소를 지으려던 순간이었다. 밖에서 소리가 들렸다.

"주상전하 납시오."

곧바로 보향이 눈물을 훔치며 자리에서 일어섰다. 나도 따라 일어서려고 했지만, 도무지 몸에 힘이 들어가지 않았다. 난 일어서는 대신, 무거운 표정으로 들어선 혼을 향해 환한 미소를 지어 보였다.

"송구하옵니다, 전하."

나름 애교 있게 말을 하는데 몸에 힘이 없으니 목소리도 애교 있게 들리지 않는 것 같다. 혼의 표정은 여전히 어둡다.

보향이 나가고 둘만 남게 되자 혼이 내 곁으로 다가와 앉았다. 나는 그에게 한 손을 내밀었고, 그는 주저 없이 내 손을 잡았다. 잡은 그의 손이 데일 듯이 뜨거웠다. 그의 손이 이렇게 뜨거웠었나? 아니면 내 손이 차가운 건가?

"경민아."

나를 부르는 그의 목소리에 안쓰러움이 묻어난다. 나는 애써 아무렇지 않은 듯 담담하게 입을 열었다.

"의녀가 말하기를 둘 다 여자아이였대. 쌍둥이였다는 사실이 외부로 알려지면 안 된다면서 몰래 귀띔해줬는데……."

내 말이 끝나기도 전에 혼이 두 팔로 누워있는 나를 끌어당겨 안았다.

"혼아?"

그의 행동에 당황한 내가 그와 눈을 맞추려 고개를 들었다. 하지만 날 끌어안은 채로 그는 내 어깨에 고개를 파묻은 채 말이 없다. 나는 다시 한 번 그를 부르려 입을 열려다가 그만두었다. 그가 내 어깨에 자신의 얼굴을 파묻고 흐느끼는 소리가 들려왔기 때문이었다.

처음이었다. 그의 흐느낌을 본 것은 말이다. 아무리 힘든 상황에서도 난 그가 눈물을 흘리는 것을 본 적이 없었다. 명이가 죽은 날, 그가 우는 것을 보았다는 말을 최 내관에게서는 들은 적이 있었다. 하지만 그것은 들은 것이지, 내가 직접 본 것은 아니었다.

오랫동안 세자라는 지위로, 왕이라는 지위로 살아온 그에게, 약한 모습이란 그 누구에게도 보여주어선 안 되는 것이었을 것이다. 그런 그가 지금 울고 있다. 나를 안고서.

혹시라도 그는 내가 아이를 잃은 것에 대해 죄책감을 느끼는 것일까? 나는 힘없이 한숨을 내쉬며 한 팔로 그의 넓은 등을 쓸어내렸다.

"너무 슬퍼하지 마. 그리고 다 내 잘못인걸. 아이를 잃은 탓을 누군가에게 해야 한다면 그건 바로 나잖아."

그런데 이상했다.

분명 내 마음도 너무나도 아프다. 갈가리 찢어지다 못해서 피가 철철 넘쳐흐를 것 같다. 그런데도 눈물은 나지 않는다.

너무 아파서일까? 통증에 눈물마저 잊게 된다는 것이 바로 이런 것일까? 눈물이 씨가 마른 것 같다. 차라리 웃는 게 우는 것보다도 더 쉽게 느껴진다. 정말로 이상한 일이다.

한약 냄새가 교화당을 가득 메운다.

경운궁에서 아이를 잃고 난 뒤로 내 몸 상태는 크게 나빠졌다. 별다른 이유가 있는 것은 아닌데 입맛을 완전히 잃어버렸다. 혹여 혼에게 걱정이라도 끼칠까 음식을 먹으려고 애를 썼지만, 그러는 족족 체하거나 게워냈다. 이러다보니 입맛을 되찾고 싶어도 쉽사리 되찾을 수가 없었다. 어느 순간 나는 입맛을 되찾으려는 노력을 포기했다. 단순히 입맛이 있고 없는 문제가 아니라는 걸 깨달았기 때문이었다. 아이들을 잃은 슬픔이 아직 나를 떠나지 않았다는 걸 알았다.

나는 시간이 해결해주기를 기다리고 있었다. 그렇게 막연히. 하지만 혼은 이런 나의 상태를 알고 있었고, 의관이 수시로 교화당을 드나들며 탕약을 올렸다. 때문에 교화당에 한약 냄새가 가득한 것이다.

이런 가운데 나는 바깥일에 관심을 끊고 하루 종일 넋 놓고 보내는 일들이 많아졌다.

"숙원마마 드시옵니다."

신 숙원이 왔다는 말에 나는 문 쪽을 쳐다보았고, 곁에 있던 보향이 재빠르게 일어나 가서 문을 열었다. 나인의 손을 붙잡은 채 신 숙원이 천천히 걸어 들어왔다. 나는 그녀의 두 눈을 가린 흰 천을 보며 마음이 편치 않았다.

미안함과 안쓰러움에 차 그녀를 바라보는데, 이를 모르는 신 숙원은 문이 열리면서부터 싱글벙글한 얼굴이었다.

"송구하옵니다, 원빈마마."

그녀는 부축을 받으며 걸어 들어오는 자신이 부끄러운 듯 얼굴을 살짝 붉혔다.

"숙원, 눈은 어떻소?"

그녀의 눈이 낫기 어렵다는 소식을 들은 나는 걱정스러운 말투로 물었다. 그러자 숙원은 더욱 환하게 웃으며 대답했다.

"다름 아니라 그 때문에 원빈마마를 찾아 뵌 것이옵니다."

"그게 무슨 말이오?"

"전하께서 소인이 원하면 눈이 나을 때까지 사가로 나가 요양해도 된다 하셨사옵니다. 중궁전에서도 이를 허하셨고요. 그래서 원빈마마께서만 허락해주신다면 그리하고 싶어 이리 찾아왔사옵니다."

신 숙원을 알게 된 이후 처음으로 그녀가 이처럼 행복해하는 모습을 본 나는 놀라지 않을 수 없었다. 그녀는 진심으로 행복해하고 있었다. 왕이 후궁에게 출궁을 허락한다는 것은 사실상 그녀의 눈이 나을 가망이 없음을 의관에게 전해 들었기에 가능한 것일 터였다. 신 숙원도 이를 모를 리가 없었다. 그럼에도 그녀는 행복해하고 있다. 단지 궐을 떠날 수 있다는 사실 하나에 말이다.

"신 숙원이 원한다면야 내가 어찌 막겠소."

"송구하옵니다, 원빈마마. 오래도록 출궁을 바란 소인의 마음이야 출궁하게 되어 기쁘기 한량없사오나, 한편으로는 원빈마마를 더 뫼시지 못하고 출궁하게 되어 마음이 무겁사옵니다."

"다 아오. 다 알고 있소."

목소리만 들을 수 있는 그녀가 조금이라도 마음 편히 궁궐을 떠날 수 있도록 나는 최대한 밝은 목소리로 답했다. 문득 오래전 궁궐을 떠나 정원군의 사가로 들어간 인빈의 소식이 궁금해졌다. 신 숙원의 소원은 인빈을 따르는 것이었다. 내게는 좋은 기억으로 남지 않은 양화당 나인 시절을 돌이켜보면 그때 인빈은 무섭고도 잔인한 사람이었다. 그러나 혼의 즉위 이후 그녀는 정원군 사가에서 마치 죽은 듯이 지내고 있었다.

"인빈께서도 숙원의 출궁 사실을 아시오?"

"예. 하루속히 만나길 고대한다고 전해 오셨사옵니다."

"인빈이……."

믿기 어려운 말이지만 유일한 질녀인 숙원에게라면 그런 말을 했을 것도 싶어 나는 작게 소리 내어 웃었다. 숙원이 이런 내 웃음소리를 듣더니 입을 열었다.

"소인 역시 오래 인빈마마의 곁에 있었던 것은 아니지만, 듣는 귀가 있어 인빈마마와 얽힌 많은 이야기들을 들었사옵니다. 지난날 인빈마마께서는 경운궁에 계실 적에 옳은 일만 행하신 분은 아니셨지요. 그러나 처음부터 그리하시던 분도 아니셨을 것이옵니다. 궐이, 궐의 여인으로 살아간다는 것이 그분을 그리 만들었겠지요."

'궐의 여인. 이 궁궐의 여인으로 살아간다는 건…….'

숙원의 말을 들으며 인빈을 시작으로 내가 만났던, 그리고 내가 알고 있는 많은 궁궐의 여인들의 모습이 머릿속을 스쳐 지나갔다. 그 여인들 가운데에는 미영이도 있었고 운영도 있었다. 개시도, 홍 상궁도. 문 상궁과 인빈. 현재 경운궁 대비마마인 김 씨의 중전 시절의 모습까지도 말이다.

그러고 보면 궁궐은 참 이상한 곳이었다. 궁궐의 여인들은 누군가의 수족으로 삶을 마치거나 같은 처지의 여인들을 공격하며 살아간다. 그래야만 살아남도록 구조가 짜인 곳이 바로 궁궐이었다. 그래서 인빈도 그렇게 말했던가? 내가 살기 위해 남이 죽어야 하는 것이 바로 궁궐의 생리라고. 이제라도 그걸 이해한 내가 누구를 원망할 수 있을까? 그들은 단지 이 궐에서 살아남기 위해 남을 죽이려 한 것뿐이었다. 그리고 나는, 어쩌면 역사에 반한다는 핑계로 궐의 생리를 어기고 남을 죽이려 하지 않았을 뿐이다.

말을 모두 마친 숙원은 나인의 도움을 받아 내게 큰절을 올렸다. 그리고 교화당을 떠나기 전, 그녀의 눈을 가리고 있는 천이 물기로 젖어 들어가는 것을 보았다. 내게서 인사하고 돌아서는 그녀가 흐느끼는 소리도 들었다.

그해의 마지막 달 인빈이 병환으로 사망했다. 신 숙원은 국왕의 특명으로 인빈의 삼년상을 치를 수 있었다. 인빈의 삼년상이 끝난 다음 날, 신 숙원은 사가에서 스스로 목숨을 끊었다.

꿈을 꾼다.

'올해 몇 살인데요?'

'열여덟이에요.'

'편하게 '언니'라고 불러요.'

'정말요? 그럼 앞으로 '언니'라고 부를게요. 언니.'

'그래, 동생. 근데 이름이 뭐야?'

'제 이름은 이미영이에요.'

미영이를 처음 만났던 행궁의 담벼락.

당시 담벼락 너머로 미영과 함께 보았던 혼은 내게 아주 멀게만 느껴지던 사람이었다.

'기억나? 내게 물었었지? 이게 무슨 의미냐고 말이야.'

'그랬다.'

'내가 살았던 곳의 인사야. 만났을 때, 그리고 헤어질 때 하는 인사.'

'만났을 때와 헤어질 때라. 그럼 지금 하는 인사는 어떤 의미냐?'

'다시 만났을 때, 만나서 반가울 때. 그때 하는 인사야.'

'경민아…….'

행궁의 내 처소 앞에서 스물일곱 살의 혼이 내 손을 잡으며 나를 부르던 순간이 있었다. 그리고 그로부터 12년의 세월이 흘렀다.

"원빈마마께서는?"

"아침에 미음을 드시고는 내내 침수 중이십니다."

문밖에서 최 내관의 목소리가 들렸다.

난 억지로라도 눈을 뜨려고 했다. 이대로 최 내관이 돌아가서 내 소식을 전한다면 혼은 분명 걱정할 것이다. 그에게는 오늘 저녁까지 왕으로서 처리해야 할 일들이 많았다. 내 걱정으로 그가 교화당으로 오게 만들고 싶지는 않았다.

"알겠다. 잘 뫼시거라."

그러나 내가 눈을 뜨기도 전에 최 내관이 교화당을 떠나는 소리가 들렸다. 나는 짧게 한숨을 내쉬며 눈을 떴다. 동시에 멀게만 느껴지던 약 냄새가 바로 코끝으로 다가왔다.

최근 매일 먹는 식사의 양보다도 마시는 탕약의 양이 더 많아졌다. 그런데도 불구하고 몸은 나아지기는커녕 더 안 좋아지는 것 같았다.

약을 마시면 마실수록 몸에는 열이 많아졌다. 그 열 때문에 별로 움직이지 않아도 쉽게 지치고 피로했고, 그러다 보니 잠만 늘었다. 하루에 절반 이상을 잠만 자고 그나마 식사 시간에는 식사보다는 약을 마시는 일이 다반사다보니 살은 점점 빠지기만 했다. 모두 냄새도 맡기 역겨울 정도로 쓴 탕약들이었다.

'안녕? 이름이 뭐야?'

'…….'

'우리 인사할래? 자.'

늘어난 잠 속에서 꿈만 많이 꾸기 시작한 것도 이때쯤이었다.

어린 명이에게 손을 내밀었는데, 내가 내민 손을 명이는 잡지 않았다. 대신 나의 등 뒤에서 단단하고 큰 두 팔이 나를 끌어안는 촉감에 난 감았던 눈을 뜨며 잠에서 깨어났다.

몽롱한 상태에서 여전히 내 주변을 감싸고 있던 독한 한약의 냄새가 내 정신을 깨웠다. 그런 상황에서 최근 교화당과 어울리지 않는 향기의 주인을 깨닫는 건 그리 어려운 일이 아니었다.

"혼?"

흘깃 고개를 돌린 나는 뒤에서 나를 껴안고 있는 혼을 발견했다. 그는 두 눈을 감고 있었다. 난 그의 너머로 멀찍이 떨어져 앉아 숨소리조차 내지 않은 채 앉아있는 최 내관을 보았다. 그는 두 눈의 시선을 땅에 둔 채 미동도 하지 않고 있었다.

최 내관이 있다는 것은 처음부터 혼이 내 곁에 누우려고 찾아왔다는 것이 아니라는 뜻이기도 했다. 머리를 들어보니 닫힌 창문 너머로 한낮의 햇살이 비춰 들어오고 있었다. 대략 내 머릿속 계산이 맞다면 지금 그는 경연장에 있어야 할 시간이었다. 난 최 내관을 의식하며 조심히 입을 열었다.

"전하."

막 잠에서 깬 내 목소리에 힘이 실리지 않아서일까? 혼에게서는 대답이 돌아오지 않는다. 나는 그가 정말로 잠이라도 든 건가 싶어 몸을 비틀어보았다. 그의 품 안에서 빠져나오기 위해서였다. 그런데 그걸 알아채기라도 한 것인지, 그가 두 팔에 힘을 주어 나를 자신 쪽으로 더욱 끌어안았다. 난 그가 잠이 들지 않았다는 걸 확신하고 다시 입을 열었다.

"전하, 경연장에 계실 시각이 아니옵니까?"

그러나 여전히 혼은 대답하지 않은 채 두 눈을 감고 있다. 그는 분명 정해진 일정을 포기한 채 나와 함께 있는 시간을 택한 것이다. 나는 속으로 한숨을 내쉬고는 두 눈을 감고 있는 그의 얼굴을 물끄러미 응시하다가, 그가 익선관만 벗은 채 곤룡포 차림이라는 것을 알고는 놀라 말했다.

"냄새 배어요."

"무슨 냄새 말이냐?"

드디어 그의 입이 열렸다.

난 이제 몸을 완전히 틀어 그와 얼굴을 마주했다. 그는 눈을 뜨고 나를 응시하고 있었다. 난 그의 두 눈을 바라보며 말했다.

"약 냄새요."

그러자 혼이 자신의 얼굴을 내 목 언저리에 파묻는다. 그의 코에서 나오는 바람에 간지럼을 타며 난 몸을 떨었다. 그러자 그가 내 목에 짧게 입을 맞추더니 다시 고개를 들어 나와 눈을 맞춘다.

"약 냄새라니? 과인에겐 꽃향기만 나는구나."

무표정으로 담담하게 대답하던 그가 피식 웃음을 터트린다. 그런 그의 웃음을 보는 나도 짧게 웃고 말았다. 내 짧은 웃음이 그치자마자 그가 나를 자신의 품으로 더욱 끌어안는다.

"정말로 냄새 배어요. 그만 놓아주세요."

그러나 혼은 끌어안은 두 팔을 풀지 않은 채 내 귓가에 속삭인다.

"날도 더워지는데 어찌 몸이 이리 한겨울인 것이냐?"

이불을 이리 오랫동안 덮고 있었는데 몸이 차가울 리 없다. 분명 끌어안은 팔을 놓고 싶지 않아 하는 그의 핑계인 것이다. 나는 그의 재치 있는 핑계에 또다시 웃음을 터트렸다.

그가 나를 향해 말한다.

"더운 여름이 지나고 나면 메밀꽃이 피는 가을이 찾아오겠지. 그때가 되면 압구정으로 나들이를 가자꾸나."

"돌아오는 길엔 이현궁을 들르고요?"

내가 그의 마음을 읽은 것일까? 그가 상이라도 주려는지 내 양 볼에 한 번씩 짧게 입을 맞추고는 다시 그의 품 안으로 끌어안는다. 하지만 그의 품 안에서 안도감만을 느껴야 할 나의 마음에는 원인 모를 불안감이 싹트기 시작한다. 그 불안감은 교화당을 감싼 약의 냄새로부터 시작되는 것이 분명하다.

지난날 어린 종이는 의인왕후가 있는 중궁전에 가는 것을 싫어했다. 그것은 중궁전을 뒤덮은 약 냄새 때문이었다. 그것은 죽음의 냄새였다. 새 생명처럼 막 꽃을 피운 어린아이들은 잘 안다. 그들은 본능적으로 느낀다. 자신들과는 거리가 먼 죽음의 냄새를 말이다.

난 그저 살이 많이 빠졌을 뿐이고, 몸이 많이 피곤한 것뿐이다. 그런데도 그때 의인왕후가 있던 중궁전에서 풍기던 한약의 냄새가 왜 이리도 생생하게 맡아지는 걸까?

닫혀 있던 교화당의 문이 열리며 한 나인이 조용히 들어왔다. 그 나인은 혼과 내가 누워있는 것을 보고는 깜짝 놀란 듯 잠시 멈칫거렸다. 그녀를 향해 최 내관이 고개를 돌리자, 나인은 황급히 고개를 숙이며 최 내관에게 무언가를 속삭이고는 다시 밖으로 나갔다.

혼의 어깨 너머로 그것을 본 나는 무언가 일이 일어났음을 직감적으로 알아차리고는 혼의 팔을 잡고 살짝 흔들었다. 혼도 보지는 못했더라도 소리는 들었던 것일까? 입을 다문 채 짧은 한숨을 쉬더니 낮은 목소리로 물었다.

"무슨 일이냐?"

그러자 고개를 숙이고 있는 최 내관이 답했다.

"영창대군마마의 일로……."

영창대군의 이야기가 나오자 나는 놀란 얼굴로 혼을 바라보았다. 그러나 혼은 눈을 감은 채 우리가 함께 있는 시간을 방해받고 싶지 않다는 듯 시큰둥하게 말을 받았다.

"나가서 살펴보거라."

"예, 전하."

혼의 명을 받은 최 내관이 밖으로 나가자 난 혼에게 물었다.

"혹시 영창대군에게 무슨 일이 생긴 거야?"

혼이 한쪽 눈을 지그시 떠서 날 바라본다. 눈빛만으로도 그는 내게 지금 그런 소소한 문제들을 신경 쓰지 말라는 것처럼 보였다. 그는 곧 바로 눈을 다시 감으며 내게 말했다.

"아무것도 염려하지 말고 그저 쉬어라. 지금 네게 필요한 것은 쉬는 것이다. 몸도 다 낫지 않았지 않느냐?"

"혼아."

영창의 문제에서만큼은 물러설 수 없다는 듯 내가 그를 부르자 혼이 다시 두 눈을 뜨며 나를 본다.

"영창은 지금 창덕궁에 있다."

"여기에 있다고? 언제부터?"

"며칠 되었다. 곧 조정에서 영창의 양육을 중전에게 맡길 것이라 공표할 것이다."

혼의 말에 속으로 안도의 한숨이 나왔다.

어찌 되었든 내 계획대로 되는 것 같았다. 대군이 창덕궁에 있는 것은 어찌 보면 위험해 보일 수도 있다. 대군에게는 적진의 한가운데나 마찬가지기 때문이다. 하지만 다르게 본다면 너무나도 공개된 적진이다. 누구도 함부로 적진 한가운데에 놓인 어린아이에게 화살부터 날리진 못할 것이다.

"다행이야."

안심한 표정의 나를 보며 혼의 표정이 어두워진다. 나는 그런 그의 표정의 의미를 알고는 억지로 그의 앞에서 웃어 보였다.

난 내 아이들을 잃었다. 그런데 남의 아이가 안전하다는 소식에 기뻐하고 있다니. 엄밀히 말한다면 그것은 혼을 위한 생각에서 나온 행동이었다. 하지만 혼은 모를 것이다. 아니, 차라리 그가 아무것도 모른 채 모든 것이 좋게 마무리되었으면 좋겠다. 그럼 오랜 시간이 흐른 후에 나는 이 힘들고 아팠던 시간을 돌이키며 조금이라도 덜 슬퍼하게 되지 않을까?

"으아아앙."

전각 밖으로 울음소리가 흘러나오고 있었다.

전각으로 들어서려던 나는 밖으로 흘러나오는 울음소리를 들으며, 그 울음소리의 주인공이 바로 어린 영창대군이라는 걸 알았다. 내가 억지로 아픈 몸을 이끌며 교화당 밖을 나온 것도, 바로 창덕궁에 있다는 영창을 만나기 위해서였다.

"대군에게 무슨 일이 있느냐?"

전각 앞을 지키고 있는 내관에게 묻자 내관이 답한다.

"대군마마께서 창덕궁으로 오신 이후로 대비마마가 그리우시다며 하루도 거르지 않고 울며 식사를 제대로 하지 못하고 계시옵니다. 내의원 의관의 말에 따르면 이대로라면 병이 나실지도 모른다고……."

"그렇게 될 때까지 대체 자네는 무얼 한 겐가?"

난 영창대군이 아프게 될지도 모른다는 말에 내관을 꾸짖었다. 그러자 내관이 기어들어가는 목소리로 대답했다.

“중전마마께서 울음이 그칠 때까지는 내버려두라 명하시어…….”

“무슨 말인지 알았네.”

중전의 이야기가 나오자 나는 말을 중단시키고는 전각 안으로 들어섰다.

방 안에서는 영창대군이 여러 명의 나인에게 둘러싸여 울고 있었다. 또 그 주변으로는 엎어진 밥상이 보였다. 밥부터 다과 수저까지 한데 뒤섞여 대군이 머무는 방 안은 엉망이었다.

영창을 모시는 나인들은 내가 들어온 줄도 모르다가 뒤늦게 알아채고는 서둘러 자리에서 일어섰다. 그러나 영창은 여전히 울음을 그치지 않고 있었다. 나는 그런 영창을 내려다보며 죽은 명이를 떠올렸다. 난 곧바로 영창에게로 다가가 눈물과 땀으로 범벅이 된 얼굴을 닦아주며 말을 걸었다.

“어찌 이리 울고 계세요? 누가 대군께 해코지라도 했답니까?”

영창은 경운궁에서 지내던 시절부터 나와는 거의 왕래가 없던 터라 영창이 내가 누구인지를 알아볼 리는 없었다. 그런데 내가 영창을 달래고 나서자, 이 어린아이는 다짜고짜 내 치마폭에 얼굴을 파묻고는 어마마마를 부르며 더 크게 울기 시작했다.

난 그런 영창의 등을 쓰다듬어주다가 조심스럽게 작은 얼굴을 들어 올려 눈을 맞댔다.

“어마마마가 보고 싶습니까?”

대비의 이야기를 꺼내자 울던 영창이 눈물을 억지로 참으며 고개를 세차게 끄덕였다. 당장이라도 어머니 곁으로 데려가 줄 것이냐고 묻는 듯한 영창의 두 눈을 보며 나는 마음이 아팠다. 하지만 이 모든 건 영창을 위한 것이었다. 난 그렇게 생각했다.

"대군께서 이곳에 계셔야 대군께서도 살고, 모두가 살 수 있을지도 모릅니다."

"어마마마. 어마마마가 보고 싶어요. 어마마마……."

어린 영창으로서는 자신의 정해진 운명 따위에는 전혀 관심이 없을 것이다. 그저 경운궁에서 자신을 애타게 그리워하고 있을 대비만이 보고 싶을 테니까. 또 대비의 가슴은 얼마나 찢어질까? 그녀는 분명 순순히 영창을 내어놓지 않았을 것이다. 거의 빼앗기다시피 했을 테니 지금쯤 살아있어도 살아있는 게 아닐 것이다.

'영창을 위한다면서, 어쩌면 내 욕심이 모두를 불행하게 만들고 있었던 것이 아닐까?'

난 내 치마폭에 눈물을 쏟아내는 어린 영창의 손을 잡아주며 말했다.

"가요."

"응?"

"대비마마께요. 대군의 어마마마께 데려다 드리지요."

그러자 영창을 돌보는 나인으로 보이는 이가 내게 말했다.

"전하의 윤허가 필요하옵니다. 또 중궁전에서……."

난 그녀의 말을 자르며 말했다.

"곧 전하께서 대군의 양육을 중전마마께 맡기신다 공표하실 것이다. 그러니 벌써부터 창덕궁에 홀로 와 있을 이유가 없지 않느냐?"

"하오나 원빈마마!"

"전하의 윤허는 내가 따로 받겠다. 모두 내가 책임질 것이니 더 이상 아무 말도 말거라."

그러자 나인은 순순히 뒤로 물러섰다.

경운궁에 도착하자마자 영창은 익숙한 듯 대비전을 향해 뛰어가버렸다. 나는 그런 영창의 뒷모습을 보며 마음이 조금이라도 편해짐을 느꼈다. 앞으로 그들 모자가 함께할 시간이 얼마나 남아있을지는 몰라도, 그 시간이라도 함께할 수 있는 그들이 부럽기도 했다.

"돌아가시는 것이옵니까?"

대비가 만나주지 않을 것임을 안다는 듯 보향이 말한다.

난 고개를 저으며 보향에게 말했다.

"쉽게 올 수 있는 길이 아니니니 경운궁이나 둘러보려 한다. 모두 여기서 기다리게 하고, 너만 따라오거라."

"예. 원빈마마."

보향이 활짝 웃으며 대답했다.

왕실의 일원이라고는 오로지 대비만이 홀로 남아 지키는 경운궁이었다. 행궁이라는 옛 이름으로 되돌리는 것이 어울릴 정도로, 경운궁에는 새로 중건한 창덕궁에 비해 초라한 느낌만 가득했다.

어느덧 왜란이 끝난 지도 20여 년이 되어가고 있었다. 왜란으로 집을 잃은 왕손들이 모두 이 좁은 행궁에 모여 살던 시절이 있었다. 그 시절, 나는 조선으로 왔다. 아빠를 다시 만나기 위해서, 또 그것을 위해 세자였던 혼을 만나기 위해서였다.

'어마마마의 환후는 어떠하신가?'

조선으로 온 뒤 처음으로 혼을 보았던 것은 중궁전 퇴선간에 숨어서였다. 너무나도 달라진 그의 모습 앞에 나는 나서지 못하고 주저했다. 마치 그와 아무 연 없는 일개 나인이 된 것처럼 숨어서 그를 지켜보는 것이 당연하게 느껴질 때가 있었다.

'나의 첩이 되어주겠소?'

만약 계속해서 종이의 보모상궁으로 살았더라면, 그것도 아니라면 수라간 나인으로서 사는 삶에 적응했다면, 난 어느 순간 아빠를 만나 어떤 식으로든 다시 돌아갈 길을 찾게 되지 않았을까? 혼과 재회하지 않았다면 말이다.

난 버려진 내 옛 처소 앞의 감나무에 다가섰다.

여름을 맞아 감나무에는 넓은 잎들이 가득했다. 나는 감나무에 한 손을 들어 갖다 대었다.

'주인 잃은 빈 전각이 참으로 썰렁하더구나. 전각 앞 감나무야 주인이 있는지 없는지도 모른 채 푸른 잎만 무성하니, 가을에 열매는 많이 맺

겠더구나.'

지난날 혼이 자신에게 말도 없이 처소를 옮긴 내게 섭섭함을 담아 말하던 순간이 떠오르자, 나도 모르게 피식 웃고 말았다. 그러나 동시에 나무 뒤에 숨어있던 어린 명이의 모습이 눈앞에 아른거리자 웃음은 처음부터 존재하지 않았던 듯 그렇게 사라졌다.

"벌써…… 십사 년인가……."

내가 조선으로 온 지 14년이라는 세월이 흘렀다.

아직도 살아갈 날은 많은데, 적어도 내가 아는 혼의 생은 아직도 한참이나 남았는데도 불구하고 나는 너무나도 지쳐버렸다. 처음부터 이 조선은, 이 궁궐은 내게 어울리지 않았던 곳일지도 모른다.

'역사의 일부가 된다는 건 말이야, 과거로 돌아간 네가 그곳에서 아주 오랫동안 머무는 거야. 그럼 자연히 역사에 동화가 되지. 지금 이 시대에 사는 너는 사라지고, 그 과거에 사는 네가 되는 거니까. 다시 말해 과거의 사람으로 다시 태어나는 거라고나 할까?'

'역사에 동화가 된다는 건, 변하지 않는 역사의 흐름에 순응하며 살아가야만 한다는 의미였는지도 몰라.'

"원빈마마."

난 감나무에 대고 있던 손을 놓고는 소리가 나는 방향으로 고개를 돌렸다. 그곳에는 최 내관이 서 있었다.

"최 내관."

혼의 곁을 항시 지키고 있어야 하는 최 내관이었다. 그런 최 내관이 이곳 경운궁까지 왔다는 건 단 한 가지 이유에서일 것이다.

"전하께서 아신 건가?"

최 내관이 난처한 듯 웃으며 말한다.

"속히 창덕궁으로 돌아오시라며 소인을 보내셨나이다."

"영창대군을 데려온 것은 꾸짖지 아니하신다던가?"

"전하께서 그러실 리가요. 그저 원빈마마의 걱정뿐이시옵니다."

"돌아갈 것이네. 잠시 옛 생각에 발길이 무거워졌나 보네."

발길을 돌리자 최 내관이 앞장선다. 그 뒤를 따라 걸으려던 나는 갑자기 밀려오는 어지럼증에 몸을 비틀거렸다. 가까운 곳에 있던 보향이 이런 나를 보고 제일 먼저 달려왔다.

"원빈마마!"

그러나 누군가의 손이 더 빨랐다. 단단한 팔이 넘어지려던 나의 팔을 붙든 것이다. 그것은 사내의 손이었다. 놀란 내가 고개를 돌렸을 때, 정원군이 어색한 미소를 지으며 날 부축했던 손을 놓았다.

"정원군……."

그를 보며 놀란 것도 잠시, 나는 또다시 쓰러질 듯 휘청거렸다. 이번에도 정원군이 팔을 뻗어 나를 부축했지만, 난 거절하려고 했다. 최 내관과 보향이 있어서였다. 그러나 정원군은 내 팔을 놓지 않고 있었다.

"많이 여위신 듯합니다."

"정원군, 다른 이들이 봅니다."

나는 혹시라도 최 내관이 정원군의 이런 행동을 혼에게 전할까 염려되었다. 명이가 죽은 이후로 정원군과 혼의 사이는 서먹해졌다. 난 그때와 같은 일이 또다시 반복되지 않기를 바랐다. 그런데 야윈 내 팔을 붙잡은 정원군은 슬프게 웃으며 말한다.

"그럼 죽기밖에 더하겠습니까?"

'지금 그 말이 얼마나 대역무도한 말인지 알고 하는 것이오? 누가 듣기라도 했다가는…….'

'죽기밖에 더 하겠어요?'

난 그가 아주 오래전 내가 한 말을 다시금 되풀이하고 있다는 걸 깨달았다. 그것을 깨닫자 갑자기 궁금해졌다. 그가 나를 떠올릴 때 나는 몇 살 때의 모습으로 기억되는 것일까?

"최 내관, 내가 원빈마마를 모시고 가겠네."

정원군의 숨김없는 말에 최 내관도 약간 당황한 기색이었다. 그 역시 오래도록 정원군을 보면서 그가 어떤 성품인지를 누구보다 잘 알고 있을 터였다. 그런 정원군이 어찌 보면 위험하게 들릴 수도 있는 발언을 스스럼없이 꺼내고 있었다.

최 내관은 잠시 고민하는 듯하더니 조용히 고개를 숙인 채 자리를 떠났다. 이제 우리 곁에 남겨진 보향은 우리 두 사람의 눈치를 보더니 멀찍이 섰다.

정원군은 나를 부축하며 걷기 시작했고, 잠시 망설이던 나도 그에게 의지해 걸음을 옮겼다.

우리는 말이 없었다.

함께 걷는 동안 나는 그가 몇 번 눈길을 보내는 곳으로 시선을 보냈다. 크고 작은 우리들의 추억이 얽혀 있는 곳들이었다. 그는 나와 마찬가지로 옛 추억을 떠올리는 것 같았다. 서로 말을 나누지 않아도 우리는 같은 추억을 떠올리는 것이다. 여기까지 생각이 미치자 난 그와 나의 사이가 말이 필요하지 않을 정도로 가까운 친구 사이라는 느낌을 받았다. 물론 그에게 나를 향한 마음이 남아있다면, 그것은 어디까지나 나에게만 국한된 느낌이겠지만 말이다.

그와 함께 걷는 동안 왠지 나는 보모상궁 시절이나 나인 시절로 돌아간 듯한 착각에 빠져들었다. 그것은 그 시절 살았던 경운궁에서 있어서가 아니었다. 오로지 정원군과 함께 있기에 가능한 것이었다.

과거 보모상궁으로 그의 전각에서 지내던 시절, 갓 조선에 온 나에게 궐의 예법은 그저 어린아이들의 장난처럼 여겨지기도 했다. 어쩌면 그때의 내가 어린 종이와 같은 것을 보고 같은 생각을 하려고 노력해서일 수도 있다. 그랬기에 종이가 부모님에게 느끼는 감정을 나도 함께 느꼈는지도 모른다.

그리고 그렇게 안정적인 조선 생활을 시작할 수 있었던 것은 바로 정원군, 그가 있었기 때문이었다.

"한 번쯤은 꼭 하고 싶은 말이 있었어요."

갑자기 튀어나온 내 말에 그가 걸음을 멈추었다. 난 그의 얼굴을 바라보며 말했다.

"늘 한결같이 제 뒤에 계셨죠. 제가 앞에 어둠이 있는지 모르고 무작정 어둠 속으로 걸어 들어가면, 누구보다도 먼저 달려와 절 어둠 속에서 꺼내주셨어요. 그래서 고맙다는 말씀을 꼭 한 번쯤은 드리고 싶었어요. 고마워요."

내 말에 그는 무언가 할 말이 있는 듯한 표정으로 바뀌었지만 입을 열지는 않았다. 그는 무언가 말하길 주저하고 있었다. 그리고 그것은 지금이 아니면 내게 하지 못하는 말 같았다. 그렇지 않고서야 이렇듯 주저하는 기색을 내보이며 말을 아끼려 할 리가 없기 때문이었다.

우리는 다시 걷기 시작했다. 이윽고 내가 탈 가마가 기다리고 있는 곳에 도착했을 때, 그는 묵묵히 내가 가마에 탈 수 있도록 마지막까지 부축하고 나서야 물러났다.

"가마 문을 닫겠습니다."

보향이 내게 말했다. 난 고개를 끄덕였다. 내려가는 가마 문 사이로 나를 응시하는 정원군의 모습이 보였다. 그는 미간에 주름이 잡힐 정도로 안타까운 시선으로 나를 바라보더니 돌아섰다.

무엇 때문일까? 그런 그의 모습이 그와 나의 생에 있어서의 마지막 기억이 될 것 같은 강렬한 느낌이 찾아왔다.

"잠깐."

보향이 닫으려던 가마의 문을 다시 열었다.

나는 보향의 부축을 받으며 가마에서 다시 내렸다. 그리고는 돌아서서 걸어가고 있는 정원군을 불러 세웠다.

"정원군."

가마의 문이 닫혔을 것이라고 여기고 돌아섰던 정원군이 갑작스레 들려온 나의 목소리에 놀라 돌아섰다.

"원빈마마."

난 그의 앞까지 다가가 그만 들을 수 있을 정도의 작은 목소리로 속삭였다.

"그리고 한 가지 더 정원군에게 하고 싶은 말이 있어요."

"무엇이옵니까?"

나는 숨을 가다듬으며 말했다.

"다음 생애가 있다면…… 다시는 나를 만나지 말아요. 정원군을 위해서 하는 말이에요. 혹여 다음 생에 나를 보게 되더라도 모른 척하고 지나가요. 어떤 식으로든 나와 인연이 되어서는 안 돼요."

나의 진심이 담긴 말을 묵묵히 듣던 정원군의 표정이 점점 굳어졌다.

"당신은 좋은 사람이니까요. 좋은 사람이니까, 더 좋은 사람을 만나서 행복하셔야 해요."

그는 내 말이 끝나자 어처구니가 없다는 듯 짧게 웃더니 곧 슬픈 얼굴로 내게 말했다.

"경민, 그대는 정녕 어리석구려. 아직도 모르는 것이오?"

그가 나를 '경민'이라는 이름으로 부르는 것은 원빈이 된 이후에는 쉽사리 듣기 어려운 것이었다. 그것은 지금 솔직한 진심을 말하고 있다는 뜻으로 들렸다.

"정원군?"

"경민, 우리에게 다음 생애가 있다면 난 전하보다 그대를 먼저 찾아

낼 것이오. 이러한 나의 바람이 오늘도 내게 이승을 살아갈 힘을 준다는 것을 그대는 정녕 모르는구려."

어쩌면, 어쩌면 내가 가마를 멈춰 세우고 그에게 다가가 말을 하지 않았더라면 정원군은 지금 이 말을 평생 자신의 가슴속에만 담고 살다가 죽었을지도 모른다.

그가 주저하면서 끝내 하지 못했던 이 말을 내게 들려주는 순간, 그는 이미 이승에서의 모든 바람을 이룬 것과 마찬가지였다. 그래서인지 나는 오늘 경운궁에서의 정원군과의 짧은 만남이 그와의 마지막 만남이 될 것이라는 생각을 머릿속에서 지울 수가 없었다.

경운궁을 출발한 가마가 어느 순간 오래도록 움직이지 않았다. 그러더니 가마 앞이 소란스러워졌다.

"비켜라! 지금 이분이 뉘신지 알고 길을 막는 것이냐?"

나는 무겁게 감긴 눈에 힘을 주어 억지로 눈을 떴다. 바로 소리 내어 밖에 있을 보향을 부르려 했다. 하지만 소리를 내기에는 아직 다 낫지 않은 몸에 힘이 들어가지 않았다.

"썩 물렀거라!"

연이은 병사의 호령에 어떤 무거운 물건을 실은 듯한 마차가 밀리는 소리가 들렸다. 미는 사람이 한둘이 아닌지 여러 사람이 낑낑대며 힘들어하는 소리도 같이 들렸다. 난 이미 보향을 부르기를 포기한 상태였다. 가마가 다시 움직이려는지 흔들거리는 것을 느끼고는 눈을 감으려 했다. 그런데 어떤 호기심이 이런 나의 행동을 붙들었다.

난 감으려던 눈을 떴다. 그리고 닫혀 있던 가마의 창문을 열었다.

가마의 창밖으로 마차에 실린 커다란 직육면체의 흑요석이 옆으로 눕혀져 있는 것이 보였다. 이처럼 큰 돌을 구경하는 것은 한성에서도 드문 일이었다. 그래서인지 좁은 길에 많은 백성들이 몰려나와 구경하는 통에 길이 꽉 막혀 있었던 것이다.

돌을 실은 마차와 내가 탄 가마가 가는 방향은 같았다. 아무래도 이렇게 커다란 돌을 실은 마차가 길을 막고 있으니 가마가 쉽게 지나갈 수 없어 병사가 성을 낸 듯싶었다.

마차를 끌던 인부들이 서둘러 내가 탄 가마가 지나갈 수 있게 길을 내기 시작하면서 가마의 창 옆으로 보이던 돌이 서서히 앞으로 움직이기 시작했다. 아무 생각 없이 멀뚱히 내다보던 나는, 어느 순간 그 돌에 무언가 조밀하게 새겨진 것을 발견하고는 놀란 눈을 크게 떴다.

'경민아, 천상열차분야지도를 알고 있니?'

그 돌의 정체는 아빠와의 기억이 대답해주었다. 그 돌은 다름 아닌 천상열차분야지도각석이었던 것이다!

'평범한 사람들에게는 그저 각석 천문도로 보이겠지만, 우리 시간여행자들에게는 다르다. 고구려의 천문도를 담고 있는 천상열차분야지도 각석은 살아있는 시간의 제약을 넘어 '시간'을 자유롭게 넘나들 수 있게 해주는 시간의 문이자 열쇠이기 때문이지.'

'시간의 문이자 열쇠…….'

'시간의 뒤틀림'을 통해 만났던 아빠가 들려준 이야기 속의 천문도 각석. 오래전, 이 천문도의 문을 넘어 죽은 엄마를 다시 만나고 싶어 했던 아빠의 모습. 그 천문도가 지금 내 눈앞에 있었다.

"보향아."

힘들게 소리를 냈지만, 밖이 소란스러워서인지 보향은 내 목소리를 듣지 못한 모양이었다. 천문도를 실은 마차가 옆으로 물러서고, 내 가마가 혼잡한 거리를 빠져나오고 나서야 보향은 가마의 창이 열려 있다는 것을 알아챘다. 보향이 열려 있는 가마의 창 옆으로 고개를 숙이자 난 어렵사리 소리를 냈다.

"저 돌이 어디로 옮겨지는지 알아 오거라."

"저 마차에 실린 검은 돌 말씀이시옵니까?"

"그래."

"예, 마마."

나의 명을 받은 보향이 재빨리 왔던 길을 돌아서 각석이 있는 곳으로 뛰어갔다. 그제야 나는 두 눈을 감으며 가마의 벽에 몸을 기댔다.

'피곤해…….'

유산을 한 뒤로 몸이 완전히 회복되지 않아서일까? 떨어진 입맛에 식사를 제대로 하지 못해서일까? 나는 이유 없이 아프다. 그리고 쉽게 지친다. 혼의 앞에서만큼은 조금이나마 웃을 수 있지만, 그 외의 시간에는 마치 태어난 뒤 단 한 번도 웃어본 적이 없다는 듯이 웃음이 나지 않는다. 웃음이 생각나지 않는다.

어린 시절 아빠와 함께했던 추억도, 그 추억 속에서 웃던 나의 모습도 아주 오래전 일 같다. 아주 오래전, 적어도 지금의 나에게는 마치 몇십 년 전 일처럼 기억된다. 희미하게, 그리고 정확하게 떠올리려고 하면 할수록 더 멀어지는 그런 기억처럼.

"원빈마마."

어느새 보향이 다시 가마로 돌아와 나를 불렀다. 하지만 잠깐 감았던 눈인데도 다시 뜨기가 어려웠다.

"원빈마마? 어디가 편찮으시옵니까?"

보향이 걱정스레 물었을 때에야 나는 억지로 눈을 떴다.

"아니다. 그래, 알아본 것은 어찌 되었느냐?"

"예. 저 돌은 원래 법궁(法宮, 경복궁)이 불탄 후에 그곳에 버려져 있던 것으로, 오늘 창덕궁 흠천각(欽天閣)으로 옮겨진다 하옵니다."

나는 알았다는 뜻으로 고개를 한 번 끄덕이고는 가마의 창을 닫았다. 보향은 여전히 가마의 창밖을 서성거리며 쉽사리 앞으로 걸어가지 못했다. 아마도 피곤해 보이는 나의 모습이 걱정스러워서일 것이다.

모든 것이 귀찮아진 나는 다시 눈을 감았다. 조금 전 떠오른 아빠와의 기억이 마치 지금 내 앞에서 벌어지는 일처럼 생생하게 다가왔다.

'우리가 시간여행을 하는 데 있어서 한 가지 제약이 있지 않니? 천문도의 문은 그 제약을 넘어서게 해준단다.'

'제약? 이제 와서 무엇을 바꿀 수 있을까? 그리고 바꾼다고 해서 무

엇이 달라질까?'

어쩌면 내가 낸 욕심들이 지금의 상황을 만들었는지도 모른다. 지금 내가 겪는 아픔들은 모두 과거의 내가 선택했던 일들의 결과였다. 그것을 되돌리거나 바꿀 기회를 얻는다고 하더라도 난 무엇부터 바꾸어야 할지 감조차 잡히지 않았다.

아빠의 죽음?

명이의 죽음?

지나버린 고통스러운 시간을 다시 되돌려 생각해야만 하는 것이 귀찮게만 느껴진다. 아마 귀찮다고 생각하지 않는다면, 그 시간을 떠올리며 고통스러워해야만 할 테니까.

'왜 지금 그 천문도에 대해 알려주시는 거예요?'

'네가 그 천문도에 새겨진 시간의 문을 열게 될 일이 생길지도 모른다고 생각하기 때문이다. 네가 만약 '시간'과 싸우게 되고, 그 싸움에서 지게 되어 위험이 찾아온다면…….'

'아빠가 말한 그 위험은 이미 모두 끝났는지도 몰라. 그리고 이제 남은 시간을 감수하는 것만 나의 몫으로 남았겠지.'

"도착했사옵니다."

보향이 닫힌 가마의 창 밖에서 말한다.

교화당은 후원에 위치하고 있다. 후원에서 가장 가까운 문으로 들어온 것이 분명했다. 후궁의 궐 밖 출입은 많은 이들의 눈에 띄면 띌수록 조정에서 논란거리가 될 수 있었다. 이 때문에 영창대군을 데리고 출궁할 때도 후원 쪽 궐문을 통해 밖으로 나왔었다.

끼이이익.

궐문이 열리는 소리와 함께 난 곧 교화당에서 편히 몸을 뉘어 쉴 수 있다는 생각으로 안도의 한숨을 길게 내쉬었다. 그때였다.

"전하!"

소스라치게 놀라는 보향의 목소리에 난 가마 안에서 귀를 세웠다. 아직 한낮이었다. 혼이 후원이나 교화당으로 올 수 있는 시간이 아니었다. 그는 왕으로서의 하루 일정이 있었다. 그러나 보향이 부른 사람은 혼이 분명했다.

"원빈이 그 안에 있는 것이냐?"

이어 혼의 목소리가 들려왔다. 목소리만으로는 지금 그의 감정 상태를 읽기 어려울 정도로 침착한 소리였다. 난 그가 이곳에 있는 이유가 첫째는 허락 없이 경운궁에 다녀왔기 때문이라 여겼다. 그렇다면 두 번째는 영창대군일 것이다. 내가 책임진다고 하고 영창대군을 경운궁의 대비에게 데려다주고 왔으니 말이다.

"예, 주상전하."

혼에게 대답하는 보향의 목소리가 점점 작아지고 있었다.

난 혼의 표정이 좋지 않은 것 같아 서둘러 가마의 문을 열라고 말하려 했다. 그때, 닫혀 있던 가마의 문이 천천히 열리기 시작했다. 그리고 열린 가마의 문 앞에는 곤룡포를 입고 있는 혼이 서 있었다. 그런 그의 뒤로는 최 내관을 시작해서 평상시 혼을 뒤따르는 대전 나인들이 서 있는 것이 보였다.

혼은 평상시와 다름없는 무표정이었다. 그는 가마 안에서 힘없이 두 눈을 깜빡이며 자신을 올려다보는 나를 물끄러미 내려다보더니 천천히 가마의 앞으로 걸어왔다.

"전하……."

다른 사람들을 의식하며 내가 혼을 불렀다.

그러자 혼이 내게 한 손을 내밀었다. 가마에서 내리려는 나를 부축해주려는 것 같았다. 하지만 이곳에는 많은 사람들이 있었다. 적어도 조선에서는 왕의 그러한 행동은 여러 사람들에게 꼬투리가 잡힐 수 있는 일이었다.

나는 그에게 살짝 고개를 저으며 입을 열었다.

"보향에게……."

내 말이 끝나기도 전이었다.

한 손만 내밀었던 그가 다른 한 손도 내게로 내밀었다. 난 그가 무슨 행동을 하려는지 몰라 당황했다. 그 순간 그가 두 손으로 가마 안에 있던 나를 번쩍 안아 올린 것이다.

"전하!"

놀란 것은 나뿐만이 아니었다.

벌건 대낮이어서 그런지 젊은 나인들의 입에서는 외마디 비명이 터져 나왔고, 상궁들은 어쩔 줄 몰라 하며 고개를 돌리느라 바빴다. 그것은 내관들도 마찬가지였다. 그러나 혼의 태도는 처음 가마 문이 열리며 보았던 그대로였다.

"혼자 갈 수 있어요."

난 그에게 작게 속삭였다.

그러나 혼은 나를 보지 않으며 무뚝뚝하게 대답했다.

"그 몸으로 말이냐?"

난 혼이 이미 경운궁에서 있었던 일을 전해 들었다는 걸 눈치챘다. 그 때문에 혹시라도 정원군의 이야기가 나오게 될까 봐 난 서둘러 대군의 일로 말을 돌렸다.

"대군의 일은 신첩이 독단적으로 한 거예요."

"상관없다. 과인 역시 대비와 떨어져 매일같이 운다는 대군의 소식에 마음이 편치 못하였으니 말이다."

"혹시 화나셨어요?"

여전히 그는 나와 눈을 마주치지 않는다. 그저 그는 다른 사람들의 시선에 아랑곳없이 걸음을 옮길 뿐이다. 난 점점 마음이 무거워졌다.

"전하, 아무래도 궁인들의 시선이 있사오니 원빈마마는 소인이 모실 수 있게 하여 주시옵소서."

최 내관이 다가와 작은 목소리로 말했지만, 혼은 짤막하지만 엄하게 답을 주었다.

"따라오지 말라."

뒤따르던 최 내관의 걸음이 거짓말처럼 멈췄다. 최 내관은 그런 자신을 지나쳐 혼과 나를 뒤따르려는 나인들을 막아섰다. 이제 나를 안고 걸어가는 혼의 뒤를 쫓는 이들은 아무도 없었다.

혼이 나를 데려간 곳은 교화당이 아니었다. 창덕궁 후원에 세워진 여러 정자 중 하나, 평상시에도 지나다니는 사람이 별로 없어 한적한 곳이었다. 아무도 없는 것을 확인한 혼이 그곳에 나를 조심스럽게 내려놓았다. 나는 그대로 정자 위에 앉았고, 혼은 그런 내 옆에 앉았다.

침묵만이 흘렀다. 혼은 멀지 않은 곳에 위치한 산을 응시할 뿐, 입을 열지 않았다. 난 그런 그의 얼굴을 쳐다보다가 그의 뺨을 타고 흐르는 땀을 발견했다. 피식 웃음이 터졌다. 그제야 그가 나를 돌아보았다. 나는 여전히 무표정으로 일관하는 그의 얼굴과 마주하며 옷깃으로 땀을 닦아주었다.

"많이 무거웠지?"

그의 눈동자가 슬쩍 흔들렸지만 표정에는 변화가 없었다. 풀리지 않는 그의 얼굴을 보며 나도 웃음을 거두고는 다시 말을 했다.

"많이 무거웠사옵니까, 신첩이?"

그제야 혼의 입에서도 피식 웃음이 새어 나왔다. 난 그가 화가 난 것이 아니라고 확신하고는 입을 삐쭉이며 말했다.

"소문날 거예요. 아주 흉한 소문이요."

"소문이라니?"

"전하께서 총애하는 원빈을 친히 마중 나온 것도 모자라 번쩍 들어 안으시고는! 아니지, 원빈이 전하의 윤허도 없이 대군을 데리고 경운궁을 갔다 왔으니 분명 조정에서……."

내 말을 끊고 혼이 나를 끌어당겨 안았다. 나는 그의 품 안에서 새근거리며 가만히 숨만 내쉬었다. 그리고 말도 없이 경운궁을 다녀온 나를 그가 얼마나 걱정했었는지를 생각했다.

"걱정했었구나?"

"지난번에 경운궁에서 어떤 일이 있었는지 잊었느냐? 그런 경운궁에 말도 없이 가다니."

"미안해."

사과하던 나는 문득 이처럼 환한 대낮에 밖에서 둘만 있는 시간을 가지게 된 것이 오랜만이라는 걸 깨달았다.

오래전 세자와 나인 시절에는 틈만 나면 이런 시간을 가졌었던 것 같다. 그때는 메밀꽃을 보러 압구정에도 가고, 첫눈이 내리던 날 행궁 후원에서 몰래 만나기도 했었다. 하지만 언제부터인가 모두에게 당당해질수록 궁인들이 지켜보는 곳에서만 서로 만나게 되었다. 어느 순간 그런 만남이 우리에게 당연해졌다. 그럼 혼도 우리 단둘만 있었던 그때의 시간을 그리워하고 있었던 건 아닐까? 어쩌면 더 멀리, 우리가 처음 만났던 그때의 시간을 추억하고 그리워하진 않을까?

"혼아, 날 처음 만났던 날을 기억해?"

난 그의 품 안에서 고개를 들었다. 그가 나와 눈을 맞추더니 곰곰이 생각하는 표정으로 입을 열었다.

"내가 세자가 되었던 해, 함경도 회령에서 만나지 않았느냐? 그때의 넌 잃어버린 부친을 찾고 있었지."

'함경도 회령에서…….'

그건 그가 미래로 온 다음의 이야기다. 아빠가 임진년의 조선에 있다는 사실을 내가 알게 된 이후의 일 말이다. 그는 지금 미래에 갔었던 일을 완전히 잊었다고 말하는 것일까?

"그 전에는? 그 전에 만났던 건 기억나지 않아?"

"그 전이라니?"

"잘 생각해봐. 그러니까…… 천계! 내가 하늘나라라고 말했던 그곳."

그러나 혼은 이해하지 못하겠다는 얼굴로 나를 보며 되묻는다.

"하늘나라라니, 무슨 말을 하는지 통 알아들을 수가 없구나. 갑자기 그때의 일은 어찌 묻는 것이냐?"

나는 미래에 왔었던 일을 전혀 기억하지 못하는 그를 믿을 수가 없다는 얼굴로 바라보았다.

단 하루의 일이었지만, 그에게는 분명 놀라운 경험이었을 것이다. 다시 만난 그가 내게 말했었다. 별빛과 같았던 밤의 불빛들이었다고. 그에게 미래는 그렇게 신비한 기억으로 남아있었다. 그런데 지금 그가 기억하는 우리의 첫 만남이 함경도 회령이라니?

"그건……. 아니 그럼 내가 네게 해 주었던 하트 모양 계란은? 특이한 모양의 삶은 계란은 기억나지 않아? 그걸 보고 날 찾아왔었잖아? 그걸 보고 내가 궐 나인으로 있다는 사실을 알았었잖아?"

그의 기억을 되돌리려 애쓰는 나의 노력에도 불구하고 그는 여전히 내 말을 알아들을 수 없다는 표정이었다.

"특이한 모양의 계란이라……. 그래, 그걸 보고 누가 만들었는지 최 내관에게 알아오게 했다. 그래서 김경민이라는 이름의 나인이 수라간에서 일하다 양화당 퇴선간으로 옮겨갔다는 이야기를 들었었지. 그래서 네가 궐에 있다는 사실을 알게 되었다. 헌데 어찌 자꾸 그때의 일을 묻는 것이냐? 혹 오늘 대군과 함께 행궁에 다녀온 일과 관련이 있는 것이냐?"

나는 어디서부터인가 잘못된 기억을 가지고 있는 그를 보며 할 말을 잃었다. 그의 기억 속에는 미래에서 만났던 나에 대한 기억이 없는 것 같았다. 언제부터 그의 기억 속에서 미래의 내가 지워진 것일까? 내가 이 조선에 온 지 10년이 되던 해에 그의 기억 속에서 미래의 나를 만났던 순간이 지워지게 된 것일까? 10년이 된 그해에 나는 노경민이 되었고, 미래의 나는 분명 사라졌을 테니까.

'그럼 아빠는?'

'시간의 뒤틀림'으로 아빠를 만나던 해는 내가 조선에 온 지 9년이 되던 해였다. 만약 10년이 되던 해 미래의 내가 사라졌다면 마찬가지로 인목대비가 폐위되는 해에 만나길 기대했던 아빠는 그 시간대에 존재할 수가 없을 것이다. 존재한다고 하더라도 그 아빠에게는 '김경민'이라는 딸이 존재할 수가 없다. 현재 시점에서 내게 과거가 되는, 또 다른 나이기도 한 '김경민'은 내가 이 조선에 온 지 10년이 되던 해에 완전히 사라졌을 테니까.

'그럼 난 대체 누구인 걸까? 이젠 내게 과거이자 미래이기도 한 시간 속에서, 현대의 대한민국에서 태어났던 나는?'

혼이 오후 업무를 처리하기 위해 편전으로 돌아간 후 난 홀로 교화당에 남았다. 혼은 아픈 기색이 사라지지 않은 나를 두고 돌아가는 것이 못내 아쉬운지 모든 업무를 일찍 마치고 돌아올 것을 약속했다.

교화당의 나인들은 자리를 깔아주었고 난 자리에 누웠다. 잠이 와서

라기보다는 오늘 하루가 몸이 다 낫지 않은 내게는 너무 힘들었기 때문이었다. 또 그렇게 하루가 흘러가고 있었다.

'아빠?'

5살의 나였다.
5살의 내가 아빠를 찾아 이리저리 헤매고 있었다.

'아빠, 어디 있어?'

문득 아빠를 찾아 헤매던 5살의 나를 바라보며, 난 그곳이 익숙한 곳이란 걸 깨달았다. 덕수궁 궁중유물전시관. 천상열차분야지도각석이 국립고궁박물관으로 이전되기 전까지 전시되던 곳이었다. 어린 시절부터 종종 아빠와 왔던 곳. 그렇다면 이곳에서 아빠가 갈 곳은 단 한 곳뿐이었다.

어린 나 역시 아빠가 있는 곳을 본능적으로 알고 있는 모양이다. 어린 내가 어디론가 바쁘게 뛰어가기 시작했다. 난 그 뒤를 쫓았다. 이윽고 어린 내가 어딘가에서 멈춰 섰다. 그곳에는 아빠가 있었다. 아빠는 전시되어 있는 천상열차분야지도각석 앞에 있었다.

'아빠.'

"아빠……."

어린 내가 각석을 바라보며 서 있는 아빠를 부르는 순간, 나 역시 동시에 아빠를 부르며 잠에서 깨어났다. 난 아빠의 얼굴을 보지 못했다. 아빠의 뒷모습만 본 채로 잠에서 깨어난 것이다.

해가 졌는지 교화당 안은 캄캄했다. 난 스스로 몸을 일으켜 가까운 곳에 있는 촛대에 불을 켰다. 문밖에 있던 나인들이 이를 알아차리고는 소리를 냈다.

"원빈마마, 기침하셨나이까."

"보향이는?"

그러자 문이 열리며 보향이 안으로 들어왔다.

"예, 원빈마마."

"시각이 얼마나 되었느냐?"

"술시(戌時, 19~21시)가 가까워졌사옵니다. 늦었지만 지금이라도 수라를 올릴까요?"

"되었다."

저녁을 안 먹겠다는 내 말에 보향의 표정이 굳는다.

"원빈마마, 이러다 전하께서 오셔서 물으시면 교화당 나인들이 큰일 나옵니다."

"걱정 말거라. 전하께 내가 잘 말씀드릴 터이니."

"하오나 원빈마마!"

"걱정 말라고 하지 않았느냐. 그보다 넌 나와 갈 곳이 있다."

"예? 갈 곳이라니요?"

영문을 모르는 보향과 함께 간 곳은 다름 아닌 창덕궁 흠천각이었다. 오후에 꾼 꿈속에서 보았던 각석을 보기 위해서였다.

각석 앞에 있던 아빠의 얼굴을 보지 못한 채 깨어서일까? 왠지 각석을 찾아가면 그곳에 아빠가 있을 것 같은 착각마저 들었다.

창덕궁 흠천각에서 천상열차분야지도각석을 찾는 것은 어렵지 않았다. 폐허로 변해버린 경복궁에서 옮겨진 이후, 아직 적당히 놔둘 자리를 찾지 못해서인지 각석은 흠천각 앞마당에 임시로 놓여 있었다. 그리고 해가 진 흠천각은 지나가는 이 하나 없이 조용하고 또 어두웠다.

"낮에 창덕궁으로 돌아오는 길에 보았던 그 돌덩이 아니옵니까? 이 돌덩이를 보시려고 이 시각에 흠천각에 납신 것이옵니까?"

보향이 들고 있는 등으로 각석의 이곳저곳을 비춰보며 말한다.

난 보향의 말에 대꾸하지 않은 채 천천히 각석으로 다가갔다. 그리고 한 손을 들어 힘없이 각석의 표면을 쓸었다. 그러자 내 손길이 닿은 각석에서 희미하지만 아침 바다의 색을 닮은 푸른 빛이 살짝 일어났다가 사라지는 것이 느껴졌다. 난 놀라서 급히 손을 떼었다.

"원빈마마?"

보향은 각석에서 나는 빛을 보지 못한 것인지 놀라며 각석에서 손을 뗀 나를 걱정스럽게 불렀다. 난 애써 침착한 척하며 보향을 향해 말했다.

"돌을 더 자세히 봐야겠으니 교화당으로 가서 등을 더 가져오너라."

"예? 하오나 그때까지 홀로 이곳에 계시게요?"

"그래보았자 창덕궁 안이 아니더냐. 경운궁도 아니고. 어디 안 갈 터이니 어서 다녀오거라."

"예에……. 원빈마마."

보향은 들고 있던 등을 내 발치에 내려놓았다. 등 없이 어두워진 길을 뚫고 교화당까지 가야 한다는 사실에 표정은 밝지 못했지만 말이다.

보향이 흠천각을 떠나자 난 주변에 다른 사람이 있는지 한 번 더 주의 깊게 살폈다. 처음부터 등이 여러 개 필요한 것이 아니었다. 각석을 좀 더 세밀하게 관찰하기 위해 보향을 떼어놓을 핑계가 필요했던 것뿐이었다.

난 다시 한 번 조심스레 각석에 손을 올렸다. 그런데 이상했다. 분명 조금 전 보았던 빛이 더 이상 나지 않았던 것이다. 그렇다면 조금 전 내가 보았던 푸른 빛은 헛것이었단 말인가?

그렇게 몇 번을 각석을 쓸며 만져보던 나는 씁쓸한 웃음만 흘리며 손을 떼었다. 신기한 현상을 보았든 보지 않았든 결국은 다 쓸모없는 짓이란 걸 깨달아서였다.

'그래서? 아빠가 말한 대로 시간의 문이 열린다면?'

아빠는 나 때문에 죽은 엄마를 살릴 기회가 될 수 있는 시간의 문을 열지 않았다. 그리고 그것은 나도 마찬가지였다. 이 문의 존재를 안 뒤에 아빠를 살리는 것에 대해 생각했지만 결국 명이 때문에 그러지 못했다. 이 문을 넘었다가 다시 돌아오지 못할 경우 명이와 다시 만나지 못할 것을 걱정했기 때문이었다.

하지만 명이는 죽었다. 그리고 지금 나에게 가장 중요한 건 혼과 함께하는 것이었다. 그리고 그에게 일어날 비극을 막는 것이었다. 앞으로 어찌 될지는 모르지만 영창대군의 신변에 문제만 생기지 않는다면 그가 반정으로 인해 폐위되는 일까지는 벌어지지 않을 수도 있다.

그러나 그 말은 인목대비의 유폐사건이 벌어지지 않는다는 말이 되고, 다시 말해 그날 나타나게 될 아빠와의 만남의 기회를 영영 잃어버릴 수 있다는 말도 된다.

'결국…… 내겐 쓸모없는 건가. 내겐?'

임진년의 회령으로 가서 왜군의 손에 목숨을 잃은 아빠를 살려낸다?

풍질이라는 병명을 모른 채 아픈 상태로 비를 맞던 명이의 죽음을 막는다?

'이 돌이 대체 무얼 할 수 있다는 거지?'

아빠가 죽는 순간과 명이가 죽는 순간이 동시에 떠올라서일까? 내 눈에 눈물이 고이기 시작했다.

'이제라도 두 사람의 죽음을…… 아니 내게 지금까지 일어난 비극적인 일들을 모두 막을 수 있을까? 이 돌이?'

그러나 평범해 보이는 이 돌 하나가 내가 겪은 모든 아픔을 되돌릴 수 있다고 믿기엔 난 몸도 마음도 너무 지쳐버렸다. 지금의 나는 아픈 기억을 되돌려 지우기는커녕 앞으로 일어날 아픔을 막는 것만으로도 벅차다.

"아빠……."

어쩌면 내게 가장 행복했던 시절은, 초등학교에 입학하기 전. 아빠가, 그리고 내가 시간여행자라는 사실도 모른 채 살던 그때라는 생각이 들었다. 그 시절 어린 나에게 가장 큰 고민이라면 식사 전에 간식을 먹을 수 있을지 없을지 정도였다. 그러나 9살, 조선 세종대왕 시대를 다녀온 뒤로 나의 인생은 뒤죽박죽이 되어버렸다. 그리고 그것은 아빠의 삶도 마찬가지였다.

나는 눈에 고이기 시작한 눈물이 흘러내리기도 전에 서둘러 훔쳐냈다. 그리고는 다시 돌 위에 손을 올렸다.

'아빠가 보고 싶다. 그리고 사소한 것에 고민하던 어린 시절이…….'

"그립다. 아주 많이."

이제는 돌아갈 수 없고, 돌아가기에는 너무 늦어버린 그때 그 시절이.

난 눈을 질끈 감았다. 내 어깨를 무겁게 만든 힘든 일들을 단번에 털어내기 위해서였다. 사람은 힘들면 힘들수록 고민이 적거나 없었던 과거를 떠올리게 되는 것 같다. 하지만 과거에 오래도록 안주하는 건 옳지 않다. 다가올 미래의 중요성을 잊게 될 테니까.

다짐하듯 각오하며 감았던 눈을 떴다. 그러나 그 순간 나는 재차 눈을 깜빡여야만 했다. 그곳은 흠천각이 아니었다. 방금 전 내 손이 닿아 있던 각석도 사라지고 난 뒤였다. 난 놀라 계속 주변을 두리번거렸다.

내가 있는 곳은 밖이 아니었다. 방이었다. 아기자기한 소품들로 꾸며진 방 안에는 인형과 동화책이 널려 있었다. 그리고 왠지 이 풍경은 내게 익숙했다.

'여긴…….'

서울 종로구 북촌. 어린 시절 살았던 한옥집의 내 방이었다.

이 집에서 지냈던 시절의 마지막 기억은 내가 첫 시간여행을 한 뒤로 끊겨버렸다. 그리고 5년 뒤 다시 돌아왔을 때, 이 집은 없었다. 나를 찾는다고 아빠가 생업을 포기하면서 이 집은 경매로 넘어갔던 것이다.

그 뒤로 이 집은 내 추억 속에만 남았다. 그런데 지금 내가 바로 그 집, 그리고 9살 때까지 지냈던 내 방 안에 있는 것이다.

"경민아! 책 다 읽었으면 이제 밥 먹어야지?"

"네, 아빠."

문밖에서 들려온 아빠의 목소리에 깜짝 놀라기도 잠시, 어린 나의 목소리가 방 안에서 들려오자 난 소리가 나는 방향으로 고개를 돌렸다. 책상 아래에 몸을 웅크린 채 숨듯이 들어가 앉은 어린 내가 책을 읽고 있었다.

'설마…….'

난 어린 내가 읽고 있는 책의 제목을 보았다.

어린이 위인전기, 세종대왕.

책에 푹 빠져 있는지, 얼굴에 함박미소를 짓고 있는 나는 분명 9살의 나였다.

나는 혼란스러웠다. 어린 나와 마주하고도, 그리고 아빠의 목소리를 듣고서도 말이다. 더욱이 내가 왜 이곳에 있는지도 알 수 없었다.

"헤헤. 응?"

어린 내가 갑자기 고개를 갸웃거리며 책에서 눈을 뗐다. 나는 그 이유를 금방 알아차렸다. 바람이 불고 있었다. 그 바람은 지금 방에 서 있는 내게도 전해져왔다. 그리고 난 그 바람이 무엇인지를 알아차렸다.

"아……안 돼……."

어린 경민이가 곧 사라질 것이라는 걸 안 나는 무심코 막고 싶은 마음이 들었다. 어린 시절 겪었던 가장 끔찍했던 시간, 그 5년의 시간의 시작을 알리는 순간과 맞닥뜨린 것이다. 아주 오래전, 다시 현대로 돌아온 내가 그 무엇보다도 막고 싶다고 간절히 바랐던 순간이 지금 내 눈 앞에 펼쳐진 것이다.

"안 돼!"

내 입에서 나온 비명이 작은 방 안을 울려 집 밖까지 퍼져나갔다. 바람에 휩싸인 어린 내가 나를 발견하고는 놀란 눈을 떴다. 동시에 닫혀 있던 방문이 활짝 열리며 아빠가 뛰어 들어왔다. 아빠는 앞치마를 입고 한 손에 국자를 들고 있었다. 아빠는 그 자리에서 제일 먼저 나를 보았다. 조선시대 후궁의 복장을 한 나를 보고 놀란 표정을 잠시 짓더니, 방 안을 가득 채운 바람을 느꼈는지 서둘러 책상 밑에 있는 어린 나를 돌아보며 들고 있던 국자를 떨어뜨렸다.

"경민아!"

아빠는 즉시 어린 나를 두 팔로 끌어안고 책상 아래에서 끌어냈다. 동시에 바람은 언제 일었냐는 듯이 잠잠해졌다.

"아빠아……."

"너, 대체! 아니다. 아니다. 다행이야……."

아빠는 어린 나를 꼭 끌어안은 채 안도의 한숨을 깊게 내쉬었다. 그러더니 뒤늦게 방 안에 있던 나를 떠올렸는지 나를 돌아보았다.

"누구시죠? 어떻게 이 방에 들어오셨죠?"

"전……."

아빠와 어린 나.

나는 그들 부녀를 보면서 무슨 말로 이야기를 시작해야 할지 당혹스러웠다. 그러나 그것도 잠시, 나를 보던 아빠의 표정이 다시 놀람으로 바뀌기 시작했다. 나는 곧 그 이유를 알아차렸다. 내 몸이 점점 사라지고 있었던 것이다.

'시간의 뒤틀림'으로 잠시 만났던 아빠를 몇 년 만에 다시 만난 자리였다. 나는 아빠를 앞에 두고 하고 싶은 말을 채 꺼내보지도 못한 채 사라져야 하는 상황에 어찌할 줄을 몰랐다.

"아빠아, 저 언니가……."

아무것도 못한 채 다시 아빠와의 이별을 해야 하는 순간 나는 눈물을 뚝뚝 흘리며 입을 열었다.

"아빠……."

"……!"

"아빠……!"

그리고 나는 사라졌다.

"원빈마마! 원빈마마!"

"마마! 어디에 계시옵니까? 마마!"

"원빈마마!"

좁은 흠천각이 한밤중 횃불을 든 내관과 등을 들고 이리저리 뛰어다니는 나인들로 시끄러웠다. 나는 바닥에 주저앉은 채로 아픈 머리를 부여잡으며 자리에서 일어서려고 노력했다. 하지만 쉽사리 일어날 수가 없었다.

"원빈마마!"

바로 내 앞에서 보향이 나를 애타게 찾고 있었다.

난 그런 보향을 바라보며 입을 열었다.

"여기다. 여기……."

하지만 보향은 바로 앞에 주저앉은 나를 보지 못한다.

"네 이년! 원빈마마를 제대로 뫼시지 않고 자리를 비워 이 사태를 만들었으니 이제 어찌할 것이냐?"

"그것이 아니옵니다. 그것이 아니오라……!"

"어찌 되었든 네 소임을 다하지 못한 사실을 이젠 전하께서도 아셨으니 나중에 경을 칠 줄 알아라."

"소인은 원빈마마의 명으로 등을 가지러 간 것뿐이온데……."

최고상궁까지 한밤중에 흠천각에 나타나 보향을 꾸짖는 것을 보니 무언가 문제가 크게 터져도 터진 것 같다. 아마도 내가 시간의 문을 넘어 사라진 뒤로 시간이 꽤 흐른 모양이었다.

"보향아."

난 다시 보향을 불렀다. 그러나 보향은 나를 보지 못한 채 울먹이며 다시 나를 부른다.

"원빈마마. 어디에 계시옵니까? 원빈마마!"

그것이 이상하다고 깨달은 것은 겨우 자리에서 일어섰을 때였다.

나를 찾으며 내 주변을 뛰어다니는 내관과 나인들 중, 누구 하나 나를 제대로 바라보는 이가 없었다. 난 분명 그들 한가운데에 서 있는데도 불구하고 말이다. 마치 내 몸이 그들의 눈에 보이지 않는 것 같았다.

나는 내 몸을 살펴보고 놀랐다. 나의 그림자가 보이지 않았다. 모든 이들에겐 달빛과 횃불, 등 때문에 짙고 어두운 그림자가 있었다. 그러나 내게는 그림자가 없었다. 마치 죽은 혼백처럼 그림자도 없었고, 다른 사람들의 눈에 보이지도 않게 된 것이다.

'어떻게 된 거지?'

나는 흠천각 마당에 놓인 각석을 쳐다보았다. 내가 조금 전 시간의 문을 넘어 과거의 나를 만난 것이 맞다면 문제는 거기서부터 시작된 것이 분명했다.

난 과거에서 9살의 나를 만났다. 그리고 내 인생의 첫 번째 시간여행을 막았다. 세종대왕의 시대로 가려던 나를 막았던 것이다. 어떻게 보면 단지 그것뿐이었다. 과거로 가는 나를 막았으니 세종조에서 보냈던 5년간의 일은 일어나지 않았을 것이다.

그렇다면 그 뒤에는? 그 5년의 시간이 사라진 나의 미래는?

'내가 모르는 미래, 내가 알 수 없는 미래가 만들어졌다.'

내가 조선으로 오게 된 것은 아빠의 죽음을 막기 위해서였다. 그리고 아빠가 임진년에 회령에서 죽게 된 것은 어린 인목대비를 구하기 위해서였다. 그 누구보다도 흘러가는 역사에 개입해서는 안 된다는 걸 잘 아는 아빠가 가장 큰 실수를 한 순간이었다. 그 이유에 대해서 아빠는 돌아가시기 직전 짤막하게 말씀해 주셨다.

'그저…… 그 아이의 울음소리를 들었을 때, 구 년 전에 네가 사라졌

을 때가 떠올랐다.'

아빠는 어린 대비를 보고 어린 시절 날 잃어버린 때를 생각하시고 역사에 개입하셨다. 그리고 그 대가로 죽음을 맞이하셨는지도 모른다. 그 이유가 아니라도 아빠는 몇 년 전부터 광해군 시대를 연구하셨다. 그것은 조선에 있던 나를 '시간의 뒤틀림'으로 만났었기 때문이었다.

그랬던 나의 과거가 사라졌다. 그 5년여의 시간이 어떠한 나의 미래를 만들었는지는, 다른 사람들의 눈에 보이지 않는 지금의 나 자신이 말해주고 있는지도 모른다.

'하늘나라라니, 무슨 말을 하는지 통 알아들을 수가 없구나.'

그리고 혼의 기억 속에서 잊힌 과거의 나.

점점 몰려오는 불안감에 무서움을 느꼈다. 그때 갑자기 내 몸이 사라질 듯이 깜빡이기 시작했다. 시간의 뒤틀림으로 만났던 아빠의 모습이 사라지려던 그 순간과 똑같았다. 난 겁이 났다. 내가 곧 사라질 것이라는 걸 알아챈 것이다.

만약 여기서 내가 사라진다면 난 어디로 가게 되는 것일까? 난 그 답을 절대 알 수가 없었다. 시간의 뒤틀림으로 나타났던 아빠는 사라지는 순간 원래의 자리로 돌아갔을 것이다. 그러나 나의 원래의 자리는 이제 이곳 조선이었다. 혼의 곁이었다. 그런 내가 사라지려고 한다.

'혼아……!'

겁에 질린 나는 혼이 있을 편전 쪽을 응시하다가 달리다시피 편전으로 향했다.

가는 동안 나는 수많은 내관들과 나인들을 스쳐 지나갔다. 그들은 사라진 나를 찾기 위해 혈안이 되어 있었다. 하지만 그들 중 그 누구도 나를 보는 이들이 없었다. 나는 무서웠다. 그들은 나를 보지 못하더라도 혼이 나를 볼 수 있다면, 그가 나를 발견해 준다면 나는 이 무서움을 떨쳐버릴 수 있을 것 같았다.

"김 상궁, 전하께서는 어디에 계시오?"

"조금 전까지는 편전에 계시다 교화당으로 가셨사옵니다."

"원빈마마의 소식은? 아직도 없는 것이오?"

"예. 헌데 상선영감, 혹 사악한 무리들이 궐 담을 넘어 원빈마마를 납치라도 한 것이 아닐는지요?"

편전에 도착한 나는 그 앞에서 최 내관과 개시를 보았다. 그들 뒤로 보이는 편전의 불은 꺼져 있었다. 혼은 그곳에 없었던 것이다. 내가 사라졌다는 소식을 이미 들은 혼이 편전에 계속 있을 리는 없었다. 나는 다시 교화당 쪽으로 발걸음을 옮겼다.

그러나 내 몸은 점점 느려졌다. 보통 흠천각에서 편전까지의 길은 가마를 사용하는 거리였다. 최근 몸의 기력이 다해 거동조차 힘든 나는 편전까지 오는 동안 모든 힘을 다 써버린 듯 한 걸음 한 걸음 내딛는 것이 어려웠다.

교화당은 후원에 있었다. 편전을 벗어나 후원으로 들어선 지 얼마 안 되어, 나는 캄캄한 후원의 언덕에서 주저앉고 말았다. 그리고 여전히 내 몸은 깜빡이고 있었다. 그리고 그 깜빡임은 처음 내가 발견했을 때보다도 더 희미하고 위태로웠다. 난 곧 내가 완전히 사라질 것임을 직감하고 좌절감을 느꼈다.

'싫어. 이곳을 떠나고 싶지 않아. 훤의 곁을 떠날 수 없단 말이야.'

훤을 만나지도 못했다. 그리고 지금 이곳에서 사라진다면 내가 어떻게 될지도 몰랐다. 이대로 죽는 것일 수도 있다. 이곳에서 사라지고 다시 눈을 떴을 때, 난 진짜 혼백이 되어 구천을 떠돌게 될지도 몰랐다.

'무서워. 무서워, 훤아…….'

바닥에 엎드린 채 어둠에 휩싸인 후원에서 떨던 내 귀에 익숙한 음성이 들려왔다.

"멈추어라!"

훤의 목소리였다. 난 숙였던 고개를 치켜들었다.

"너무 느리지 않느냐? 걸어가겠다!"

"하오나 전하!"

"멈추라 하지 않느냐?"

훤이 재차 명을 내리자 그가 타고 있던 옥교가 땅으로 내려왔다. 그리고 옥교에서 내린 훤이 직접 걸어서 후원을 걷기 시작했다. 당황한 가마꾼들과 내관들이 그런 훤의 뒤를 따르려 하자, 훤이 가던 걸음을 멈추고 그들에게 호통쳤다.

"뭣들 하느냐? 가서 원빈을 찾아라!"

"하오나 소인들은 전하를 모시는 이들이옵니다."

"과인의 명이 들리지 않는 것이냐!"

혼의 격앙된 목소리에 가마꾼들과 내관들이 서로의 눈치를 보며 흩어졌다. 혼은 이제 혼자였다. 그는 그들이 나를 찾으러 가는 것을 보며 내가 엎드려 있는 쪽으로 걸음을 옮겼다.

이제 우리는 짧은 거리를 사이에 두고 마주하고 있었다. 그리고 혼은 곧장 내 쪽으로 걸어오고 있었다. 나는 그가 나를 발견할 것이라고 믿었다. 아니, 이미 그는 나를 보고 다가오는지도 몰랐다.

그러나 이런 나의 기대는 모두 물거품이 되어버렸다. 혼은 엎드려 있는 나를 그대로 지나쳐 앞으로 빠르게 걸어갔다. 나는 그의 눈에도 내가 보이지 않는다는 사실에 큰 충격을 받았다.

"혼아……."

나는 나를 지나쳐 가는 그의 등 뒤에 대고 울먹이는 소리로 그를 불렀다. 하지만 분명 소리가 들릴 거리였음에도 그는 전혀 듣지 못한 듯 앞으로만 계속 걸어가고 있었다.

"혼아!"

난 더 큰 소리로 목청껏 그를 불렀다. 그러나 두 번째도 마찬가지였다. 그는 여전히 내 목소리를 듣지 못했다. 나는 좌절감에 울음을 터트렸다. 그러나 나의 울음소리도 그는 듣지 못했다. 난 바닥에 엎드린 채 소리 내어 울었다.

"경민아."

갑자기 탄식하듯 혼의 입에서 내 이름이 나왔다. 난 울음소리를 멈추고 고개를 들었다. 앞으로만 걸어가던 혼이 걸음을 멈춘 것이다. 그는 내가 뒤에 있다는 사실도 모른 채 앞만 보며 나를 찾고 있었다.

"어디 있는 것이냐? 어디로 간 것이냐? 대체……."

탄식하며 나를 애타게 찾던 혼이 후원 밖이 아닌 교화당 쪽으로 다시 갈 결심을 했는지, 내가 있는 방향으로 몸을 돌렸다. 그 순간 그의 눈이 크게 떠졌다. 그는 분명 바닥에 엎드려 자신을 올려다보고 있는 나를 발견한 것이 분명했다.

"경민아!"

그가 큰 소리로 나를 불렀을 때, 난 그가 나를 보았음을 확신했다.

"혼아!"

혼은 재빨리 내게로 다가와 나를 부축해 안았다. 긴장으로 두근대는 그의 심장 소리가 내 몸에 전달되어오자 거짓말처럼 울음이 멈췄다.

"어찌 된 것이냐? 언제부터 여기에 있었느냐?"

"난……."

그의 눈에 보이기 시작했으니 모든 것이 잘 풀렸다고 생각하며 숨을 돌리려는 그때였다. 그의 품 안에서 내 몸이 다시 깜빡이기 시작한 것이다. 혼도 이를 본 것인지 놀란 얼굴로 나를 보았다.

"안 돼……!"

"이것은?"

"안 돼. 안 돼……."

나는 어찌할 줄 몰랐다. 그저 내 마음대로 제어되지 않는 몸을 보며 눈물만 흘렸다. 이제 정말 마지막이라고 느낀 순간이었다. 난 그의 품 안에서 한 손으로 그의 얼굴을 쓸었다.

"미안해. 일이 어떻게 된 건지 모르겠어. 혼아……. 나 잊으면 안 돼.

나 잊으면 안 된다고…….”

미래에서의 첫 만남을 네가 잊었던 것처럼.

“무슨 말이냐? 아니, 경민아. 이것이 대체 어찌된 일이냐?”

난 차마 말을 잇지 못한 채 고개만 저었다.

“미안해……. 끝까지 너와 함께하려고 했는데, 이를 이루지 못해서. 이를 지키지 못해서…….”

그는 내가 사라지게 된다는 것을 알까? 적어도 그는 내 말을 듣고 내가 그의 곁을 떠나게 된다는 사실을 눈치챈 것 같았다.

“무슨 말을 하는 것이냐? 무슨 말을 하는 것인지를 물었다!”

더 이상 우리에게는 시간이 없었다. 난 두 팔로 그의 목을 끌어안으며 마지막 힘을 다해 그의 귓가에 속삭였다.

“혼아, 사랑해…….”

이 말을 끝으로 난, 처음 그의 눈앞에서 모습을 감췄던 회령에서처럼 그의 품 안에서 사라졌다.

그후

같은 시간을 살아간 두 개의 다른 기억이 존재한다는 것이 가능할까? 나는 분명 이 세상에 단 하나뿐인 존재인데, 왜 나는 같은 시간에 각각 다른 곳에서 두 사람으로 존재했던 것일까? 나는 많은 의문을 안고 있다. 그러나 이 의문에 대한 답을 정확히 알지는 못한다.

광해군은 조선의 제15대 왕으로, 이름은 '혼'이다. 선조와 공빈 김 씨의 둘째 아들로 태어난 그는 1592년 임진왜란이 일어나자 세자에 책봉되었다. 임진왜란 동안 분조를 이끌며 수많은 치적을 쌓았으나 부왕 선조에게 인정을 받지 못했다. 우여곡절 끝에 16년 뒤 왕위에 오른 그는 동아시아의 역사적 위기 상황에서 실리외교를 펼쳤으나, 그의 왕위 계승에 결정적 역할을 했던 대북파로 인해 당쟁에 휘말리게 된다. 이후

서인이 주도한 인조반정으로 폐위되었다.

역사는 달라지지 않았다. 달라진 게 있다면 그것은 내 삶이었다.

"경민아."

난 책을 덮고 고개를 들었다. 그곳에는 중학교 때부터 친구인 은미가 서 있었다.

"나 청소당번 끝날 때까지 기다려달라고 했더니, 또 도서관에서 책 보고 있었어?"

난 어색하게 웃으며 앉아있던 자리에서 일어섰다.

"청소 지금 끝났어?"

"응. 빨리 가자."

난 보고 있던 책을 반납대에 올려놓았다.

광해군.

그런 나를 보며 은미가 입을 열었다.

"너, 요즘 이상해."

"뭐가?"

"너도 모르지? 얼마 전부터인가 말수도 줄고 무뚝뚝해졌어. 애늙은이 같고. 집에 뭔 일 있어? 너희 아빠가 저번 모의고사 성적 가지고 뭐라고 하시디? 너 모의고사 잘 봤다며?"

"아니야. 우리 아빠가 언제 성적 갖고 뭐라고 하시는 거 봤니?"

"못 봤지. 근데 우리 엄마는……. 됐고. 여튼 기억나지? 모의고사 끝나면 놀이동산 가기로 한 거. 언제 가지? 언제 갈까? 응?"

"아빠에게 물어보고."

"언제? 그러지 말고 당장 물어봐. 너 아빠랑 카톡 한다며? 지금 카톡 보내면 되잖아."

"아빠 강의 중인데 카톡 보내면 신경 쓰이실 거 아니야. 이따 저녁에 퇴근하시면 물어보지, 뭐."

그러자 은미가 눈살을 찌푸리며 말한다.

"너, 진짜 이상하다?"

"뭐가?"

"내가 알기로 너 그렇게 예의 바른 애 아니었거든? 옛날에는 너희 아빠가 만드는 밥이 그렇게 맛이 없다며? 그러던 애가 매일 아침 아빠가 해주는 밥을 꼬박꼬박 먹고 나온다고 학교 지각을 하지 않나. 너 좀 이상해. 넌 그거 못 느끼냐?"

나는 실없는 웃음으로 답을 대신하며 은미가 멘 가방을 툭툭 쳤다.

"가자. 나 떡볶이 먹고 싶어."

그러나 은미가 내게 눈을 흘기며 말한다.

"그것도 이상하네? 내가 알기로 너 매운 거 잘 못 먹었던 것 같은데?"

"그건 원래 잘 먹었거든요! 어서 가자."

은미는 방금 전 자신이 가졌던 의문도 곧바로 잊어버린 채 재빨리 앞으로 뛰어나갔다. 나도 그런 은미의 뒤를 바짝 뒤좇으며 학교 도서관을 나섰다.

조선에서, 혼의 품 안에서 사라져버린 32살의 나는 2013년의 어느 가을날 18살의 여고생으로서 깨어났다. 그 내가 살아온 삶은 내가 조선으로 가기 전과 전혀 다른 삶이었다.

그 뒤로 내 머릿속에는 같은 시간, 두 개의 기억이 공존하게 되었다. 하나는 어느 날 갑자기 내 앞에 나타났던 혼과의 인연으로 조선으로 가게 되었던 기억이다. 또 다른 기억은 바로 지금, 현재 내가 살아가는 시간 속의 기억이다.

"다녀왔습니다."

"왔니?"

부엌에서 저녁 준비 중이시던 아빠가 내 목소리를 듣고 반갑게 맞이하신다. 나는 메고 있던 가방을 한쪽에 내려놓고는 조용히 식탁으로 가서 앉았다.

"물 마실래?"

"네."

아빠가 컵에 물을 따라주시며 내게 묻는다.

"오늘 어땠니?"

"학교에서요?"

아빠의 물음에 되레 반문하는 나를 보며 아빠가 피식 웃으신다.

"그래. 학교에서든 아니면 친구와든."

"아……. 좋았어요."

"그래?"

아빠는 더 이상 내게 묻지 않으신다.

능숙하게 식탁에 저녁을 차리신 아빠와 나는 평소처럼 저녁을 먹었다. 저녁을 먹는 동안 주로 말을 하는 건 아빠였다. 아빠는 하루 종일 강의를 나간 대학에서 있었던 이야기를 들려주셨다. 수업시간에 엉뚱한 질문을 한 학생이라든지, 성적 때문에 사정하기 위해 사무실을 찾아온 학생의 이야기라든지……. 난 그저 아빠의 말을 듣고 재미있는 이야기에는 소리 내어 웃었다. 한참 이야기를 하던 아빠가 식사가 끝날 때쯤 내게 이런 말을 하셨다.

"그런데 이상한걸."

"뭐가요, 아빠?"

"예전에는 네가 더 많이 재잘거렸던 것 같은데, 요즘은 말이 없으니……. 우리 딸, 또 사춘기가 온 건가? 아빠 걱정해야 하는 거야?"

"사춘기는요. 얼마 전에 모의고사가 끝나서 진이 빠졌나 봐요."

"성적 갖고 고민하니? 네 성적이면 그렇게 나쁘진 않은데. 그리고 아직 고3도 아니잖니. 긴장 풀어. 지금은 놀 때 아니니?"

"네."

"친구들과 놀러 다니고, 용돈 떨어지면 말해라."

"네."

"말 나온 김에 용돈 필요하진 않고?"

"아니요."

"경민아."

"네?"

웃으며 단답형의 대답만 하는 나를 보던 아빠가 갑자기 고개를 젓는다.

"아니다. 피곤하지? 가서 쉬어."

"예. 아빠도 쉬세요."

"그래."

식탁에서 일어난 나는 내 방으로 들어갔다. 그리고 방문을 닫는 순간 힘없이 바닥에 주저앉았다.

최근 아빠는 내가 말수가 적어졌다고 걱정하신다. 모의고사를 전후해서 달라진 나의 태도에 대해 종종 말씀하시기도 한다. 그것은 내가 누구보다도 잘 알고 있다. 은미를 비롯한 다른 학교 친구들도 내게 그런 말들을 했기 때문만은 아니었다.

내가 조선에서 사라진 뒤로, 그리고 다시 이곳에 나타난 뒤로 난 예전의 김경민이 될 수가 없었다. 내 안에는 두 개의 기억이 공존하기 때문이었다.

이 부분에 대해서 그나마 확실한 대답을 해줄 사람은 아빠뿐이라는 걸 잘 안다. 하지만 아빠는 내가 시간여행에 대해 안다는 것을 모른다. 지금 아빠의 기억 속에 나는 단 한 번도 시간여행을 한 적이 없는 김경민이기 때문이다. 그래서 아빠는 내가 우리 집안이 시간여행과 관련되었다는 사실을 전혀 모른다고 알고 계신다.

이런 상황에서 내가 겪은 일들을 모두 아빠에게 털어놓는다면?

털어놓는 것은 어렵지 않았다. 하지만 그로 인해서 이미 죽은 사람이어야만 하는 아빠에게 어떤 해가 생길지도 모르는 일이었다. 또한 내가 조선에서 겪은 일들을 모두 알게 된 아빠가 얼마나 힘들어하실

지는 상상만으로도 충분했다. 그래서 나는 오늘도 아빠 앞에서 연기를 한다. 평범한 여고생의 모습을 말이다. 그래서 나는 말수가 줄었다. 무엇을, 어떤 이야기를 아빠에게 해야 할지 나 스스로도 정리를 하지 못했기 때문이다.

'혼아, 사랑해…….'

모든 것을 잃은 순간 난 아주 오래전 내가 바라던 평범한 삶을 갖게 되었다. 다른 아이들처럼 평범한 생각을 하고, 평범하게 학교를 다니고 평범한 생활을 한다.

오래전 나는 그런 삶을 살면 행복할 것이라고 믿었다. 그러나 내게 가장 소중한 사람을 잃고 나서 얻게 된 평범한 삶은 행복도 불행도 그 무엇도 아닌 것으로 내게 다가올 뿐이다.

창덕궁 후원.

광해군 혼이 죽은 뒤 400여 년의 세월이 흘렀다. 이제 이곳은 문화해설사와 동행하지 않고서는 입장이 불가능하다.

"이곳이 후원이라는 이름과 함께 비원이라고 불리는 것은 조선왕실에서 '비원'이라는 이름의 관청을 두어 이 후원을 관리하게 한 기록에서 유래되었습니다. 그렇기 때문에 비원도 맞는 말이고, 후원도 맞는 말입니다."

친절한 문화해설사의 설명이 이어지는 가운데, 창덕궁 후원 관람 코스가 시작되었다.

"자, 지금 여러분들이 보시는 이 넓은 길은 처음 후원을 조성할 때는 없던 길입니다. 대한제국 때 후원으로 자동차가 들어올 수 있도록 넓힌 길이기 때문이죠. 그렇다면 조선의 임금님은 어느 길로 어떻게 다녔는가? 임금님이 계시는 편전에서 이곳 후원까지는 거리가 상당하죠? 궁이 크니까 임금님이 후원으로 오실 때는 가마를 이용하셨습니다. 흔히 옥교라고 불리죠. 옥교를 탄 임금님이 지금 이곳에 원래 있던 길을 따라 후원으로 들어오시게 됩니다. 자, 이동하겠습니다."

문화해설사가 앞장서고, 그 뒤를 관광객들이 따라 걷기 시작했다. 관광객 중에는 유치원에서 단체로 온 어린 아이들도 스무 명가량 포함되어 있었다. 아이들은 해설사가 늘어놓는 어려운 말들보다는 쉴 새 없이 떨어지는, 자신들의 얼굴만 한 낙엽들에 관심을 보이고 있었다. 붉게 물든 단풍잎들이 바람 따라 살랑거리며 떨어지고 있었다. 유치원 아이들은 재잘거리며 단풍잎들을 줍기 시작했고, 관광객들은 단풍나무 앞에서 사진을 찍기 위해 포즈를 취하기도 했다.

'단풍은 변절을 상징하지. 예로부터 궐에는 심을 수가 없는 나무야. 일제 강점기의 잔재일까?'

내 기억 속 400년 전의 창덕궁과 지금의 창덕궁은 달라도 너무 많이 달랐다. 아무리 조선에서의 기억을 떠올려도, 공통점이 아닌 차이점만 눈에 띌 뿐이다.

'아빠, 광해군의 후궁 중에 '원빈 노 씨'라는 사람이 있었나요?'

'원빈 노 씨?'

'네.'

'조선 왕조를 통틀어서 '원빈'이라는 빈호를 가졌던 여인은 정조의 후궁인 원빈 홍 씨뿐인데? 원빈 노 씨라는 후궁은 없었단다. 심지어 고려사, 조선사를 통틀어서도 말이야.'

국사학과 교수인 아빠가 '원빈 노 씨'를 모른다면, 그런 여인은 조선사에 존재한 적이 없다는 것이 맞을 것이다. 그렇다면 조선에서의 내 삶은 모두 날조된 기억이란 말인가?

혼과 헤어졌다는 슬픔보다도, 2013년에 깨어난 내게 가장 큰 충격이었던 사실은 조선 역사 그 어디에서도 '원빈 노 씨'를 볼 수 없다는 것이었다.

'내가 역사를 바꿨어. 각석을 통해서 시간의 문을 열어서 세종대왕 시대로 가려던 어린 나를 막았잖아. 그 뒤에 나의 인생이 바뀐 거야. 광해군 혼을, 단 한 번도 만난 적이 없는 내 인생이 만들어진 거라고.'

그렇지 않고서야 정식으로 후궁의 작호를 받았던 나의 존재가 역사 기록 그 어디에도 남지 않았다는 것은 말이 되지 않았다.

'혼과의 모든 이야기가 애초에 존재하지 않게 되어버렸다니.'

하지만 내 기억 속에는 그와의 만남, 사랑, 슬픔. 그와 함께하며 나누었던 그 모든 순간들이 남아있다. 그것은 어쩌면 평생 나 홀로 간직하고 살아가야만 하는 것인지도 모른다. 그것은 32살의 나이로 조선에서 사라진 후, 18살로 깨어난 내게 주어진 비극적인 운명인 것이다.

부용지를 지나 규장각과 영화당의 설명을 마친 해설사는 불로문을 지나 애련지에 들어섰다. 400년 전, 혼이 임진왜란에 불탄 창덕궁을 중건하며 내가 머물 교화당을 지었던 바로 그 장소였다. 하지만 그곳에는 교화당도, 교화당과 이어져 있던 어수당도 그 무엇도 남아있지 않았다. 그저 연못 두 개만 나란히 있었고, 그 사이에는 버려진 공터와 어린 나무들만이 곳곳에 뿌리를 내려 자라고 있었다.

자연히 해설사도 버려진 공터에는 관심을 가지지 않았다. 해설사의 시선은 두 개의 연못 중 큰 연못에 있는 정자를 향했다.

“저기 보이는 정자는 애련정이라는 정자입니다. 숙종대왕께서 지으신 정자이죠. 이곳에 핀 연꽃을 좋아하셨던 숙종대왕께서 이 연못의 이름을 ‘애련지(愛蓮池)’라고 지은 데서 유래한 이름입니다.”

혼이 창덕궁을 중건했을 무렵, 이 연못에는 이름이 없었다. 그저 궐나인들은 ‘큰 연못’이라고 부르며, 한자로는 대연(大淵)이라고 썼다. 큰 연못은 오로지 어수당을 위해 만들어진 연못이었다. 그리고 그 옆으로 있는 작은 연못은 교화당에서 바라보는 경치를 위해 만들어졌다. 한마디로 혼이 나를 위해 만든 연못이었던 것이다.

그러나 작은 연못 뒤로 교화당이 위치했었던 자리에는 아무것도 없었다. 건물의 흔적조차 전혀 남아있지 않았다.

“다음은 저 앞에 보이는 기와집으로 이동하겠습니다. 연경당이라는 곳인데, 순조의 아들이었던 효명세자와 관련한 일화가 있는 곳입니다.”

해설사가 연경당 안으로 들어가버리자, 관광객들과 유치원 아이들도 해설사를 따라 연경당 안으로 사라졌다. 난 홀로 어수당이 있었던 자리 앞에 섰다. 어수당 터에는 돌 몇 무더기가 남아있을 뿐, 낙엽들만 잔뜩 쌓여 있었다.

'그런데 여기는 왜 온 거야?'

'따라오면 알게 되느니.'

아이와 같은 천진난만한 미소로 나를 이곳으로 데려왔던 혼의 모습이 바로 어제인 양 내 눈앞에 펼쳐졌다. 주변도 마치 혼과 처음 이곳에 왔던 한밤중처럼 깜깜해졌다.

난 천천히 어수당 터 안으로 들어섰다. 400년 전 혼의 뒤를 따라 어수당 안으로 들어섰던 그날처럼.

'여기에 뭐가 있어?'

혼이 한쪽 눈을 찡긋하더니 나보다 앞서 걸어나간다. 나는 그저 궁금증을 가득 안고 그의 뒤를 따를 뿐이다. 어느 순간 병풍이 앞을 가로막는다. 혼은 그 병풍 뒤로 사라졌고, 나도 그의 뒤를 따랐다.

병풍 뒤의 작은 문 위에는 교화당이라는 작은 현판이 달려 있다. 그 문 안으로 들어서면 어수당과 교화당을 이어주는 폭이 좁고 긴 복도가 나타난다. 혼은 그 복도를 따라 교화당으로 사라진다. 나는 그 복도 앞에서 멈칫했던 기억을 되살렸다. 활짝 열린 복도의 창문을 따라, 달빛이 만들어낸 푸른 비단이 깔린 복도를 보았기 때문이었다.

400년 뒤, 그 복도는 흔적도 없이 사라졌다.

그리고 난 눈물로 그 사라진 복도를 따라 걷는다. 그리고 복도의 끝에서 교화당 안으로 들어섰던 순간! 혼은 교화당의 창문을 열고 나를 기다린다. 나는 그의 곁으로 다가가 보았다. 교화당 창문 밖에 펼쳐진 메밀꽃밭을. 달빛이 비추던 메밀꽃을 보며 혼은 내게 약속했다.

'매년 이곳에서 너와 함께 메밀꽃을 보도록 하마. 이곳 교화당은 그런 약조의 의미로 지었느니라.'

내 두 눈에서 눈물이 흘러내렸다. 난 힘없이 바닥에 주저앉아 허상처럼 보이는 메밀꽃이 아닌, 불그스름한 단풍잎들을 한 손 가득 잎이 부서지도록 쥐어 잡았다.

'혼과 함께한 추억은 이제 모두 없던 일이 된 거야. 다시 시간을 거슬러 올라간다고 하더라도 혼은 없어. 내가 사랑했던 혼은, 나를 사랑했던 혼은 없어. 없는 거야. 난…… 애초부터 조선에 존재하지 않았던 사람이 되어버렸으니까.'

"흐흑. 혼아. 혼아……."

그리고 그와 함께한 시간을 되새기며 고통 속에 남은 건 오로지 나뿐이다. 이것이 시간이 내게 내린 죽음이 아닐까? 이런 마음을 품고 살다 죽는다면 그것이 바로 시간의 저주일 것이라고 생각했다.

이제는 낙엽만이 어지럽게 뒤덮여 있는 곳.

그곳에서 옛 교화당의 흔적을 찾는 것은 애초부터 불가능했다. 그랬다. 교화당은, 교화당이라는 이름의 건물은 단 한 번도 이곳에 존재한 적이 없었던 것이다. 혼과 나의 추억도, 사랑도, 그 모든 것도 단 한 번도 일어난 적 없었던 일이 되어버린 것이다.

마지막 이야기

경민이 조선에서 사라지고 10년 뒤, 광해 15년(1623년) 봄.

이날은 어수당에서 연회가 있었다. 그런데 어수당에 있는 임금의 곁에 있어야 할 대전 상궁 개시가 바삐 어디론가 걸어가고 있었다. 그녀는 낮에도 지나다니는 사람이 거의 없는 궐의 한적한 곳으로 향했다.

그곳에서 그녀를 기다리던 사내가 있었다. 바로 공조정랑 김자점이었다.

"아이고! 이제 오는가?"

개시는 주변에 지나다니는 사람이 없는지를 재차 확인하며 김자점에게 다가갔다.

"이른 시간부터 무슨 일로 부르셨는지요, 나으리."

"무슨 일이라니? 내가 저번에 보낸 것이 잘 도착했나 궁금해서 불렀지. 잘 받았는가? 부족하지는 않고?"

"늘 오는 것인데 양의 적고 많음이 어디에 있겠습니까? 그저 주시기에 받는 것이지요. 성의라 하시니."

"그래. 성의네, 성의! 언제든 성의가 부족하다 싶으면 말하게. 내 힘써 대 줄 것이니."

"하온데 무슨 일로 부르셨습니까?"

"에, 그것이…… 오늘 또 상소가 올라간 모양이네."

"상소요? 아시다시피 대전으로 올라오는 상소는 모두 빼돌려 드리지 않았습니까?"

"알고 있네. 그 공이 그 누구보다 자네에게 있음도! 허나 이번 상소는 어수당으로 간 모양이네."

"어수당이라면, 오늘 연회에 계신 주상전하께 올려졌단 말입니까?"

"아직 상소를 열어보시지는 않았다 하시네. 그러니 어서 가서 그 상소를 처리해주게."

"흐흠."

김자점의 다급한 모습에 개시의 콧대가 더욱 높아졌다. 이런 일들이 종종 있었던 것인지 김자점이 개시의 기분을 맞추듯 사정했다.

"김 상궁, 이번 일에도 내 섭섭지 않게 대우해줄 것이네."

"뭐, 그러시다면야. 헌데 정랑 나으리께서는 그 많은 재물들을 어디서 구하시는 것이옵니까? 혹여 소문대로 능양군 댁에서 나오는 것은 아니겠지요?"

개시의 말을 듣던 김자점이 펄펄 뛰었다.

"무슨 말을 하는 것인가? 능양군이라니? 오래전 신경희가 능창군을 왕으로 옹립하려 한 죄로 능창군과 함께 죽은 뒤로 귀신처럼 살고 있는 종친 나부랭이가 아닌가? 더욱이 부친 정원군까지 죽은 뒤로는 종친이라는 이름 덕에 간신히 거지꼴 면하고 산다는데, 그에게 무슨 재물 복이 있다고!"

"하긴 그렇겠지요. 허나 요즘 같은 때에는 차라리 소문대로 반정이라도 일어났으면 하는 마음마저 들지요."

김자점이 놀란 얼굴로 물었다.

"그게 무슨 말인가?"

"정랑께서는 원빈에 대해 들으신 바가 있으십니까?"

"그럼 알지. 전하께서 즉위 초기에 그 누구보다도 총애하시던 후궁이 아니던가? 헌데 전하의 총애로 인해 중전마마의 미움을 사서 쥐도 새도 모르게 궐 밖으로 끌려간 뒤 행방이 묘연하다지, 아마?"

"그거야 원빈이 사라진 뒤로 전하께서 원빈에 대해 함구하시니, 중전마마의 탓으로 소문이 나서 그렇지요. 궐내에서도 진실을 아는 자들은 아무도 없답니다. 어찌 되었든 원빈이 그렇게 사라진 뒤로 전하께서 조정의 일에 무심하시니 그 틈을 빌어 중전께서 저를 몇 번이나 해하려 하시지 않으셨겠습니까?"

"어찌 자네를 말인가?"

"오래전 중전께서 벌이신 흉악한 일들을 알고 있는 저를 가만두려 하시지 않으시는 것이겠지요."

"그랬군. 허나 자네가 걱정할 게 무언가? 전하와 중전마마의 사이가 좋지 못하다는 건 궐 밖 민가의 애들도 아는 사실이네. 대전 상궁인 자네를 해하려 한다면, 전하께서 가만있으시겠는가?"

그 말에 개시는 길게 한숨부터 내쉬며 말했다.

"정랑 나으리께서는 제가 드리는 말씀을 어디로 들으셨습니까? 전하께서 조정의 일에만 무심하신 줄 아십니까? 요즘 들어 전하께서는 궐내의 일에도 무심하십니다. 어느 날 갑자기 제가 소리소문 없이 사라져도 모르실 겁니다."

"에이, 설마 그러시겠는가? 중전께서 전하와 반목하신 뒤로 이 내명부는 자네의 손에 있다는 것을 모르는 이들이 없는 것을."

"원빈이 사라진 뒤로 내명부 주인이 누구이든 전하께서 관심이 없으시니 그리될 수 있었던 게지요……."

그러나 김자점은 이런 개시의 말을 귀담아 듣지 않고 재차 자신이 부탁하려는 것을 강조했다.

"그래서 내 자네에게 부탁하는 게 아닌가? 소위 말하는 대북이라는 자들이 나같이 선한 이들을 놓고 반정이니 모반이니 하며 억울한 모함을 하려 드는 것을 막아달란 말일세."

개시는 자신에게 모든 것이 달렸다는 듯 사정하는 김자점을 보며 기분 좋은 표정을 감추지 못했다.

"알겠습니다. 그리 알고 물러가지요."

개시가 자리를 떠나자 멀어지는 그녀를 바라보던 김자점의 두 눈이 무섭게 번뜩였다.

"어리석은 계집 같으니. 재물에 눈이 멀어 자신이 무엇을 하는지조차 모르고 있구나."

어수당에서 열린 연회의 분위기는 좋았다.

임금은 연회 내내 입가에서 미소를 지우지 않았으며, 흥에 겨워 큰 소리로 웃음을 터트리는 신하들을 꾸짖지도 않았다. 사적으로 마련된 자리가 아니었음에도 사석과도 같은 분위기였다. 이렇게 연회가 무르익어가자 술에 취한 신하들은 돌아가며 옛 시를 읊어 더욱 임금의 환심을 사려 하고 있었다. 임금은 이런 신하들의 마음을 아는지 모르는지 그저 변함없이 미소만 옅게 지을 뿐이었다.

술기운에 열이 오른 신하가 나인에게 어수당의 창문을 열어달라 청하였다. 나인이 창 하나를 열자, 어디선가 봄 내음을 가득 실은 바람이 불어와 술잔을 들어 올리던 임금의 뺨을 두드렸다. 임금이 고개를 들어 바람의 기척을 따라 시선을 보내자, 열린 창문 너머로 교화당의 모습이 눈에 들어왔다. 동시에 임금의 얼굴에서는 미소가 사라졌다.

교화당의 모든 창문은 굳게 닫혀 있었다. 오래도록 비어 사람의 온기가 전혀 없는 듯 보였다. 그런 교화당에도 봄이 왔는지, 닫혀 있는 창문 앞 목련만 활짝 피어 임금의 마음을 어지럽혔다.

어느 순간 임금의 기억 속에 활짝 핀 목련 사이로 교화당의 창문이 열리던 순간이 떠올랐다. 그리고 목련나무의 가지 사이로 한 여인의 근심 어린 얼굴이 보였다. 실제로 눈앞에서 벌어지는 일이 아닌, 과거에 일어났던 일임에도 임금의 표정은 더욱 어두워졌다.

"전하, 전하께서도 시 한 수 읊어주심이 어떠실는지요?"

임금이 자신들에게 흥미를 잃고 다른 곳으로 시선을 돌렸다고 여긴 한 신하가 입을 열었다. 임금이 그 신하를 돌아보았다. 어수당에 모인 신하들의 시선이 임금에게 집중되던 순간이었다. 임금의 입이 열렸다.

"십년생사양망망 불사량 자난망. 종사상봉응불식 진만면 빈여상."

十年生死兩茫茫 不思量 自難茫
綜使相逢應不識 塵滿面 鬢如霜
- 소동파의 사(詞). 강성자 기몽(江城子 記夢) -

임금은 그저 무표정한 얼굴로 읊었다.

이를 듣던 신하들의 얼굴에서 웃음이 사라졌다. 임금이 시를 읊는 순간 드러난 절절한 마음에 숙연해진 것이다. 이런 신하들의 변화를 아는지 모르는지, 임금은 다시 교화당이 보이는 창으로 고개를 돌리며 자신이 읊은 내용을 풀이했다.

"십 년 동안 산 자와 죽은 자로 멀리 떨어져 있었으나, 생각하지 않으려 해도 잊기가 어렵구나. 설령 서로 다시 만난다고 해도 알아보지 못하리니, 이미 얼굴엔 주름이 가득하고 귀밑머리는 하얗게 변해버렸음이라……."

신하들은 다시 술잔을 들어 올렸고, 다들 임금이 드리운 무거운 분위기를 벗어나기 위해 애써 노력하는 듯 보였다. 그런 가운데 여전히 교화당에 시선을 빼앗긴 임금이 작은 목소리로 탄식하듯 중얼거렸다.

"누가 산 자이고 누가 죽은 자이냐. 네가 떠난 뒤로 과인이 죽은 자가 되었구나. 경민아…….”

한성 창의문을 나와 북쪽으로 가다 보면 연산군 시절 세운 탕춘대(蕩春臺)라는 이름의 큰 누각이 있었다. 연산군은 탕춘대 앞으로 보이는 냇가에서 멀지 않은 곳에 수각(水閣, 물가나 물 위에 지은 정자)을 지어 종종 이곳에서 풍류를 즐겼다고 한다.

그러나 광해 15년(1623년) 4월 11일 밤, 깊은 밤을 틈타 이곳에 모여든 이들은 풍류를 즐기려는 자들은 분명 아니었다.

김류, 이귀, 김자점 등의 서인들은 이 이름 없는 수각이 익숙한 듯했다. 그들은 대부분 문신임에도 갑옷을 입고 칼을 차고 있었다. 조금 뒤, 누군가 정자 위로 천천히 걸어 올라왔다. 그 역시 이곳에 모인 이들과 마찬가지로 갑옷을 입고 칼을 차고 있었다. 작은 정자 안에 모여 있던 이들이 서로 간격을 좁히며 그에게 공간을 만들어 주었다.

정자 위로 올라온 사내는 그곳에 모인 이들의 얼굴을 일일이 쳐다보더니 결의를 다지듯 들고 있던 검을 뽑아 들었다.

“오늘 우리는 죽어도 같이 죽고, 살아도 같이 사는 한 운명 안에 놓이게 된 사람들이오.”

비장하게 말을 잇는 사내. 그는 다름 아닌 올해 29살이 된 능양군 이종이었다.

그는 자신의 칼끝을 정자 밖 어딘가를 향해 겨누었다. 그 방향은 바로 창덕궁이 있는 곳이었다.

“또한 우리는!”

능양군이 자신이 올라왔던 정자의 계단 쪽으로 걸어 내려가며 목소리를 높였다.

"오늘 혼군(昏君, 어리석은 임금) 광해를…… 보위에서 끌어낼 의인들이 될 것이오."

말을 마친 능양군이 자신을 위해 준비된 말로 뛰어가 올라탔다. 그 뒤를 따라 정자 위에 있던 이들도 모두 나와 준비된 말 위에 올라탔다. 이제 능양군은 말 머리를 창의문 쪽을 향해 돌렸다. 창의문을 지나면 곧장 창덕궁으로 가는 길이 펼쳐져 있었다.

그가 말 위에 올라타자 어둠 속에서 보이지 않던 천여 명의 병사들이 횃불을 켜 하늘 높이 치켜들었다.

"가자!"

말에 탄 능양군이 검을 들며 소리쳤다. 그가 탄 말이 쏜살같이 창의문을 향해 달려나가고, 곧이어 천여 명의 병사들이 그의 뒤를 따르며 함성을 지르기 시작했다.

"그것이 무슨 말이냐! 창덕궁이 공격을 당하다니?"

중궁전에서 깊은 잠에 빠져 있다 깨어난 중전 유 씨가 놀라며 박 상궁에게 물었다. 그러나 말을 전하는 박 상궁도 벌벌 떨며 제대로 말을 잇지 못했다. 이를 보다 못한 중전이 자리에서 일어났다. 그녀는 나인이 건네는 장옷을 걸친 채 잠옷 바람으로 밖으로 나왔다.

중궁전 밖을 나온 그녀는 제일 먼저 코를 자극하는 연기 냄새를 맡았다. 그다음으로는 한밤중 불길에 뒤덮인 궁궐들도 보았다. 이곳저곳에서 병사들의 거친 함성과 비명을 지르며 도망치는 내관과 나인들의 소리도 들려왔다.

상황의 심각성을 깨달은 중전은 중궁전 기둥을 붙잡은 채 힘없이 털썩 주저앉았다. 그 곁으로 박 상궁이 다가와 말했다.

"어서 도망치셔야 하옵니다!"

"도망이라니. 중전이 중궁전을 버리고 어딜 간단 말이냐."

"중전마마……."

"믿을 수가 없구나, 믿을 수가 없어……. 아니지, 세자는? 세자는 어찌 되었느냐?"

중전이 자신의 아들인 세자를 떠올리며 자리에서 일어섰다.

"모, 모르옵니다!"

"모르다니? 어서 동궁전으로 사람을 보내어 세자를 피신시키게! 세자가 피하는 것이 우선이네! 어서!"

"예! 중전마마."

박 상궁이 중궁전의 다른 상궁을 쳐다보자 그녀는 재빨리 나인들과 중궁전을 벗어났다. 이를 본 중전도 박 상궁의 도움을 받아 서둘러 옷을 갈아입었다. 한시라도 빨리 궐을 벗어나야 하는 그녀는 옷만 갈아입은 채 중전의 가체도 착용하지 못했다. 시간이 급했다. 옷을 다 갈아입은 중전이 박 상궁에게 물었다.

"전하께서는?"

"불이 나자마자 편전에 사람을 보내었으나, 돌아온 이의 말로는 전하께서 또 사라지셨다 하옵니다. 어찌하올까요?"

박 상궁의 물음에 중전이 아랫입술을 한번 질끈 깨물더니 답했다.

"일단 동궁전으로 가세. 세자의 안위부터 살펴야 할 것이니!"

창덕궁을 덮은 불길은 하늘을 밝게 빛나게 할 정도였다. 이런 가운데 오로지 세자 걱정으로 동궁전으로 향하려던 중전의 눈에 무언가가 들어온 것은 바로 그때였다. 연기 틈 사이로 풍등 하나가 마치 밤하늘의 별이 되려는 듯 높게 날아가고 있었던 것이다.

'혹여…….'

"중전마마?"

풍등에 시선을 떼지 못하는 중전을 박 상궁이 걱정스레 불렀을 때였다. 중전이 박 상궁을 향해 말했다.

"자네는 어서 동궁전으로 가서 세자를 피신시키게. 목숨 걸고 세자를 궐 밖으로 피신시켜야 하네!"

"마마께서는요?"

"본궁은 후원으로 가야겠네."

중전이 결심한 듯 말했다.

창덕궁을 덮기 시작한 불길은 아직 후원에는 닿지 못했다. 후원에서도 밤이 깊은 시간에는 그 어떤 사람도 볼 수 없는 곳이 바로 큰 연못과 작은 연못을 끼고 있는 어수당과 교화당이었다. 어수당은 주거보다는 주로 연회를 위해 마련된 전각이기 때문에, 연회가 없을 때는 사람의 그림자를 찾기 어려웠다.

중전 유 씨가 온 곳은 다름 아닌 바로 이 어수당이었다. 그녀는 자신

외에 다른 한 사람의 그림자를 그곳에서 발견하고는 걸음을 멈추었다. 어수당 옆 큰 연못 곁에 광해군 이혼이 서 있었다. 이혼은 분명 조용한 후원을 뚫고 자신에게 찾아온 중전의 발소리를 들었을 텐데도 전혀 모르는 척 하늘로 풍등을 띄워 보내고 있었다. 하지만 가지고 있던 풍등이 몇 개 되지 않았던 것인지, 마지막 풍등을 띄우기 위해 들어올렸던 그는 그 풍등을 놓지 못한 채 끝까지 자신의 손에 들고 있었다.

그런 혼의 뒷모습을 보며 중전은 기가 막힌다는 듯 짧게 웃었다.

"허허……."

중전의 웃음소리를 분명히 들었을 혼은 여전히 그녀를 돌아보지 않고 있었다. 결국 중전이 먼저 입을 열었다.

"반정군이 창덕궁의 담을 넘고 궐 곳곳에 불을 지르고 있는데, 전하께서는 이곳에서 한가하게 연등놀이나 즐기고 계시다니요."

그러나 혼은 자신이 들고 있는 풍등만 바라볼 뿐, 이곳에 혼자인 듯 말이 없었다.

"아직도 원빈을 잊지 못하셨사옵니까?"

중전은 십 년간의 공백을 깨고 원빈의 이야기를 입에 담았다가 스스로 말을 잘못 꺼냈다고 생각했는지 급히 말을 돌렸다.

"좋습니다. 어찌 되었든 다 좋습니다. 어서 피하시지요. 더 이상 이곳에 남아계시는 것은 위험하옵니다!"

그때 혼이 들고 있던 마지막 풍등을 하늘로 띄웠다. 풍등은 어둠이 짙게 내려앉은 후원에 자그마한 빛을 주며 그렇게 천천히, 자유를 찾아 하늘 높이 날아올랐다. 혼은 고개를 들어 오랫동안 시선으로 그 풍등을 좇았다. 결국 그 꼴을 보지 못하겠다는 듯 중전이 크게 성을 내며 외쳤다.

"그러기에! 전하께서 그러시기에 세상은 전하를 주왕이라 말하고, 원빈을! 원빈을 달기라 칭하는 것이옵니다!"

풍등이 하늘의 별과 뒤섞여 모습을 완전히 감춰버렸다. 혼은 빈 하늘을 바라보며 오래전 있었던 한 추억을 떠올리는지 입가에 슬픈 미소를 지었다. 그의 추억 속에 함께 있던 이들은 이제 아무도 그의 곁에 남아있지 않았다. 그는 혼자였다. 그렇기에 추억을 되새기며 그 속에서 작은 위로라도 받으려고 하는지도 몰랐다. 그래야 하루하루를 버텨나갈 수 있다고 여기는지도 몰랐다. 그러다보면 어느 순간 반드시 재회하게 될 것이라고, 그는 그렇게 믿고 있는 것일까?

오래도록 하늘을 응시하던 그는 마지막 풍등을 시선에서 놓치자 주인을 잃은 지 오래된 교화당으로 눈길을 주었다. 그리고 마침내 그의 입이 열렸다.

"과인을 주왕이라, 원빈을 달기라 칭한단 말이오? 그렇군……. 그래. 헌데 중전, 그것을 아시오? 과인이 주왕이 부럽소. 적어도 주왕은 최후를 달기와 함께하지 않았소?"

이 크고 넓은 궐에서 그는 혼자였다.

그가 사랑하고 그가 함께하기를 원했던 이들이 모두 떠난 뒤 그는 혼자였다. 반정군의 위협도 그의 마음을 흔들 수는 없었다. 이미 그의 마음은 그녀가 그를 떠나며 함께 가져가버린 뒤였으니까. 그러니 지금 그에겐 더 이상 흔들릴 마음조차 남아있지 않았던 것이다.

천지를 진동할 듯이 거친 소리와 함께 굳게 닫혀 있던 인정전의 문이 활짝 열렸다.

기다렸다는 듯이 우르르 몰려들어간 병사들이 정면에 위치한 일월곤륜도를 마주한 채 잠시 움찔했다. 하지만 갑옷을 입고 칼을 찬 능양군이 인정전 안으로 들어오자 병사들은 일월곤륜도에서 눈을 뗀 채 양옆으로 갈라섰다.

능양군 역시 인정전 안으로 들어서자마자 정면에 보이는 일월곤륜도 앞에서 잠시 멈칫했다. 그러나 곧 일월곤륜도 앞 어좌로 눈길을 돌린 능양군은 생각했다.

'더 이상 돌이킬 순 없는 것이겠지.'

주인 잃은 어좌를 물끄러미 응시하던 능양군이 한 발 한 발 어좌 앞으로 다가섰다. 그리고 어좌로 올라가는 계단 앞에서 그는 큰 결심을 한 듯 문 쪽으로 돌아섰다. 양옆으로 갈라선 병사들의 시선이 능양군, 오로지 그를 향하고 있었다.

능양군이 검을 번쩍 들어 올리며 병사들을 향해 소리쳤다.

"지금 당장 폐주 광해와 그 아들을 내 앞으로 잡아오라!"

"예!"

명을 받은 병사들이 큰 소리로 대답하며 인정전을 뛰쳐나갔다. 그들을 따라 다시 문 쪽으로 천천히 걸음을 옮긴 능양군은 활짝 열린 문밖으로 창덕궁 곳곳에서 피어오르는 불꽃과 연기들을 보았다.

그런데 아직 불꽃이 피어오르지 않는 곳이 있었다. 바로 창덕궁의 후원이었다. 그것을 깨달은 능양군은 인정전을 나섰다. 갑작스런 자신의 행동을 의문스럽게 바라보는 병사들을 헤치고, 그는 다시 말 위에 올라탔다.

"능양군, 어딜 가십니까?"

김자점이 물었으나 능양군은 답하지 않았다. 대신 그는 김자점의 손에 있던 횃불을 빼앗듯이 들고는 후원 쪽으로 말머리를 돌렸다.

능양군이 향한 곳은 후원의 어수당이 있는 곳이었다. 어수당은 물론이고, 그 옆의 교화당도 어둠 속에 묻혀 있었다.

어수당 앞에서 말에서 내린 능양군은 주변을 경계한 듯 잠시 한 손을 칼 손잡이 위에 두었으나 잠깐이었다. 흔한 부엉이 소리도 전혀 들려오지 않을 정도로 어수당과 교화당은 적막감에 둘러싸여 있었던 것이다. 사람의 기척이라고는 없음을 느낀 그는 칼 손잡이에 두었던 손을 떼고는 교화당 앞으로 걸어가기 시작했다. 그의 머릿속에는 얼마 전 모친 연주군부인 구 씨와 나누었던 대화가 떠오르고 있었다.

'그래, 교화당. 그 동궐 후원에 있는 그 건물. 바로 광해가 그 계집을 위하여 지은 곳이었다.'

그 말을 능양군에게 들려줄 때 구 씨는 화를 참기 어려운지 손을 심하게 떨고 있었다.

'네 보모상궁. 그녀는 죽지 않았다. 널 호랑이에게서 구하고도 살아남았지. 그런데 어찌 그 사실을 어린 네게 말해줄 수 있었겠느냐? 광해가,

다름 아닌 광해가 네 부친의 여인이었던 그녀를 빼앗았다는 사실을 말이다!'

능양군은 이제 교화당의 현판이 걸린 곳 앞까지 다가와 섰다.

'그 계집이 그리되고도 교화당은 남았지. 네 부친에게 씻을 수 없는 치욕의 상징으로 말이다. 그 뒤 네 부친의 삶이 어떠했느냐? 네 부친이 그리 단명한 것도 모두 광해의 탓이다!'

기억을 되짚던 능양군의 두 눈이 어느 순간 크게 번뜩였다. 그는 주저하지 않았다. 들고 있던 횃불을 교화당으로 던진 것이다. 나무로 지어진 건물은 순식간에 불이 붙었다. 그리고 그 불길은 빠른 속도로 교화당을 삼키고 있었다.

휘이잉!

"능양군!"

어느새 그를 후원까지 쫓아온 김자점이 능양군을 불렀다.

그러나 능양군은 활활 타오르는 교화당을 무서운 눈으로 바라보며 꼼짝도 하지 않고 서 있었다. 급하게 말에서 뛰어내린 김자점이 그런 능양군의 곁으로 다가와 물었다.

"이곳에서 대체 무엇을 하고 계신 것입니까? 폐주가 창덕궁에 없는 모양입니다. 서둘러 인정전으로 돌아가시지요. 경운궁의 대비마마를 모셔와야 하지 않겠습니까?"

그제야 현실로 돌아온 듯 능양군이 깊은 한숨을 내쉬며 돌아섰다.

"능양군?"

김자점이 걱정스런 목소리로 능양군을 불렀을 때였다. 능양군의 입이 열렸다.

"다시는 이 터에 그 어떤 전각의 흔적도 남겨두지 않을 것이오."

능양군은 다시 말 위에 올라타고는 김자점과 함께 빠르게 후원을 빠져나갔다.

곧 교화당은 거세게 타는 불길 속에 자취를 감춰버렸다. 뿐만 아니라 '교화'라는 이름에 걸맞게 매년 메밀꽃이 피던 뒤편 언덕 역시 교화당이 타며 날아오는 새카만 재 속으로 파묻혀 사라져버렸다.

2013년 겨울, 서울.

방학이 시작된 대학교 안은 한산하리만치 조용했다. 동시에 계절학기가 시작되기는 했지만, 계절학기 수업이 없는 오후 시간대에는 학교에 지나다니는 학생을 찾아보기 힘들었다. 그나마 대학생을 볼 수 있는 곳은 대학교 도서관뿐인 것 같았다.

난 아빠와의 점심 약속 때문에 아빠가 소속된 인문사회대 건물로 향했다. 그런데 아빠의 연구실 문은 잠겨 있었다. 몇 번 문을 두드리던 나는 안에 사람이 없음을 알고는 아빠에게 전화를 했다. 하지만 아빠의 스마트폰은 꺼져 있었다. 아마도 조금 전까지 강의 중이었던 아빠가 스마트폰을 꺼 놓았다가 아직도 켜지 않으신 것 같았다.

'어떡하지…….'

고민하며 공연히 서성이는데, 연구실 옆 조교실 안에서 어떤 방송 프로그램 소리가 흘러나왔다.

"그렇게 능양군이 이끄는 반정군은 순식간에 창덕궁을 포위했다. 반정군이 이끄는 광해군의 폐위 명분은 크게 두 가지. 폐모살제(廢母殺弟). 어머니를 폐하고 형제를 죽이다. 그리고 재조지은(再造之恩, 거의 멸망하게 된 것을 구원하여 도와준 은혜). 왜란 때 도와준 명의 은혜를 저버렸다는 것이었다."

"야, 최영심. 컵라면 다 됐다."

"뭐라고 했어요, 선배?"

"안 되겠다. 그거 소리 좀 줄여봐."

"잠깐만 선배, 나 여기까지만 보고. 오늘 안에 이 다큐 다 보고 리포트 써야 한단 말이에요."

"그거 계절학기 강의 리포트잖아? 계절학기인데 대충 해. 왜 내가 일하는 조교실까지 와서 보고 있냐. 집에서 하지."

"그 콩알만 한 자취방에서는 잠밖에 안 온다고요. 공부가 되겠어요?"

"됐고, 빨리 와. 일단 그거 멈추고 와서 라면부터 먹어."

"알았어요."

두 여학생이 대화하는 소리가 들렸다. 나는 조심스럽게 조교실의 문을 두드렸다.

"들어오세요."

방금 전까지 대화를 나누던 사람 중 한 명의 목소리였다. 난 문을 열고 안으로 들어섰다. 조교실 안 책상에 두 개의 컵라면을 두고 여자 두 명이 앉아있었다. 그녀의 책상 위에는 노트북이 하나 놓여 있었는데, 조금 전 들린 방송 프로그램 소리는 거기서 흘러나왔던 것 같았다.

"어, 너구나."

아빠의 조교인 지민 언니가 제일 먼저 나를 알아봤다. 몇 번 아빠 연구실을 다녀왔던 터라, 지민 언니는 내 얼굴을 알고 있었다.

"안녕하세요."

"어. 무슨 일이야?"

"아빠와 점심 약속 때문에 왔는데요. 연구실이 잠겨 있어서요."

"아, 강의 끝나고 아직 연구실로 안 오셨나 보다. 연락은 해 봤어?"

"아까까지 강의 중이라 스마트폰을 꺼 놓으셨나 봐요."

"그래? 그럼 기다려봐. 내가 연구실 열어줄 테니까 안에서 기다리고 있어."

"감사합니다."

지민 언니가 열쇠꾸러미를 들고 일어섰다. 조교실을 나온 지민 언니는 아빠의 연구실을 열어주며 말했다.

"오늘 오전에 박물관에서 감정 부탁한 유물이 좀 있거든? 그건 절대 손대면 안 된다. 다 번호가 있어서 사라지면 큰일 난단 말이야. 그리고 교수님도 곧 오실 거고. 알았지?"

"네."

지민 언니가 밖으로 나가고, 난 문에서 제일 가까운 소파에 앉았다. 방금 전 지민 언니의 말대로 소파 앞 큰 탁자 위에는 작은 조각 같은 유물들이 여럿 어지럽게 널려 있었다. 대부분이 깨져 있어서 난 큰 관심을 보이지 않았다.

하지만 소파에 가방을 내려놓고 자리에서 일어선 순간, 어디선가 맡아 봤던 익숙한 향기가 코끝에 닿았다.

'뭐지?'

향기를 쫓아간 곳은 아빠의 책상이었다. 그 위에 여러 겹의 한지로 싸인 무언가가 눈에 들어왔다. 난 그것을 두 손으로 조심스럽게 들어 올려 코에 가져다 대었다. 내가 맡은 향이 이 한지로 싸인 어떤 '물건'에서 나는 것인지를 확인하기 위해서였다. 내 예상은 정확히 맞아떨어졌다. 향은 바로 거기에서 나고 있었다.

난 그 '물건'의 정체가 궁금해졌다. 조금 전 지민 언니가 안에 있는 유물에 절대 손대면 안 된다고 주의를 주었던 것이 떠올랐지만, 궁금증을 확인할 생각으로 한지를 풀어 물건을 밖으로 꺼냈다.

"이, 이건……!"

한지 사이로 드러난 것은 작은 옥이었다.

그 물건이 옥이라는 사실은 딱히 놀랄 만한 일은 아니었다. 그러나 이 옥을 두 눈으로 본 순간, 내 심장이 쿵쾅거리며 뛰기 시작했다.

익숙한 향.

그것은 초콜릿 향이었다.

내 기억 속에 존재하는 옥이 바로 지금 눈앞에 있는 옥이라는 것은 불가능한 일이었다. 말이 되지 않았다. 그러나 확인할 수 있는 방법이 남아있었다.

난 서둘러 옥을 뒤집어 뒷면을 보았다.

원빈 김 씨(元嬪 金氏)

숨이…… 멎을 것만 같다.

옥의 뒷면에 적혀 있는 한자를 보고 나서야 가슴 안에 묻고 묻어두려던 아픔들이 한꺼번에 밀려오며 되살아났다. 당시에는 행복했지만, 이제 와 되돌리는 순간에는 갑절의 고통으로 돌아오는 기억들도 마치 조금 전 일어난 일인 양 생생하게 떠올랐다.

'이건……'

'우전쌍옥이다. 네게 주는 것이다.'

'원빈 김 씨? 이 원빈이…… 혹시 나야?'

'그렇다. 허나, 네 말대로 더 이상 원빈을 하지 않겠다면……'

혼의 웃음소리가 내 귓가를 울린다.

"말도 안 돼……. 이건 정말 말이 안 된다고……."

난 조선에 간 적이 없다.

그런 일은 애초부터 일어나지 않은 일이 되어버렸다.

원빈으로서 광해군 이혼과 가례까지 올렸던 나의 기록은 역사에 단 한 줄도 남지 않았다. 내가 시간의 문을 넘어 여덟 살의 내 운명을 바꾸면서 역사가 바뀐 것이 분명했다. 그렇다면 광해군은, 나 김경민을 단 한 번도 만난 적이 없었을 것이다. 그의 생애를 통틀어서 단 한 번도 말이다.

나는 혼란스러워졌다. 그리고 내 의문의 해답은, 이 옥을 가지고 있는 아빠에게 있다는 확신이 들었다.

"경민아?"

달칵거리는 소리와 함께 연구실 안으로 들어온 아빠는 나를 보자마자 제일 먼저 환하게 웃었다. 그러나 나는 그런 아빠를 보며 웃을 수가 없었다.

"언제 왔니? 오래 기다렸어? 연구실 문은? 지민이가 열어줬니?"

"아빠……."

떨리는 내 목소리에 아빠의 얼굴에서 웃음이 사라졌다.

"무슨 일이야? 무슨 일 있어?"

걱정스럽게 물으며 내게로 다가오던 아빠는 내 손에 들려 있는 옥을 보더니 잠깐 놀라 내 얼굴을 보았다. 그리고 난 그런 아빠의 태도에서 아빠 역시 이 옥과 관련해서 무언가를 알고 있다고 판단하고는 말했다.

"아빠. 이 옥, 이게 왜 아빠에게 있는 거예요?"

아빠는 내 손에서 옥을 조심스럽게 가져갔다. 그리고 옥의 뒷면에 새긴 '원빈 김 씨'라는 글자를 잠깐 쳐다보더니 다시 고개를 들어 나를 보았다.

"몇 달 전의 일이지. 매일 아침 학교에 늦는다고 밥을 거르기를 습관처럼 하던 네가, 웬일인지 내가 차려준 아침을 모두 먹더구나. 그리고 그날, 네가 아침을 다 먹고 내게 한 말이 무엇인지 기억나니?"

물론 기억하고 있다.

그날, 조선에서 돌아와 처음으로 깨어난 날 아침, 난 내 눈앞에 살아서 웃고 있는 아빠에게서 눈을 뗄 수가 없었다. 믿을 수가 없던 그 아침의 일은 아마 평생 잊지 못할 기억 중 하나로 남을 것이다.

"광해군의 후궁 중에…… 원빈 노 씨가 있는지를 물었어요."

"그래. 난 없다고 말했고, 넌 다시 원빈 김 씨가 있는지를 물었지. 이 역시 없다고 말했어. 그날 이후로 넌 더 이상 광해군에 대한 그 어떤 말도 입에 올린 적이 없어. 아니, 아예 말수가 줄어들었지. 네가 많이 달라졌어. 나이에 걸맞지 않게 어른스러워졌다는 생각이 들었다. 아마도 사춘기가 끝나서 그런가 보다 했지. 그런데 얼마 안 지나 문화재 복원 감수 일을 맡으면서 이 옥을 보게 되었지. 동시에 네가 했던 말이 생각났지만……. 그것보다도 더 오래전의 일 하나가 떠오르더구나."

"오래전의 일이요?"

"그래. 넌 자라면서 잊어버린 것 같지만, 난 분명히 기억해. 네가 여덟 살 때의 일이야. 갑자기 네 방에 조선시대 궁궐 여인의 복장을 한 여자가 나타났지. 그 여자는 사라지기 전에 나를 '아빠'라고 불렀어."

난 나도 모르게 놀라 벌어진 입에 한 손을 갖다 대었다. 아빠가 지금 하는 말의 의미를 알아차렸기 때문이었다.

"내가 지금 무슨 말을 하는지 알고 있니?"

난 아빠를 향해 고개를 한 번 끄덕였다. 아빠가 긴 한숨을 내쉬더니 말을 이었다.

"난 지금 네게 단 한 번도 들려준 적이 없는 우리 집안이 가진 어떤 특별한 능력에 대해서 말해주려고 해. 하지만 그 능력에 대해서 넌 이미 알고 있는 것 같은데……. 그렇지 않니?"

이제 내가 말을 할 차례였다. 아빠가 오래전부터 가지고 있었던 어떤 의문에 대한 해답을 말이다.

"늘 말씀드리고 싶었어요. 하지만 혹시라도 말씀드린 결과로 아빠를 잃게 될까 봐 두려웠어요. 그래서 말하지 못했었고요."

아빠는 그런 나의 마음을 다 이해한다는 듯 슬프게 웃으며 말했다.

"난 언제든지 들을 준비가 되어 있단다. 그리고 네가 말한다고 해서 날 잃게 되는 일은 없을 거야. 그러니 말해보렴."

난 고개를 끄덕이며 이야기를 시작했다.

1632년 인조 10년.

반정으로 숙부인 광해군을 내쫓고 조선의 왕이 된 능양군 이종의 재위 10년이 되던 해. 이종의 친모였던 계운궁 구 씨가 경덕궁(오늘날의 경희궁)에서 세상을 뜬 지도 6년이라는 세월이 흘렀다. 조정은 이종의 친부 정원군 이부를 왕으로 추숭(追崇, 죽은 사람의 지위를 올리는 것)하는 문제를 두고 매일 시끄러웠다.

시작은 6년 전 계운궁 구 씨가 죽으면서부터였다. 이종은 상주로서 어머니의 장례를 치르고 싶어 했다. 그러나 신하들의 반대가 심했다. 신하들은 그가 숙부 광해군을 몰아내고 왕위에 즉위했기 때문에 사실상 선조의 아들로 인정된다고 말했다. 이종의 부친 자리는 명분상 선조가 차지해야 했다. 그러므로 이종의 생부인 정원군과 생모인 계운궁은 그저 왕족, 왕자와 그 부인으로서 대우받아야 한다는 것이 신하들의 주장이었다.

조선은 유교 국가다. 명분을 목숨처럼 중요하게 여긴다. 신하들은 이 문제에 사활을 걸었다. 그러나 이종도 포기할 생각은 없었다. 계운궁의 장례 사건 이후로 그는 더 나아가 자신의 생부인 정원군을 왕으로 추숭하기로 결심했다. 이런 이종의 속내를 읽은 신하들은 더 격렬하게 반대했다. 이종이 왕통으로 따져 선조의 아들이 되어야만 광해군을 내쫓은 명분이 선다는 것이었다. 반대로 이종에게 찬성하는 신하들은 그럴 경우 이종이 생부 정원군과 형제가 된다는 인륜적 문제를 지적했다.

실상 신하들의 지지로 반정을 일으키고 왕이 된 이종은 신하들의 의견을 함부로 묵살할 수 없는 위치에 종종 놓였다. 그런 가운데 1624년에 일어난 정묘호란으로 논의가 중단되었던 이 문제가 올해 2월 추숭도감이라는 관청을 설치하면서 다시 수면 위로 떠올랐다. 사실상 생부 정원군을 왕으로 추숭하기 위한 물밑 작업에 들어간 것이다.

"아바마마."

세자 이왕이 대전에 들어 왕을 불렀다.

가뜩이나 추숭도감 문제로 신경이 예민해진 왕의 표정은 밝지 못했다.

"무슨 일이냐?"

날선 대답이 돌아오자 세자는 기가 죽은 듯 손짓만으로 내관을 불렀다. 내관이 무언가를 들고 와 왕의 앞에 내려놓으니 불탄 서책들이 한가득이다.

"무엇이기에, 어찌 이리 불에 탔느냐?"

"팔 년 전 이괄의 난 때 불타다 남은 폐주(광해군) 때의 승정원 기록이옵니다."

"헌데?"

"최근 아바마마께서 이괄의 난 때 불탄 종친록을 복원하는 일을 소자에게 명하시지 않으셨사옵니까?"

"그랬지."

"그 일로 폐주의 가계를 찾기 위해 사료를 찾아보던 중 의구심이 드는 부분이 있어 아바마마의 의견을 듣고자 왔사옵니다."

"말해보라."

왕은 귀찮다는 듯이 한 손으로 이마를 짚으며 두 눈을 감았다. 세자는 그런 왕의 눈치를 살피며 불탄 책의 어떤 부분을 소리 내어 읽었다.

"왕께서 경연을 취하하시고……."

"어허! 왕이 어디에 있느냐? 왕이!"

왕이 눈을 부릅뜨며 성내자 세자는 한층 작아진 목소리로 다시 읽었다.

"폐주가 경연을 취하하고……."

광해군을 폐주로 고쳐 읽자 왕은 코로 긴 한숨을 내쉬며 다시 눈을 감은 채 세자의 소리를 경청했다.

"자미궁의 처소인 교화당을 찾으시었다."

자미궁과 교화당이라는 이름이 나오는 순간, 왕은 감았던 눈을 다시 떴다. 세자는 여전히 부왕의 눈치를 보며 읽던 부분을 끝까지 읽어 내려갔다.

"앞으로 자미궁과 관련된 사적인 일은 기록하지 말라 하시어 하지 않는다."

다 읽은 세자가 불탄 서책을 내려놓으며 왕에게 물었다.

"여기서 자미궁이 폐주의 생모인 자미당을 가리키는 말이옵니까?"

세자의 물음에 왕은 두 눈을 질끈 감았다 뜨더니 고개를 저었다.

"아니다."

"그럼 누구이옵니까?"

이어진 세자의 물음에 왕은 오래전 자신이 모친 계운궁 구 씨에게 똑같이 물었던 순간을 기억해냈다. 생부 정원군을 추숭하는 문제로 시끄러운 상황에서 별로 떠올리고 싶지 않은 기억이었다.

"알 가치가 없는 여인이다. 그 자미궁에 대한 기록은 승정원일기에만 남아있느냐?"

"예. 비빈의 예는 실록에 기록하지 않는다 하여 아마도 그러한 듯하옵니다."

"그렇다면 그 승정원일기를 모두 세초하고 처분하거라. 또한 새로 제작하는 종친록에는 자미궁의 이름을 그 어디에도 올리지 말라."

"연유가 무엇이옵니까?"

끊임없이 의문을 제기하는 세자를 보며 왕이 이를 악물었다.

"세자는 사내로서 말이 길구나."

그말에 세자는 서둘러 인사를 올리고는 급히 대전을 빠져나갔다. 세자가 나가자 왕은 추숭도감의 도제조를 맡고 있는 영의정 윤방을 불러들였다.

올해 일흔이 된 영의정 윤방이 대전에 입시했다. 왕은 영의정과 함께 들어온 사관을 물렸다. 예외적으로 영의정과 독대한 것이다. 이런 상황에 긴장한 칠순의 영의정을 향해 왕은 먼저 인자한 목소리로 정원군을 추숭하는 작업이 잘되어가는지를 꼼꼼하게 물어보았다. 영의정이 모든 대답을 마쳤을 때였다. 마치 뒤늦게 기억났다는 듯 왕이 이렇게 말했다.

"난중에 정원대원군께서 후실로 맞아들인 이가 있었소."

"예? 추숭도감의 도제조를 맡고 있으면서 소신은 단 한 번도 그에 관한 사실을 들어본 적이 없사옵니다만."

"과인 역시 어릴 적이라 계운궁께 들었던 것이오. 김 씨 성을 가진 나인이라 들었소."

"그렇다면 소신이 속히 알아보아 정원대원군의 가계에 기록하도록 하겠습니다."

"그 전에 한 가지 더 알려줄 사실이 있소."

"예. 말씀하시지요."

"능풍도정, 오래전에 병으로 죽은 과인의 아우 말이오."

"예, 전하."

"그 아이가 바로 김 씨 성을 가진 나인의 소생이었소."

"예?"

정원군이 과거 나인을 첩으로 들였다고 하더라도 계운궁의 막내아들 능풍도정이 사실 계운궁의 소생이 아니었다는 말은 영의정이 듣기에도 충격적이었던 모양이다. 영의정은 재차 왕에게 물었다.

"그것이 사실이라면 어찌 계운궁께서는 사실을 밝히지 않으셨던 것이옵니까?"

"말했다시피 난중이라 하지 않았소. 난중에 궐 나인을 첩으로 들인 것도 흉인데, 능풍도정의 일이 세상에 알려지어 정원대원군께서 덕 볼 일이 무에 있었겠소?"

"그렇기는 하오나……."

"그러니 추숭도감에서 정원대원군의 가계에 나인 김 씨를 올리되, 능풍도정의 생모로서만 기록되게 하고 나인이었다는 사실을 남기지는 마시오."

추숭도감은 원칙적으로는 정원군을 왕으로 추숭하는 데 그 의의와 역할이 있지만, 반대로 정원군의 치적을 만들고 추문을 덮어가는 작업도 함께 한다. 왕의 속내를 알아차린 영의정 윤방은 고개를 숙이며 조용히 대전을 물러나왔다. 그가 나가자 왕도 자리를 박차고 일어섰다. 갑자기 떠오른 옛 기억에 가슴이 답답해짐을 느낀 것이다.

몇 해 전 세상을 떠나기 직전 모친 계운궁이 그에게 들려준 이야기는 이러했다. 자신의 동복아우인 줄만 알았던 능풍도정 이명이 다름 아닌 광해군이 빼앗아간 자신의 보모상궁의 아들이었다는 사실이었다.

단지 광해군이 부친 정원군의 여인을 빼앗아갔다는 것만 알고 있었던 왕에게는 큰 충격이 아닐 수 없었다. 그러나 그 말을 듣는 순간, 그 여인이 명이를 바라보던 눈빛이 새삼스럽게 떠올랐다. 그때는 단지 어리고 말 못하는 명이를 불쌍히 여겨 예뻐한다고만 생각했었다. 그러나 그것은 아들을 지척에 두고도 함께하지 못하는 어미의 애달픈 마음이 담긴 눈빛이었던 것이다.

"전하, 어디로 가시옵니까?"

아직은 추운 2월. 추운 날씨를 뚫고 밖으로 나온 왕을 향해 내관이 다가와 걱정스레 묻는다.

왕은 대답하지 않았다. 대신 답답한 듯 대전 주위를 걷기 시작했다. 걸으면 잡생각이 조금이라도 덜할까 싶어서였다. 그러나 그것은 그의 오산이었다.

어느 순간 왕의 걸음이 멈췄다. 왕의 시선이 닿은 대전 앞 넓게 펼쳐진 마당에 희미한 그림자들이 춤을 추듯 움직이기 시작한 것이다. 그것은 왕의 기억 속에서 나온 것이었다. 그리고 그것은 곧 형상을 만들어가며 사람의 모습으로 뒤바뀌기 시작했다.

"헤헤. 경민이 누나!"

"요 녀석! 거기 안 서!"

"나 잡아봐라~!"

"종이 너어~ 잡히면 가만 안 둬!"

"헤헷!"

어린 시절 행궁을 뛰어다니는 자신과 그 보모상궁의 모습이었다.

왕은 깊은 한숨을 내쉬며 고개를 들었다. 입에서 하얀 입김이 나와 하늘로 흩뿌려졌다. 추운 날씨와는 다르게 따뜻한 햇살이 왕의 얼굴을 덮었다. 그리고 왕의 어린 시절과 그 어린 시절을 함께했던 보모상궁의 형상은 그렇게 사라졌다.

나의 길고 긴 이야기가 끝났다. 소파에 나와 마주 앉아있던 아빠가 나를 물끄러미 바라보며 입을 여셨다.

"그래서, 넌 이 옥이 어떻게 지금 이 시대에 존재한다고 생각하니?"

아빠가 탁자 위에 놓인 옥을 가리키며 말했다.

난 고개를 저었다.

"모르겠어요. 전혀요. 원빈 김 씨, 아니 노 씨조차 실록 그 어디에도 없다고 하셨잖아요? 그런데 이 옥이 어떻게 남았는지……. 아니, 어떻게 생겼다고 말해야 되나요?"

아빠의 시선이 자연히 옥을 향했다. 심각한 표정으로 한동안 옥을 응시하던 아빠가 다시 입을 열었다.

"난 답을 알 것 같아. 십 년 뒤 네가 미래에서의 일을 광해군에게 물었을 때 광해군이 그 사실을 기억하지 못했다고 했지? 애초에 존재하지 않았던 사실처럼 말했다고 했고?"

"네."

"그렇다면 아마 과거에서 '시간의 뒤틀림'으로 만난 내가 네게 들려준 사실처럼, 십 년이 지나는 순간 미래의 넌 사라지고 조선에서의 삶만 남았던 것이겠지. 다르게 말하면 넌 둘로 나뉜 거야. 현대의 너와 조선에서의 너로. 그래서 광해군의 기억 속에는 미래에서 만난 네가 사라져버린 것 같구나."

"조선에서의 나와 현대에서 나고 자란 나로……."

"그래. 하지만 천상열차분야지도각석을 통해서 연 시간의 문은 조선에서의 네가 현대를 살아가는 어린 시절의 너를 만나게 한 거고."

"아빠의 그 말은 그를 만나서 사랑했던 제가…… 조선에 존재했다는 말이에요?"

떨리는 목소리로 묻는 나를 향해 아빠가 낮게 답했다.

"그래."

왈칵 울음이 쏟아져 나오는 것을 참으며 난 끝까지 부정의 말을 했다.

"그럴 리가 없어요. 그렇다면 어떻게 정식 첩지까지 받았던 원빈 노씨가 역사 속 그 어디에도 남아있지 않은 거죠?"

"그 부분에 관해서는 네가 큰 오해를 하고 있는 것 같구나. 역사는 승자가 기록하는 것이지, 패자가 기록하지 않아. 광해군은 한 시대를 풍미했지만 그는 패자로 끝났어. 인조가 승자였지. 그의 역사는 인조가 남긴 거야. 그래, 나 역시 네 말을 믿기에 너에 대한 기록이 왜 하나도 남아있지 않은지는 모르겠다. 그러나 분명한 건 넌 과거의 조선에도 분명 존재했다는 거야. 나도 아직 시간의 문의 비밀을 다 알지 못하기에, 네게 왜 그러한 일들이 벌어졌는지 확실한 답을 줄 수는 없구나. 하지만 경민아, 어쩌면 승자의 기록으로만 남은 광해군의 역사서 속에서도 너와 그의 흔적을 찾을 수 있을지도 모른단다. 그리고 그것을 찾는 것이…… 어쩌면 나와 같은 사학자의 소명과 같은 것이겠지."

아빠의 연구실을 나선 나는 대학 도서관으로 향했다. 그곳에서 광해군과 관련된 책들을 찾아 읽어 내려가기 시작했다.

연려실기술(燃藜室記), 폐주 광해군 고사본말 5권

창덕궁으로 이어한 뒤, 폐주는 미신을 숭상했다. 특히 사라진 것을 다시 나타나게 하는 잡술을 가진 자들을 전국에서 불러모았는데, 그들이 왕의 환심을 사지 못하면 왕은 곧바로 귀양을 보내 민심이 어지러워졌다.

조선왕조실록 광해군일기 중초본, 광해 82권, 갑인년 경술일

왕이 계축년 이후로 한밤중 까닭 없이 이현궁에 잠행하는 일이 잦았는데, 이 일을 두고 사헌부의 지적이 잇달았다. 이현궁은 왕이 왕자 시절 거주했던 사저이다.

조선왕조실록 광해군일기 정초본, 광해 185권, 15년 계해년 계사일

왕이 한밤중에 또 모습을 감췄다. 나인들이 혼비백산하여 왕을 찾았는데, 왕이 사라지는 날마다 궐에서 풍등이 날아올랐다. 당직하는 이들 사이에 해괴한 일이 일어나니 나라가 망할 징조라는 말이 나왔다. 이 일로 비변사에서 당직자들의 파직을 청하나 왕이 대답하지 않았다.

"세상에……."

승자가 남긴 역사 속에서 폐주의 모습이란, 그저 광기로 치닫는 그의 마지막을 화려하게 기록해 남겼을 뿐이다. 그러나 이 기록 속에는 숨겨진 이야기가 있었다. 아주 오래도록, 누군가를 애타게 찾고 그리워했던 한 남자의 이야기가…….

그리고 2년의 세월이 흘렀다.

"진짜야? 너, 진짜 대학 안 가?"

"응. 나중에라도 갈 생각이지만, 지금은 아니야."

"그럼 뭐 하려고? 너희 아빠가 뭐라 안 해?"

"아빠는 내 뜻을 따라주시는걸."

"대박 좋겠다! 우리 엄마 알잖아. 지금 여기도 점수 맞춰 간 거야. 내가 가고 싶던 학과도 아니라고. 어쨌든 부럽다. 그래서? 학교도 졸업했겠다, 당분간 뭐 할 건데?"

"아마 몇 년 정도…… 외국에 나가 있을 것 같아."

"외국?"

친구 은미가 의아해하며 나를 본다. 사실 그럴만한 것이, 나의 수능 점수는 좋았다. 하지만 나는 대학에 진학하지 않았다.

2년 전 이미 사라져버린 나의 과거를 들은 아빠가 내게 바란 것은 단 한 가지였다. 평범한 다른 아이들처럼 고등학교를 마치는 것. 그리고 난 그 뜻을 따랐다. 나는 한때, 이제는 존재하지 않는 과거 속의 나 자신이 바라던 평범한 삶을 이뤘다. 그리고 이제 내게 남은 건 한 사람과 했던 약속뿐이었다.

'네 생의 마지막 순간에도 난 너의 곁에 있을 거니까. 약조할게.'

"여전히 결심이 안 바뀐 거니?"

"네."

아빠와 창덕궁을 걸으며 난 그 누구보다도 행복한 미소를 지으며 대답했다. 나의 그런 얼굴을 보아서일까, 아빠도 조금은 안심한 얼굴로 미소를 지으신다.

“지난 이 년간 네 결심이 바뀌길 내심 바랐는데…….”

“죄송해요.”

“죄송하기는, 아빠는 언제나 네 편이야. 알지?”

“당연히 알아요.”

아빠와 나의 걸음은 후원 관람 코스가 시작되는 매표소 앞에서 멈췄다.

“원빈에 관한 기록을 찾을 수가 없더구나. 인조 2년에 일어난 이괄의 난과 두 차례의 호란으로 인해 광해군 때의 승정원일기를 비롯한 많은 왕실 관련 사료들이 사라졌어. 그런데도 가야겠니?”

난 웃으며 내 손을 펼쳐 쥐고 있던 옥을 내어보였다.

“승자가 남긴 기록에서는 찾지 못하더라도…… 패자가 남긴 물건에는 저의 존재가 분명히 남아있으니까요. 그러니까 아빠, 너무 걱정 마세요. 또다시 ‘시간’과 싸우려고 하는 게 아니에요. 제가 하려는 건 단지 정해진 역사를 벗어나지 않는 선에서 내가 그와 한 약속을 지키는 거예요.”

“경민아, 아빠가…….”

아빠의 말이 다 끝나기도 전이었다. 후원 입구에 선 직원이 소리쳤다.

“2시 30분 후원 관람이 곧 시작합니다! 입장하실 분들은 서둘러 표를 구매하세요.”

난 그런 아빠를 보며 밝은 미소를 지었다.

“아빠가 또 저를 찾으러 오실 거죠? 제 지워져버린 과거 속에서 아빠는 모든 생업을 던져두고 오로지 저를 찾아 오 년 동안을 헤매셨죠. 그리고 마침내 저를 찾아내셨고요. 이번에도 반드시 아빠가 저를 찾아내시리라고 믿어 의심치 않아요."

내 말에 아빠가 웃으며 대답했다.

"물론이야."

아빠와 헤어진 나는 창덕궁 후원 관람 코스에 참여했다.

후원은 오로지 문화재 해설사와 동행해야만 관람할 수 있는 곳이었다. 문화재 해설사는 규장각을 설명하고 불로문을 지나 애련지 구역에 들어섰다. 애련지와 애련정. 숙종대왕과 얽힌 이야기를 재미있게 풀어내던 문화재 해설사는 이십여 명의 관람객들을 다음 코스인 연경당으로 안내했다. 하지만 나는 그 뒤를 따르지 않았다.

나는 조용히 관람객 일행에서 빠져나와 애련지와 그 옆 작은 연못 사이의 풀밭으로 천천히 걸어 들어갔다. 그곳은 바로 어수당이 있던 곳이었다. 그리고 과거 그 어수당은 교화당과 연결되어 있었다. 또한 교화당의 뒤편 창을 열면 가을마다 메밀꽃이 피는 언덕이 있었다.

지금 그 언덕은 사라지고 없다. 남아있는 건 몇 개의 돌계단처럼 만들어진 곳이다. 난 수백 년 전 메밀꽃이 가득 피어 있었던 언덕을 상상하며 그 계단을 쳐다보다가 주먹 쥐고 있던 오른손을 펼쳤다. 나의 오른손에는 '원빈 김 씨'라고 새겨진 옥이 들려 있었다.

'경민아, 과인의 원빈은 지금 어디에 있느냐?'

낯익은 혼의 목소리가 들려온 순간, 나는 입가에 미소를 지으며 두 눈을 천천히 감았다.

그러자 어디선가 바람이 불어와 내 귓가를 간질이기 시작했다. 그 바람은 오래전 내가 처음 시간여행을 시도했을 때 느꼈던 따스한 바람과 같은 바람이었다.

같은 시간 창덕궁 관리소.

"누구지?"

"뭐가?"

"저기 말이야."

관리소에서 점심 후 커피 한 잔을 들고 창덕궁 곳곳에 설치된 CCTV 모니터 앞으로 다가와 앉은 직원이 다른 직원을 불렀다. 모니터 앞에 앉은 직원이 손으로 가리키는 곳에는 창덕궁 후원의 한 장소가 있었다.

일반인들은 들어갈 수 없는 구역에 한 여성이 서 있는 것이 보이는 것이다. 이를 확인한 직원은 무전기를 들어 인근에 대기 중인 직원을 호출했다.

"후원 애련지 인근에 관람객 이탈자 발생. 조속한 처리 바랍니다."

"치직. 네~. 알겠습니다."

무전을 받은 직원이 급히 애련지 구역으로 뛰어갔다. 그런데 그곳에는 사람의 흔적이라고는 전혀 보이지 않았다. 혹시 몰라 한참을 이리저리 둘러보던 직원이 무전기를 들었다.

"관리소. 애련지 인근 이탈자가 보이지 않습니다."

커피를 마시며 모니터에서 잠시 눈을 뗐던 관리소 직원이 무전기에서 나오는 음성에 다시 모니터를 바라보았다. 조금 전 자신이 보았던 여성의 모습은 애련지 인근 그 어떤 CCTV에도 잡히지 않았다.

"이상하다……. 조금 전에 분명 봤는데."

1637년인 인조 15년. 광해군은 제주로 이배되었다.

"여기마심."

한양에서 명을 받아 광해군을 제주까지 압송한 의금부사의 표정이 좋지 않았다. 길잡이로 나선 제주관아 소속 병사의 말을 제대로 알아듣지 못해서였다. 이를 아는지 모르는지, 사람 좋고 인심 좋다는 제주의 병사 표정은 순진한 어린아이처럼 마냥 밝기만 했다.

"뭐라는 거야?"

의금부사가 쏘아붙이는데도 제주 병사는 별 관심 없다는 얼굴로 초가를 가리켰다. 그곳에는 계집종이 주저앉은 채 담장을 따라 씨앗을 심고 있었다. 그것을 본 제주 병사가 그녀를 불렀다.

"민아, 무싱거 햄수꽈?"

"내가 그런 식으로 말하면 분명히 못 알아듣는다고……."

툴툴거리면서도 해맑은 표정으로 일어서던 여인의 시선이 의금부사의 뒤에 서 있는 한 사내를 향했다. 갓에 흰 도포를 입고 있는 그는 오랜 여행에 조금은 지친 듯한 표정이었다. 그러나 제주의 맑은 하늘을 올려다보는 표정은 근심을 모두 하늘에 보낸 듯이 평온해 보였다.

그는 아직 그녀를 보지 못했다. 그러나 그녀는 그의 얼굴을 보고는 그가 누구인지 한눈에 알아차렸다. 그녀는 바로 그를 부르지 않았다. 그가 제주의 하늘에서 시선을 떼고 그녀를 바라보기만을 기다렸다. 잠시 뒤 그가 그녀를 돌아보았다. 그제야 그와 눈을 마주친 그녀의 입가에는 미소가, 그리고 눈가에는 눈물이 차오르기 시작했다.

이제 사내는 오래도록 자신의 마음속에 새겨 넣었던 한 여인의 모습과 그녀의 닮은 점을 깨달아갔다. 사내는 자신의 마음 속 여인의 얼굴과 딱 맞는 그녀의 얼굴이 믿기지 않는다는 듯 여러 번 눈을 깜빡였다. 그런 사내의 변화를 그녀가 알아차렸다.

마침내 때가 되었다 싶은지 그녀가 그를 향해 입을 열었다.

"혼아, 어서 와."

자신의 이름이 호명되자 사내의 두 눈이 흔들리기 시작했다.

잠시 뒤, 그도 오랫동안 홀로 품었던 그리움과 슬픔을 내려놓으며 그녀를 향해 미소 지었다.

"경민아……."

이번에도 내겐 고작 2년의 시간이었다.

그러나 그에게는 나와의 재회를 위해 아주 오랜 기다림이 필요했다.

그만큼 우리 사이에는 말로는 표현하기 어려운 애틋함이 있었다.

위리안치(圍籬安置). 제주로 이배된 그에게 내려진 형은 집 담장에 가시로 울타리를 치고 가두는 형벌이었다. 그는 정치적 명분을 삼기 위해 몇 년 정도 위리안치 처분을 받는 그런 죄인이 아니었다. 그에게 위리안치란, 정말로 죽는 그 순간까지 가시가 쳐진 담장 밖을 나갈 수 없는 잔혹한 형벌이었다. 그럼에도 재회한 우리에게 위리안치는 잔인하게 다가오지 않았다. 그저 매년 가을이 되면 여지없이 담장을 따라 피는 메밀꽃만이 그의 눈에 아련히 들어왔다.

처음 제주에 도착한 내가 심었던 메밀은 매년 가을, 철이 찾아오면 담장 안쪽을 따라 아름다운 흰 꽃을 피웠다. 꽃이 피면 우리는 초가의 작은 마루에 나란히 앉아 메밀꽃을 감상했다.

매일 서로의 눈을 보며 잠에서 깨어나고, 서로의 두 눈을 바라보며 잠드는 일상이 반복되었다. 이런 소소한 일들에 우리는 행복해했다.

내가 조선으로 돌아온 지 4년째 되던 해 여름. 그해 여름은 무척이나 더웠다. 제주에는 비가 내리지 않아 얼마 되지 않는 밭들이 바싹바싹 마르고 동물과 사람 할 것 없이 갈증에 힘들어했다. 매일이 찌는 듯한 더위였고, 우리는 하루 중 절반 이상을 작은 마루에 앉아 더위를 식히며 보냈다.

그날도…… 무덥던 하루를 겨우 보내고 마루에 앉아 석양을 바라보고 있었다.

문득 그가 피곤한지 내 어깨에 자신의 머리를 기대왔다. 그러더니 한참을 말이 없었다. 난 그가 잠이 들었다고 생각했다. 그가 종종 내 어깨에 머리를 기댄 채 잠이 드는 일이 있었기 때문이었다.

얼마의 시간이 흐르고, 아직 석양이 가라앉지 않아 황금빛으로 하늘이 물들어 있을 때였다. 그가 여전히 자신의 머리를 내 어깨에 기댄 채로 나지막이 입을 열어 미안하다는 말을 꺼냈다. 곧 올 가을에 나와 함께 메밀꽃을 볼 수 없기 때문이었다. 나는 혹시라도 그것 때문에 그가 좌절감을 느낄까 걱정되었다. 그래서 나는 미안하다는 말을 반복하는 그에게 애써 웃음소리를 내며 괜찮다고, 나는 정말로 괜찮다고 계속 말해주었다.

그리고 어느 순간, 그의 손이 바닥으로 힘없이 내려앉았다. 내 어깨에 기댄 그의 머리에서 무게감이 느껴졌다. 조선의 제 15대 임금인 광해군 이혼이 가을에 필 메밀꽃을 기다리다 제주에서 숨을 거둔 것이다.

나는 밀려오는 슬픔을 참아내며 석양이 완전히 사라질 때까지 묵묵히 앉아있었다.

그날 밤 오랜 가뭄 끝에 제주에 비가 내렸다.

비는 며칠 동안 멈추지 않고 내리며, 제주의 바짝 마른 땅과 들을 충분히 적셔줄 때까지 멈추지 않았다. 제주 사람들은 진심으로 기뻐하며 환호했다. 그리고 제주 사람들이 이 비의 정체를 아는 데는 오래 걸리지 않았다.

오늘날까지 광해군이 제주에서 숨을 거둔 시기에 내리는 비를, 제주 사람들은 대왕의 눈물이라 하여 '대왕우(大王雨)'라고 부른다.

《광해의 연인》 마침.